孫毓修友朋手札

王孝靁敬署

馬驥 編

國家圖書館出版社

圖書在版編目(CIP)數據

孫毓修友朋手札 / 馬驥編 . —北京 : 國家圖書館出版社 ,
2020.9
ISBN 978-7-5013-6593-7

Ⅰ . ①孫… Ⅱ . ①馬… Ⅲ . ①孫毓修—書信集②出版
工作—史料—中國—近代Ⅳ . ① K825.41 ② G239.295

中國版本圖書館 CIP 數據核字(2018)第 245833 號

國家圖書館出版社
官方微信

書　　名	孫毓修友朋手札
著　　者	馬驥　編
責任編輯	南江濤
封面設計	徐新狀

出版發行	國家圖書館出版社(北京市西城區文津街 7 號 100034) (原書目文獻出版社　北京圖書館出版社) 010-66114536　63802249　nlcpress@nlc.cn(郵購)
網　　址	http://www.nlcpress.com
印　　裝	北京金康利印刷有限公司
版次印次	2020 年 9 月第 1 版　2020 年 9 月第 1 次印刷

開　　本	889 × 1194(毫米)　1/16
印　　張	21.5
書　　號	ISBN 978-7-5013-6593-7
定　　價	680.00 圓

序

韋力

尺牘就是古人的通信，也叫手札，它和著述有所不同。古人著述，從構思之時起，就是要寫給人看的，從一開始就是打算公諸於衆，信札則多少有些私密性，含有不少的隱私，二者在讀者數量的多寡上，也有著很大差异。比尺牘更具私密性的則是日記，因爲日記的讀者通常衹有作者本人，但是這個也有例外，比如李慈銘的《越縵堂日記》，被譽爲『晚清四大日記』之一，裏面記載了豐富的歷史信息。但即便如此，魯迅還是貶斥説：『《越縵堂日記》近來已極風行了，我看了却總覺得他每次要留給我一點很不舒服的東西。爲什麽呢？一是鈔上諭。大概是受了何焯的故事的影響的，他提防有一天要蒙「御覽」。二是許多墨塗。寫了尚且塗去，該有許多不寫的罷？三是早給人家看，鈔，自以爲一部著作了。我覺得從中看不見李慈銘的心，却時時看到一些做作，仿佛受了欺騙。』

看來拿隱私之物來示人，會受到有識之士的痛斥。但日記寫來真的是爲了作者本人的日後參考嗎？這件事頗難推敲。比如魯迅的日記顯然是寫給自己看的，他曾經强調過其日記的功用，但如今有不少的研究者都從他的日記中來挖掘歷史信息，甚至有人從他日記中所記濯足的頻率來推斷他敦倫的次數，而我的《魯迅藏書志·古籍部分》則是從他的日記中發掘他購買古書的資料。如此説來，私密性最强的日記也同樣成爲了後世研究的史料，那麼與日記相比私密性略遜一籌的尺牘，如果再强調其隱私權，顯係有些矯情。

好在，尺牘的收藏，古已流行，比如那著名的《苦筍帖》，以我的估計，這張小便條如若出現在拍賣會上，恐怕無億圓人民幣無法落槌。古人的小便條，能如此受追捧，其重要原因乃是出自大書法家之手。《苦筍帖》的全部内容加上簽名以及敬詞，僅僅十四個字：『苦筍及茗异常佳，乃可徑來。懷素上。』這十四個字能夠提供多少重要的歷史信息，恐怕没人下功夫去做這種探求。便條的内容如此寡淡，却又受到如此的追捧，由此也給尺牘的價值做出了兩分法：書法性和内容性。因爲古代名家手札流傳較少，故其無論具有這兩種屬性中的哪一部分，都同樣會受到高看。

因爲尺牘兼具這兩個屬性，這也使得藝術品拍場市場中，將尺牘分在了兩個部門，若以書法論，其會出現在古代字畫拍場中；若以内容論，因爲尺牘中提供的歷史信息更多爲文獻家所關注，故其又會出現在古籍善本拍場内。相比較而言，除了重大名頭的書法家，手札大多會出現在古籍場中。

手札主要是兩個人之間的筆談，如同與朋友隨意的聊天，與公開發表演講比起來，有著更多的隨意性，而其顧忌也會少很多，尤其尺牘内會記録一些不便在公開場合講出的話，故尺牘與書稿比起來，又多了幾分真實性。從這個角度而言，尺牘可謂是正式著述的補充，正因爲這個原因，歷史上有許多藏家都將尺牘作爲重要的收藏品之一。

然而不知什麽原因，古籍拍賣專場在中國已經舉辦了二十多年，大大小小恐怕舉辦了幾百場之多，但我却未見到有尺牘拍賣專場，從這個角度來説，尺牘的重要價值仍然没有得到充分的重視。好在，手札雖然没有形成專場，却成爲了不少藏家的心頭之好。僅在我所認識的朋友中，喜愛藏手札者不在少數，但以此爲專藏者，我却僅認識馬驤先生一位。二十餘年來，他孜孜矻矻致力於手札搜集與研究，時常在手札中發現一些重要史料。馬驤先生同時也頗具胸懷，能將這些具有重要史料價值的手札點校出來，發表在上海圖書館主辦的《歷史文獻》上，現在又將原件公諸於世，讓研究者更方便得到新的史料。

大約在十年前，我從蘇州的黄艦先生手中買到了一批孫毓修舊藏，這批舊藏既有他的手稿，還有家譜和其他的一些史料，通過翻閲這份資料，讓我得到了許多以往未曾瞭解到的信息。可是時隔不久，馬驤先生給我來電話，直言也從黄艦手中買到了一批孫毓修的舊藏，但他的所得主要是一些手札。馬驤兄同時告訴我，這批舊藏除了我兩人各得一部分外，還有一些已歸於他人鄴架。這個信息聽來頗令人沮喪，但市場不以人的意志爲轉移，故祇能以『得之我幸，失之我命』來解嘲之。

民國年間，宋代廖瑩中所刻的世綵堂本韓柳文，分别被陳澄中、潘宗周各得一部，兩人經過相商，最終使兩部書得以延津之合，歸於一家。這番佳話我與馬驥均想續之，然而孫毓修的這份舊藏是分成了三份，而且第三份茫不可得，故這種延津佳話的續篇祇能暫時放下。而我所得的那一部分已陸續寫入《芷蘭齋書跋》中，到如今馬驥先生亦將其所得點校出版，這真是幸何如哉！

巧合的是，我在寫此序前的十天，剛剛在無錫找到了孫毓修的故居。無錫藏書家最著名者乃是明代的華燧與安國，他們所製作的銅活字印本早在清代中期就被視爲下宋本一等，業界也公認流傳最早的銅活字印本爲明弘治三年華燧所印。孫毓修身處無錫，他當然對華家和安家所製活字最爲留意，而他的堂號小緑天也是本自安國，雖然説他的堂號來源也另有解釋，但如此之巧合，亦可窺其心態，更何况孫毓修的藏書專題之一就是明代銅活字本。故由此而言，孫毓修乃是無錫近代著名的藏書家，其對版本目録學更大的貢獻則是寫出了《中國雕板源流考》，而這部書的出版，被業界視爲具有劃時代意義。

孫毓修還是上海商務印書館的藏書樓——涵芬樓的首任館長，這一切均可説明，他在目録版本學上是一位繞不開的人物。如今看到了馬驥先生點校的這些手札，裏面許多内容都涉及孫毓修和涵芬樓，比如多通鐵琴銅劍樓主人瞿啓甲寫給孫毓修的信札。商務印書館在張元濟的主持下，影印出版了一系列重要典籍，其中部頭最大的是《四部叢刊》，而孫毓修不僅負責選目，同時還在張元濟的安排下到處去商談底本，并且負責寫一篇提要，可見孫毓修纔是這部大書的實際操作人。在當時，有許多著名的藏書家都爲《四部叢刊》做出過貢獻，其中貢獻底本最多者，則爲鐵琴銅劍樓，而孫毓修正是跟隨張元濟第一次來到了該樓，之後的具體聯繫則全爲孫毓修與瞿啓甲。對於這段史實，相關研究多有論述，然而馬驥所藏的這批手札中，有多通爲二人商討借書之事，僅憑這一點，就可補出版史料之缺，而這也正是該批手札的價值所在。

千年以來，書籍的形式基本上是紙和墨的結合，但關於古籍印刷用紙，因爲史料的缺失，這方面的研究較爲薄弱。而我關注此事有年，所得的史料也很有限，如今從馬驥先生公布的這批手札中，我注意到《四部叢刊》有連四紙和毛邊紙兩種印本。近幾十年來，我所看到的《四部叢刊》僅全本就有二十餘部，零本則更多，然而以連四紙印刷者却未曾得見，故我本能的認定《四部叢刊》僅有毛邊紙這一種印本，然而如今看到信札中的所言，纔更改了我固有的認識。

古書的插架形式與洋裝書不同，因爲古書均爲平放，這給找書帶來一定的困難，因此綫裝書大多會另外寫書根，以此來顯現順序、册數以及名稱。以往的舊書店大多讓學徒來寫書根，然而本次公布的丁祖蔭致瞿啓甲手札中談到了代寫書根的價格，以此可窺當年寫書根并不便宜。故此手札也填補了相應史料之缺，而這也正是手札的特殊功效所在。

翻閲馬驥先生點校的這批手札，能夠感覺到相應的研究者能夠從這些手札中各取所需，而這也正是手札的魅力所在。馬驥先生在百忙中將這些手札全部影印出來，過録釋文，并給每一位發信人和收信人寫了一篇小傳，同時也對一些史實作出了簡明扼要的注釋。他的所爲都使該書更便於使用，由此更可見他的古道熱腸。

目録

徐乃昌致孫毓修

「碩〻閣鑒　北係和　常熟人　居常熟西門内環秀街

宗子岱　舜年　上元人　住寓常熟城内沖天廟

徐積餘　乃昌　南陵人　寓上海北河南路圖南里

」名貼

心如孫毓修

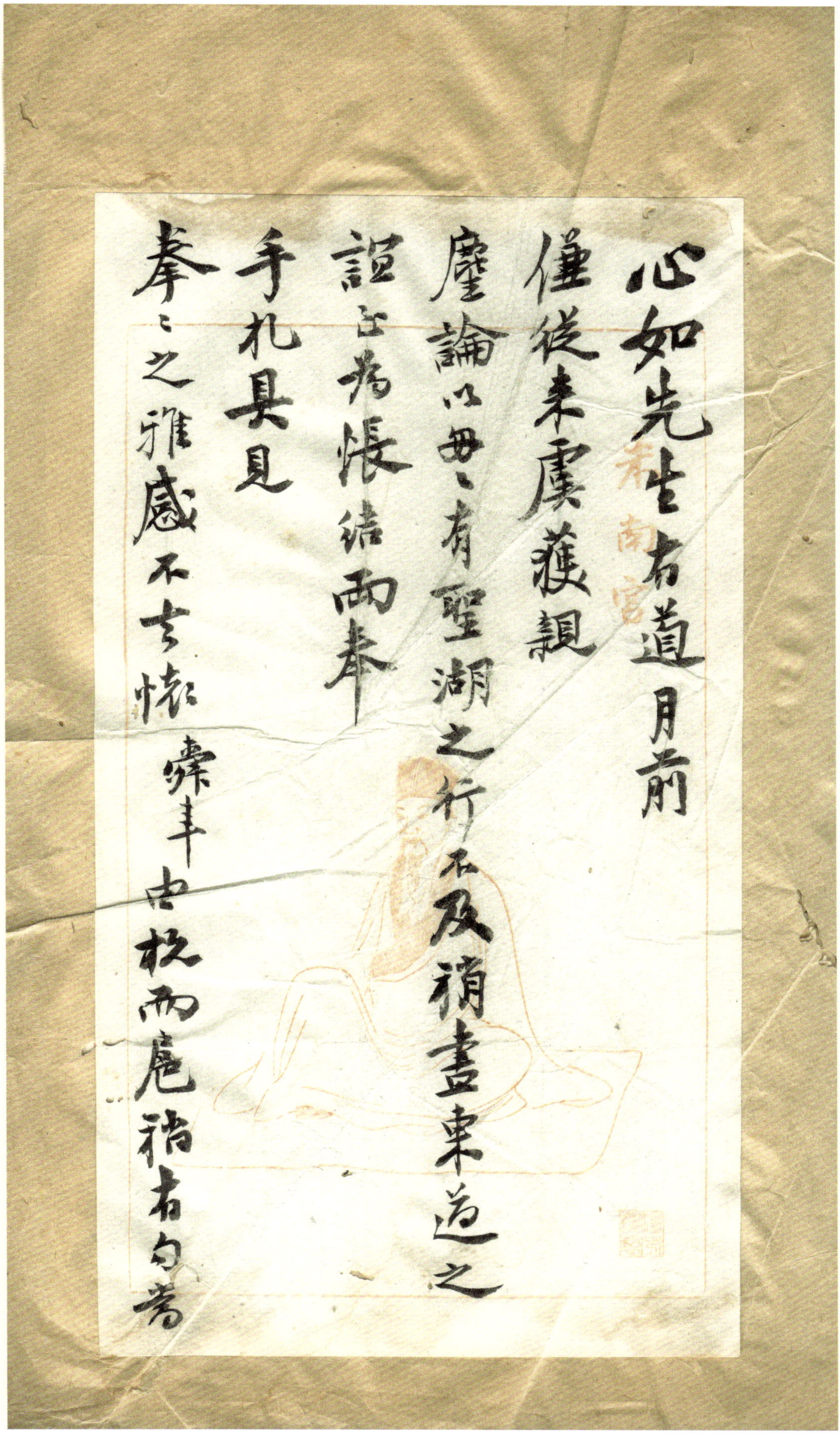
心如先生右道月前
僅從來虞獲覩
麈論以毋〻有聖湖之行不及稍盡東道之
誼已為悵結而奉
手札具見
拳〻之雅感不去懷 舜年由杭而扈稍有句當

行李行迴昨始還舍
賜讀叢刊目录幸淺見所聞不足副
公垂問盛意海上張徐積餘觀察頗以經部不
用注疏為疑殆因篇幅過鉅耳陳立矣得嘉
定書局善本無多
公已見之否 [illegible] 下月仍須來滬冀得一見

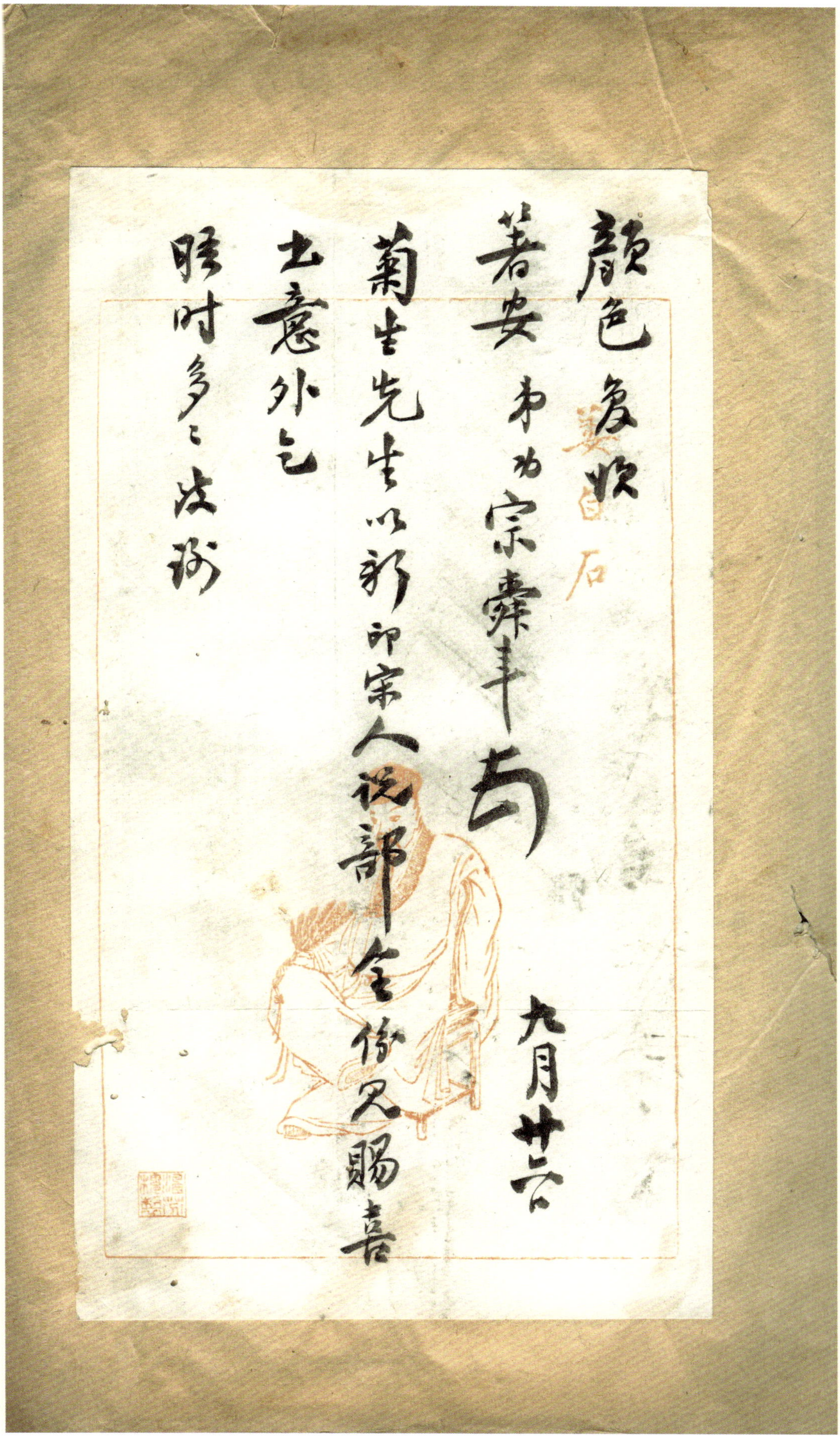

菊生先生以新印宋人说部全份见赐喜
出意外也
暇时多多披诵
颜色多欢
著安 弟为宗彝手启
九月廿六

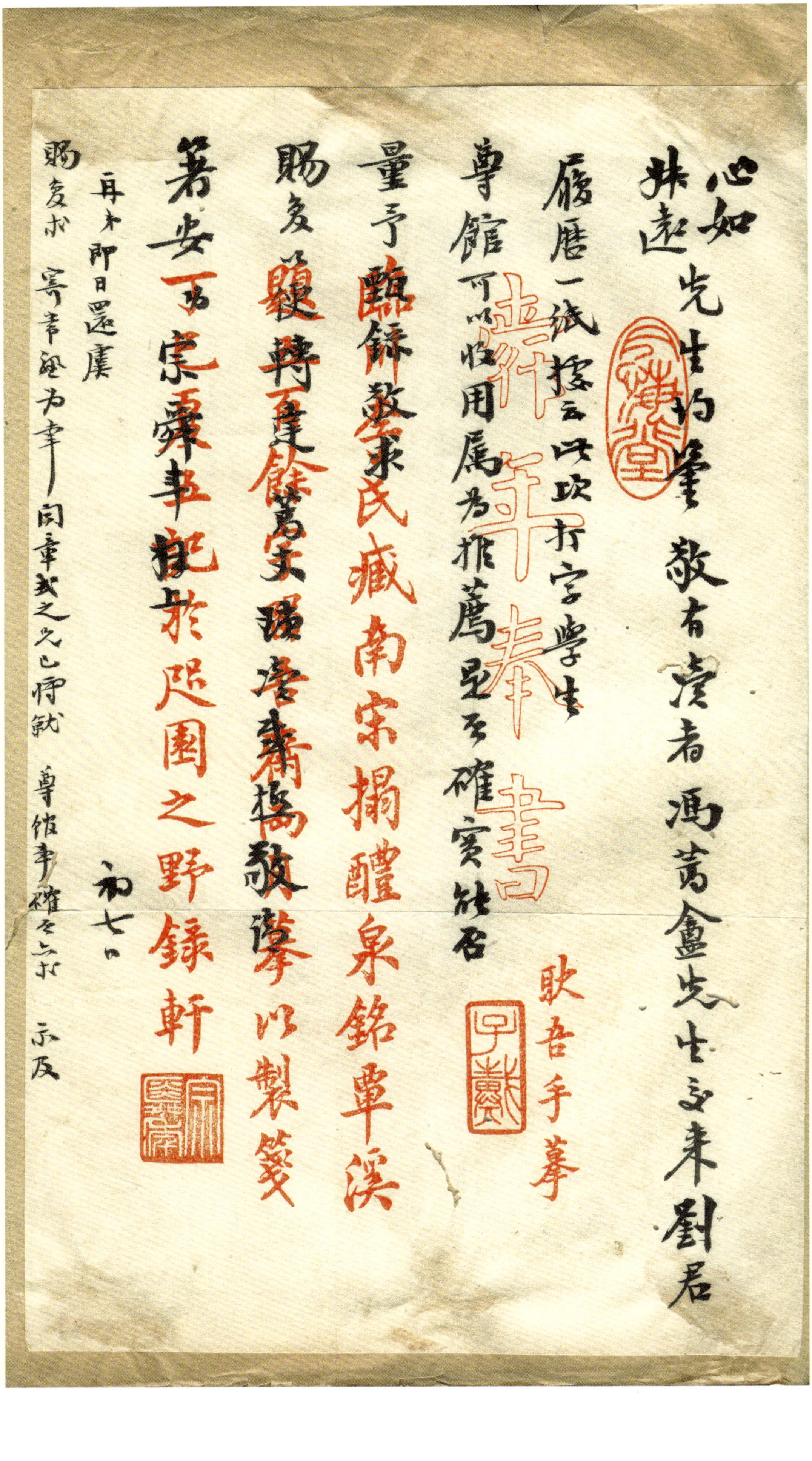

心如
仁兄先生均鑒：敬有啟者，馮蒿盦先生之來劉君
履歷一紙，擬云此次打字學生
尊館可以收用，屬為推薦，足下確實能否
量予錄敘，求
賜复，以便轉复為要。專此敬請
著安
弟宗舜年拜上
初七日

再，弟即日還虞。
賜复求寄常熟為幸。問章式之兄已得缺，尊館事確否，亦求示及。

耿吾手摹

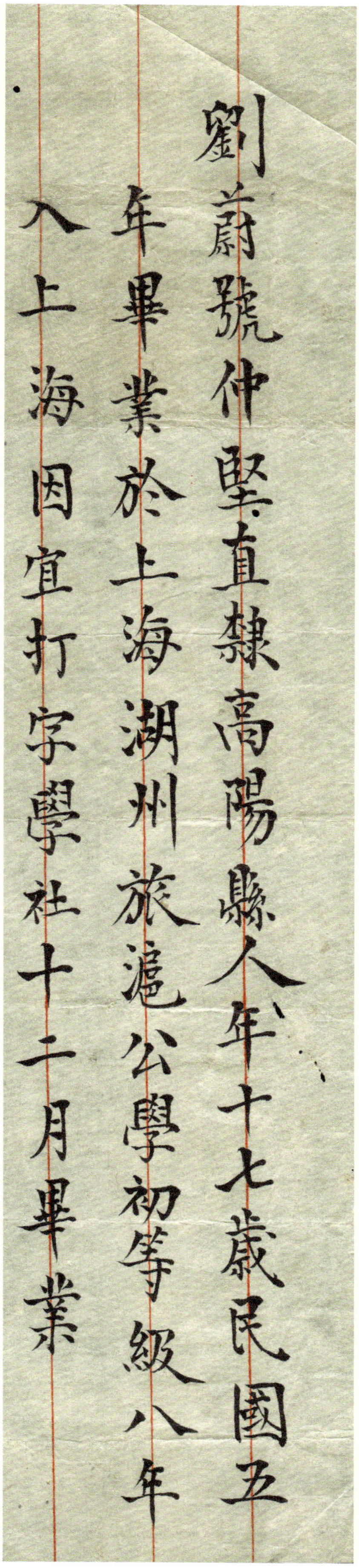

劉蔚號仲堅直隸高陽縣人年十七歲民國五
年畢業於上海湖州旅滬公學初等級八年
入上海因宜打字學社十二月畢業

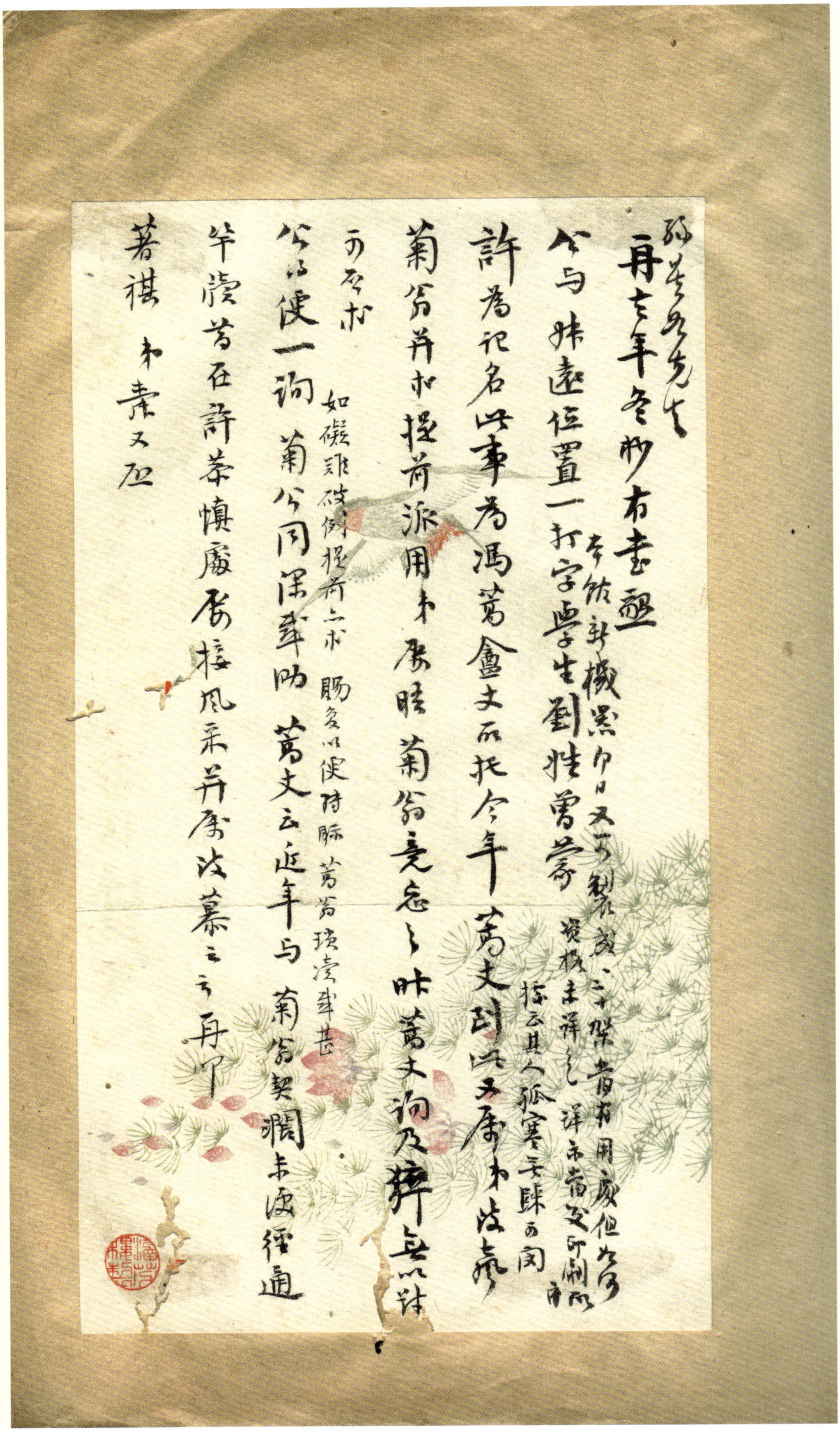
孫星如先生
再去年冬初有書與
公，與彼處位置一打字學生，劉姓曾蒙 去歲新機器印日文一切製成，二千餘字者有用處，但此事資機未詳，已詳示當交所刷所 據云其人孤寒無賴，不閱
許為化名。此事為馮蒿盦丈所托，今年蒿丈到此又屬不佞為
菊翁并求提前派用。不佞睹菊翁竟忘之，昨蒿丈詢及，辭無以對
可否求
公以便一詢 如礙難破例提前，亦求賜復，以便轉陳蒿翁，璜深感甚 菊公同深舉助。蒿丈云近年與菊翁契闊，未便徑達
竿牘。翁在許素慎，屢屢接風采，并屢汝慕云云。再叩
著祺 不佞肅又叩

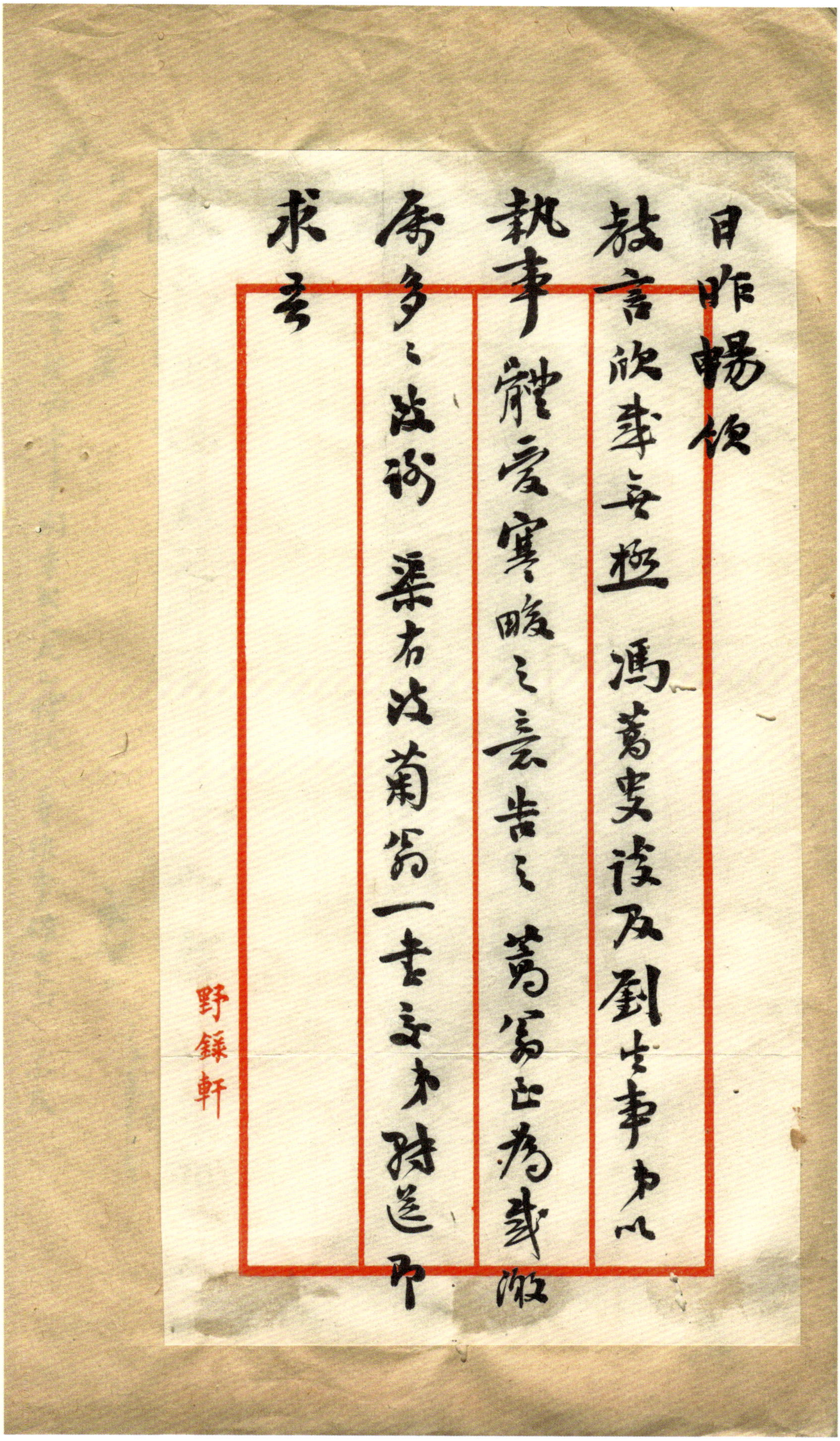

日昨暢領
教言，欣幸無極。馮蒿叟談及劉先生事，尤以
執事體愛寔踐之言告之，蒿叟亦為感激。
厚多多致謝。渠有致蘭翁一書，交下附送，即
求去。

野錄軒

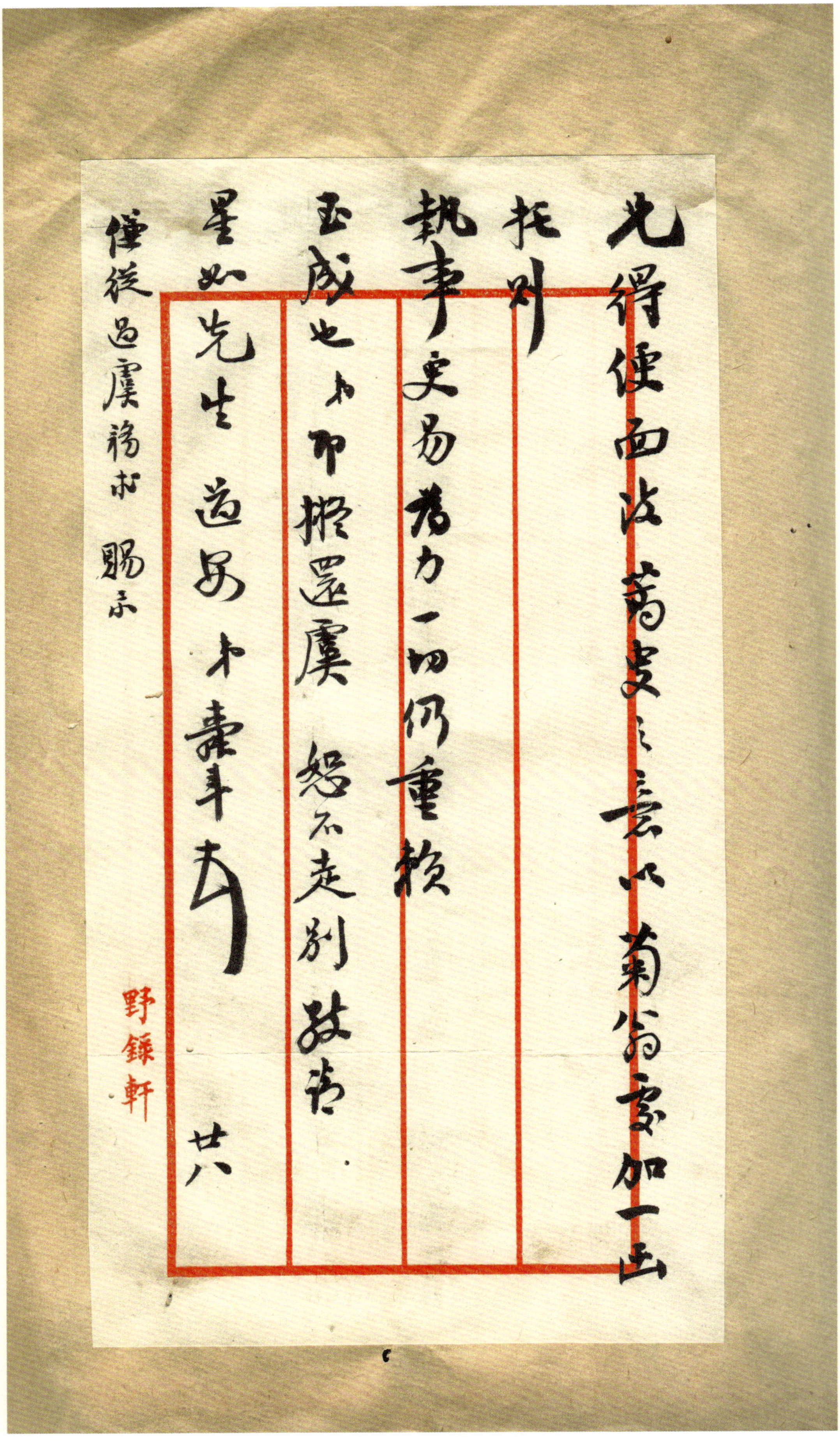

先得便函並荔叟之意以菊翁處加一函

托對

執事交易為力一切仍重賴

玉成也弟即擬還虞恕不走別敬請

星如先生道安弟卜肅上 [illegible] 廿六

儻從過虞務求 賜示

星如先生有道五月奉
賜札書即附寄馮蒿叟以病暑兼發心忡舊恙遲遲未復
正為歉疚昨又接
惠椾敬悉劉生大抵經驗太淺有負
挺植仍即附致蒿叟尚無回音溽暑和維
起居健勝前
惠叢刊全目研究經討採覓寶舍所藏奉校太陋同者一二
可備采用者

舜年奉書

耿吾手摹

臨川李氏藏宋搨醴泉銘卑溪
鶴齋百餘字留吾齋兩月摹以製箋
丁巳夏五謌樵屬[illegible]

尊屬已先得之惟鐵崖樂府一種

尊目注擬用原本の字不知近已確定否敝藏十六卷本即莫

笥舊藏見題跋極初印間有鈔補及蛀痕然尚無礙俟

僕從來滬當以奉

政此書有孔君題跋標題元至正本實則洪武刻也此外尚有

可貢

獻者溪集

尊目用王禕原刻本世行程輯本篇數多寡不一咸豐間

藏存莊鈞衡重刻全集以所見程本原輯最足之本三百八十四首分卷

餘字留吾齋兩月摹以製箋

丁巳夏五

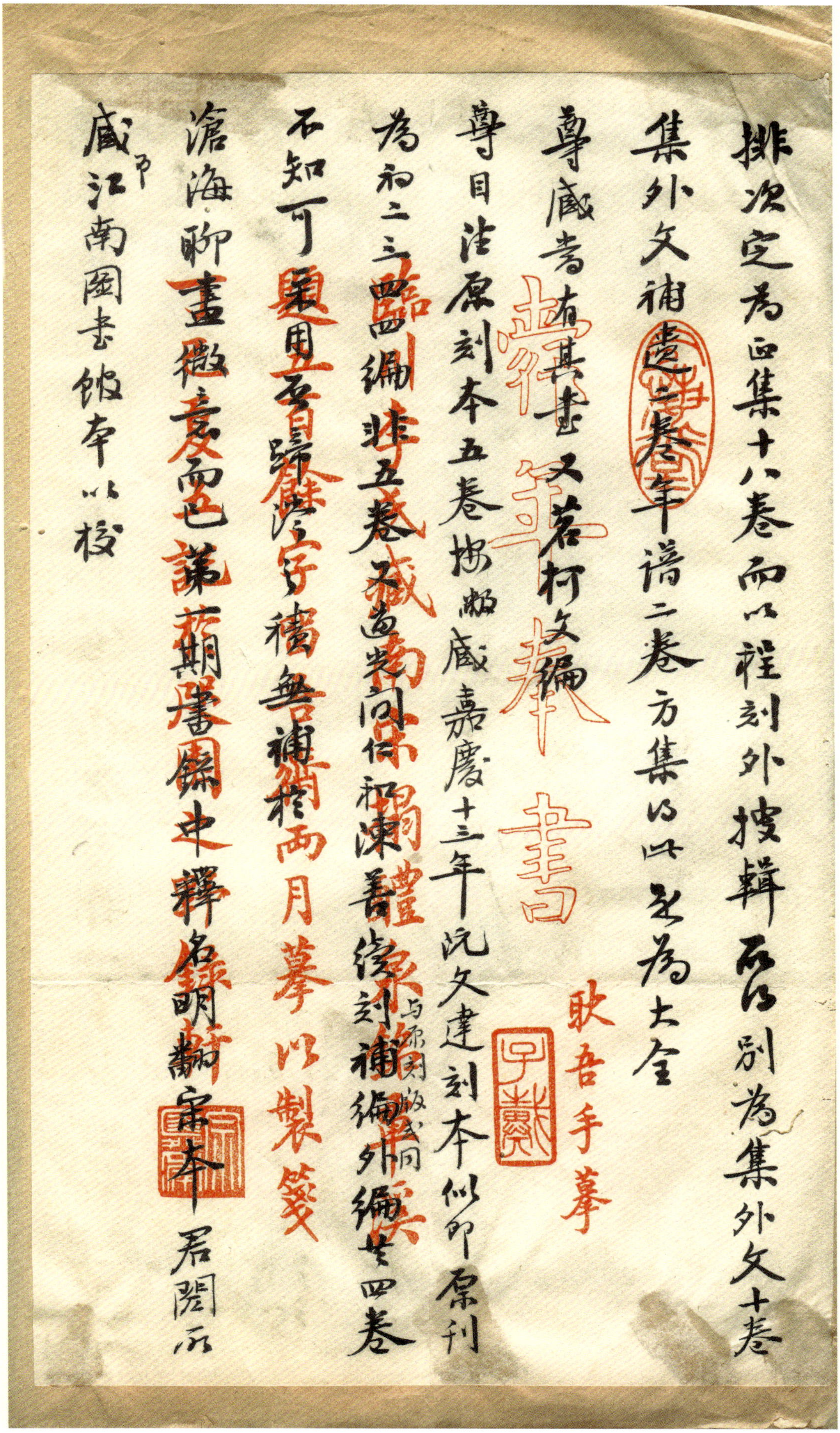
排次定為正集十八卷而以程刻外搜輯所得別為集外文十卷
集外文補遺二卷年譜二卷方集乃得定為大全
尊藏書有其書又若村文編
尊目注原刻本五卷揚州藏嘉慶十三年沈文建刻本似即原刊
為初二三四編非五卷又道光間仁和陳善從刻補編外編共四卷（与原刻版式同）
不知可采用否歸淺學稽無補於
滄海聊盡微意而已諸希期屬圖錄中釋名明斷宗本　君閣下
（即）咸江南圖書館本以校

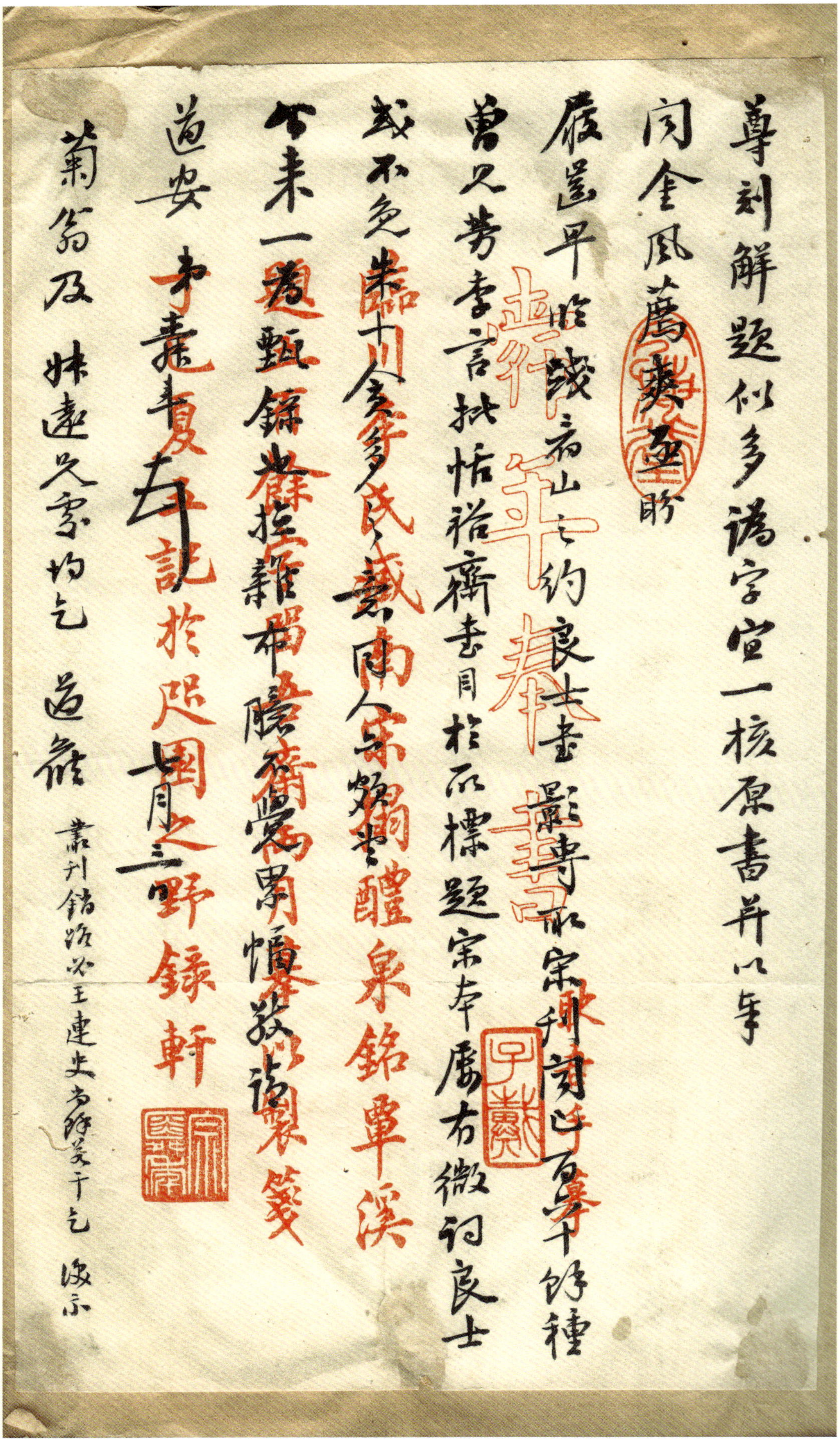
尊刻解題似多譌字宜一核原書并以奉
閱 金風薦爽 至盼
履邕平 昨晤 葑山之約良士書影寫取宋刊閱已百年十餘種
曾見勞季言批恬裕齋書目於所標題宋本處有微詞良士
或不免朱十八舍人多之惡同人宗頗者
下來一卷甄錄拙輯雜布騰覽罔慎發詒
道安 弟[illegible] 七月三日
菊翁及 姚逵兄處均乞 道候
叢刊錯誤必王建史多餘葉千乞 後示

民藏南宋翻醴泉銘單溪
[illegible]齋[illegible]以製箋
丁亥夏五記於昆園之野錄軒

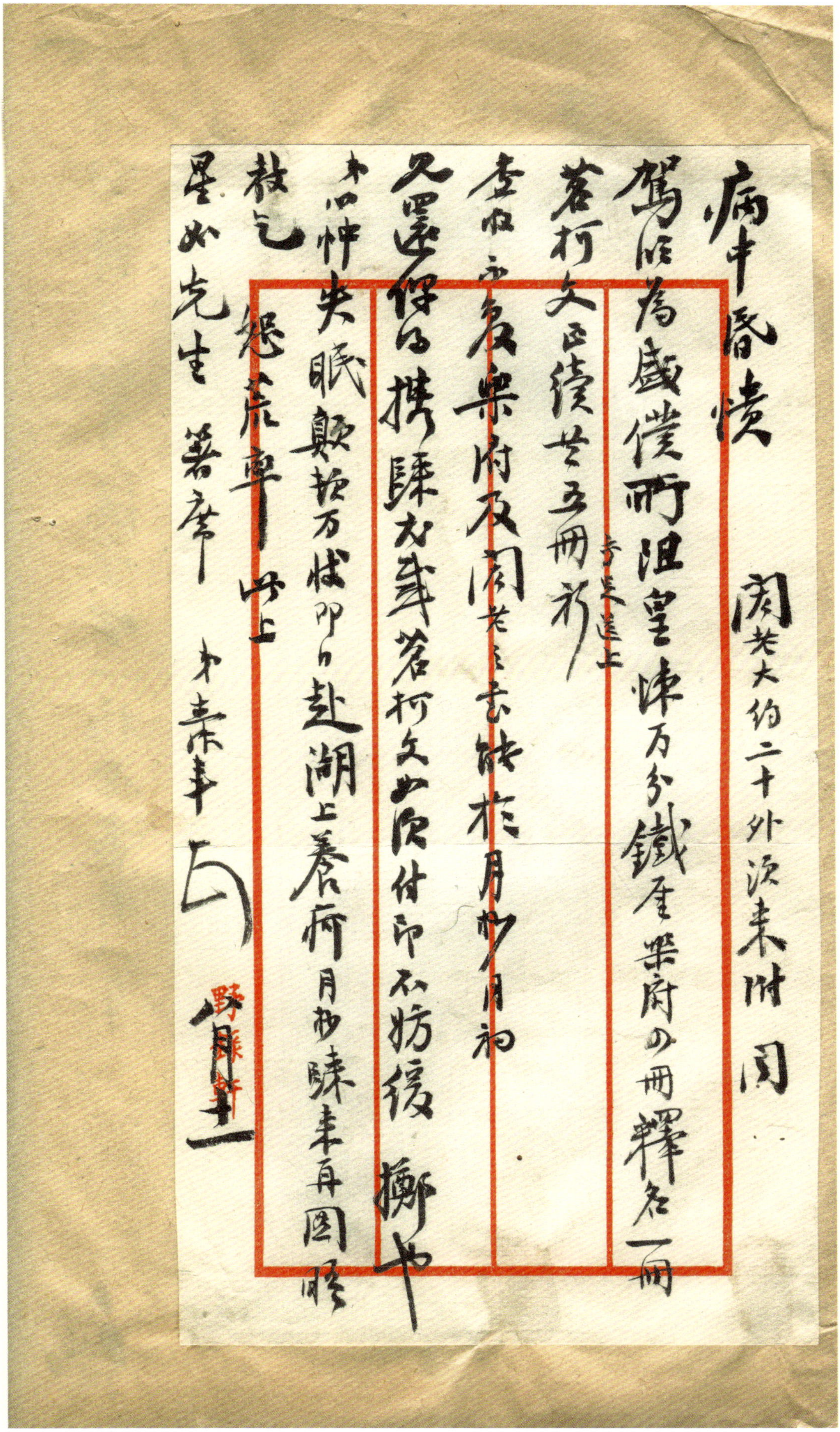
病中昏憒 閔老大約二十外後來附同
駕臨爲感 價所沮 皇悚万分 鐵崖樂府一冊 釋名一冊
若打文正續共五冊 祈 專足送上
查收 至樂府及閔老之志銘於月中 月初
又還遲假得携隸書若干文如何付印不妨緩擲也
本日忡失眠頭暈萬狀 明日赴湖上養疴 月杪回來再圖晤
教 懇荒寧 此上
星如先生 著席 弟宗舜年頓首 十一

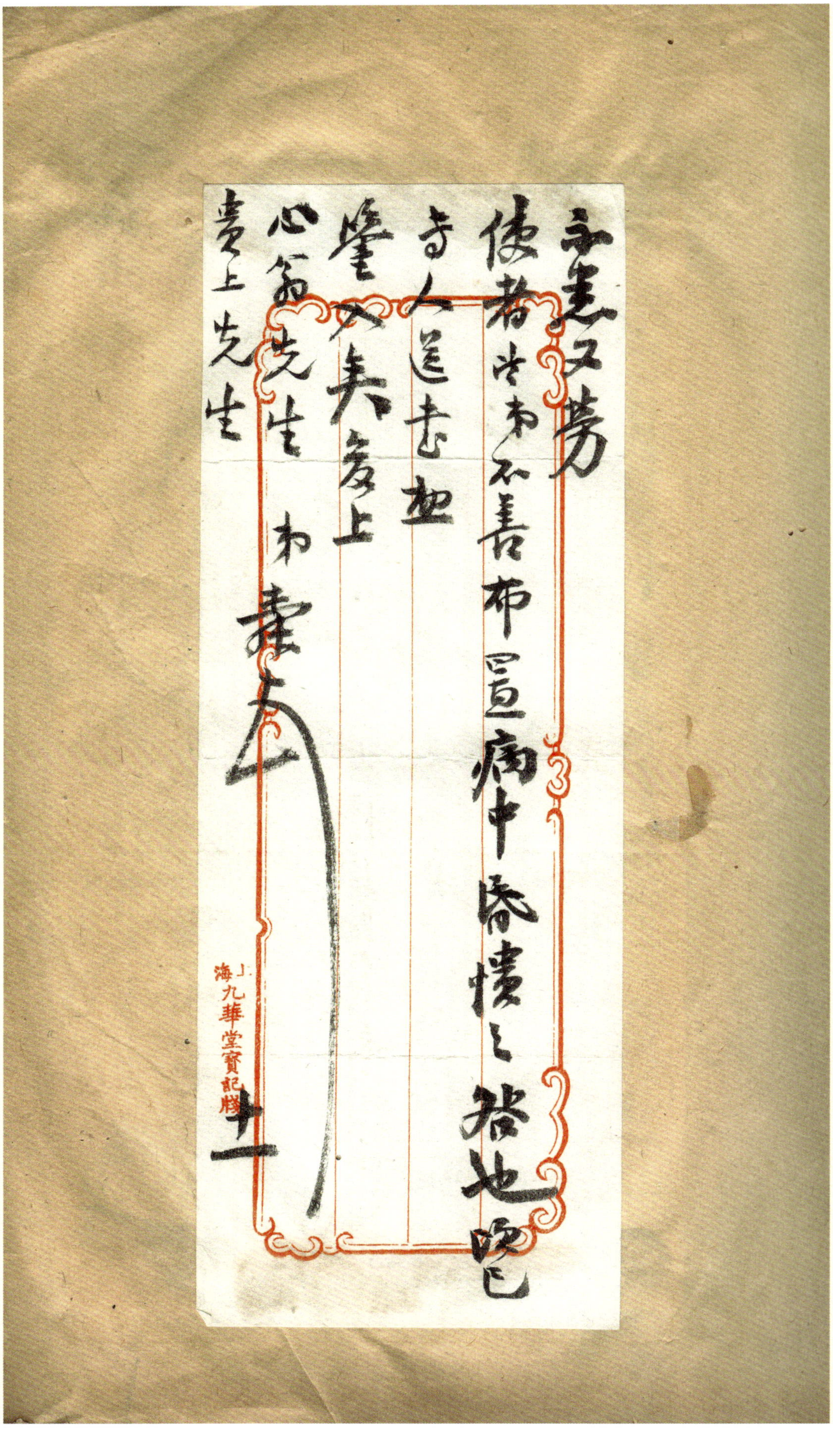
示悉。又勞
使者。此弟不善布置，病中昏憒之咎也。除已
寄人追去想
鑒入矣。復上
心翁先生　弟[illegible]
壽上先生　十一

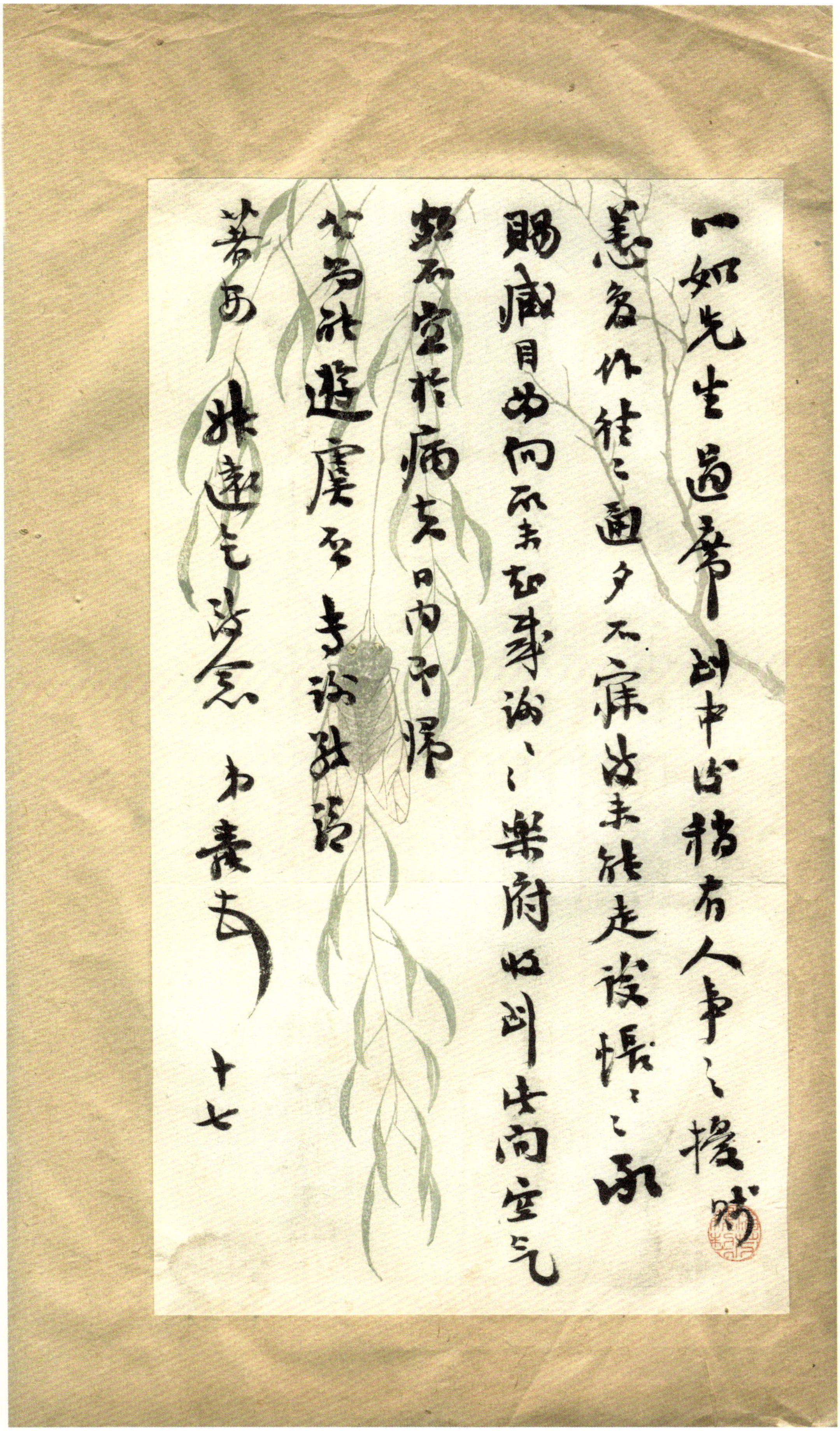
一如先生道席：昨中午稍有人事之擾，昨
惠箋作復之函，夕不寐，故未能走謁，悵悵。承
賜藏目如何所未敢尋論，論之樂府收到即向空氣
鄧石室於病中日內可歸
公為我遊虞至寺訪致語
著安　非遂之談念　弟舜年
十七

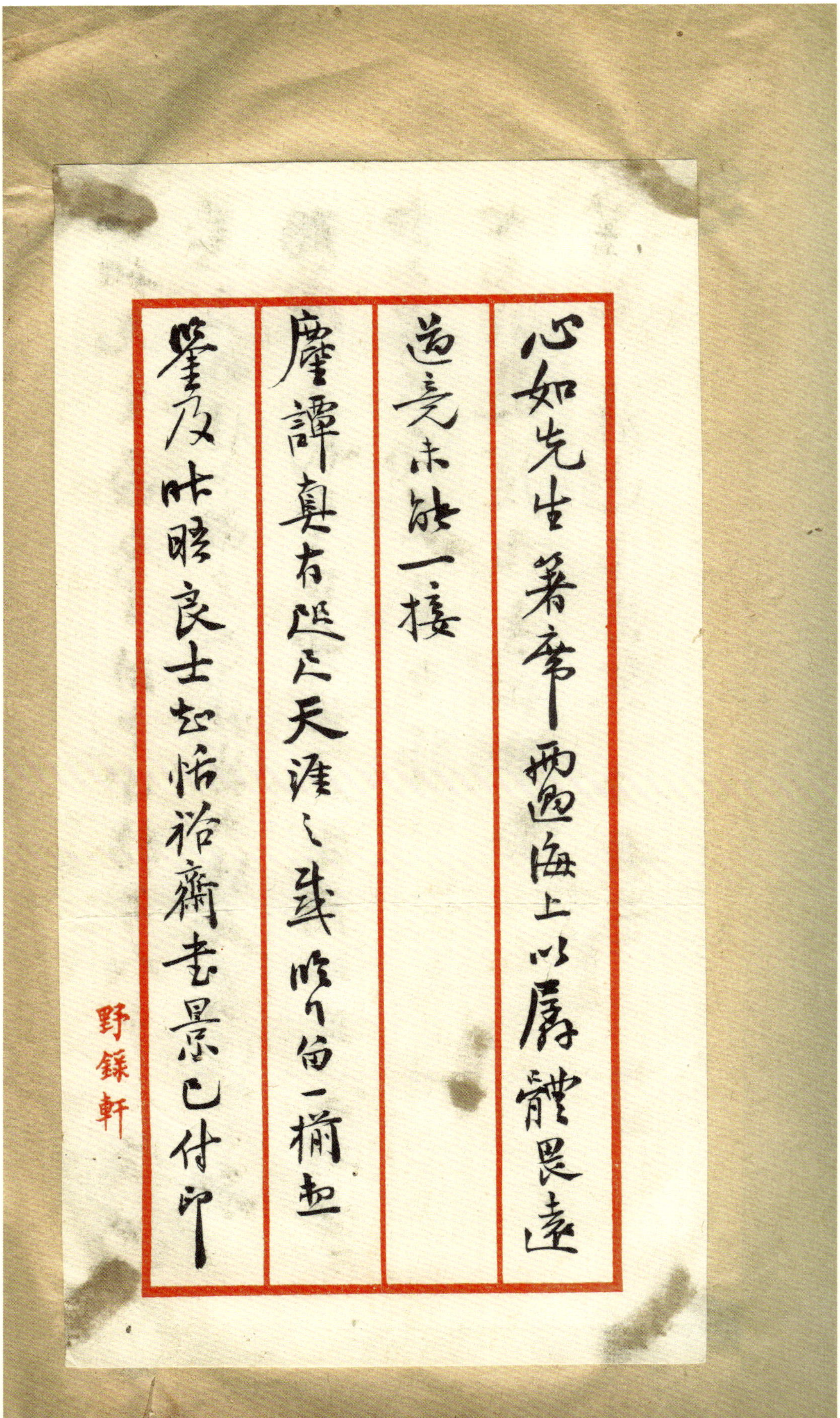

心如先生著席兩過海上以孱體畏遠
道竟未能一接
麈譚寔有咫尺天涯之歎昨布白一椷並
鑒及昨晤良士知恬裕齋書景已付印

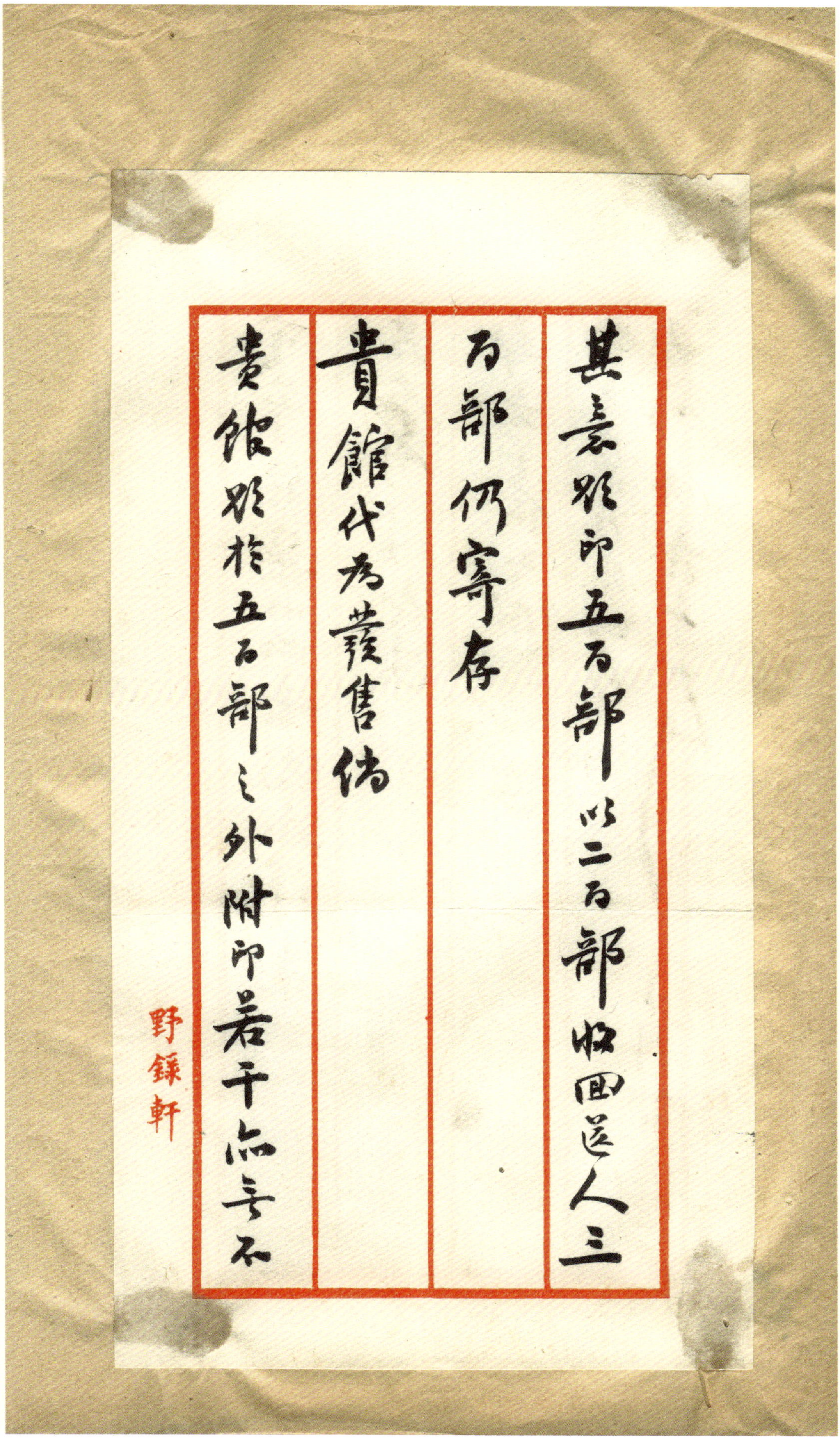

其書擬印五百部 以二百部收回送人 三百部仍寄存
貴館代為發售 備
貴館擬於五百部之外附印若干冊亦無不

野錄軒

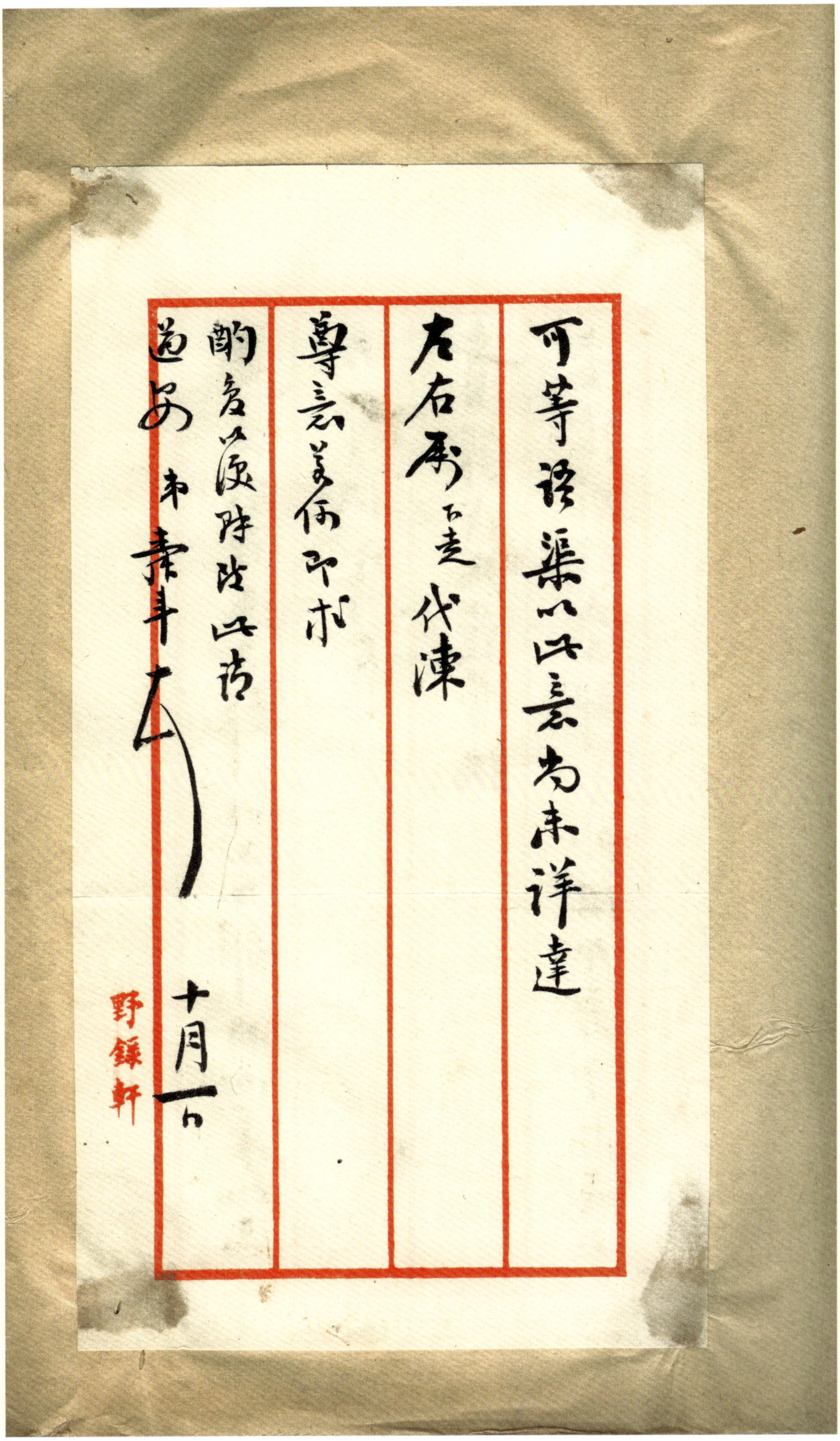

可等語渠以此意為東詳達

左右屬下走代陳

尊意若何即求

酌定以便附復此請

道安 弟袁手上

十月一日

野鎌軒

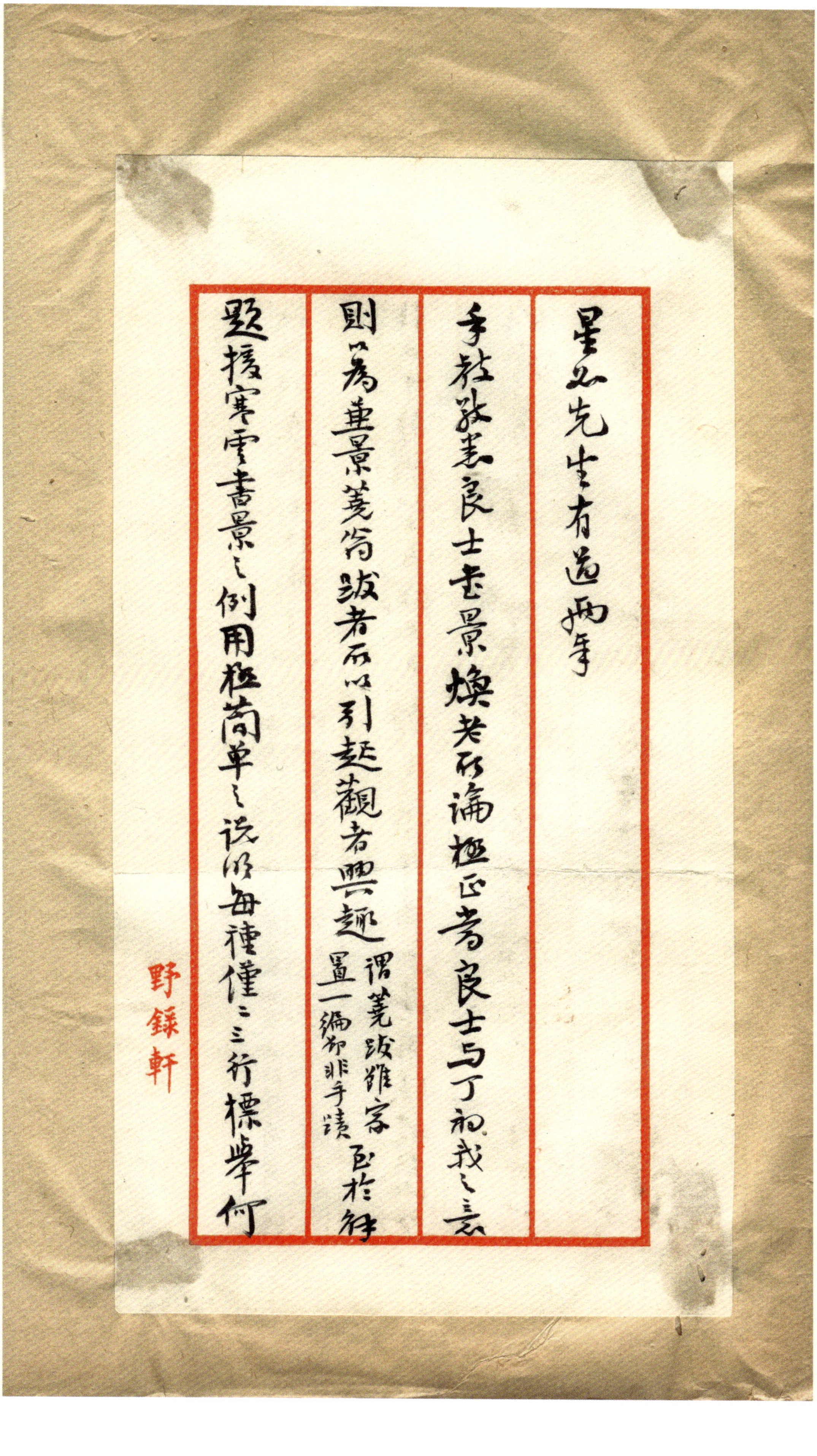

星如先生有道：兩手

手教敬悉。良士書景，煥老所論極正。書良士與丁初我之言

則以爲畫景蕘翁跋者，所以引起觀者興趣（謂蕘跋雖容置一編，却非手讀），亟於錄

題，援寒雲書景之例，用極簡單之說明，每種僅二三行，標舉何

野録軒

代所刻華載木記藏印而已初我以為木記甚重要而良士所選各葉以清朗為主頗有偏景木記者借此可以補其不備

註云可用流行攝印占綫不多縣縣景印書畫亦有説明凡此皆

所參營業性質髒者乃非真正行字不可據以參究應行銷

務廣而搜之書品亦未必盡傷雅道兩足之意如此解題乃初我撰

野錄軒

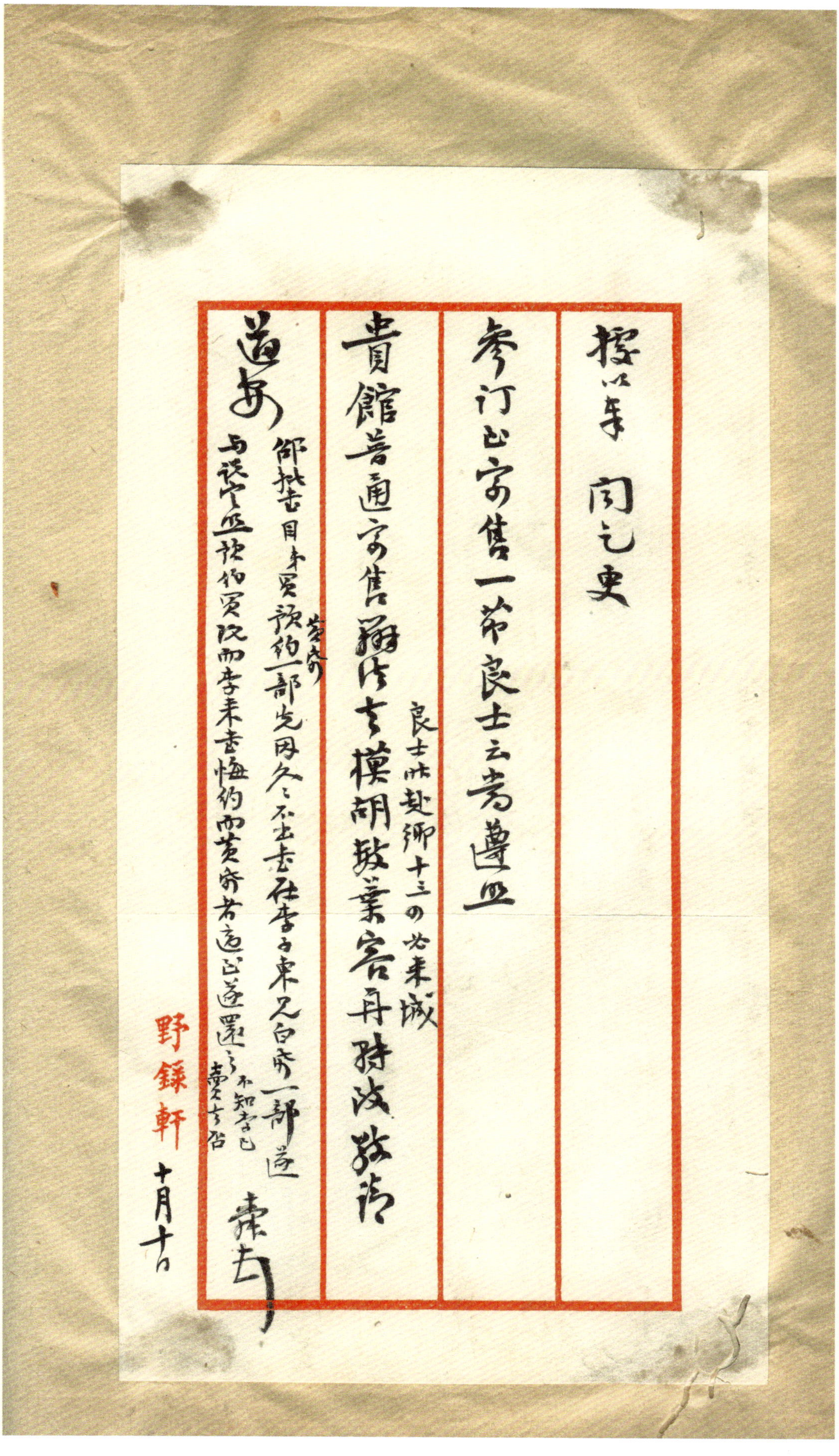

探以手閱之矣

參訂之字售一節良士云當遵照

貴館普通字售蔣作書模胡鼓叢書再將改請（良士昨赴鄉十三日必來城）

道安

部撰書目本買預約一部先因久久不出去往李子東見白本一部遂（蒙翁）與談皆照預約買從而李來書悔約而黃翁者適出遂罷還之（不知李已發書否）

肅去

野鎵軒

十月十日

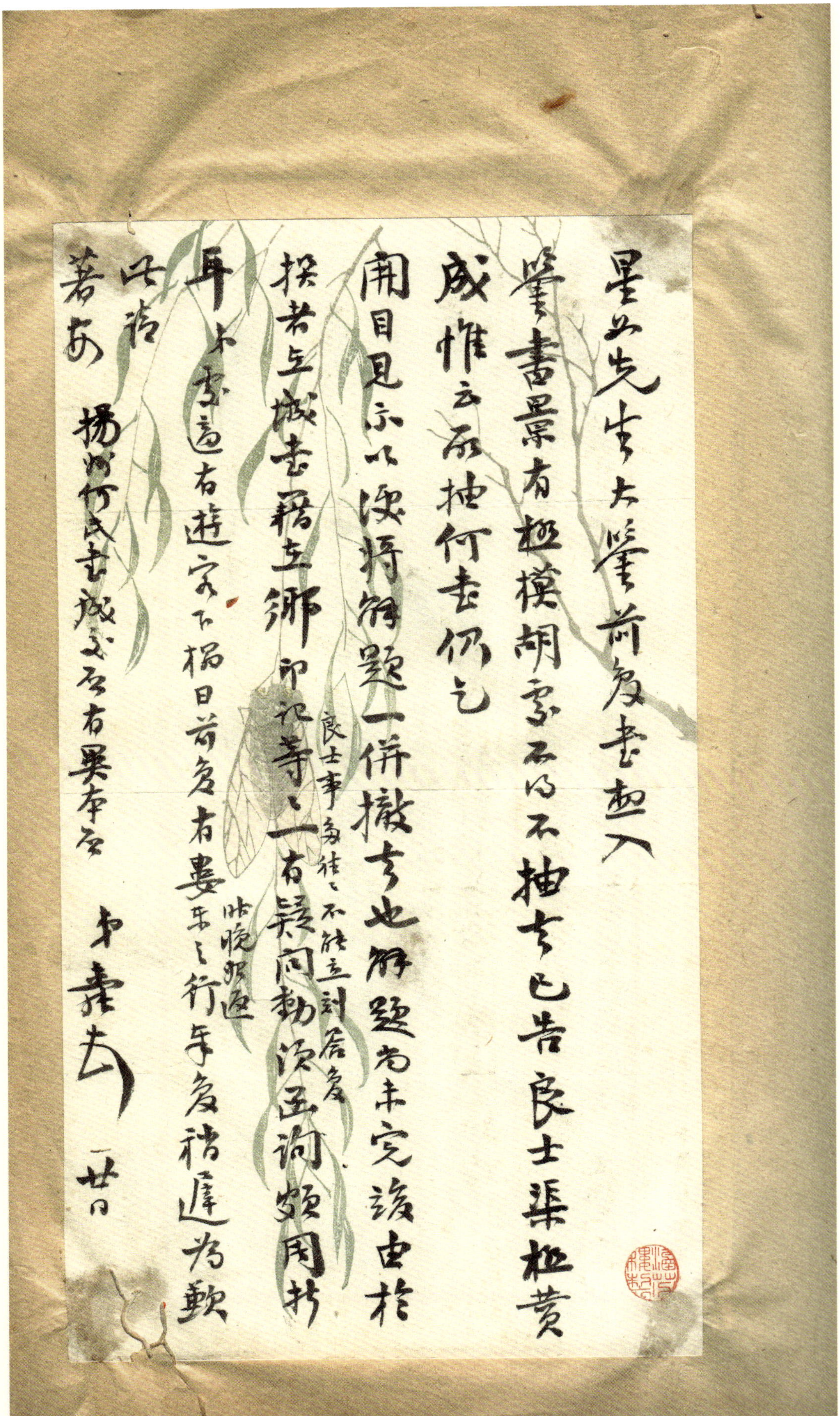

星如先生大鑒：前復去函，入
鑒。畫畧有極模糊處，不得不抽去，已告良士，渠極贊
成，惟云所抽何去，仍乞
開目見示，以便將解題一併撤去也。解題尚未完，後由於
採若干撤去稿子鄉印記等等，一有疑問，動須函詢，頗周折（良士事多，往往不能立刻答復）
耳。本齋適有遊客下榻，日前復有婁東之行（昨晚始返），年事復稽遲為歉。
即請
著安
揚州何氏書藏又否有異本否
弟森玉 一廿日

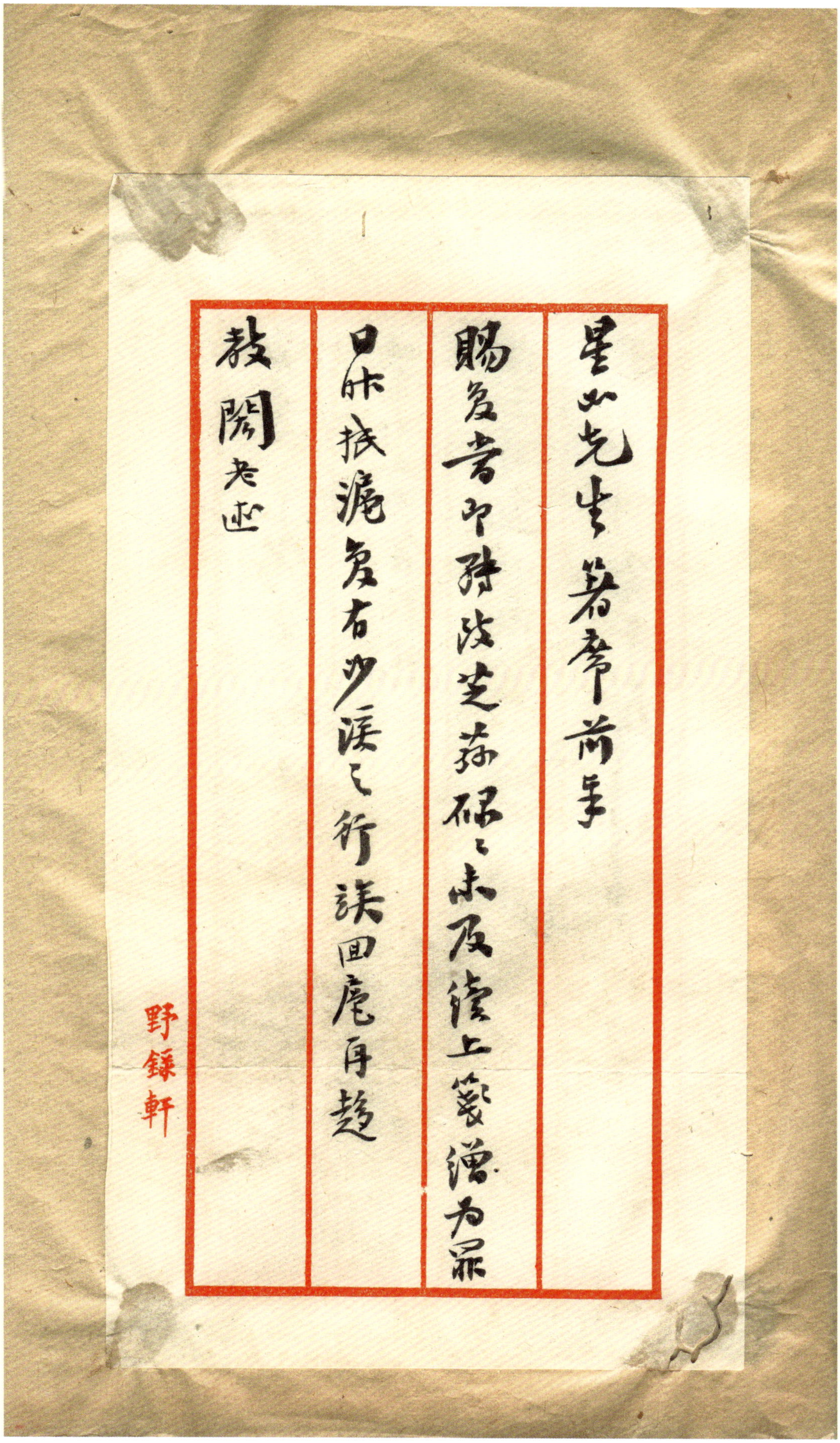

星山先生著席前手
賜复書印譜跋芝蘇碑〻未及讀上叢譜爲累
日昨抵滬复有少淹〻行謀回虎再趨
教閲老迺

野録軒

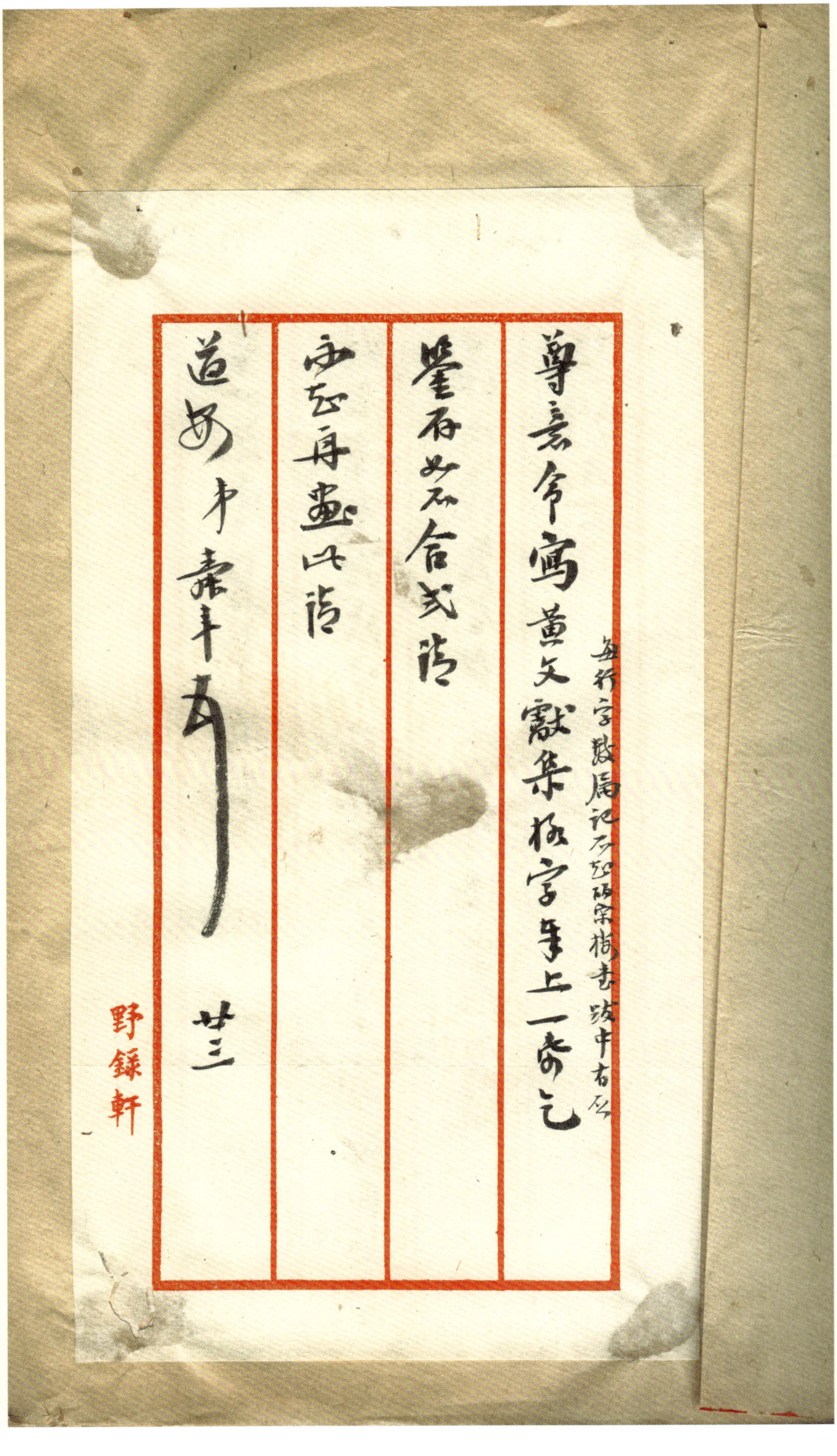

尊意令寫黄文獻集板字奉上一葉乞（每行字數局記不知碩宗楷書跋中有否）

鑒存如不合式請

示知再畫此請

道安 弟肅丰頓首

廿三

野錄軒

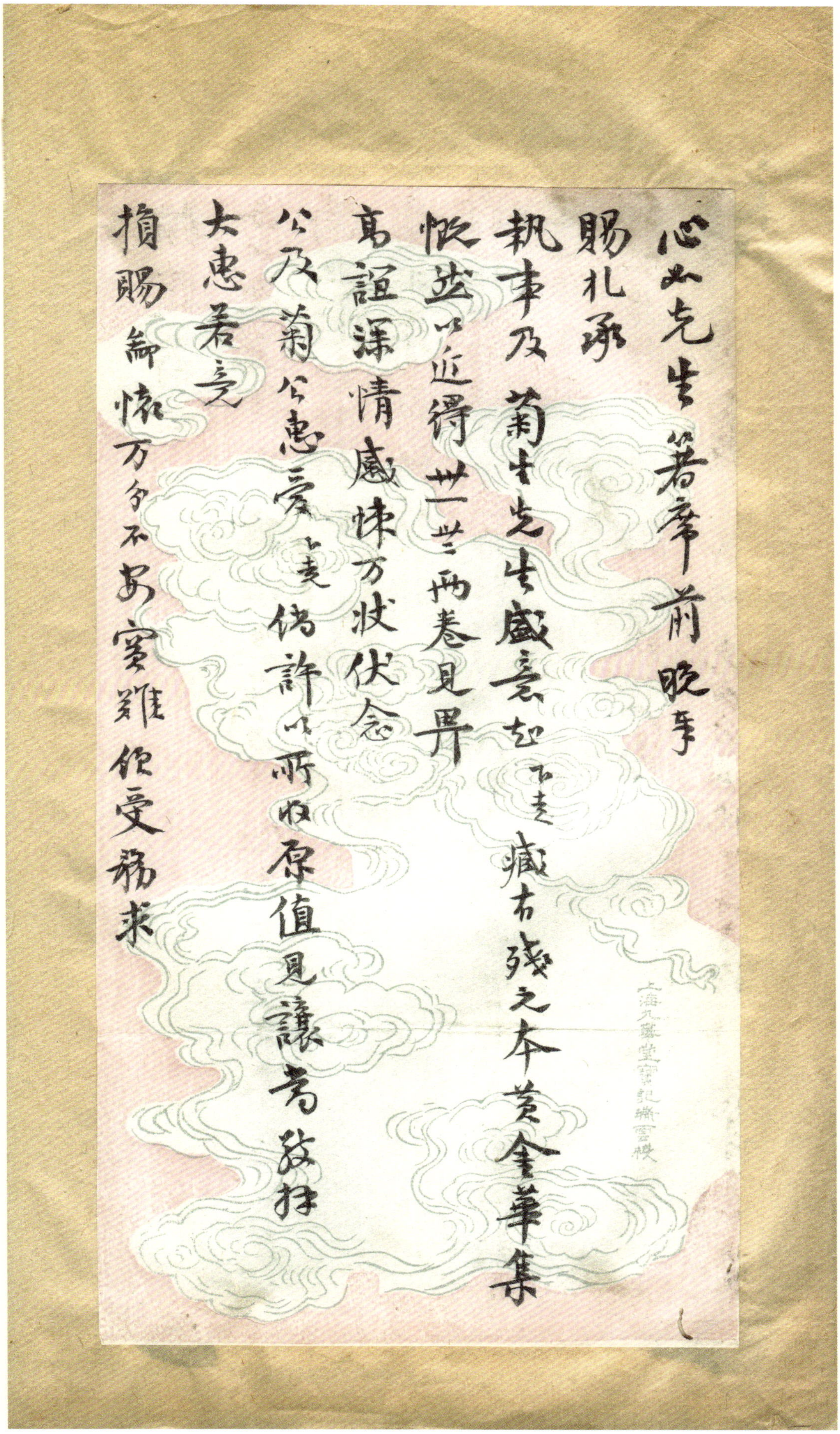

心如先生著席前 晚年
賜札承
執事及菊生先生盛意却下走藏古殘之本黄金華集
恨並以近得廿一廿三兩卷見畀
高誼深情感悚万狀伏念
公及菊公惠愛下走備許以所收原值見讓着發抒
大惠若是
損賜郤恨万々不安實難領受務求

上海九華堂寶記繪雲樓

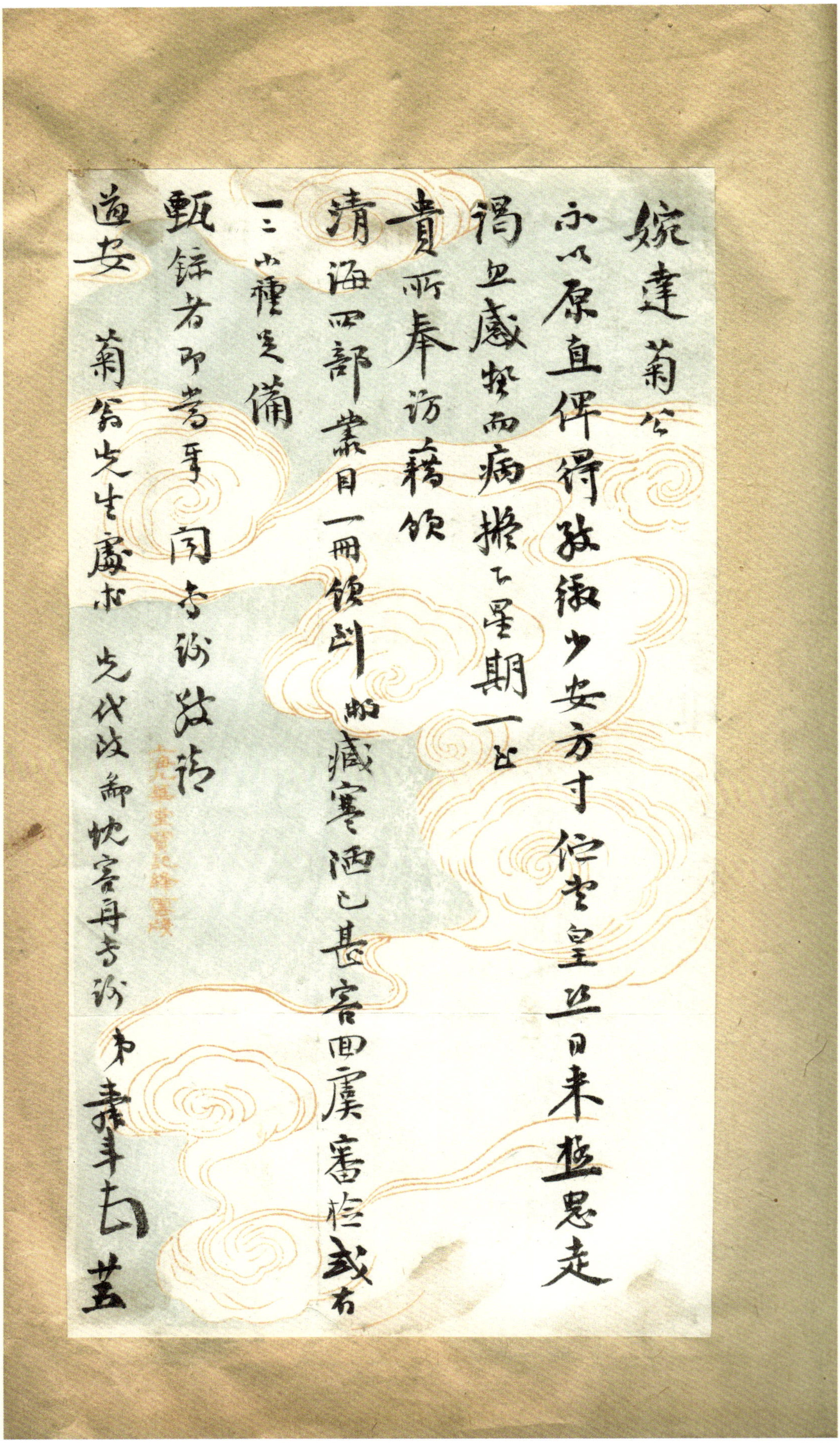

婉達菊公：
亦以原直俾得致緘，少安方寸。仰望皇上近日來極思走
謁，旋感暑而病，擬下星期一上
貴所奉訪，藉領
清誨。四部叢目一冊領到，照藏寒酒已甚，容回寓審檢，或有
二三種足備
甄錄者，即當奉聞。專此敬請
道安
菊翁先生處求先代致，卿快容再奉訪。弟壽手啟

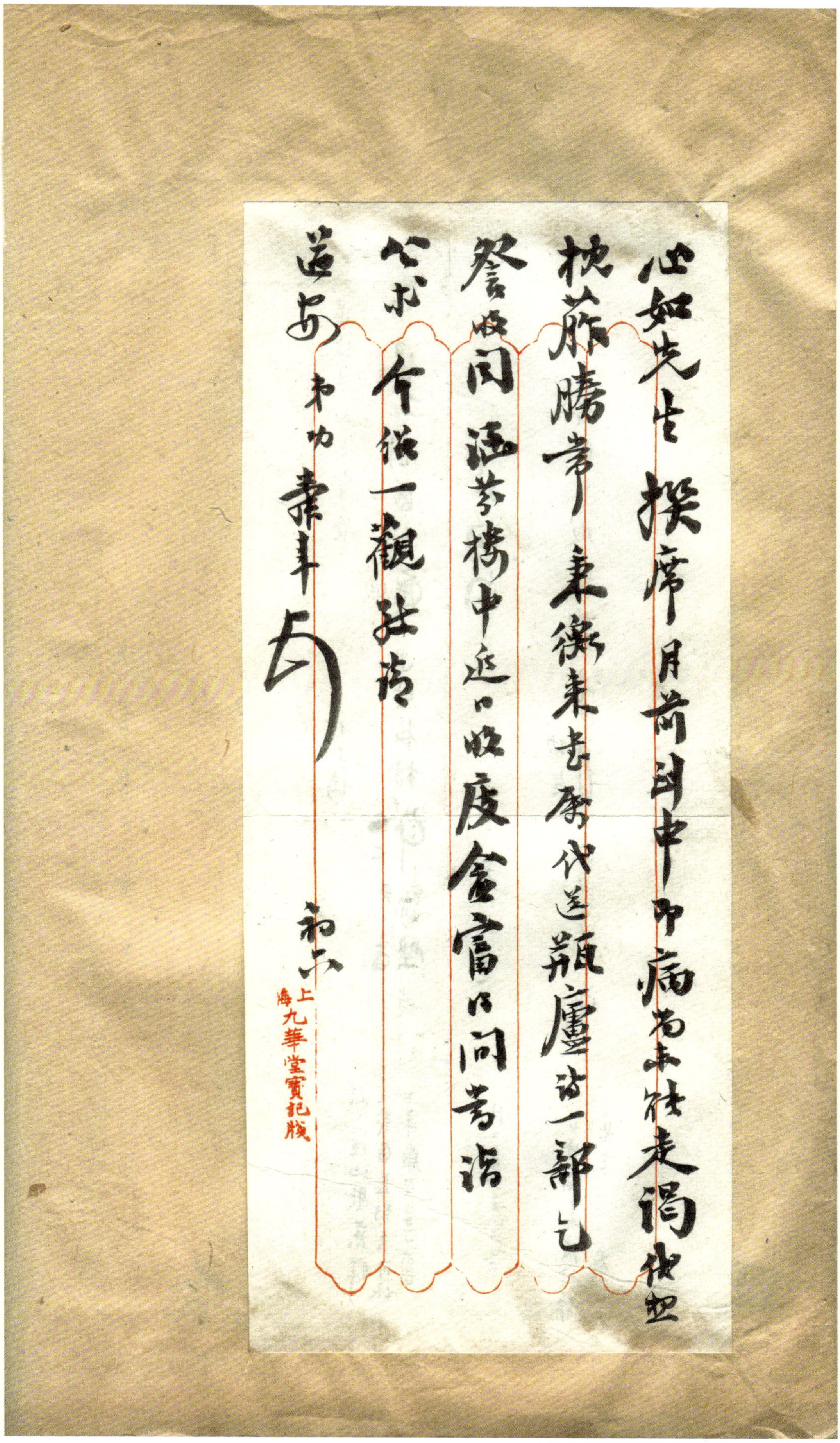
心如先生撰席：月前[到]申，[即]為未往走謁，[悵]歉。
枕葄勝常。[秉]衡來吉[廬]代送《瓶廬詩》一部，已
登收。聞涵芬樓中近日收庋[金]富，以問當請
代求介紹一觀，肅請
道安。弟功舜年[頓首]
初六
上海九華堂寶記牋

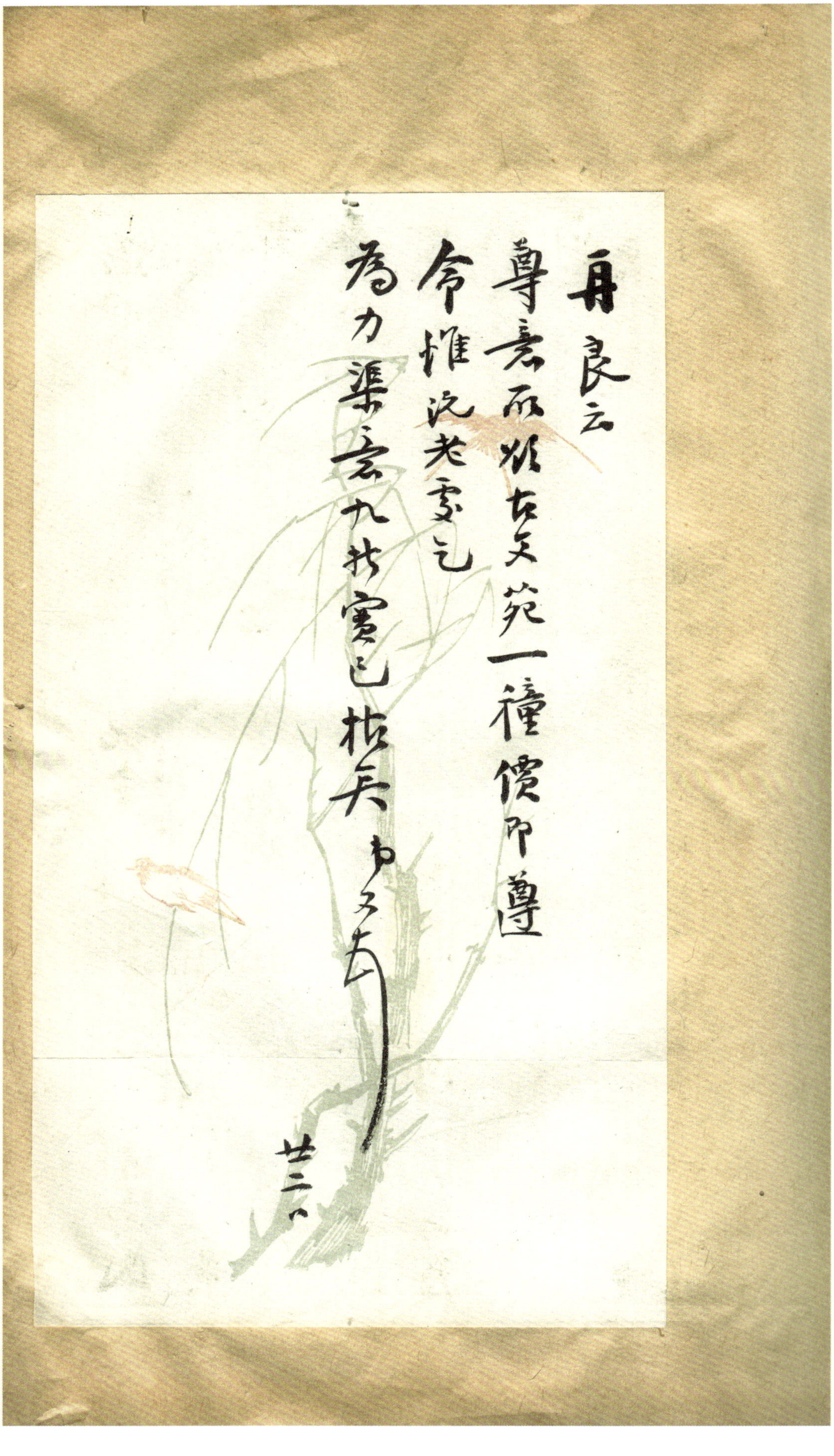

再

良云

尊意所欲在文苑一種，便即遵

命。惟沈老處已

為力，渠言九折處已拔矣。弟又去

廿二八

星如先生侍右：前日寄書二部，沈妹石要二書已由袁士取
到城中，并述其全書大概，此正書已到，接了
來書并還選書七種照收，今寄
復書二部，志印刻寄上，袁士集甚志，如能屬沈翁加序之
公之古文苑為公所成，懿藏為滿意也。

上海九華堂寶記牋

附寄沈翁箋不新，此區區之書，全書將來半價攜掛號寄
字之到乞先
多一張片太妙，此請
道安 弟森年頓首
書目收到，菊翁處乞 先代送，所印各友并若有補編不必到
廿九晚

上海九華堂寶記牋

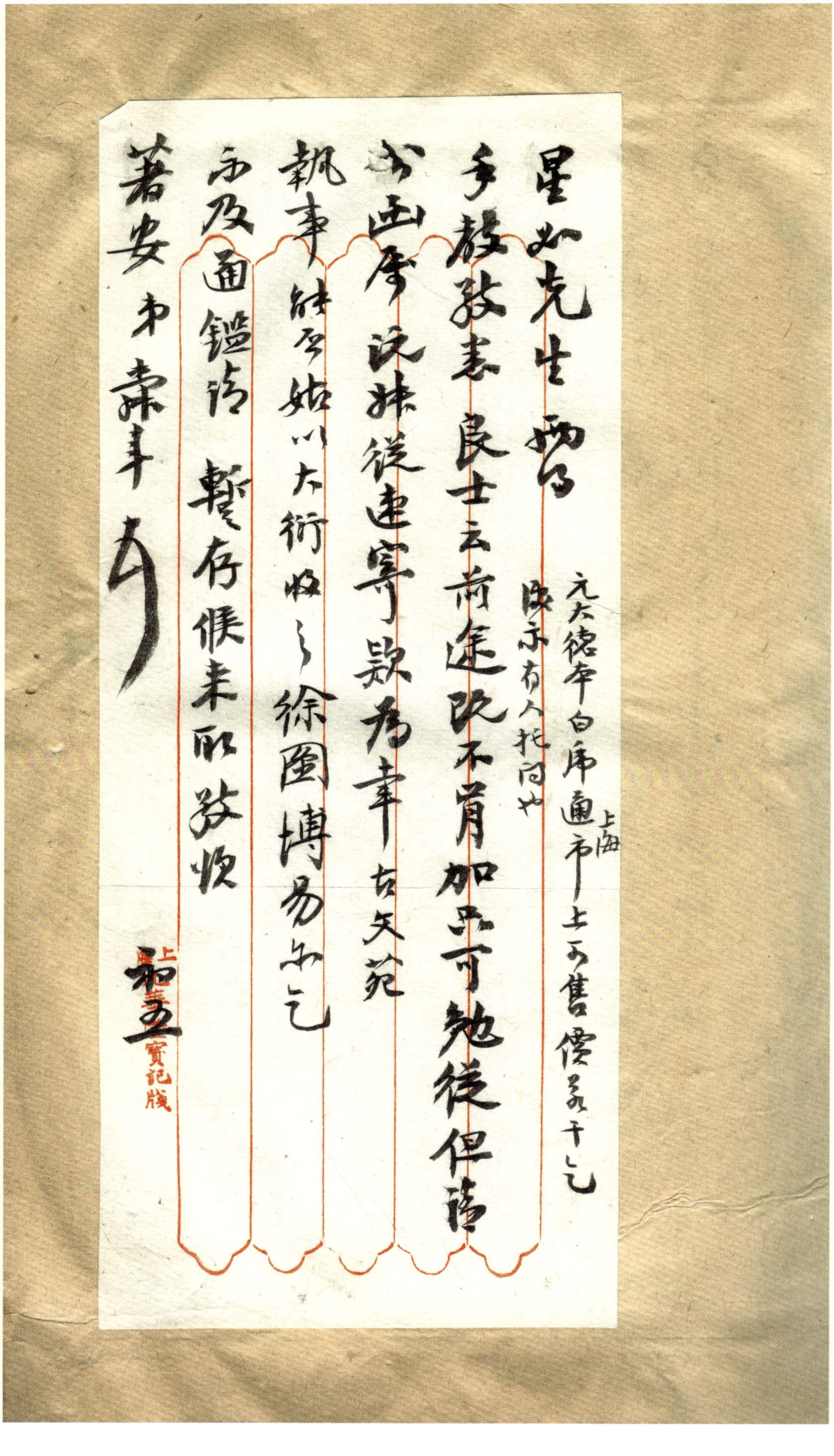
星如先生閣下
元大德本白虎通上海市上有售價若干乞
便示有人托問也
手教敬悉良士云前途既不肯加亦可勉從俾請
公函屬沈林從速寄款為幸 古文苑
執事能否姑以大衍收之餘圖博易如乞
示及通鑑諸 暫存候來取敬頌
著安 弟森手

星如先生道鑒兩奉
手札註通鑑一冊即日轉交記士矣郵寄承
擲還極為愧悚況未與書去只好耐心候之去上
公家記士極為枚心不若急急寄還。幼未記未只有趙副參
友季武之板本最富何不託去詢之芝蓀言去歲得題只
須將抽去數葉（乃識業非經刪者）之種頭寄下渠可將印記補入於雪集無沈
民未記明翻于疑詰經刪並叩
歲鑒 弟肅上
廿八

舒氏雪甌艸堂製

示悉。玉篇壽書目共八葉，已
奉上，來使費回，諾
督收。弟十九（玉海）早車赴蘇，不知能於十六晚
見還否？如能十六還，乞以電話見告，弟即寄往。目
錄前一小引，已破損，多
字恐難以意補綴，或竟去此一頁耶？此書實是坊刻，博
雅君子云云，尤是坊賈通套文字，文理亦陋（引中）
公謂何如？此上
星翁先生　弟叔韞頓首　十六

君閱未來良士否？已乞列字否？

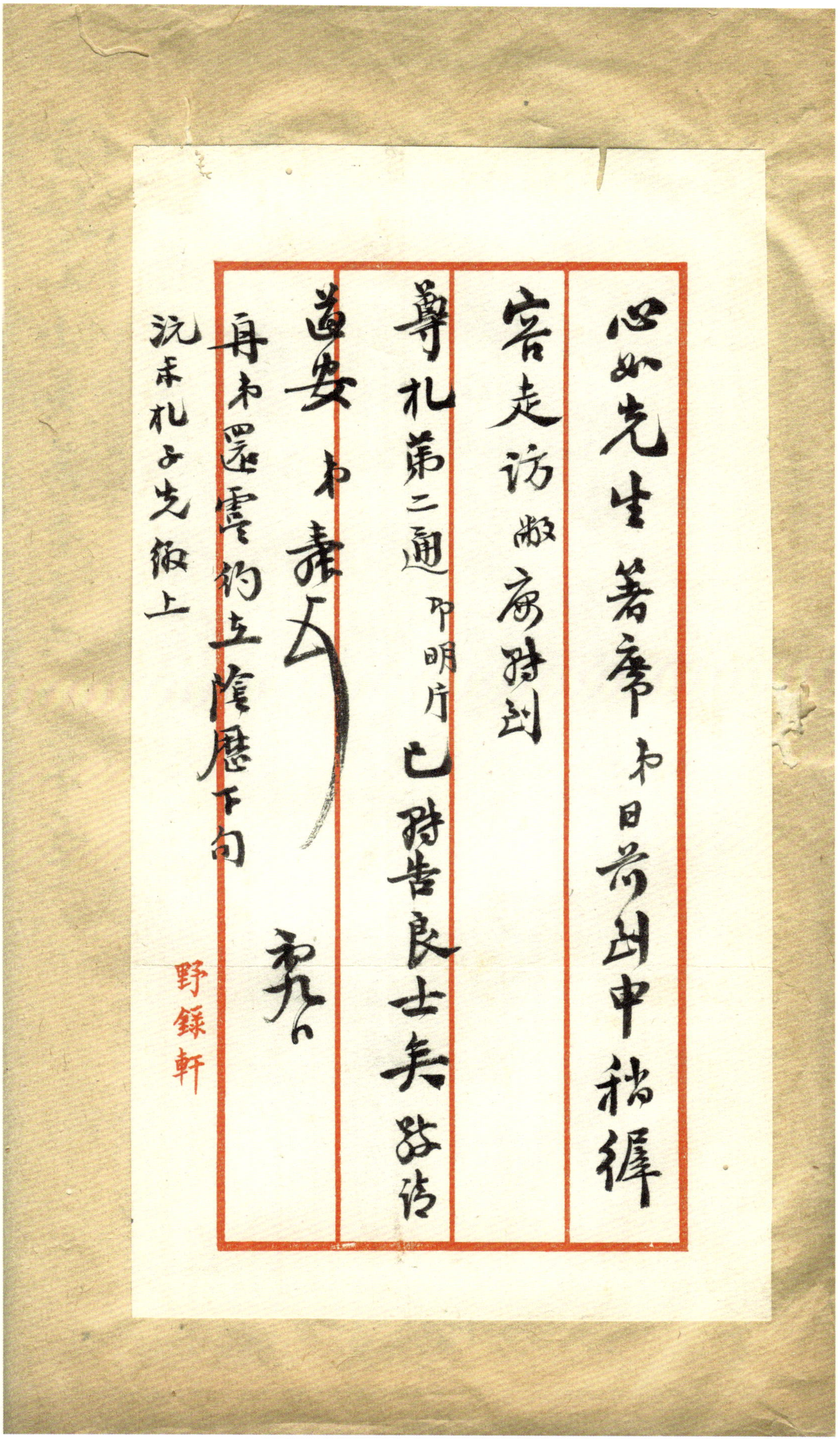

心如先生著席：弟日前函中稍緝
容走訪，敝廎附函
尊札第二通、弟明片已附告良士矣。路詒
道安。弟肅
舜年
再，弟還雲約立陰歷下旬
沅叔札子先繳上

野錄軒

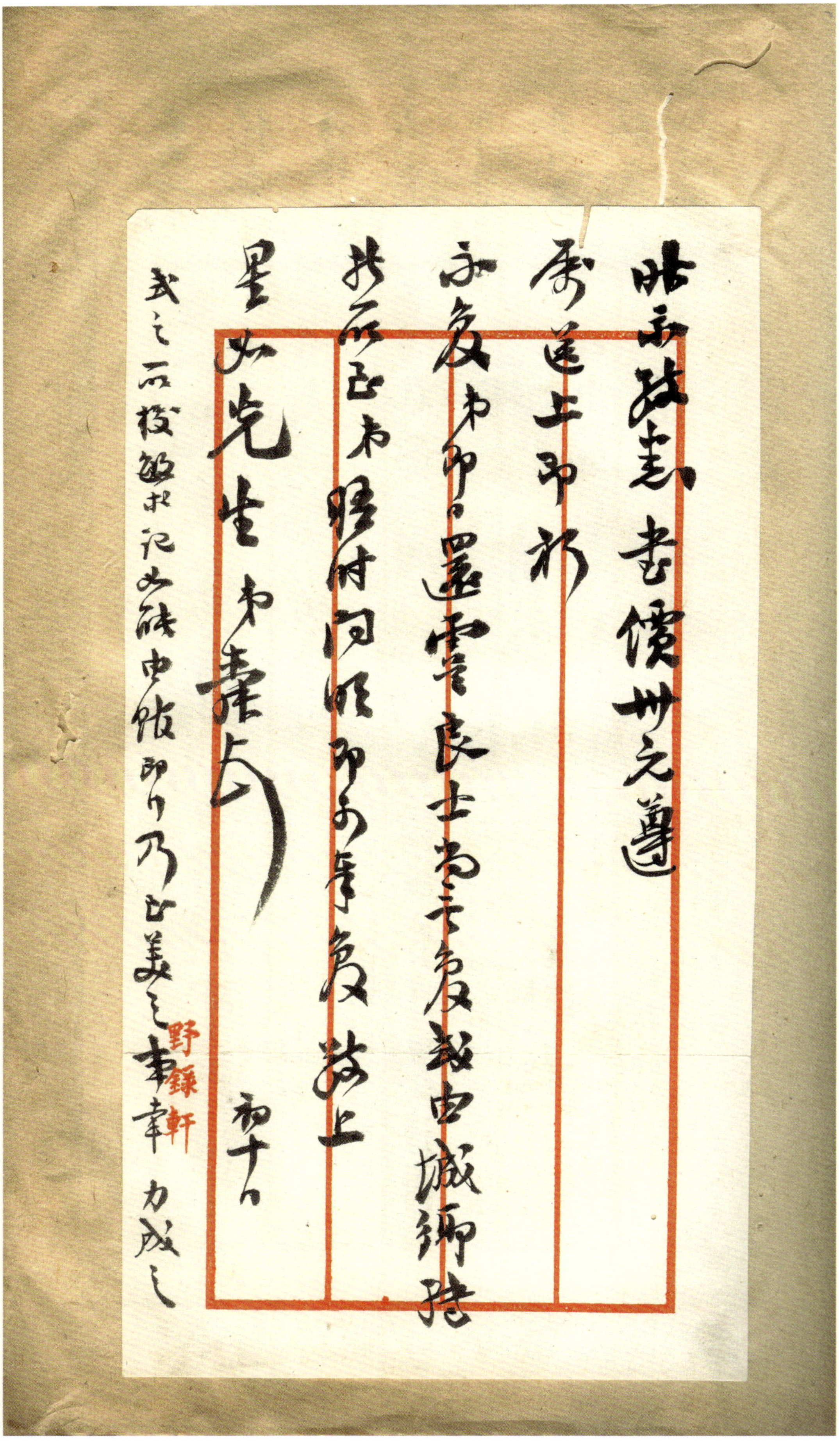

昨示敬悉。書價卅元，遵
屬送上，即祈
示復。弟即日回還，雲良士為之多處越由城鄉持
排印本照付，同昭即希示復。敬上
星如先生 弟康年 初十日
武之一石校錄本記以紙由張即乃正美之事，幸力成之。
野錄軒

星如先生大鑒：前奉

賜書，以小病未能即答，為羅漫以送學生入校到處。玉篇殘本攜

在行篋，昨

尊處想尚未能即付印，如未則八月抄必仍在申。倘此時能趕緊付印，亦

即送上，以便八月抄（來申時）取回緒鄰家之果。敝處時室不能即付，則八月抄到申

專此奉復，甚便乞

賜復即趁前也。此請

道安。小肅 [illegible]

十五日

野錄軒

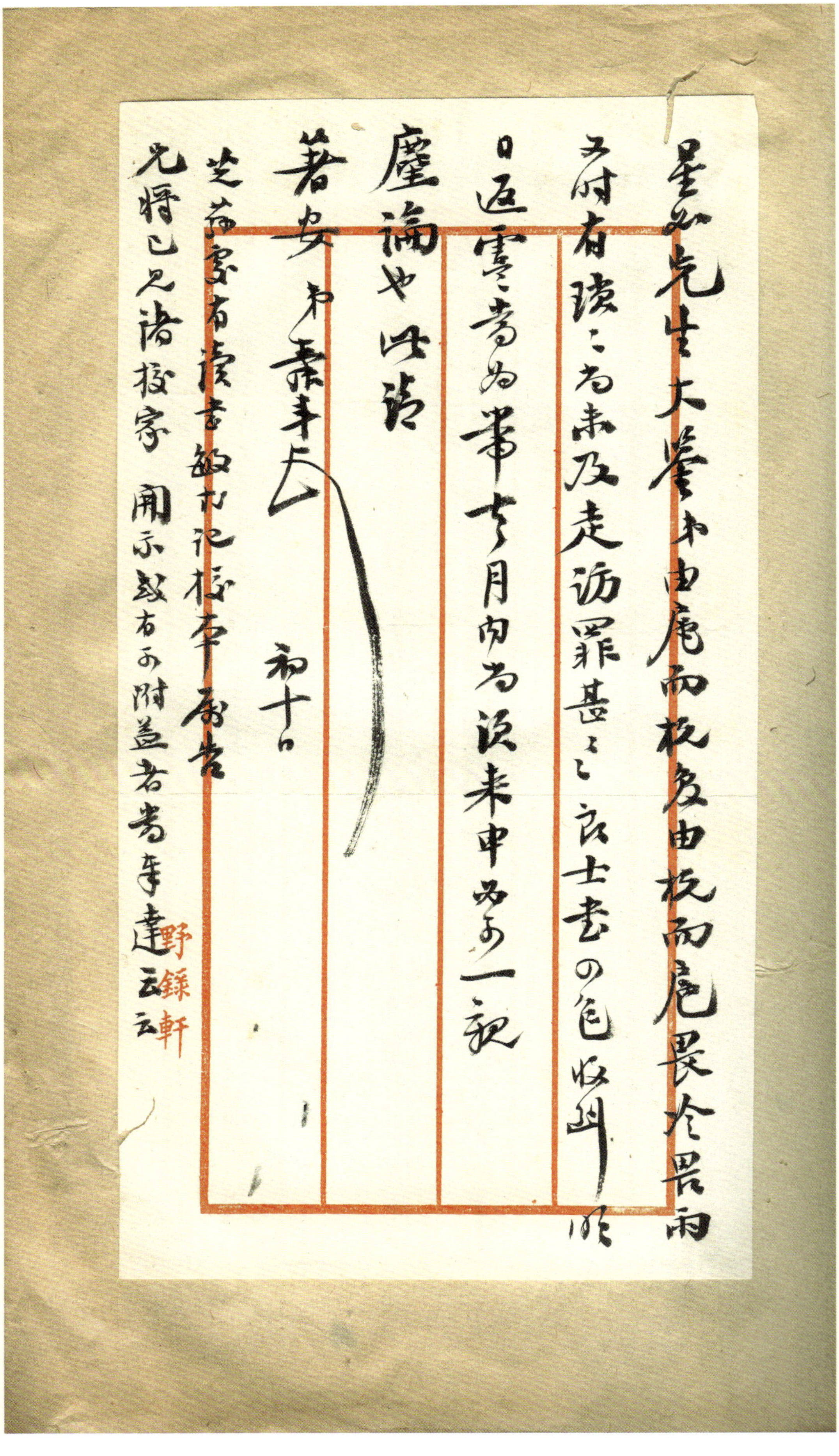

星如先生大鑒：弟由滬而杭，今由杭而滬，畏冷畏雨，
尊府有暇亦未及走訪，罪甚罪甚。良士處之包收到，順
日返雲雲，書局事十月內當設法申函一概
塵論也。此請
著安。弟秉季頓首　初十日
芝翁處有讀書敏求記校本，屬告
先將已見諸校字開示，或有可附益者，當專達云云。

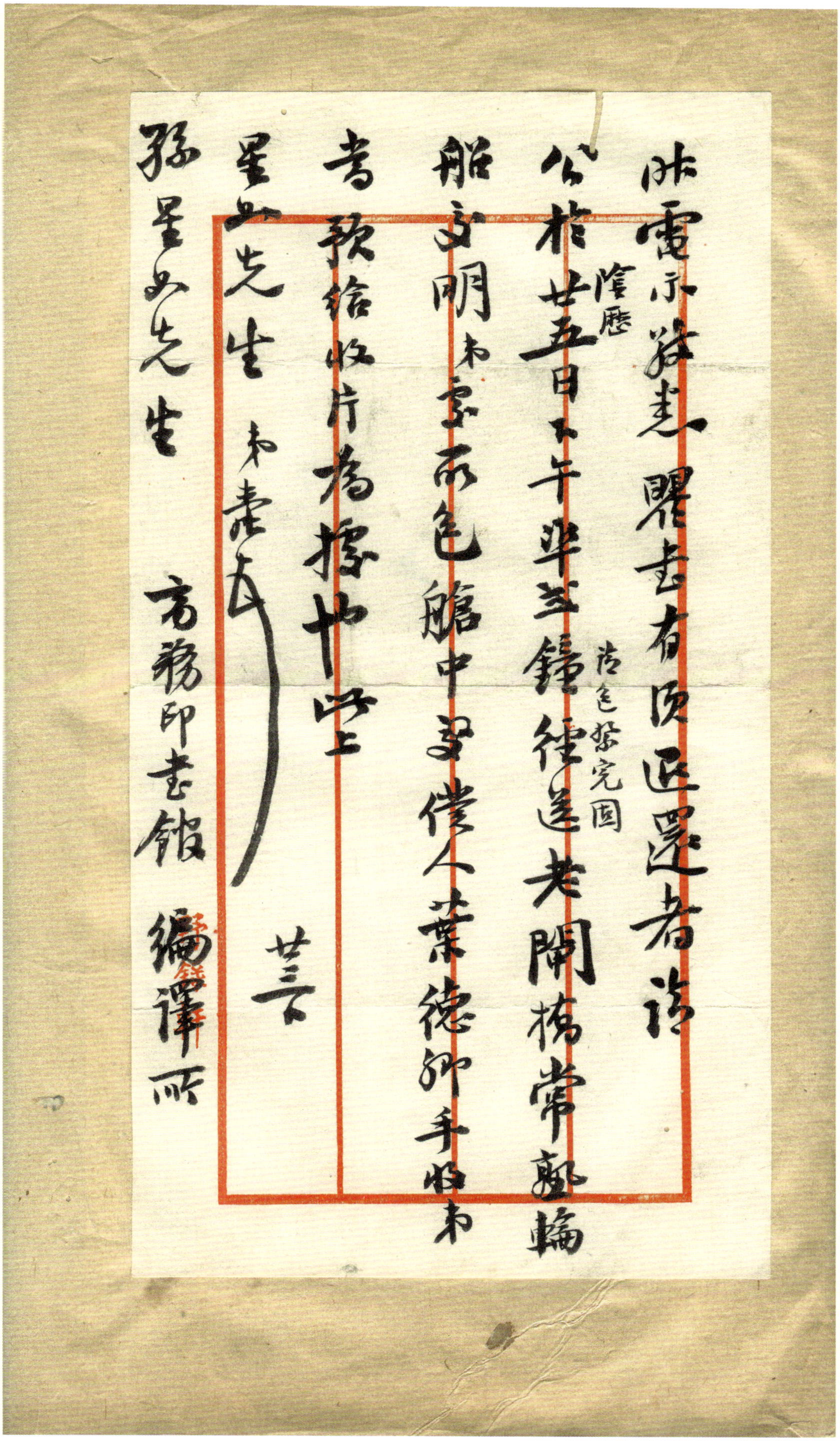

昨電示敬悉。瞿書有須退還者，請
公於廿五日（陰歷）下午半三鐘（須包紮完固）徑送老閘橋常郵輪
船交明本字丙包艙中管賬人葉德卿手收，本
書領給收片為據也。此上
星如先生 本書
廿三下
孫星如先生 商務印書館編譯所

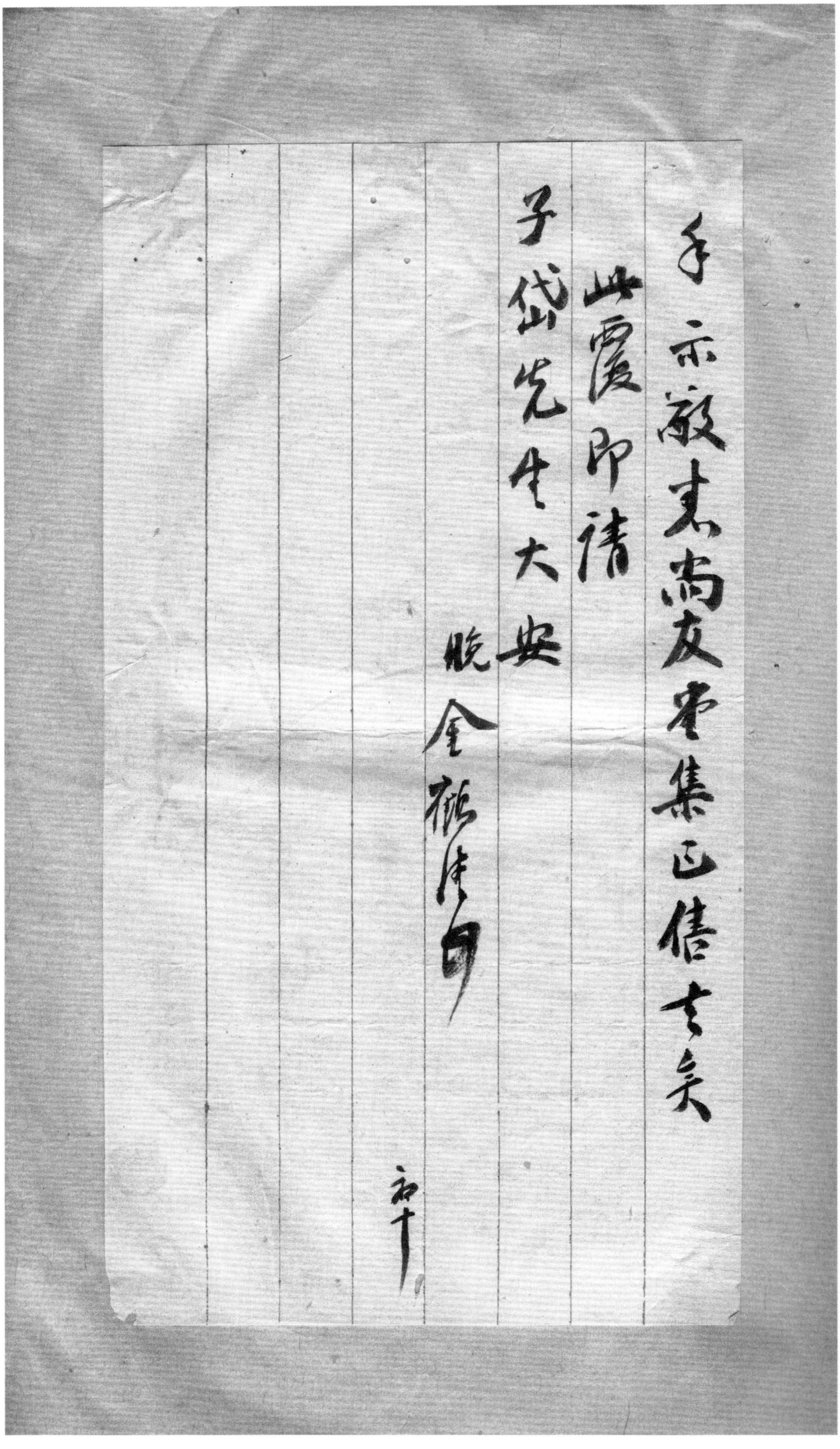

手示敬悉。尚友雲集正僅十矣。此覆，即請

子岱先生大安

晚金鶴年白

初十

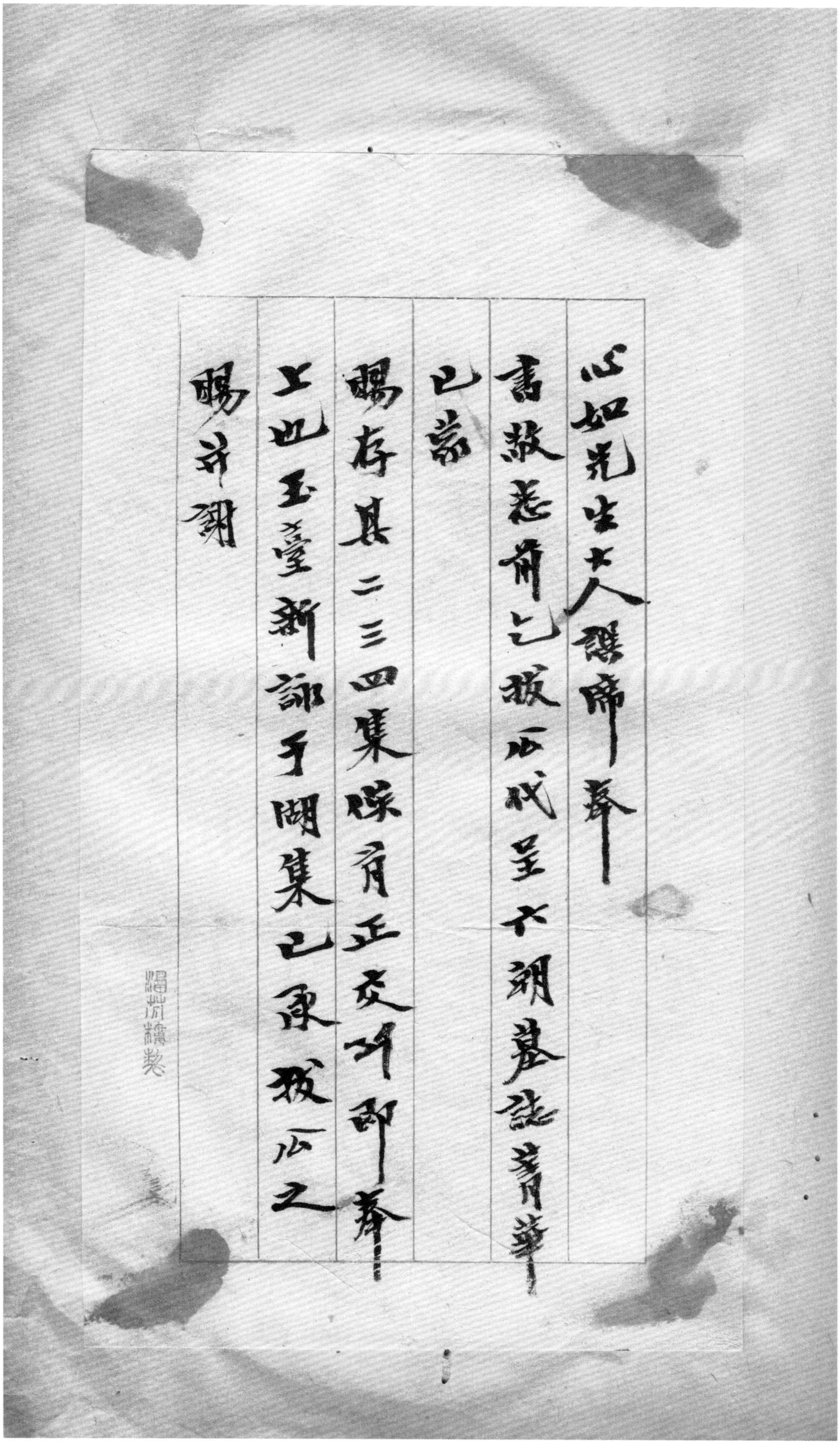

心如先生大人閣下奉
書敬悉前之拔一瓜代呈大潮墓誌菁華
已發
賜存其二三四集除有正交付即奉
上也玉臺新詠于湖集已原拔一瓜之
賜並謝

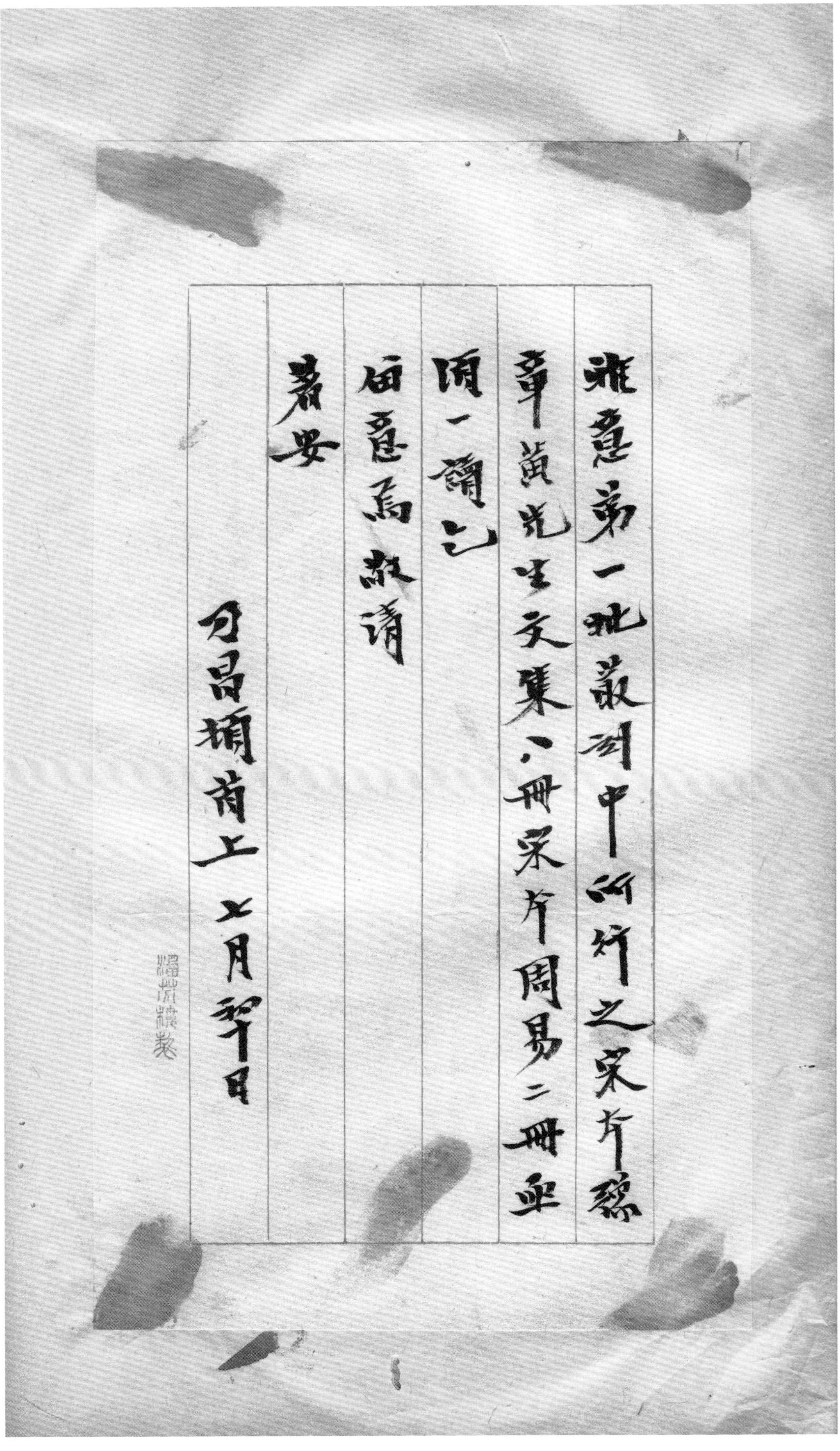
雅意第一批叢刊中所行之宋本豫
章黃先生文集八冊宋本周易二冊乞
賜一讀之
留意爲款請
著安
分昌頓首上　七月廿日

奉
覆書教與宋本周易孫章文集之
賜祗感
雅愛向年集貲繙印涇川叢書尚
有存者檢奉
鄴架之

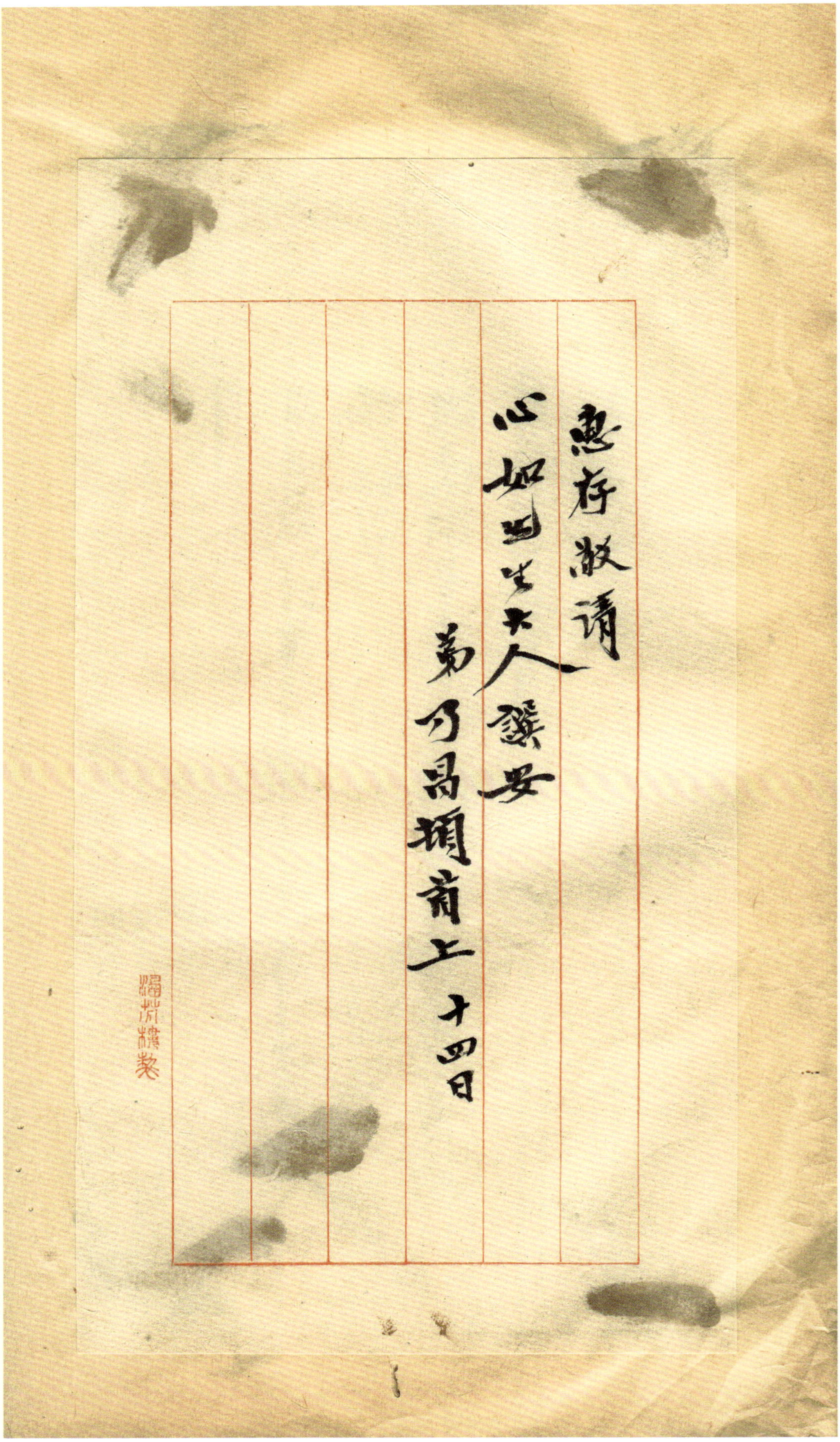
惠存敬請
心如先生大人譔安
弟乃昌頓首上　十四日

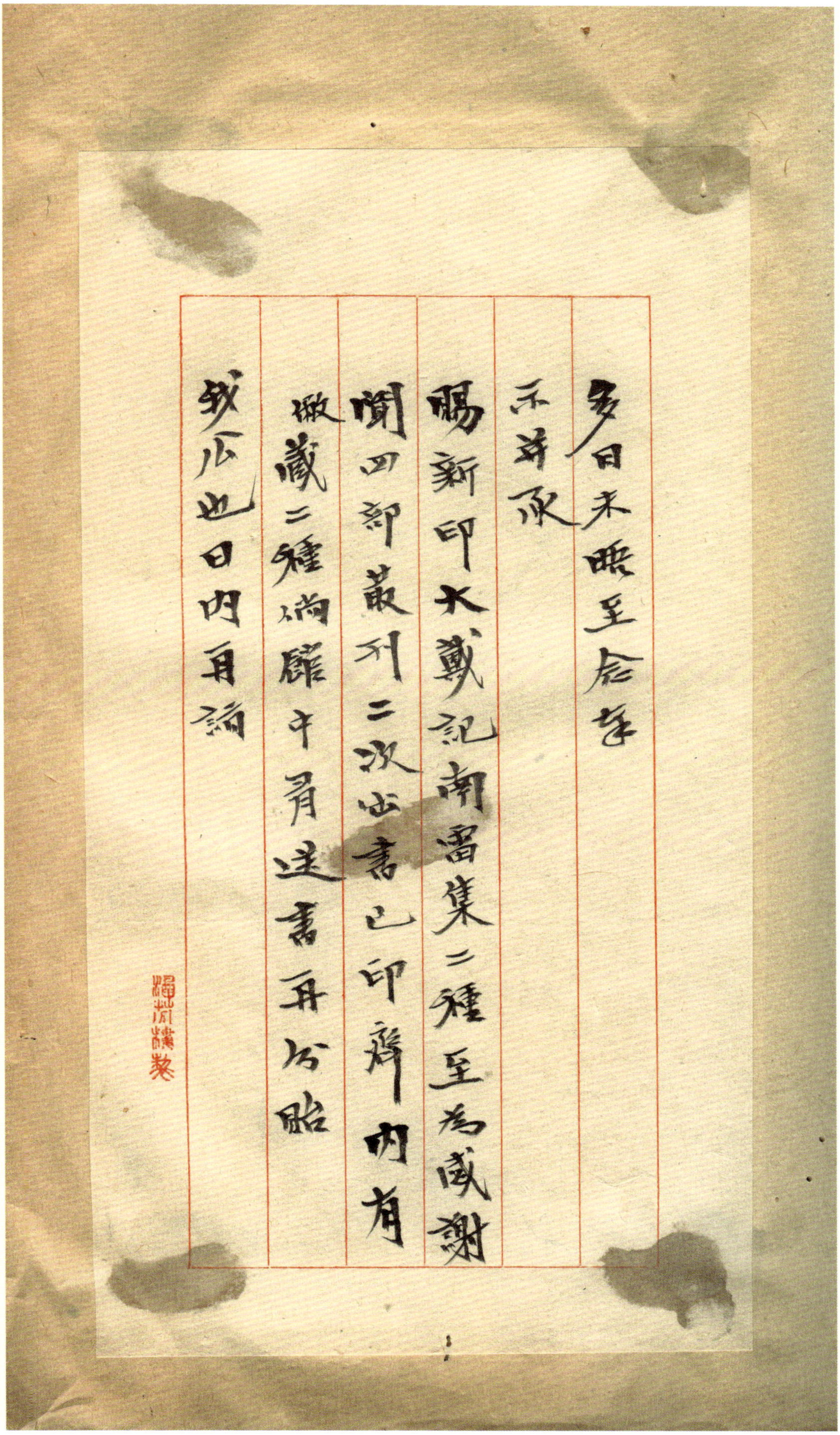

多日未晤至念奉
示并承
賜新印大戴記南雷集二種至爲感謝
聞四部叢刊二次出書已印齊内有
敝藏二種尚餘千冊送書再分貽
我公也日内再詣

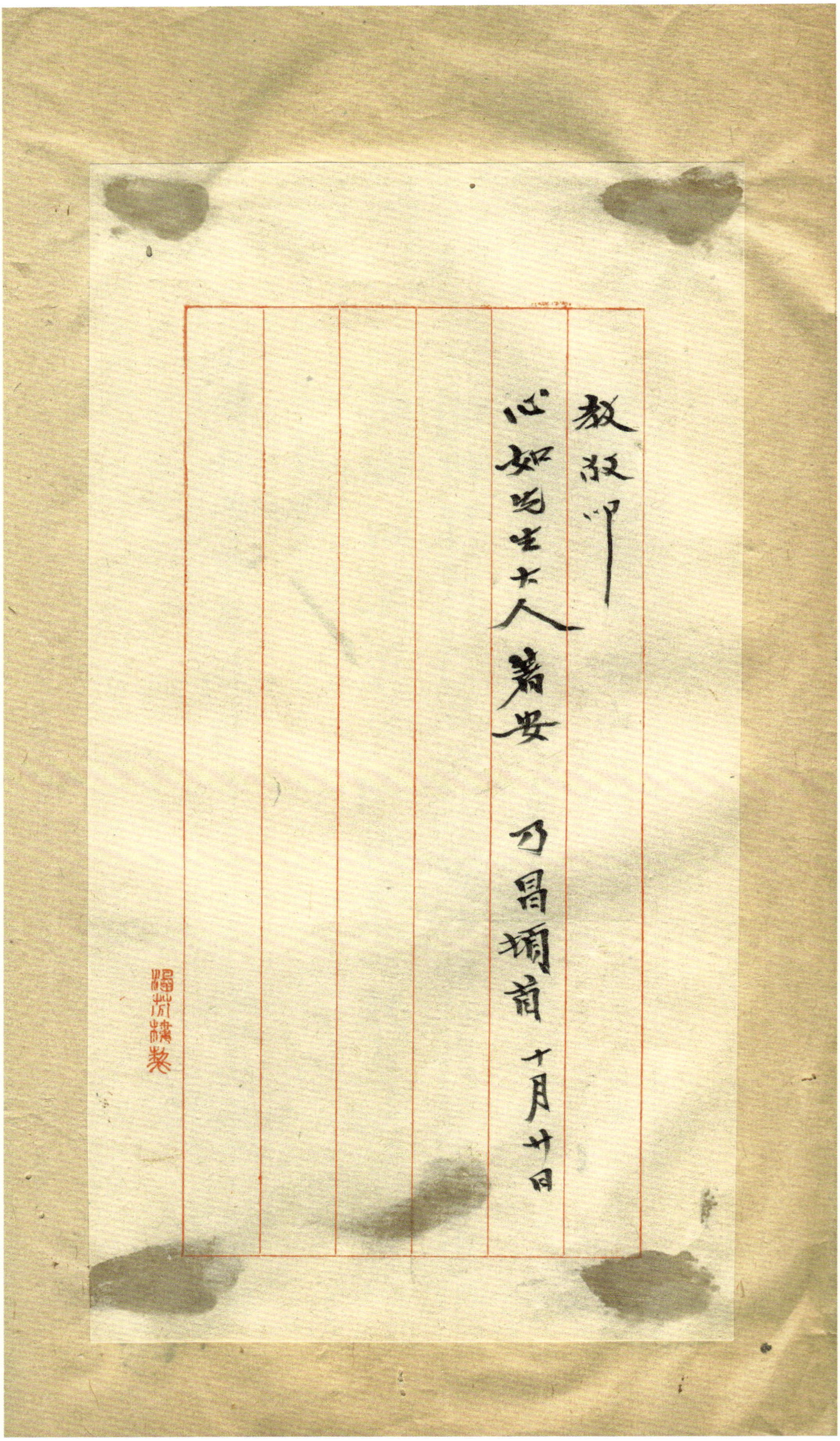

教敬叩

心如先生大人箸安

乃昌頓首 十月廿日

曼示讀悉。六朝墓志菁華有正贈品尚多，
公再蒐辭，益增慙恧。良士處昨已去函相
商，並已他書酬答，惟遺書少，不專爲派贈瞿
書來，知每種贈若干部，函中敍明書交
公有單可鈔示否
尊處，或通知瞿中扣交也。此次所出瞿氏書凡七種，計毛詩、簡齋詩外集、李賀
歌詩編、甲乙集、寒山詩，爲帙較少，
若管子、司馬公文集，爲帙較多，
瞿中售書乃營業性質

菊生叔可否於子敏非至萬不得已時決不向
公處之求此次出版之書翰怡孟蘋子彬等
處可逕商量惟篋中所藏印出者如資治
通鑑目錄考異第一期世説新語陶淵明集才調集花
間集第二期皆不可缺少不可不待之書故向菊生索取因
尚無交換之品故未敢函承

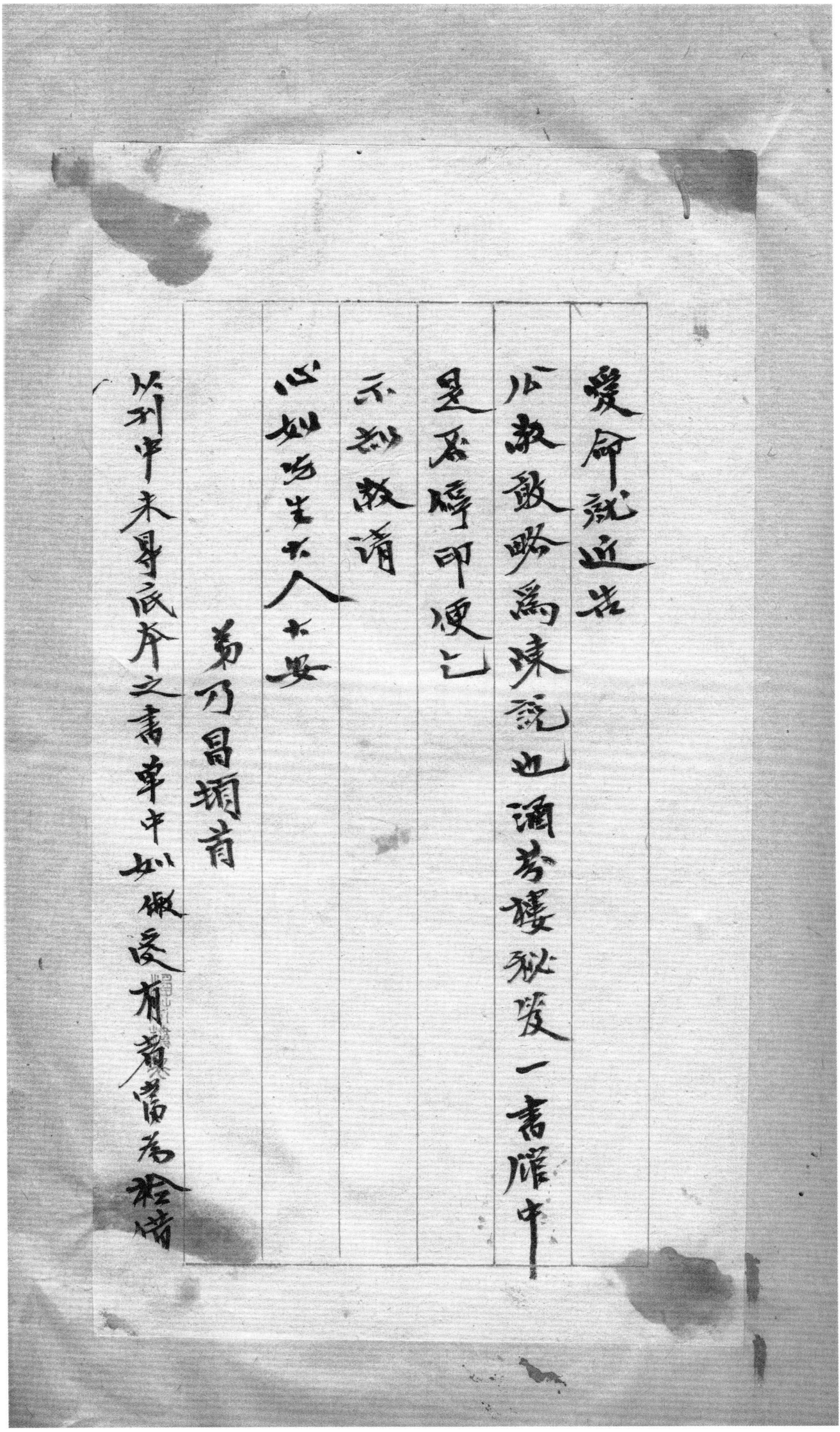

受命就近告
公款敢略為陳說也涵芬樓秘笈一書僅中
是否停印便乞
示知敬請
心如先生大人大安
弟乃昌頓首
叢刊中未尋底本之書單中如徵及有者當為檢借

昨奉六朝墓志三集想蒙
檢入
青覽書贈品已收到 語師二部一併通拔可 未曾相索已分贈之
弦聲閣齋外集奉貽
左右
惠存語師集

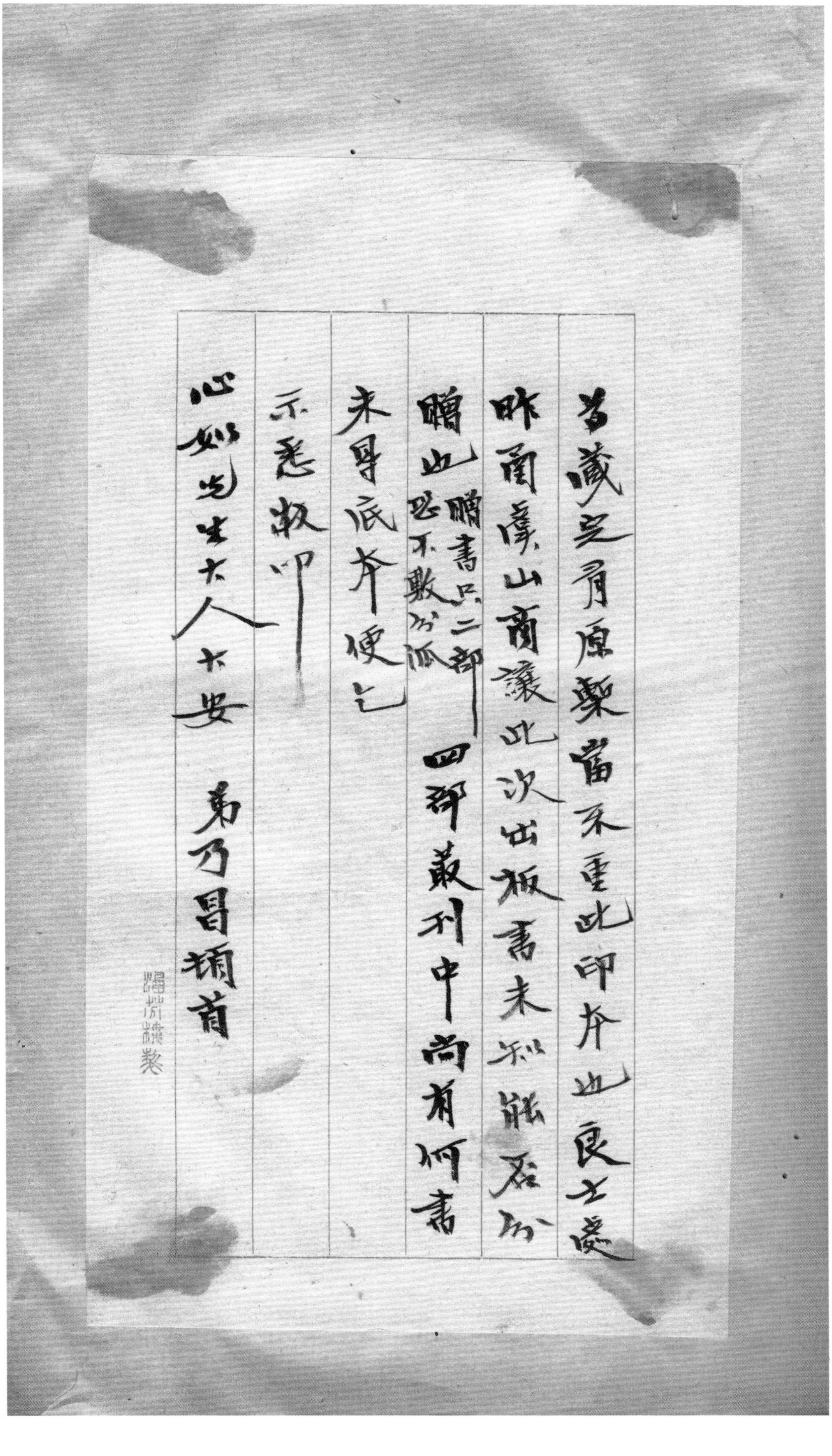

昔藏之青原欒當不重此印本也良士處
昨聞虞山商議此次出板書未知能否分
贈也（贈書只二部恐不敷分派）四部叢刊中尚有何書
未得底本便乞
示悉敬叩
心如先生大人大安　弟乃昌頓首

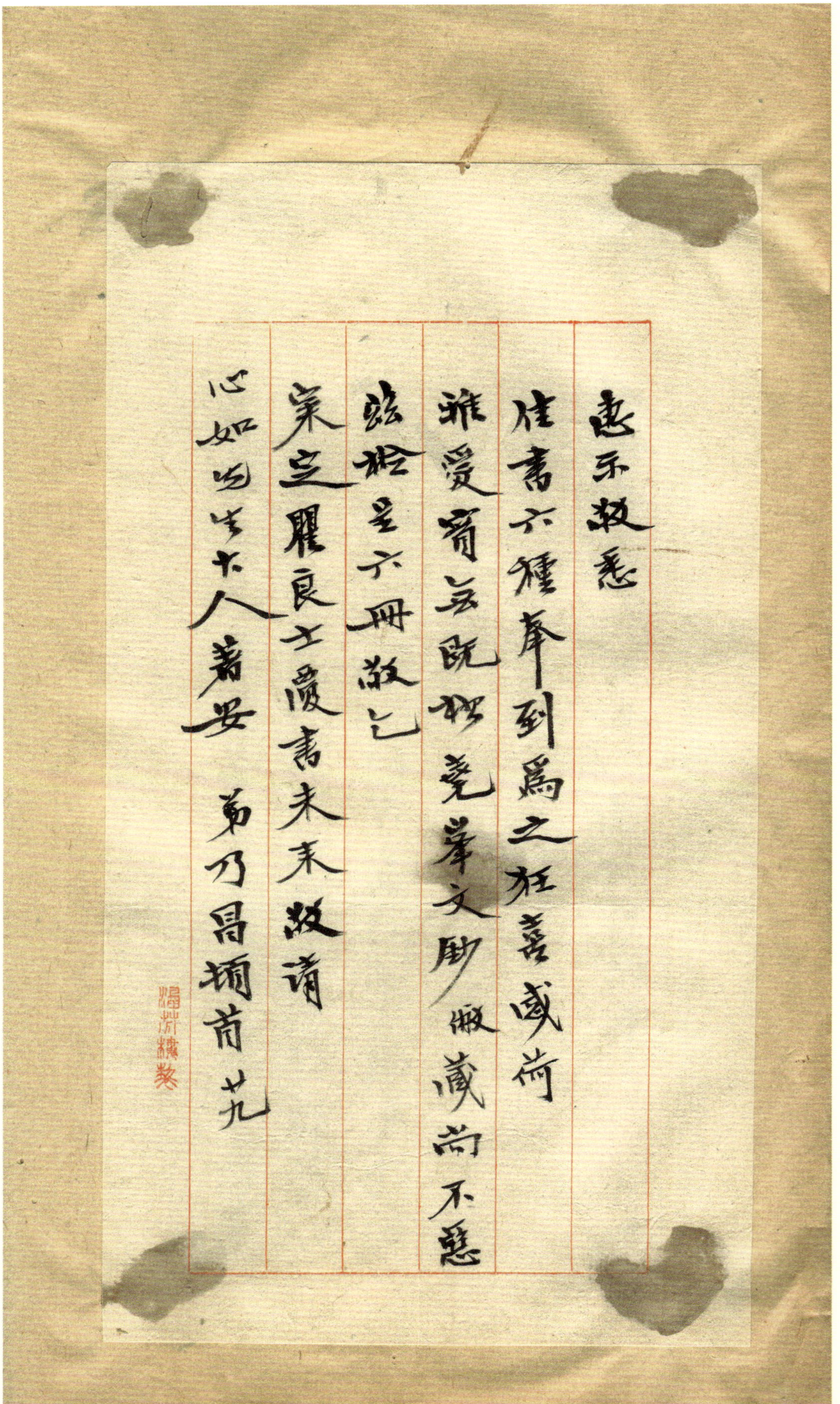

惠示敬悉
佳書六種奉到爲之狂喜感荷
雅愛肯云既擬覔萃文勵假藏尚不悉
兹檢呈六冊敬乞
察之瞿良士覆書未來敬請
心如吾兄大人著安　弟乃昌頓首　廿九

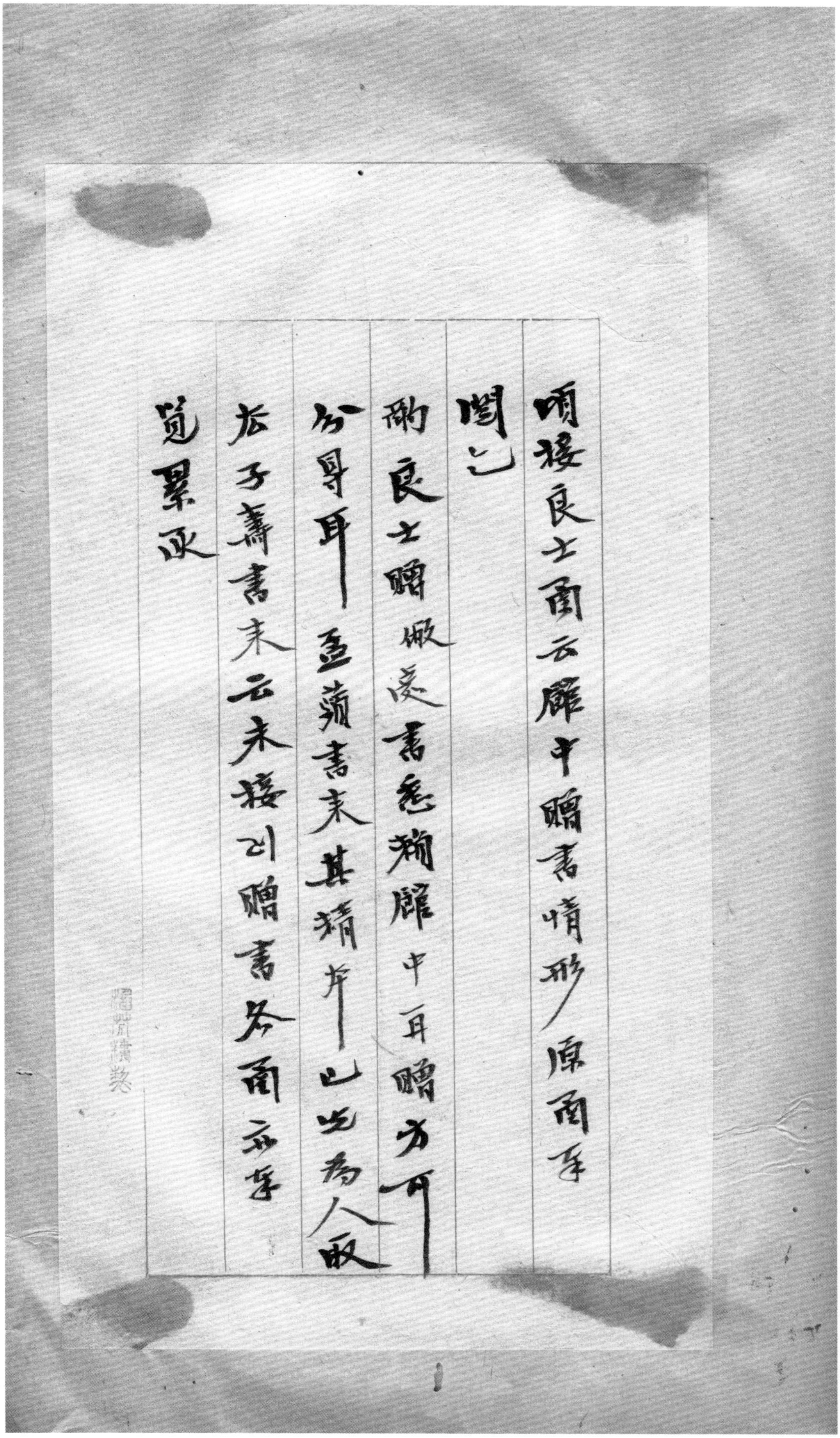

頃接良士函云靡中贈書情形，原函奉
閲之。
前良士贈敝處書悉補靡中，再贈方可
分尋耳。孟蘋書來，其精本已先為人取
去，子壽書來云未接到贈書，公函亦奉
覽畢還

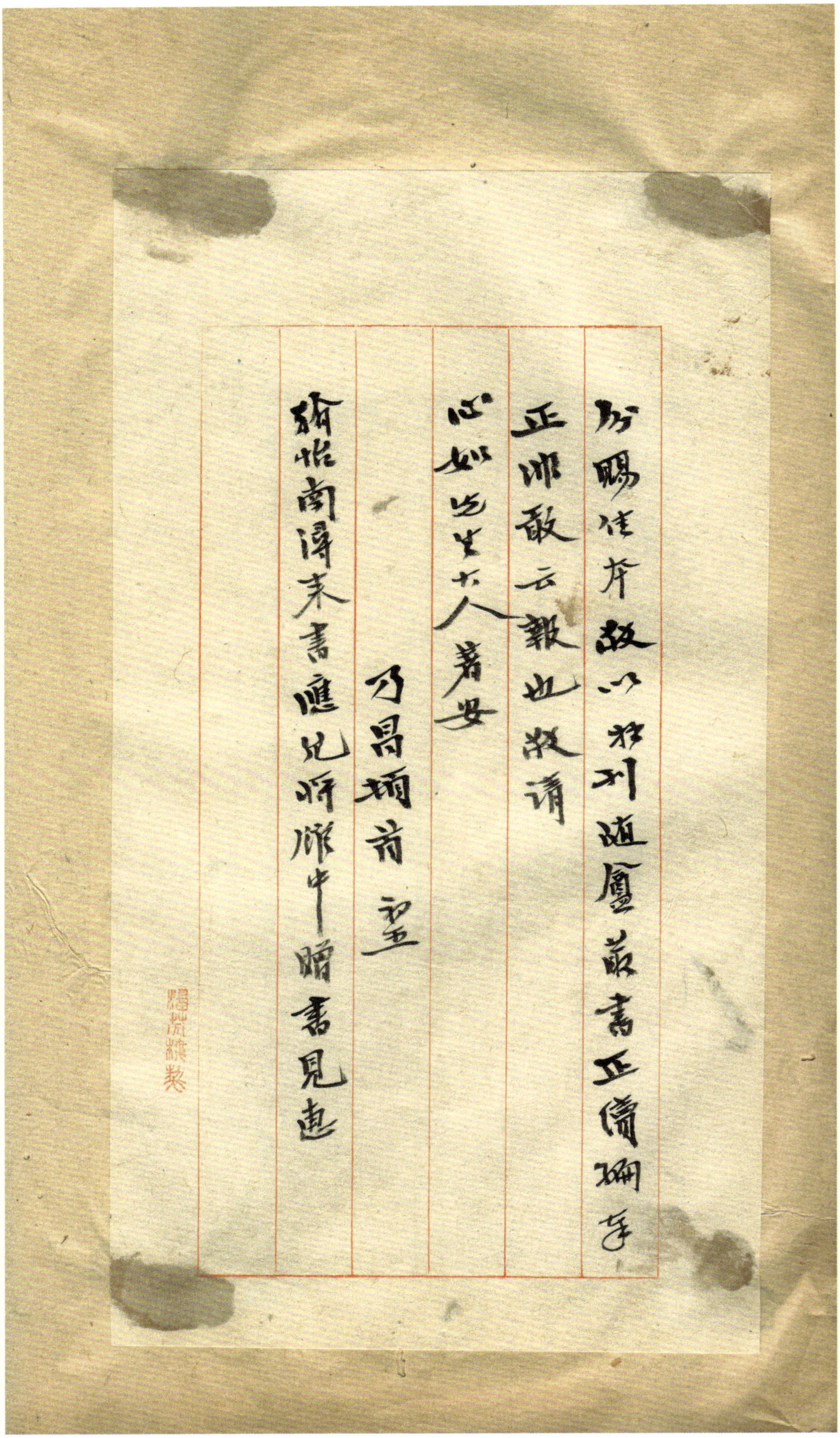

分賜佳本故以拙刊適廬叢書正續編等

正非敢云報也敬請

心如先生大人著安

乃昌頓首　初五

猗怡南潯來書應見將鄉中贈書見惠

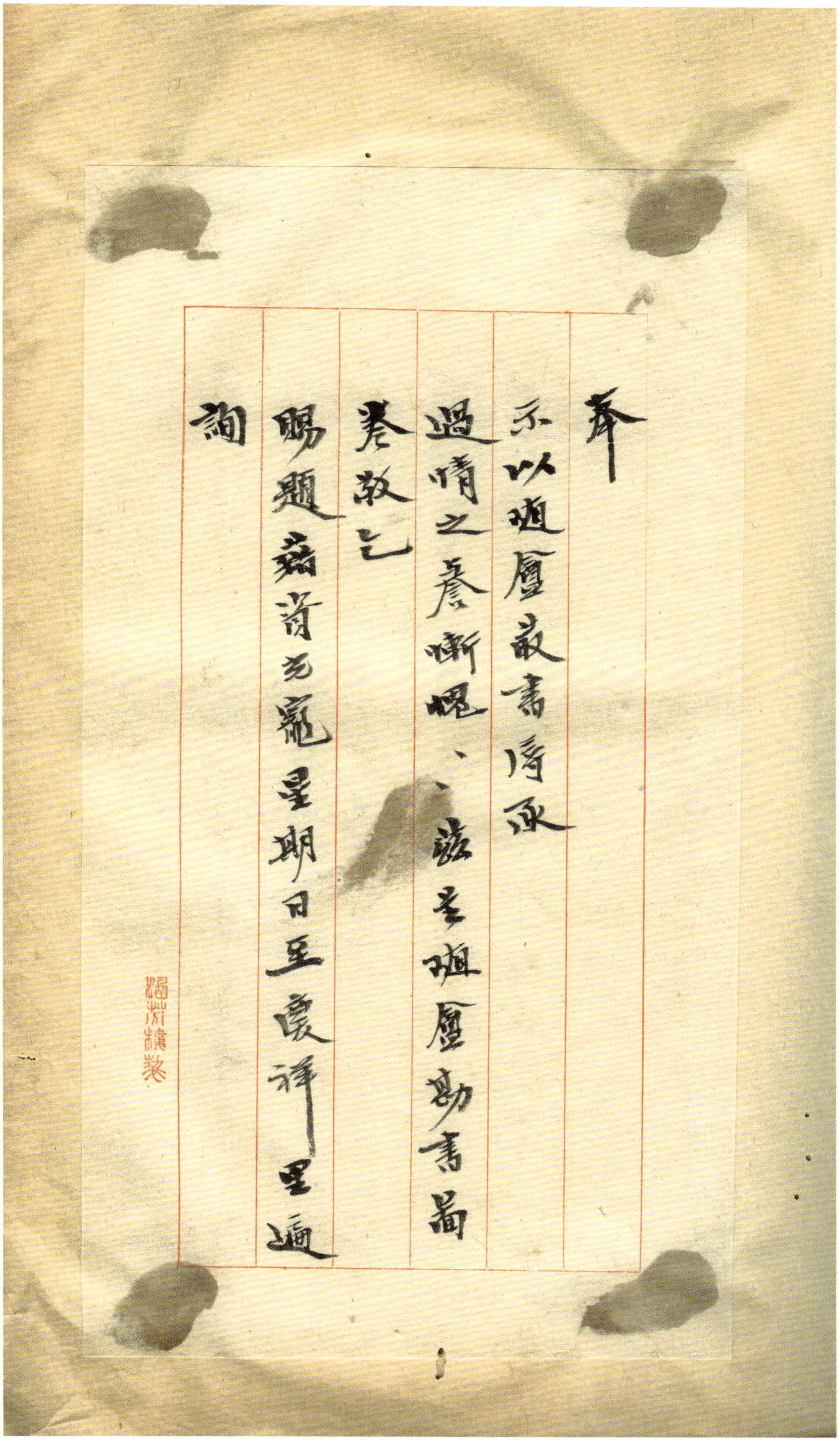

奉

示以隨盦藏書詩，承

過情之譽，慚愧慚愧。兹呈隨盦勘書圖

卷，敬乞

賜題，藉資光寵。星期日至處詳──呈遍

詢

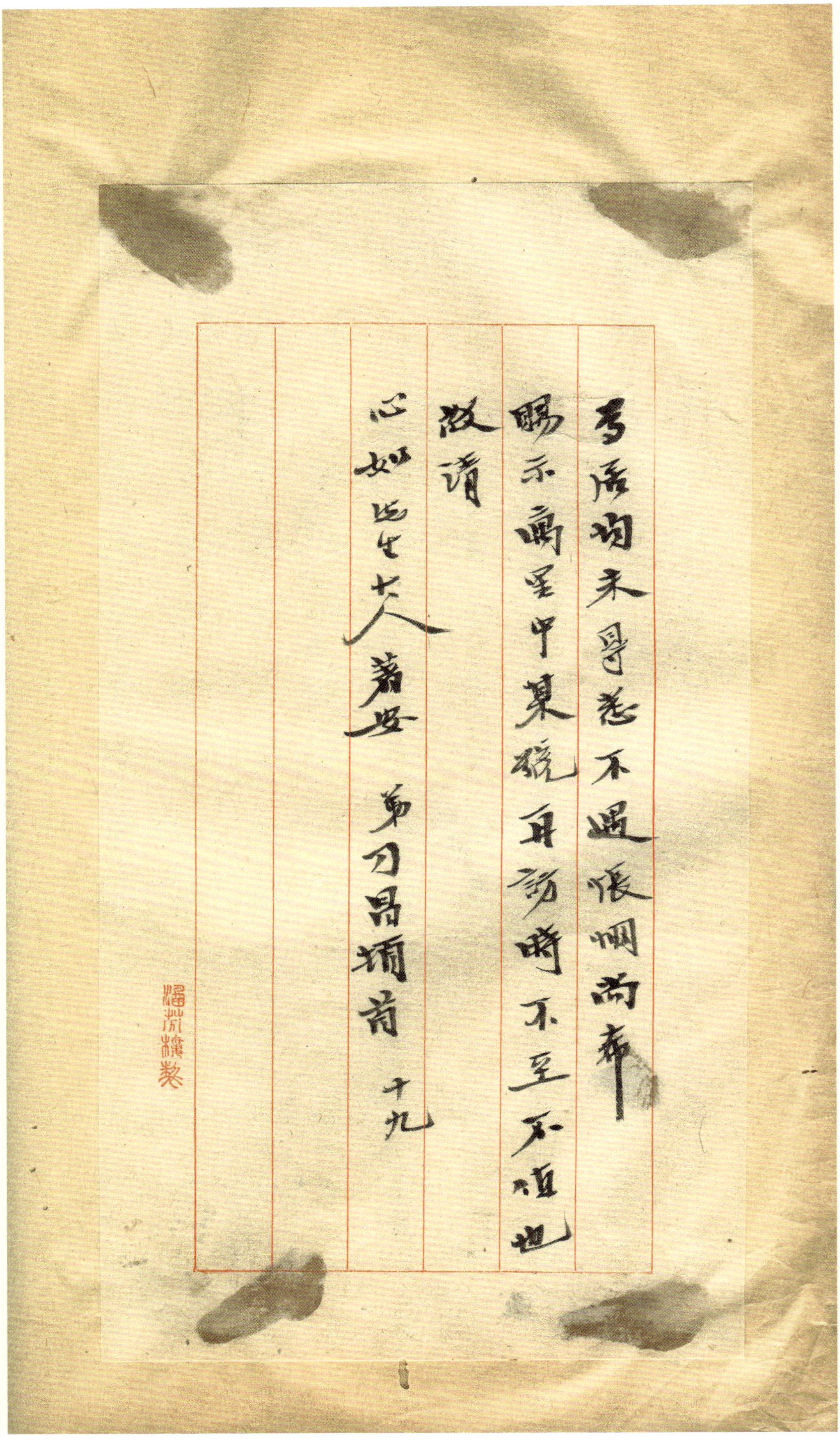

兩辱均未尋悉，不遇悵惘而歸。

賜示寓里甲某號，再訪時不至不值也。

敬請

心如先生大人著安

弟刀昌頓首 十九

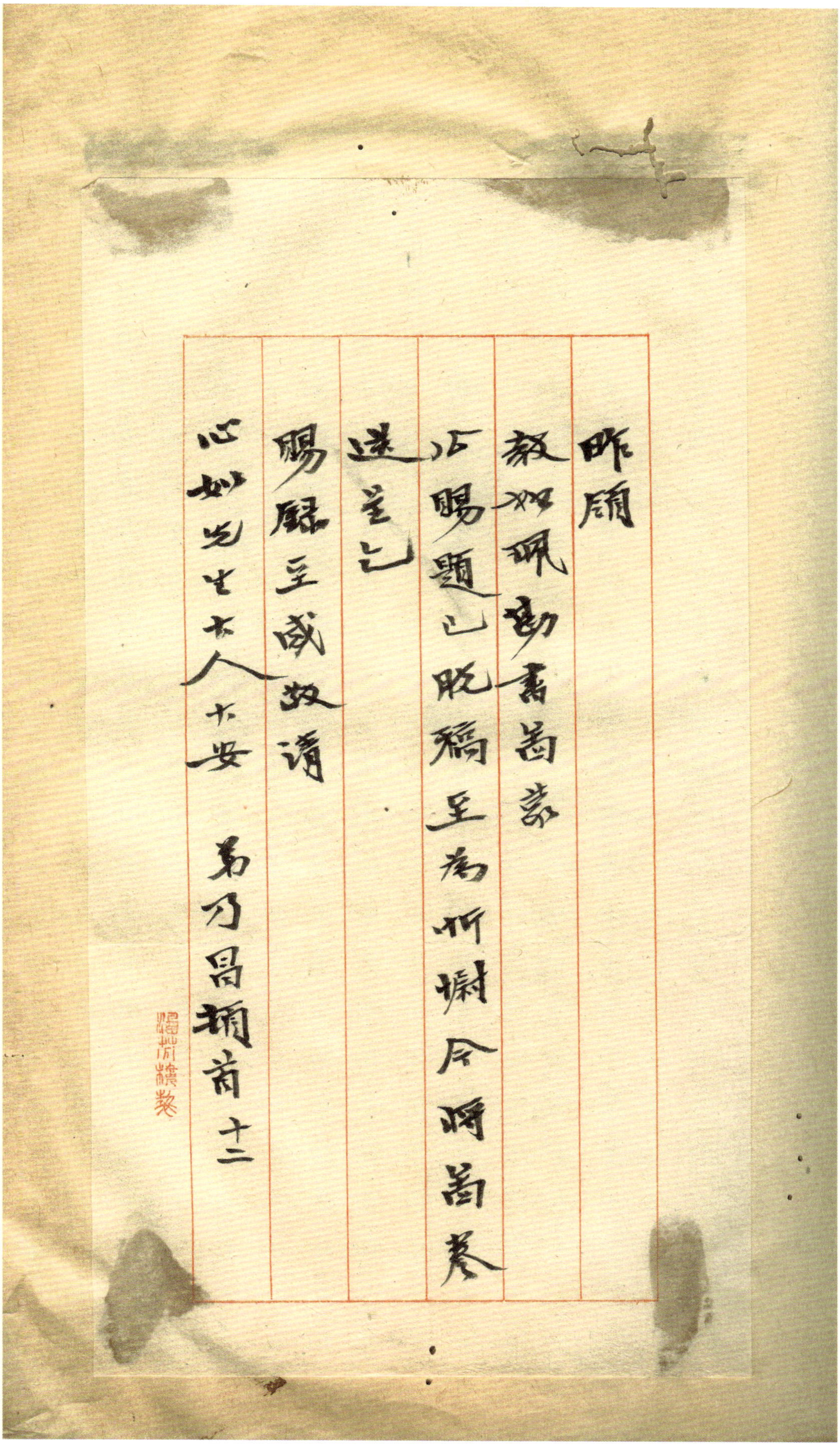
昨頒
教欽佩勖書萬蒙
承賜題已脫稿至為忻謝今將萬卷
送呈乞
賜歸至感敬請
心如先生大人大安　弟乃昌頓首　十二

心如先生大人賜鑒：奉
示并寄嘉興藏目之
賜，至感。
雅愛選印四開書單，閱畢，大有美不
勝收之概，擬擇其切要者，宋本資治通
鑑、附攷目錄并宋本文選兩種附印一分，時呈

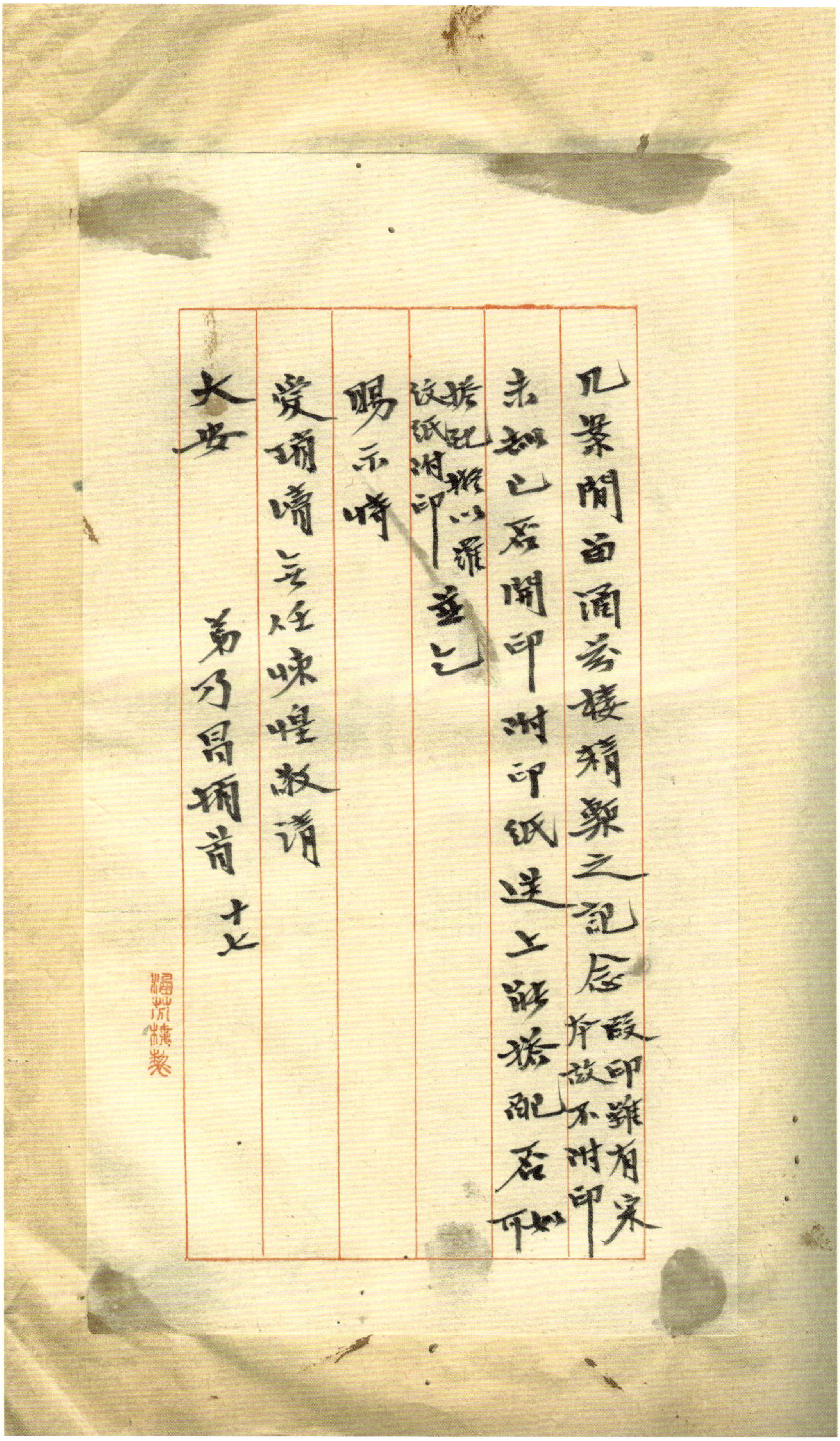
几案開函涵芬樓精槧之記念設印雖有宋本故不附印
未翻已否聞印附印紙送上能擬配否如印
擬配擬以羅紋紙附印並乞
賜示特
愛璃請安任悚惶敬請
大安 弟乃昌頓首 十七

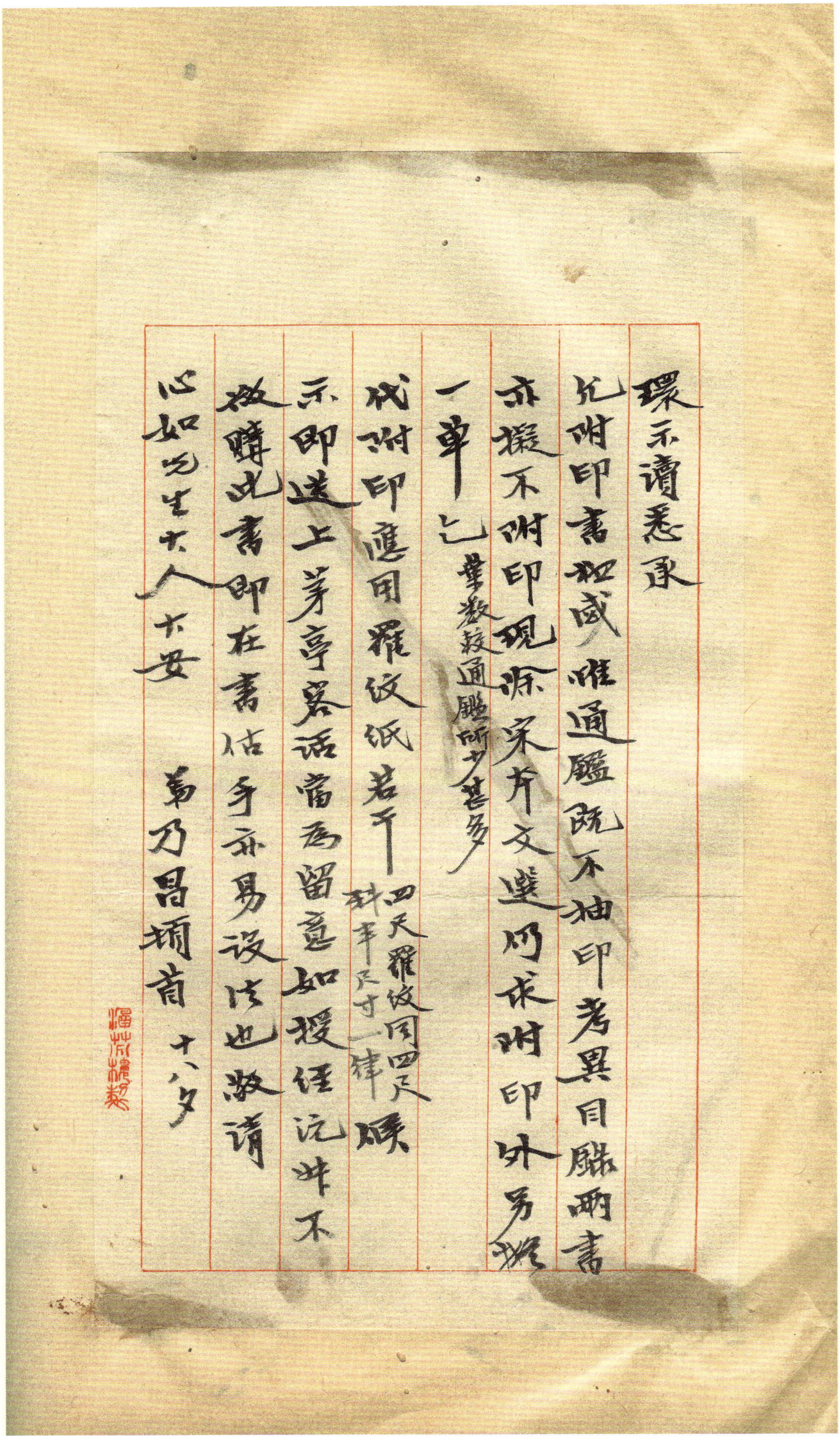

環示讀悉承
允附印書極感唯通鑑既不抽印考異目錄兩書
亦擬不附印現添采齐文選仍求附印外另擬
一單乞　葉教授通鑑所少甚多
代附印進用羅紋紙若干　四尺羅紋同四尺料半尺寸一律　張
示即送上茅亭宴話當為留意如援經沅叔不
收購此書即在書估手亦易設法也敬請
心如先生大人　大安
弟乃昌頓首　十八夕

前聞因雪阻未呈又奉
賜示補叢種切騎省集
又既蓍羅紋紙印本樣印或即奉上
叢定繆書見書估不可尋
公處兩種容晤時勸商也再上
心如先生　　乃昌　廿三
勘書圖蒙　題就即求　賜書券中（萬不敢乞賞稱本）至感

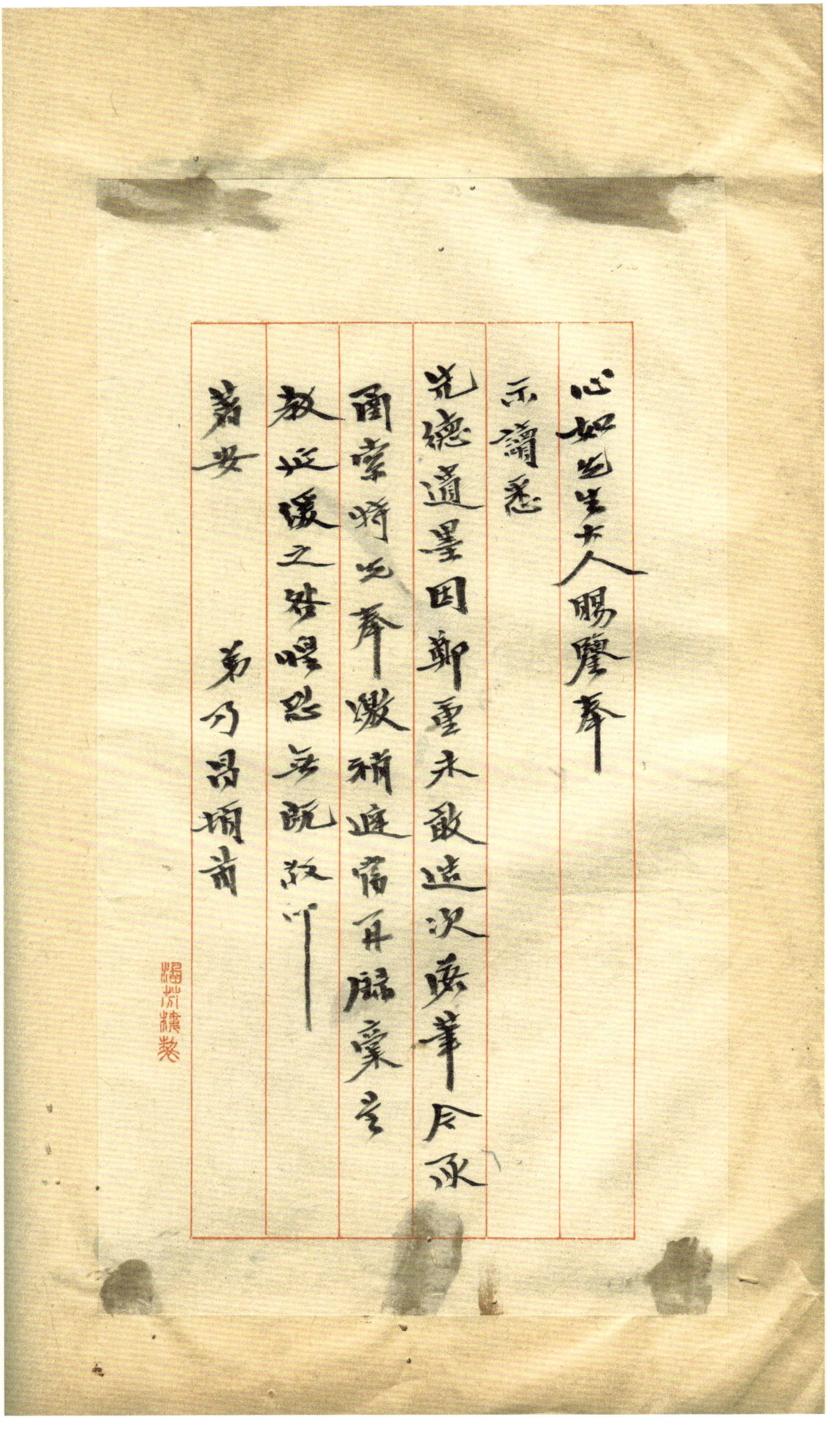

心如先生大人賜鑒奉
示讀悉
先德遺墨因鄭重未敢造次落筆尽承
爾字將先奉繳補遲當再屬稾呈
教延緩之咎暇恐無既敘叩
弟乃昌頓首
著安

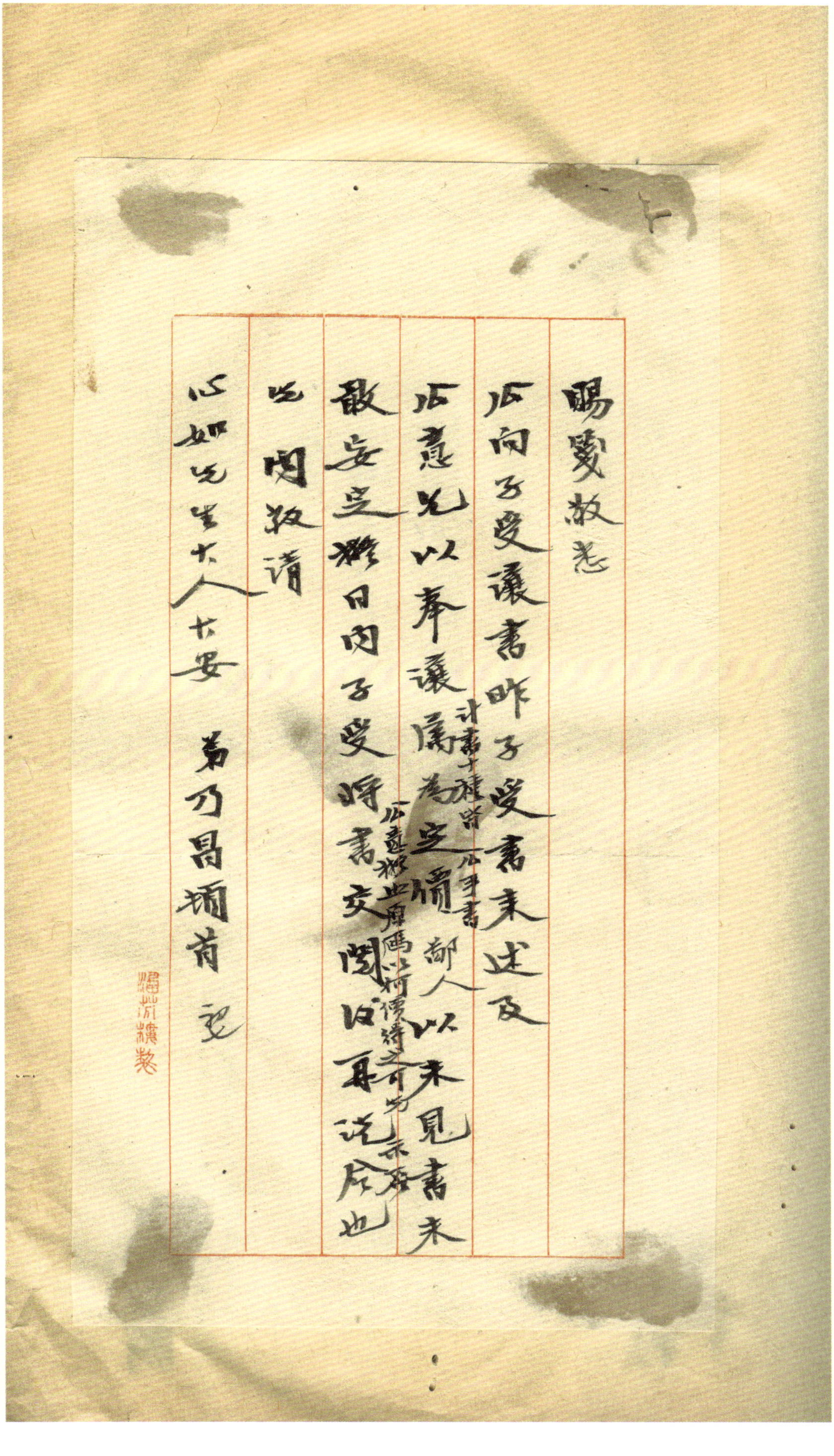
賜覆敬悉。
從向子受讓書，昨子受書來述及
從意兄以奉讓屬為之續（計書十種，皆從手書），鄙人以未見書來，
敢妄定擬，日內子受將書交閱，後再說合也（從意擬出原函以待便將之可也，示存）。
先閱教請
心如先生大人大安
弟乃昌頓首

昨承

假示敦卷一一，繆世兄將書送來評價，特送請書五種四十七本

鑒定。

正擬以何價待之可也。兄示居繆書大約為詭係外間估閱

估所得也，敢請

心如先生大人左右

弟乃昌頓首

初八日

索價二千外

繆函覽

正傳寫附閱，閱畢仍賜還

原書四十七本已請閱後付下

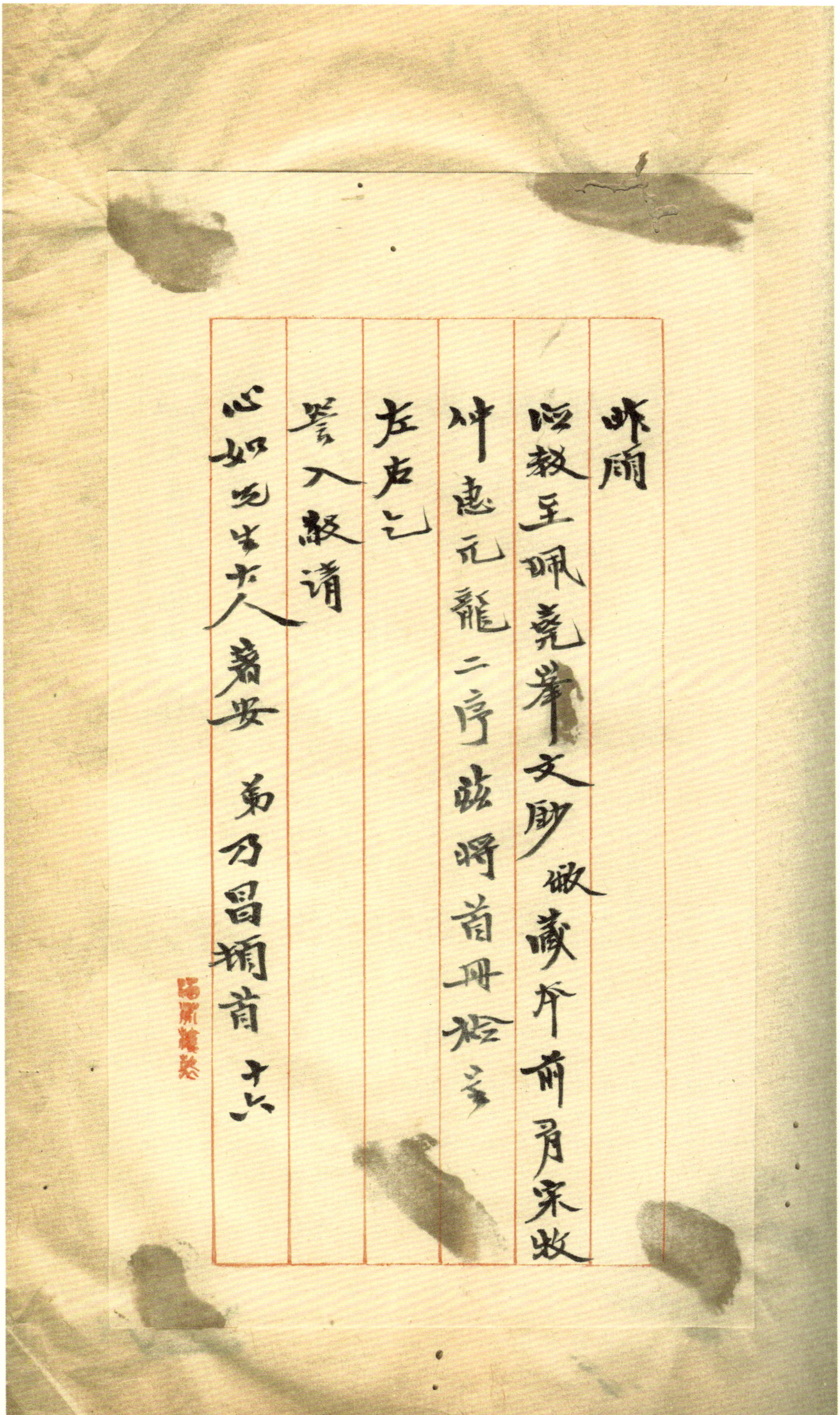

昨承
示教至珮堯峯文鈔敝藏於前月宋牧
仲惠元龍二序茲將首册檢上
左右乞
鑒入敬請
心如先生大人著安　弟乃昌頓首　十六

心如先生大人惠鑒：昨聆
教甚暢。
前約子受四時在商候譚，并菊老借書均即
轉致，送辦接
賜示，又轉子受閱過，并致菊老函稿，亦付子
受一閱，俾知桐愛之誠，逕
命交還，今以奉繳。敬請
大安。
乃昌頓首　初七日

安徽羅紋紙至今未到 兹將舊存之紙
單印一部 奉贈
我公日内即可工竣也切之
閲再上
心如先生
乃昌

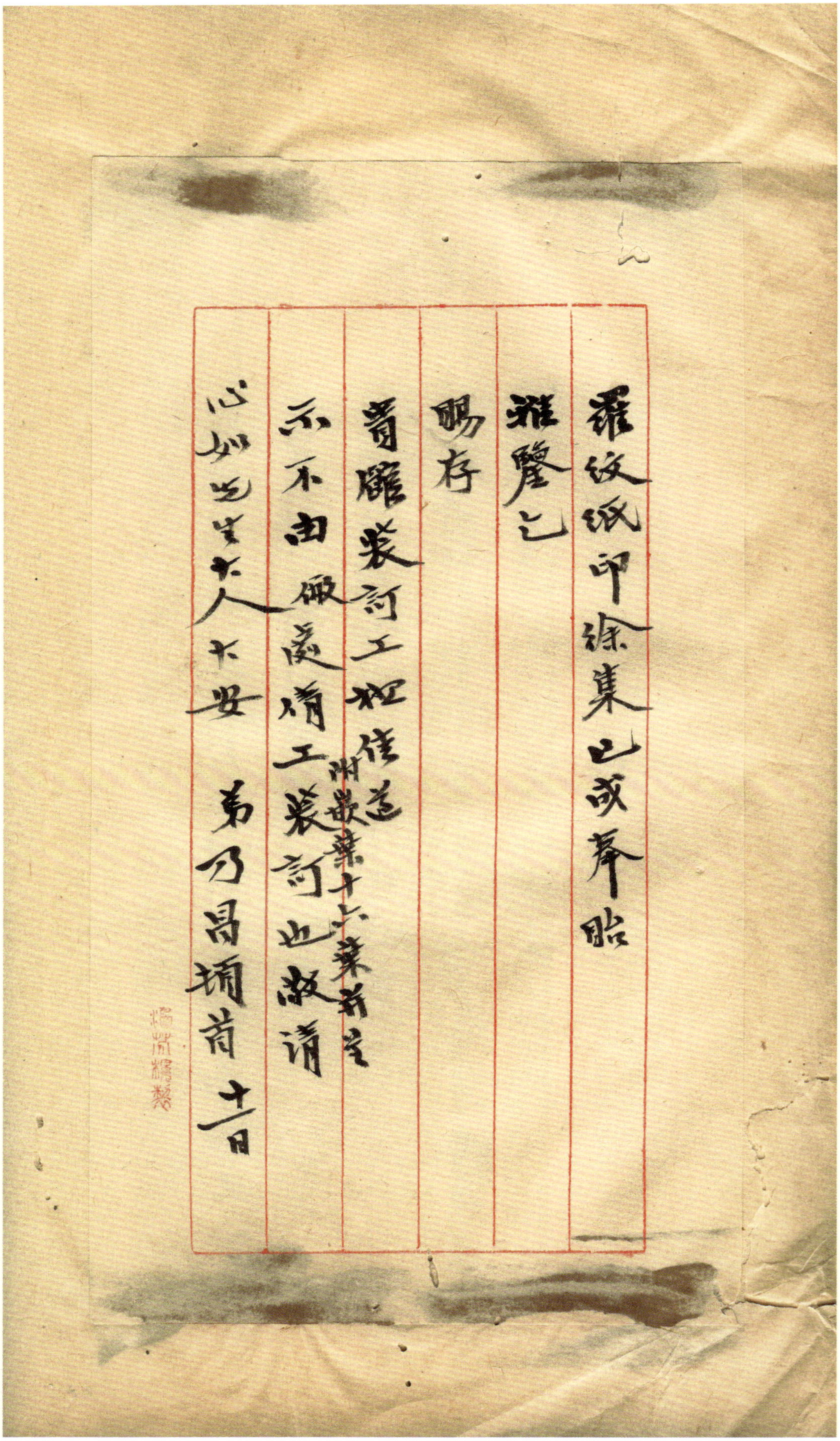

羅紋紙印餘集已成奉貽

雅鑒之

賜存

青蘿裝訂工拙佳道附嵌葉十六葉前呈

示不由破處倩工裝訂也敬請

心如先生大人大安　弟乃昌頓首　十一日

惠示誦悉。影刻徐公文集昨已印齊奉

教，辱承

獎勵。斷悉吾鄉戚昌美前年以殁於西

川學海，質諸丁仲祜同年，錢累甚重，故

各筆據甚昂，不過據其七耳

再質助，故將代購者加倍以酬之，事已二

月，闕種亦多，約卅種，配補無遺，昨已將全書

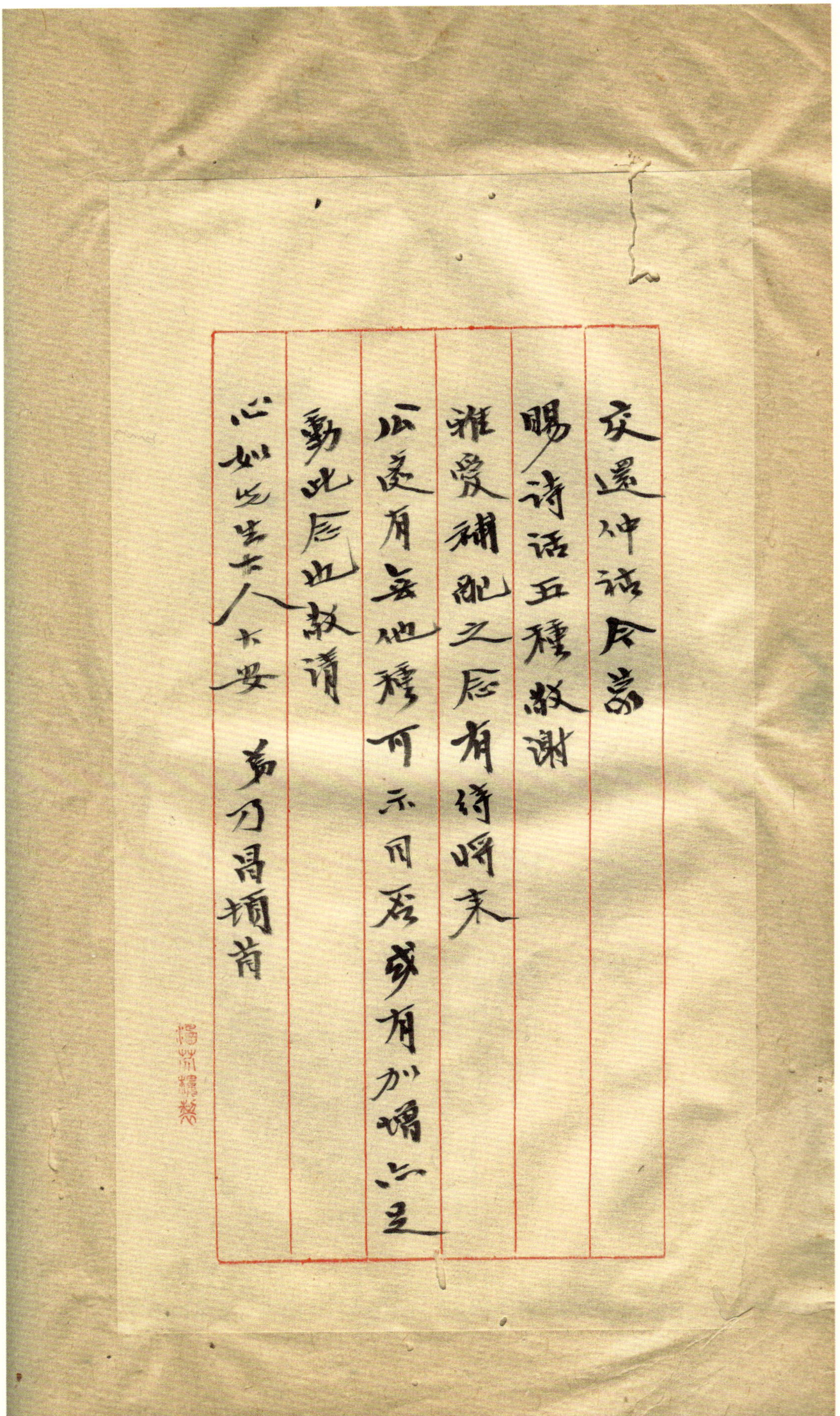

交還仲詁今嘉
賜詩話五種敬謝
雅愛補配之書有待將來
必遂有無他種可示同君或多有加增亦足
動此書也敬請
心如先生大人大安
弟乃昌頓首

惠贈讀志嘉祐集中興絶妙詞選二書為
以綠天藏齋善本付印四部叢刊嘉
惠後學不淺今復以之
公惠贈荷
雅愛因其有報敬謝即請
心如先生大人著安　弟乃昌頓首
子受去京至今未還四稿集未知為何人所得也

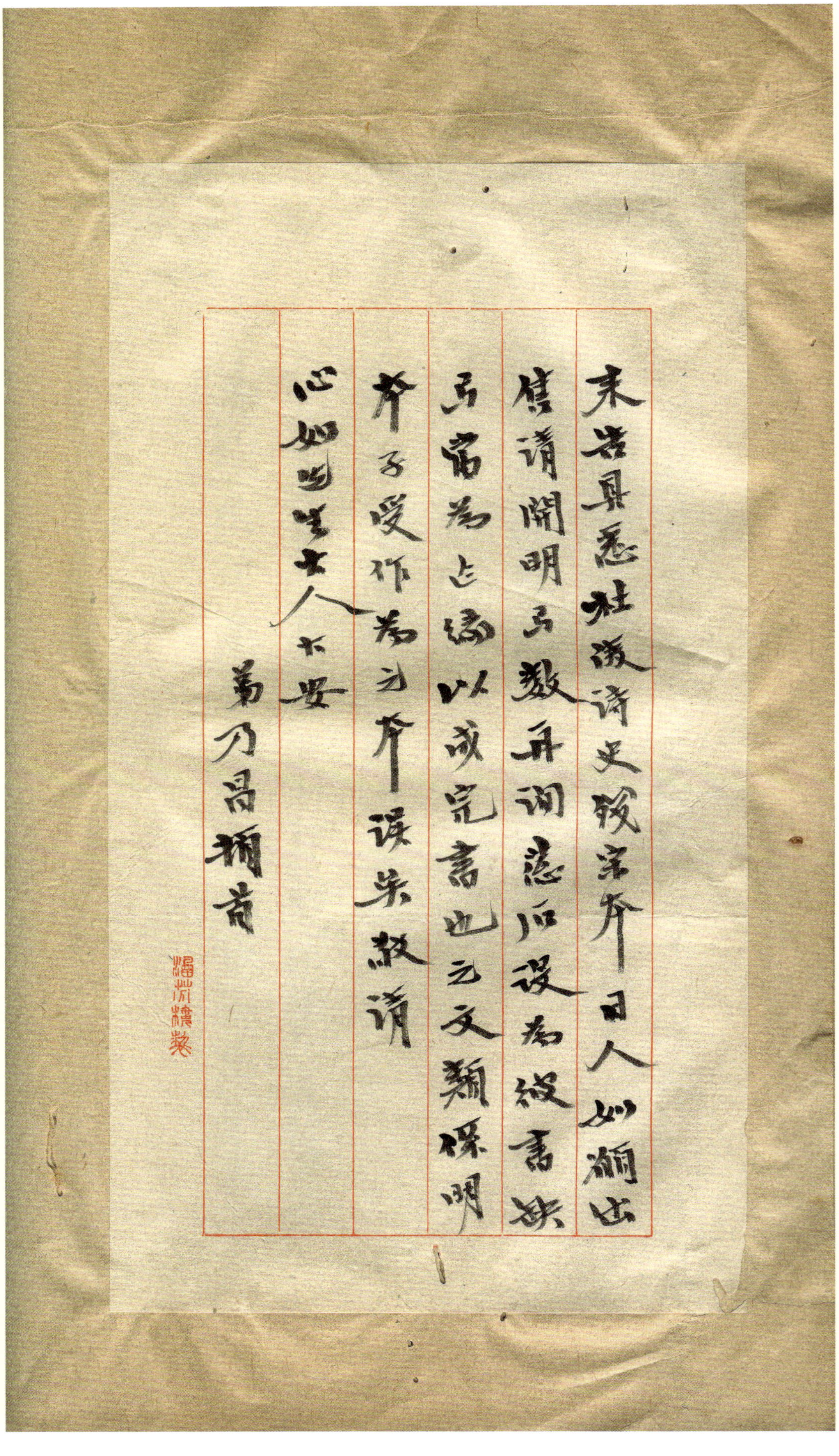
来告具悉杜溪诗史较宋本日人如澜出
售请阅明正数再询恳所设为缀言缺
正当为之缘以成完言也之文类保明
本子爱作为之本误矣教请
心如先生大人大安
弟乃昌顿首

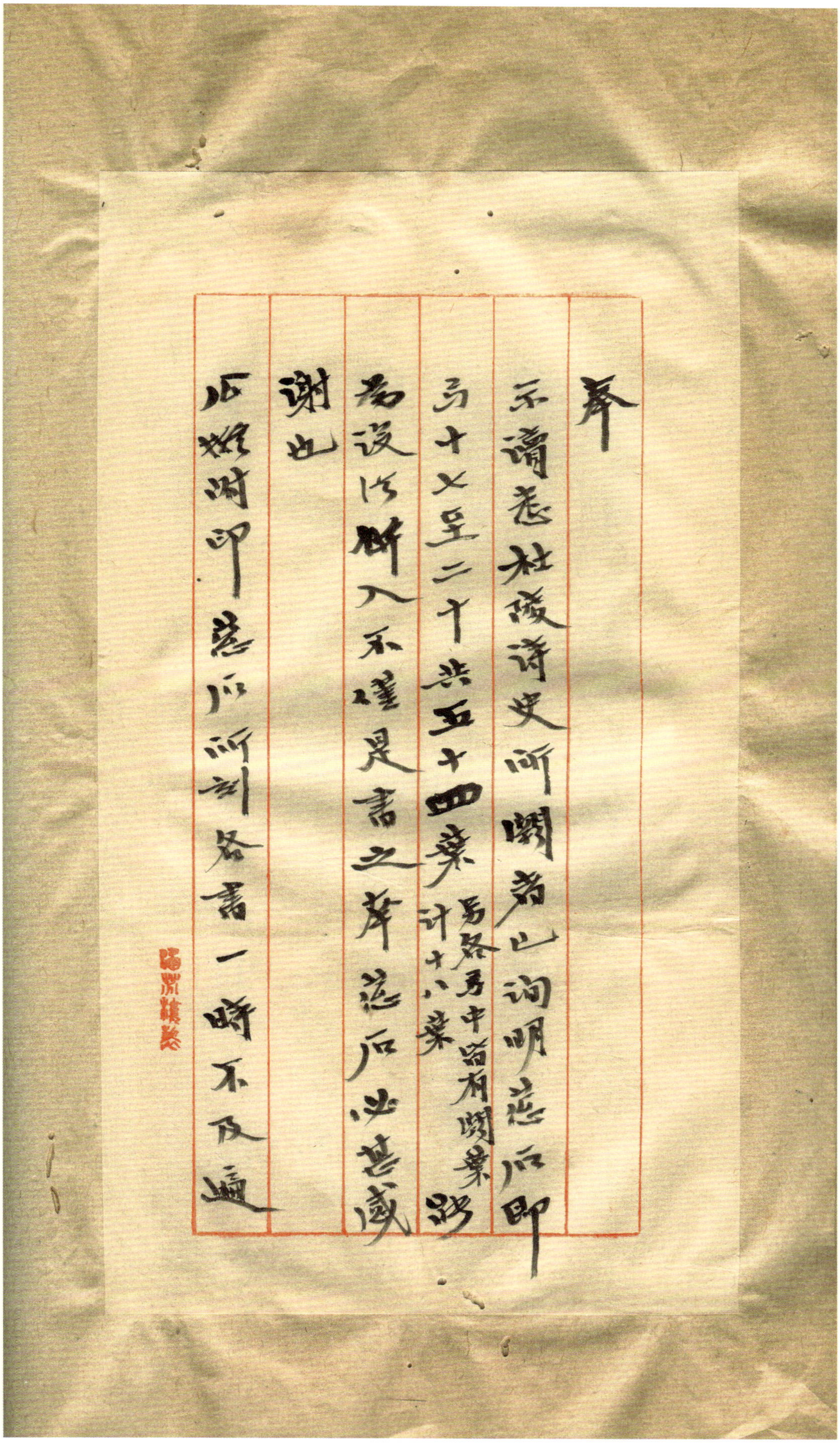

奉
示謂尊處杜陵詩史所闕者，已詢明尊府，即
卷十七至二十，共五十四葉（又各卷中皆有闕葉，計十六葉）。請
為設法鈔入，不僅是書之幸，尊府亦甚感
謝也。
正擬請印尊府所刻各書，一時不及遍

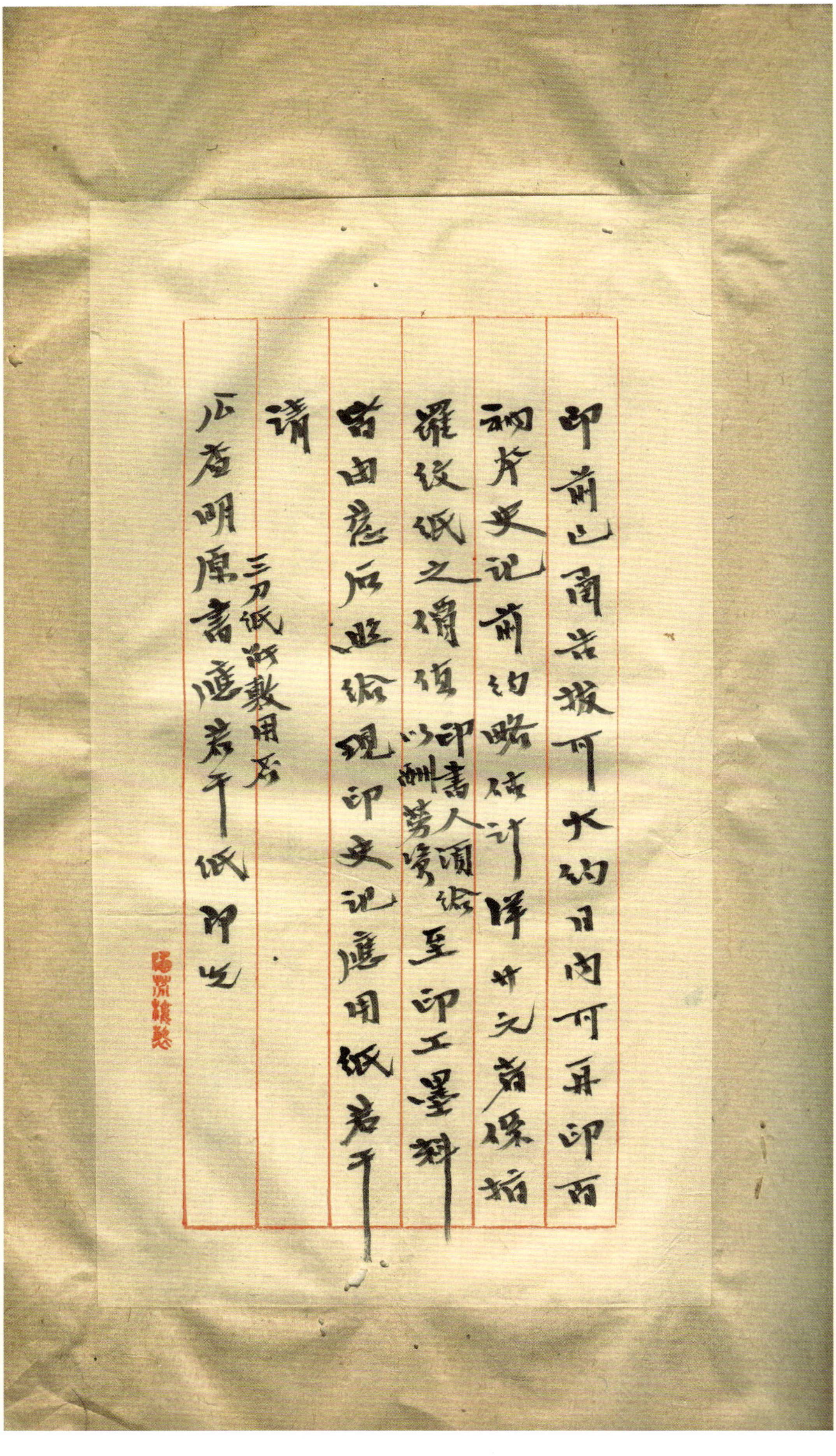

印前已商告拔可大約日內可再印百衲本史記前約略估計詳廿之翦條掐羅紋紙之價值印書人須給以酬勞費至印工墨料皆由廠后遞給現印史記應用紙若干

請

正查明原書應若干紙（三刀紙所敷用否）印也

交來當為送去附印序紙樣他日印何
書如在
尊處所印者再付紙也敝處附印蘇華
于湖招雲三集已成均感
雅意敬請
心如先生大人著安　弟乃昌頓首　七月廿日

惠示敬悉。手明等集工資萬不敷撥，既承
公司刷印已竟咸也。日明將史記工資一
併等撥拔，何先生杜詩史六月底已印
成大半。書目史記史來完七月初下敢收半書日昨
派人查詢補印史記何日能新工人病已半
月未能刷印，現只刷印詩史下半部，尚

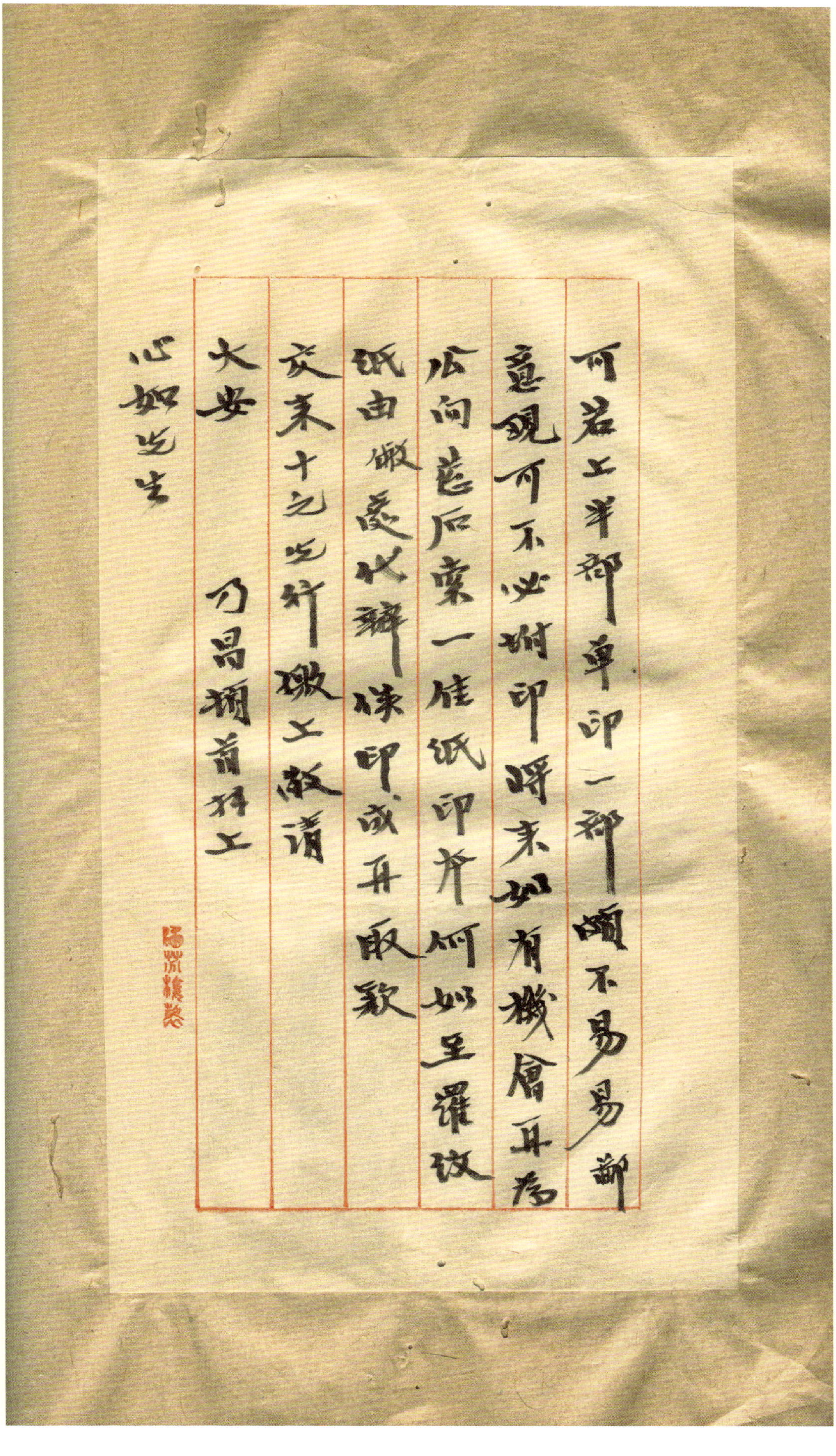

可若上半部單印一部購不易易鄙
意現可不必謝印將來如有機會再為
公向慈后索一佳紙印本何如至羅致
紙由敝處代辦俟印成再取款
交來十元先行繳上敬請
大安　　乃昌頓首拜上
心如先生

示悉。藝老所著、所刻，有藝風堂文集、續集、讀
書記、藏書記、續記、金石跋目、雲自在龕叢書、常
州詞錄、藕香零拾、煙畫東堂小品、三唐人集、宋
元書影、續碑傳集、又蕘圃書跋、遼文存等書，共約兩種，
以同敬
詢安。

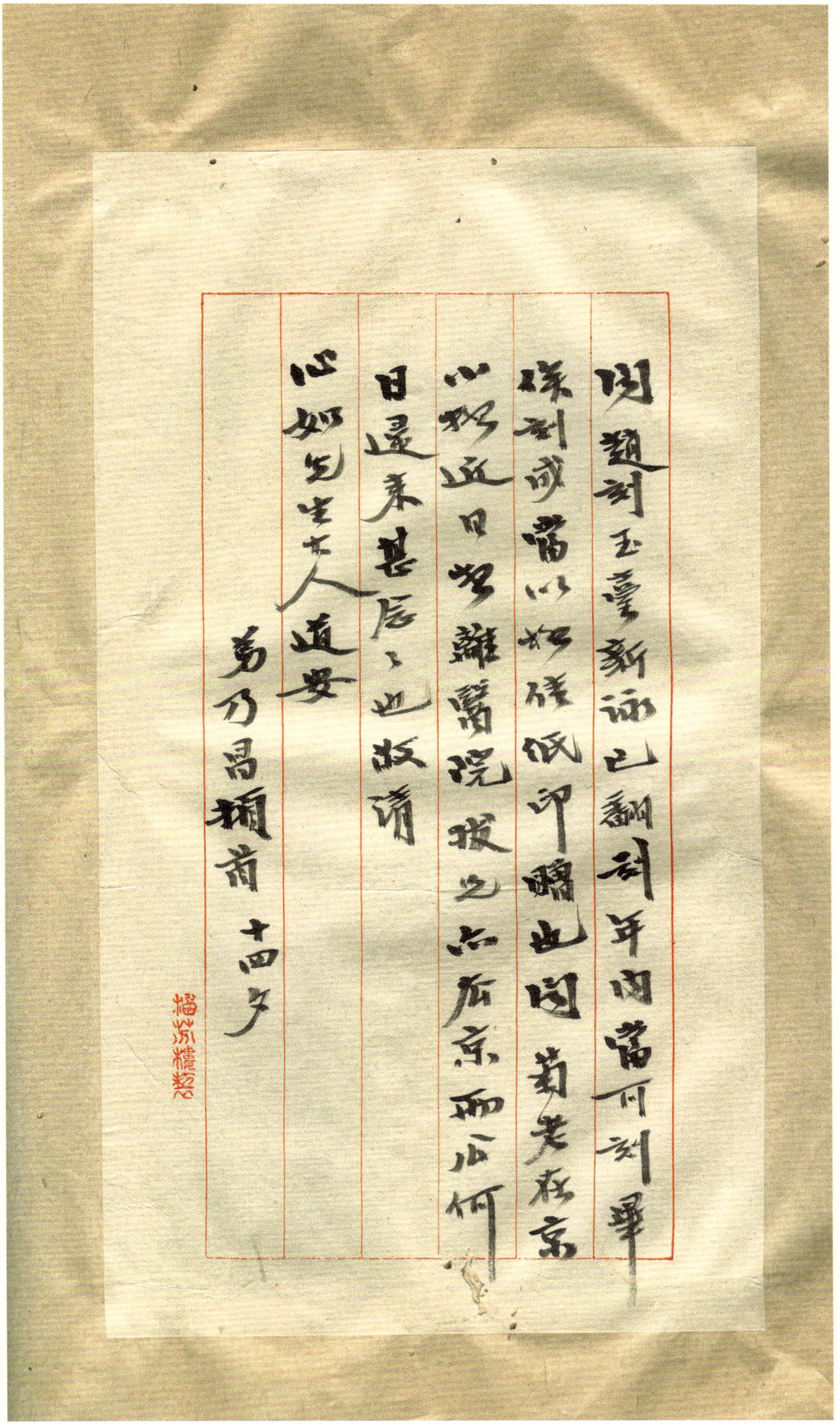
閱題刻玉臺新詠已翻刻，年內當可刻畢。
徐刻或當以如棉紙印贈也。閱菊老在京，
心翁近日當離醫院，拔之亦在京，而不何
日還來，甚盼盼也。敬請
心如先生大人道安
弟乃昌頓首 十四夕

由津迴遞即病

公來適出外就醫未及晤敘甚歉

心公見賜日人所書也南慈后取來并另

賜心公一分統乞

檢收

公附印各書只論語現擬開印今送去

上海九華堂厚記製

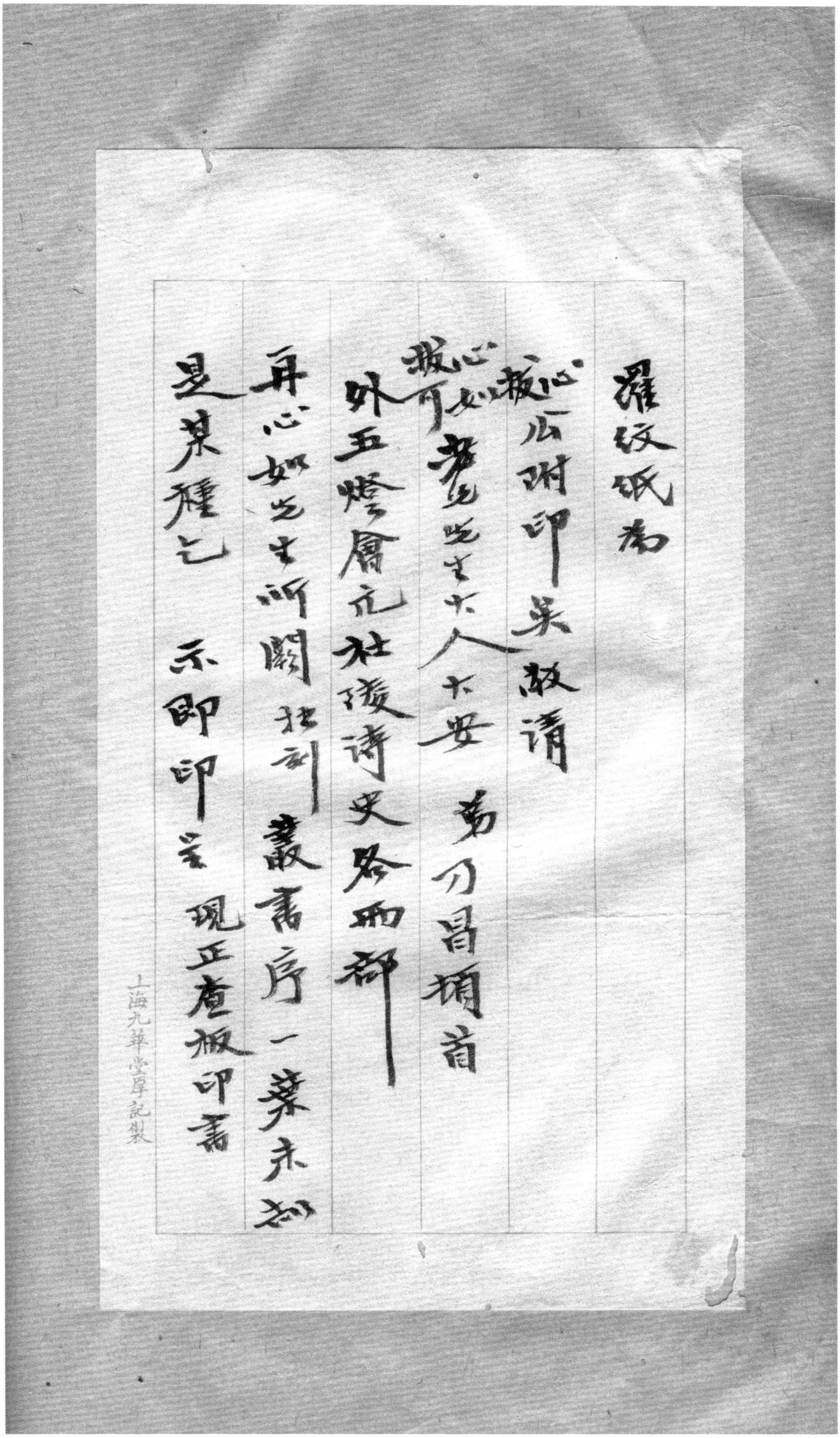

羅紋紙為
心拔心広附印，奚敢請
心拔可如老先生大人大安　弟乃昌頓首
外五燈會元、杜陵詩史各兩部
再心如先生所閣擬刻　叢書序一葉未刻
是某種乞　示即印呈　現正在趕印書

上海九華堂厚記製

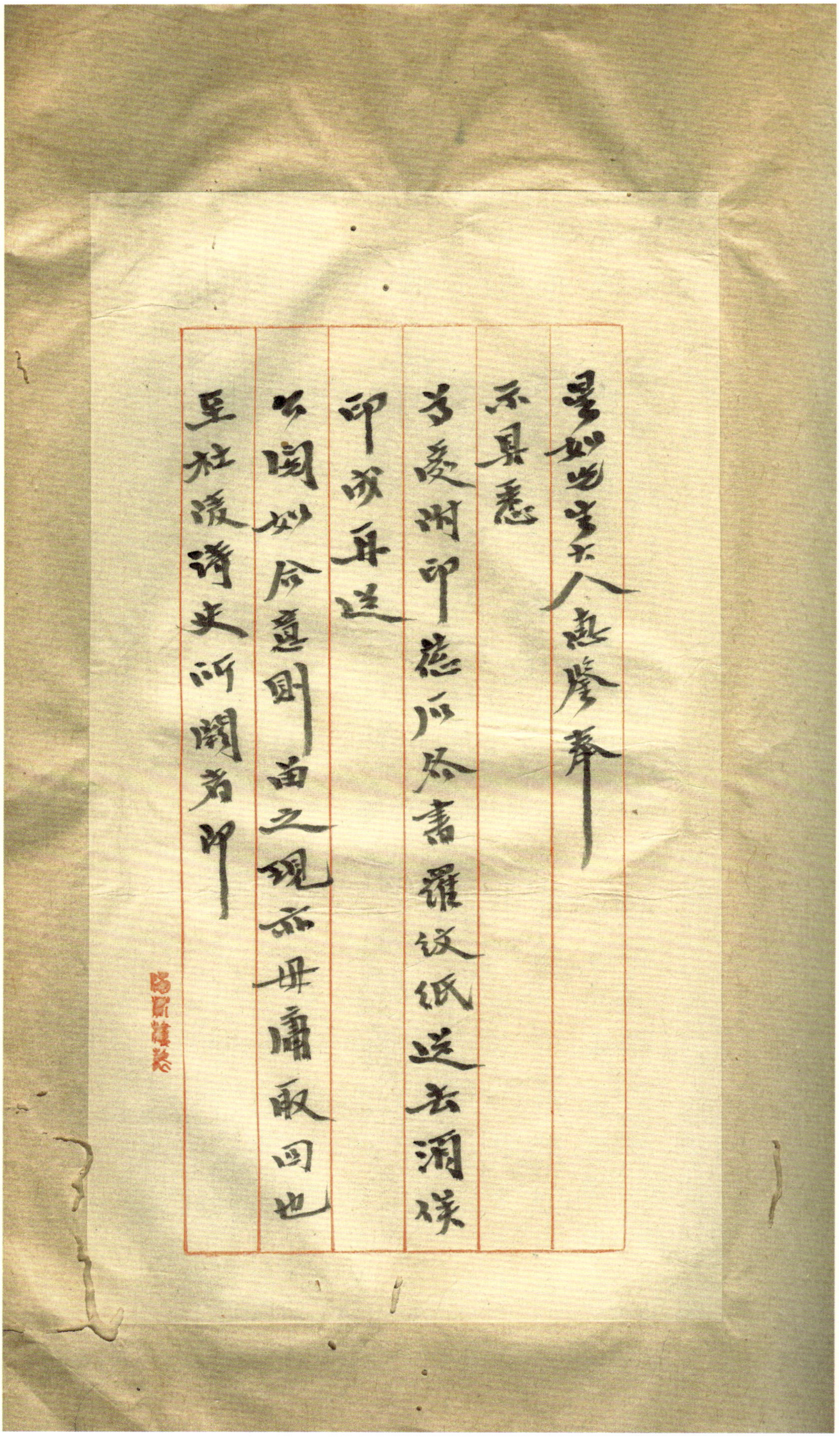
景如先生大人惠鑒：奉
示具悉。
前愛渊印範所寫書羅紋紙送去，渭侯
印成再送。
公閱如合意則留之，現亦毋庸取回也。
至杜陵詩史所闕者印

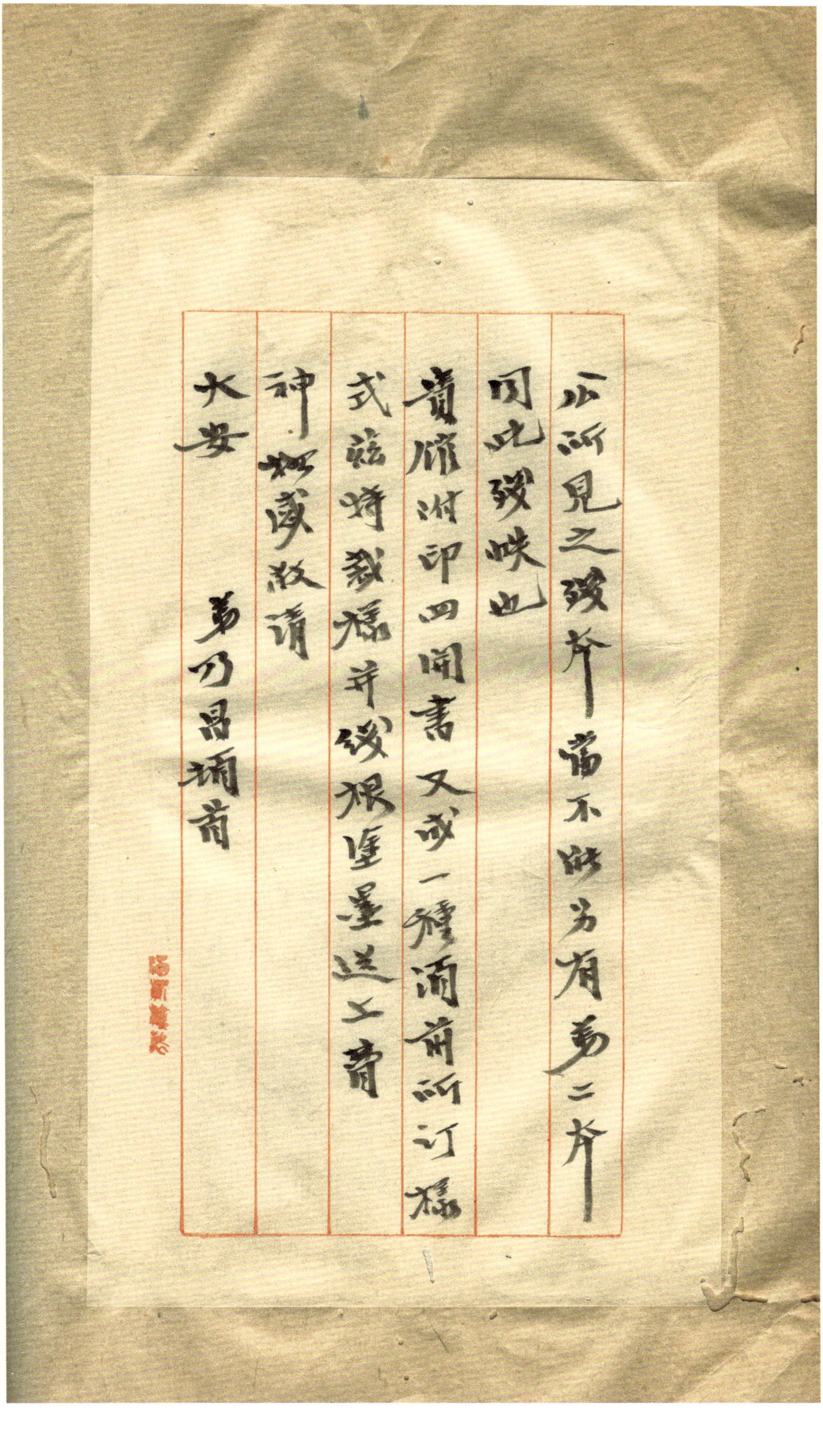

公所見之錢笵，當不如此，另有弟二笵，
同此錢缺也。
貴館附印四開書，又成一種，涌前所訂樣
式，茲將裁樣并錢根墨送上，費
神。順頌敎請
大安　弟乃昌頓首

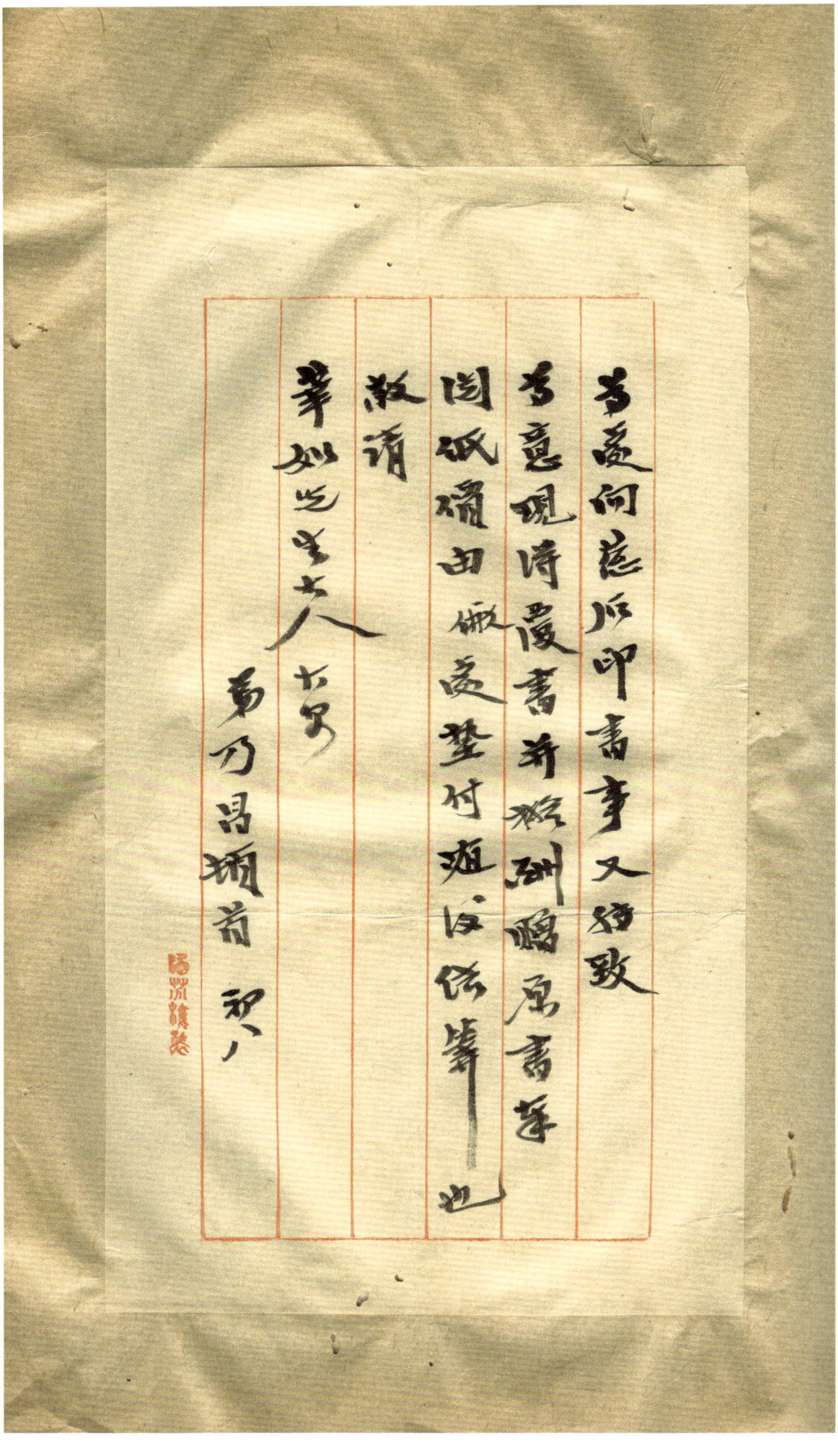

前函詢悉所印書事，又有致
尊意。現將慶書并擬刊翻原書等
圖紙擬由 敝處墊付，隨後結算也。
敬請
華如先生大人 大安
弟乃昌頓首 初八

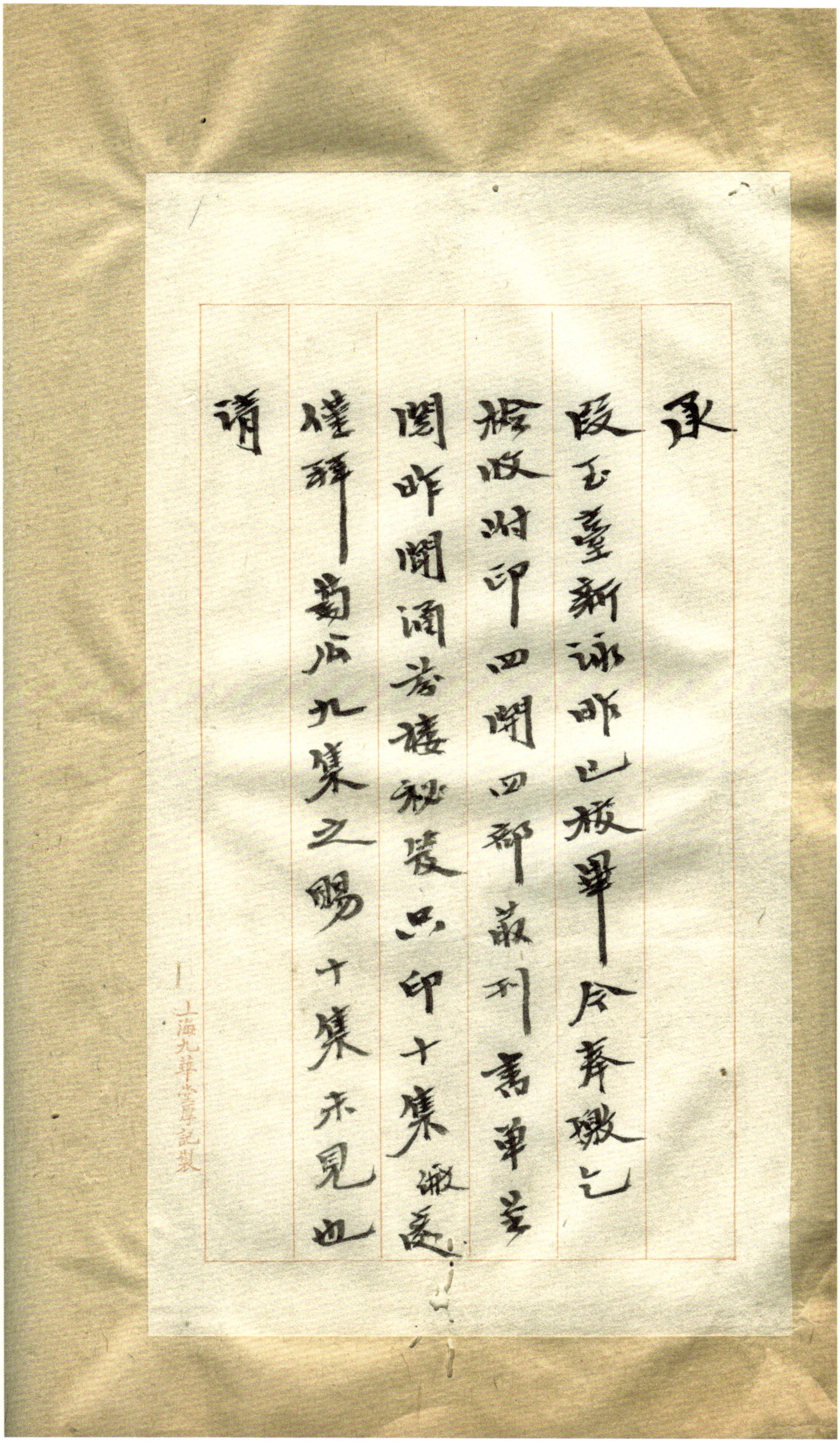

承

賜玉臺新詠昨已校畢今奉繳乞

檢收附印四開四部薇刊書單呈

閱昨聞涵芬樓秘笈只印十集繳送

僅拜 菊老九集之賜十集未見也

請

上海九華堂宝記製

虔明示悉，家牒中有單傳，亦請（戊已交下為門僕遺失）

示即在蕃行所〻公購㝵，以成完書也。

敬請

華如先生大人大安

弟刀渭埛 前 廿五日

上海九華堂厚記製

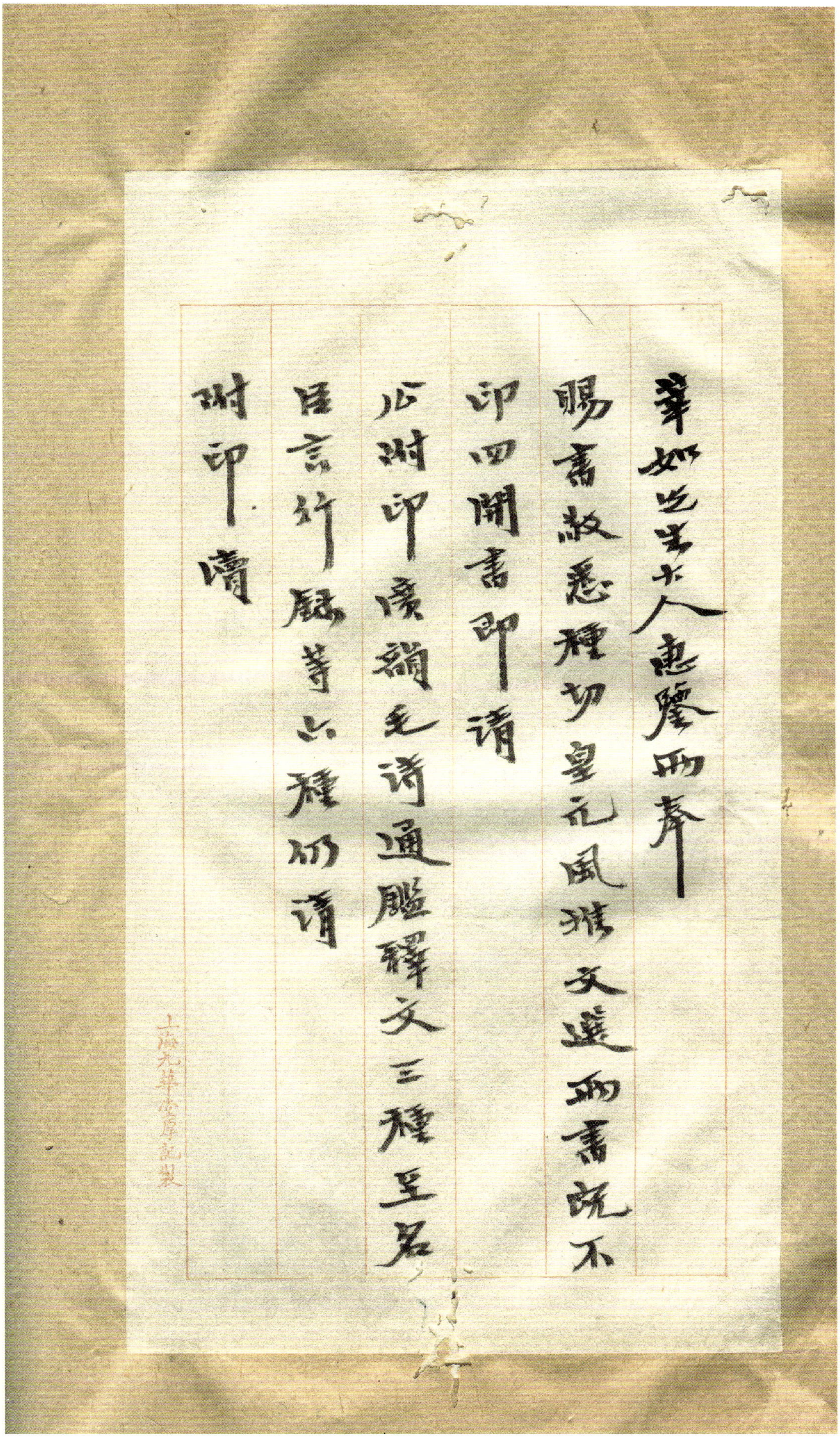

華如先生大人惠鑒：兩奉

賜書，敬悉種切。皇元風雅、文選兩書既不

印四開書，即請

以附印。續編毛詩、通鑑釋文三種至名

臣言行錄等六種，仍請

附印。續

上海九華堂厚記製

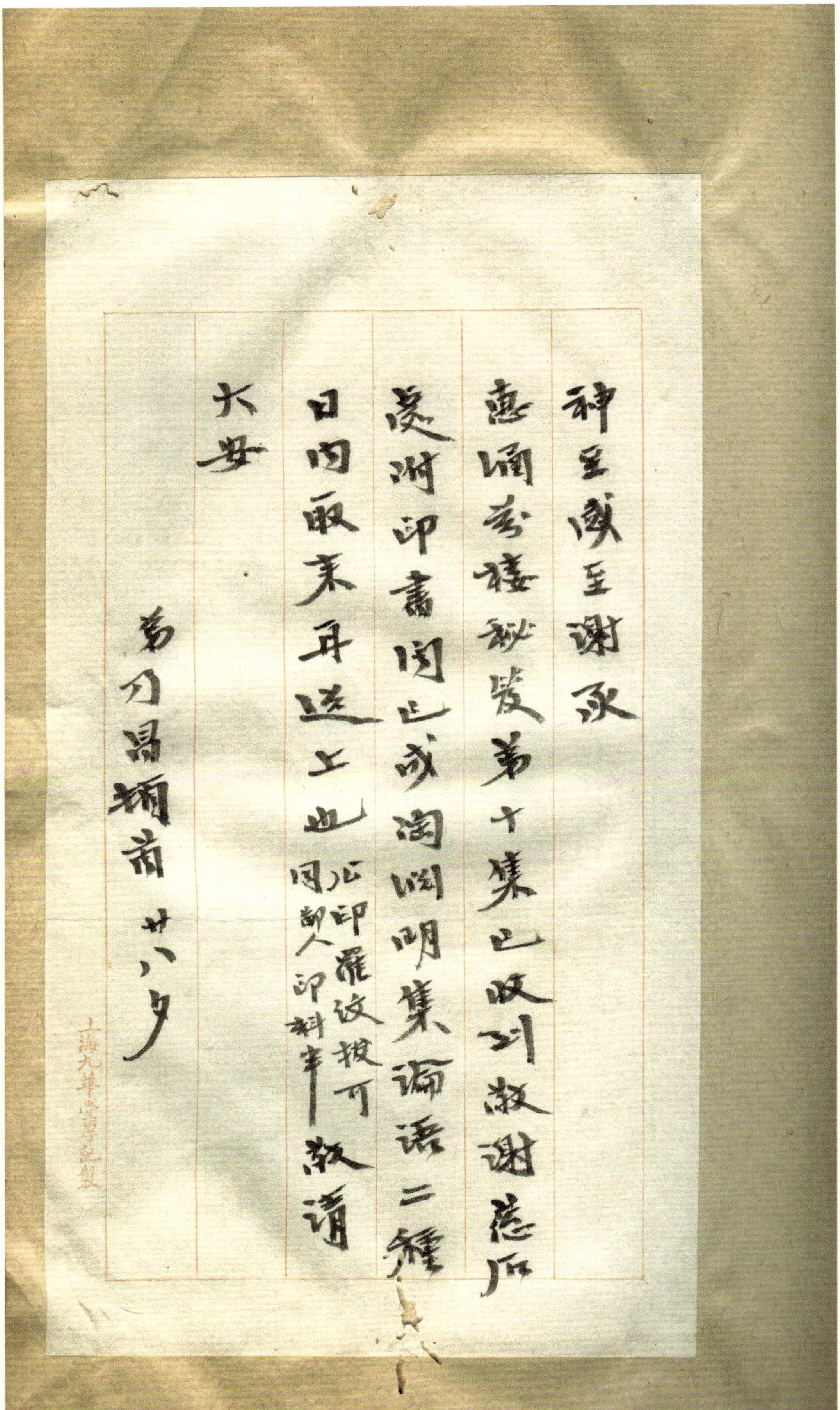

神至感至謝承
惠涵芬樓秘笈第十集已收到敬謝慈厚
處附印書目已成陶淵明集論語二種
日内取來再送上也以印羅紋紙可同鄉人印料半敬請
大安
弟刃昌頓首　廿八夕

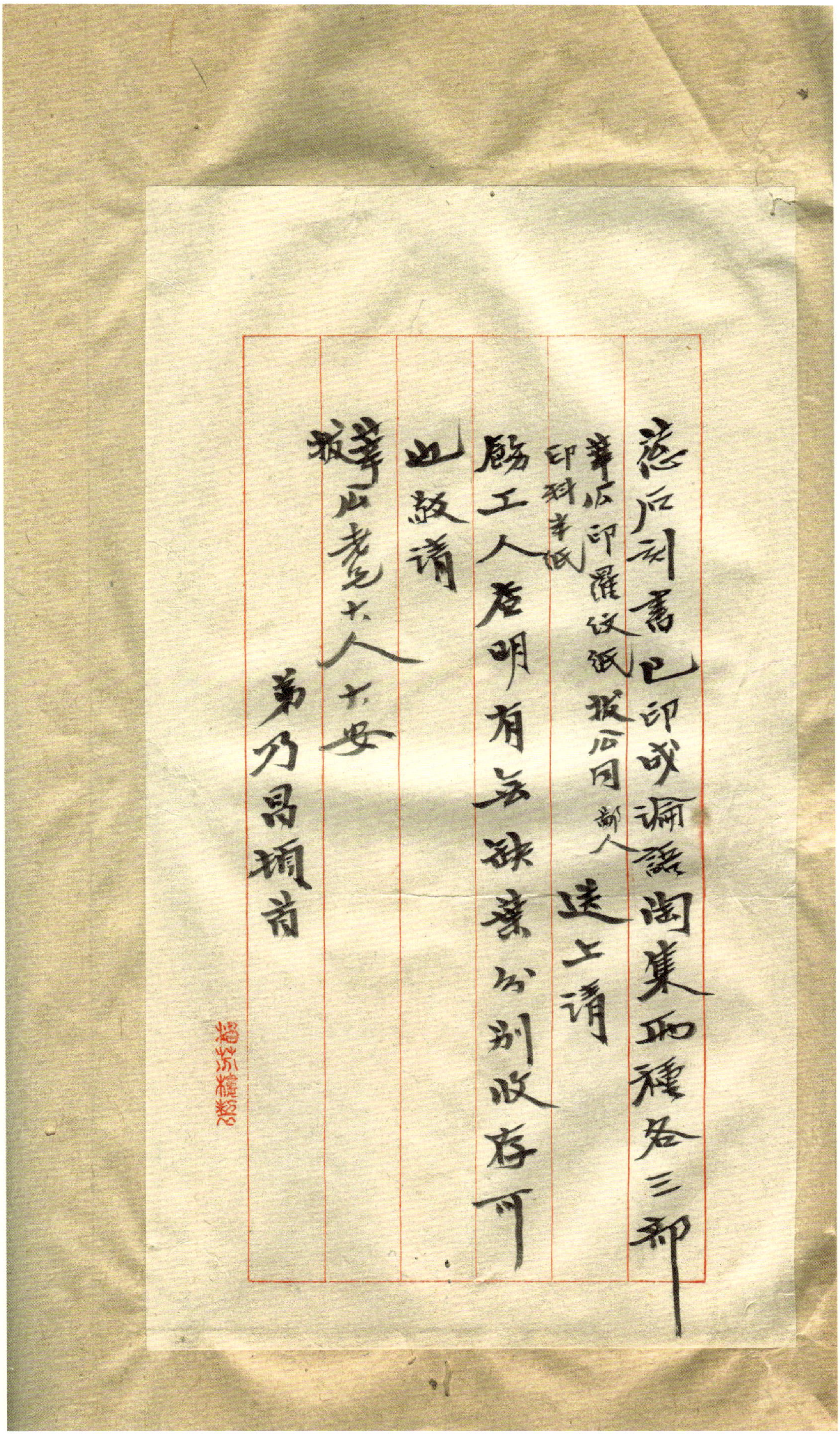

蕊石刻書已印成論語陶集兩種各三部
華石印羅紋紙 振石印料半紙 同鄉人送上請
飭工人查明有無缺葉分別收存可
也敬請
振華山老兄大人大安
弟乃昌頓首

奉三十日
惠覆敬悉承
賜百川學海七冊甚感
厚愛惟鄙人前見有殘本只缺廿餘種蒙
公惠二冊又學叢來贈三種略有配成全
書之想乃遍覓不得竟與索延遲時所

涵芬樓製

見殘本仍還丁仲祜君今
公又惠七冊復詢仲祜前書云已售出鄙人
因所識書友甚多決不敢希冀湊現完
書
我公既有此多種且商務書肆書估時相
交易仍將

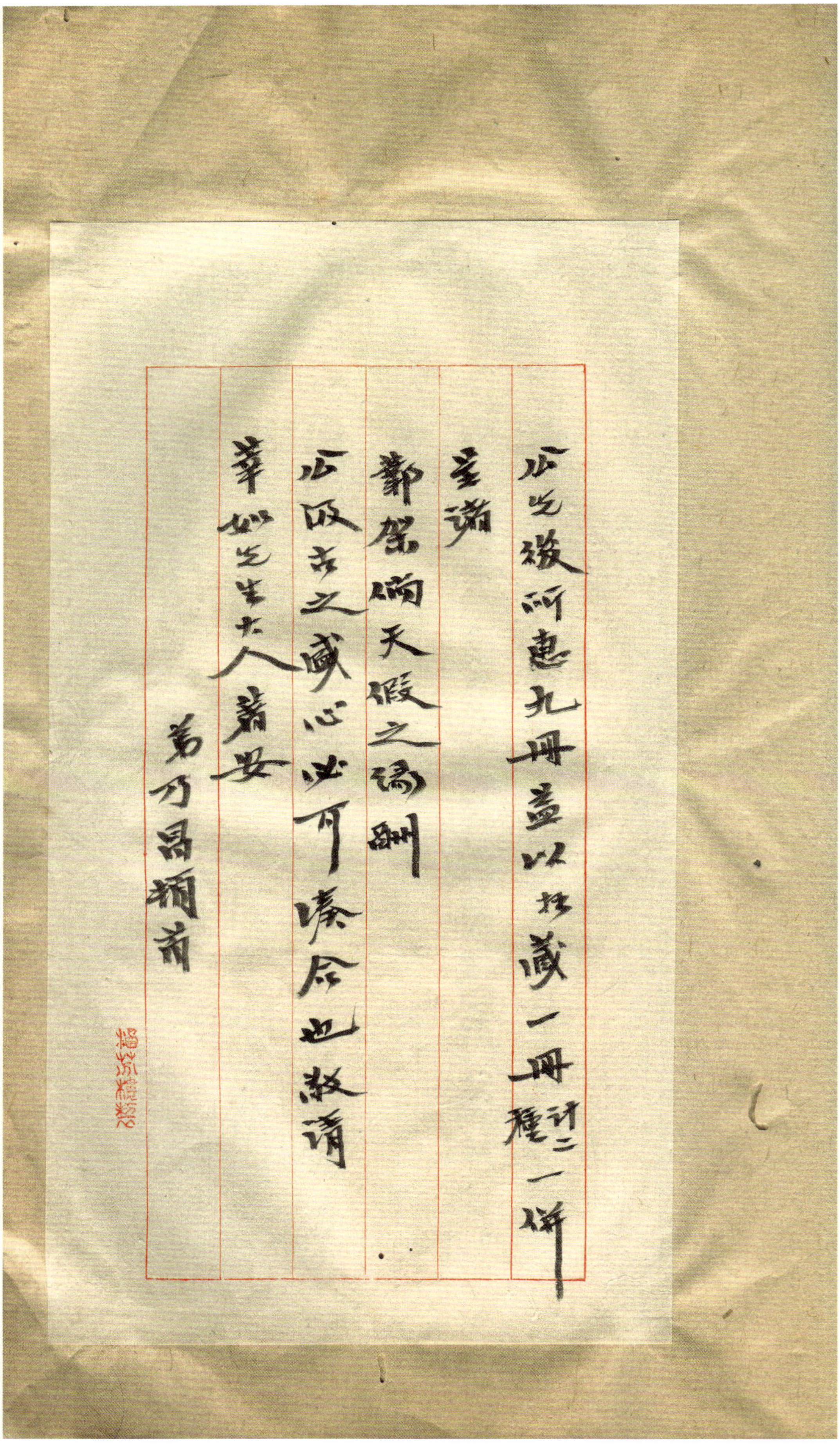

少先後所惠九冊益以抄藏一冊種計二一併
呈請
鄴架倘天假之緣酬
少陵去之感心必可湊合也敬請
華如先生大人著安
弟乃昌頓首

惠書誦悉續書敢求記尋
正校正俾讀厥成獲一善本至為欣佩
藝風老人於汪本當即函詢子受待覆
再告 假處有適園舊校本如
正在閱再送上前閱孟蘋書目亦有校
本兩三種未見原書也瑣語陶集承

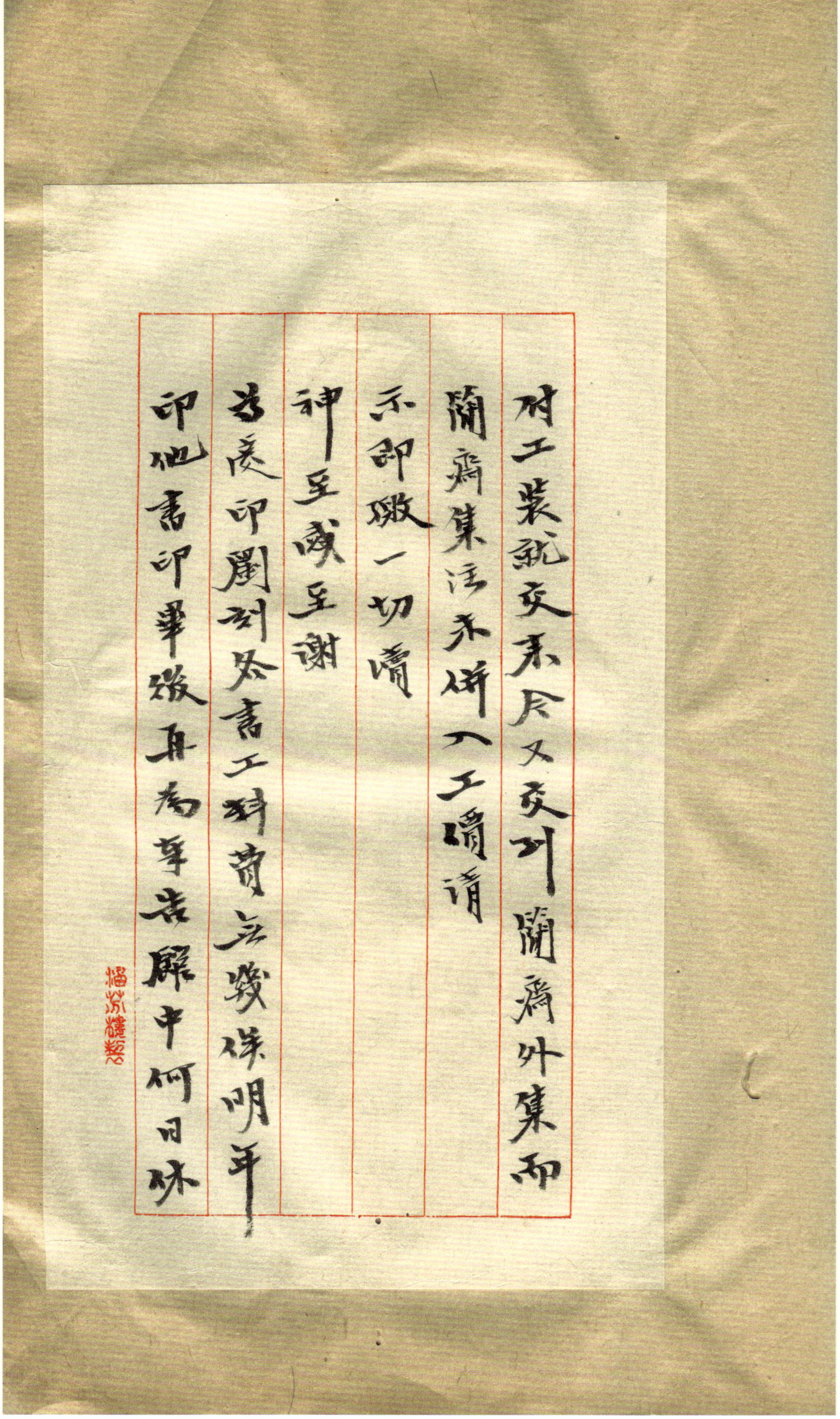
付工裝就交來尺又交到蘭齋外集兩
蘭齋集活木併入工價請
示即繳一切價
神至感至謝
尊處印劂刻然言工料貴云發俟明年
印他書印畢發再為尊吉縣中何日付

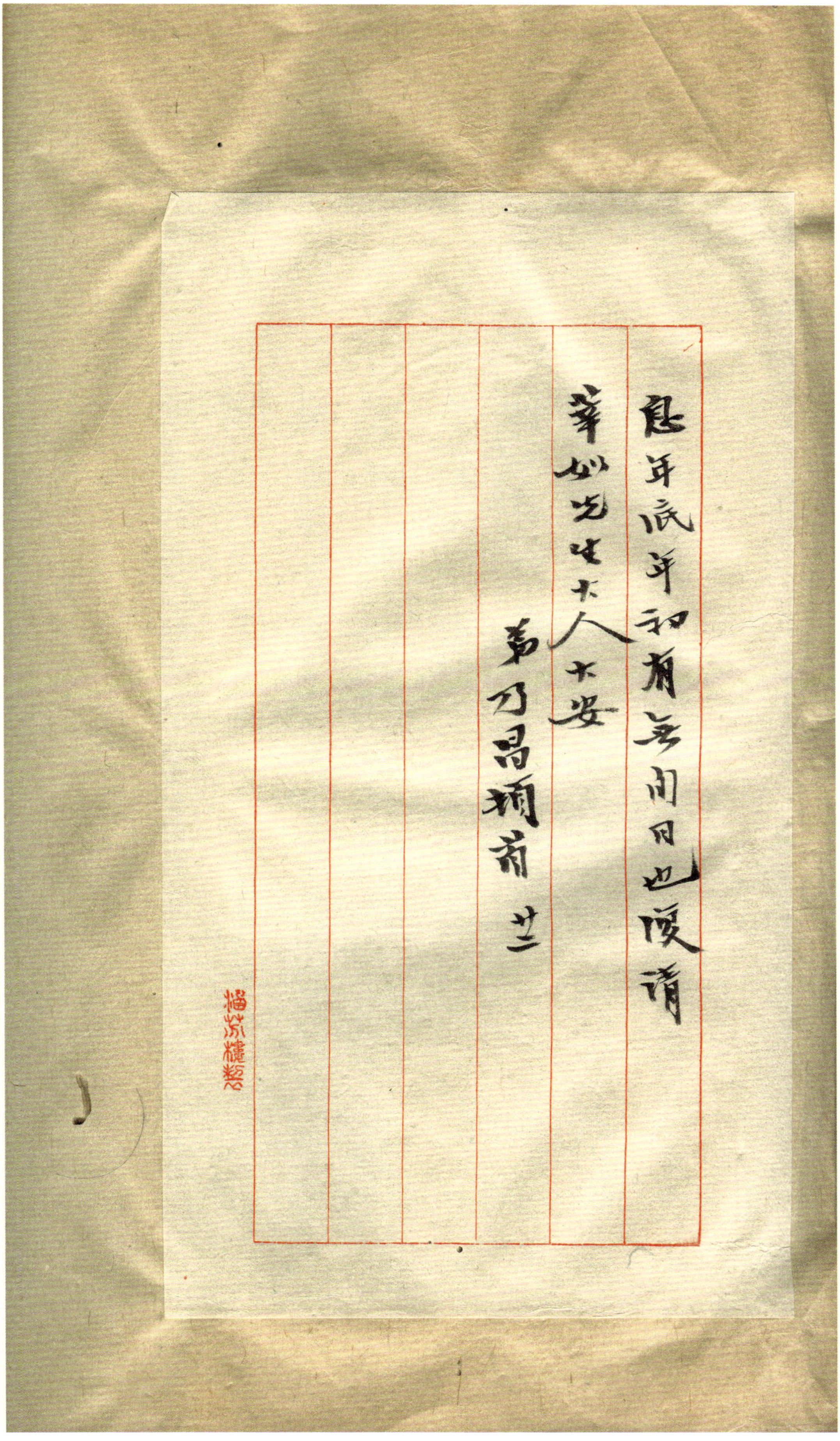
息年底年初有無閒日也　候請
華妙先生大人大安
弟乃昌頓首　廿三

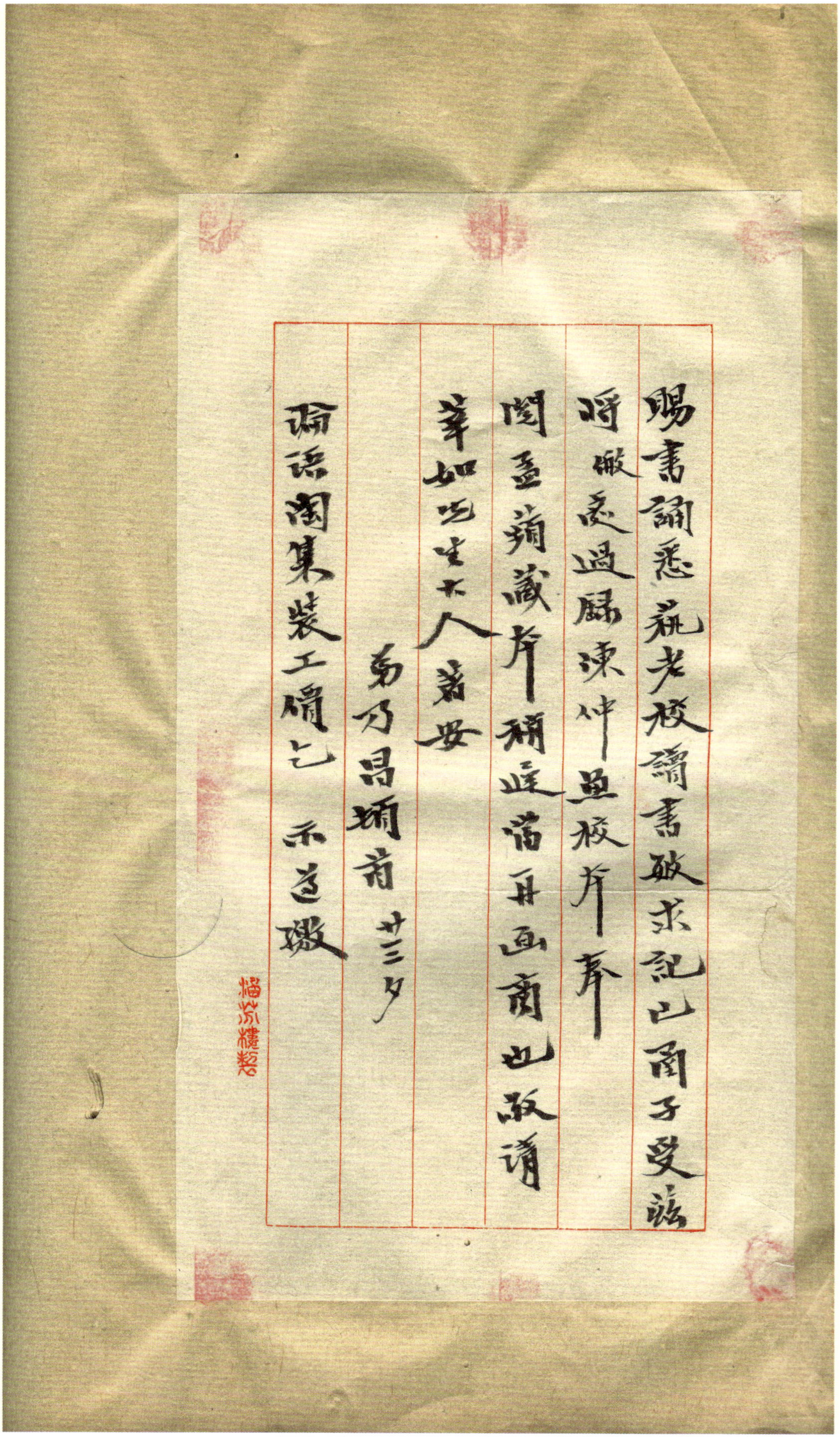

賜書誦悉蕘老校讀書敏求記由閣子受茲
將暇處過錄陳仲魚校本奉
閱孟蘋藏本稍遲當再函商也敢請
星如先生大人著安
弟乃昌頓首 廿三夕
瑜語閣集裝工價乞 示遵辦

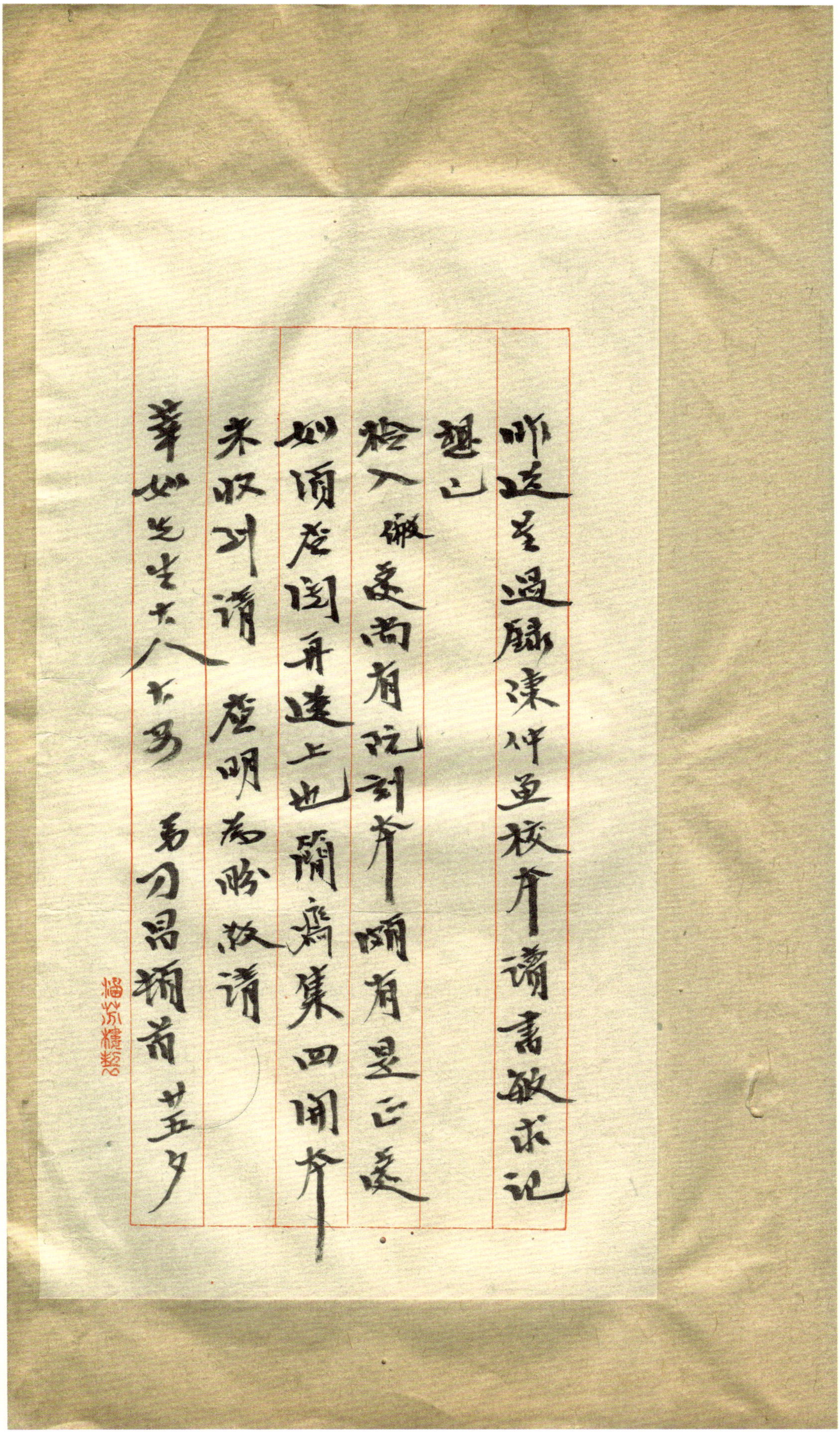

昨送呈過錄陳仲魚校本讀書敏求記
想已
檢入 徹覽 尚有阮刻本嘱有是正送
如須應用再送上也 觀齋集四閱本
未收到請 查明為盼敬請
華如先生大人大安 弟乃昌頓首 廿五夕

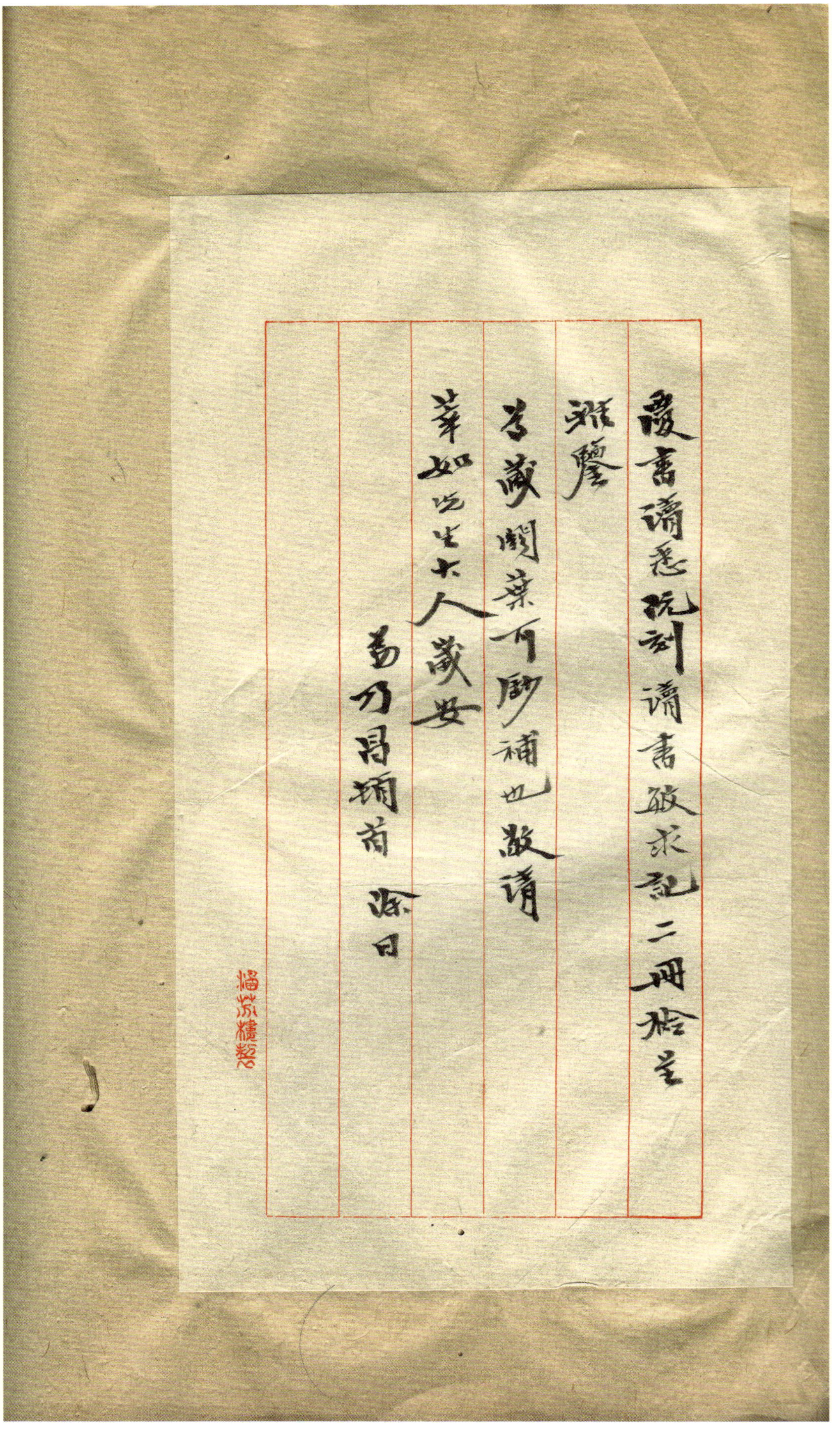
覆書讀悉。杭刻讀書敏求記二冊檢呈
雅鑒。
尊藏闕葉可鈔補也。敬請
華如先生大人歲安
弟刀昌頓首　除日

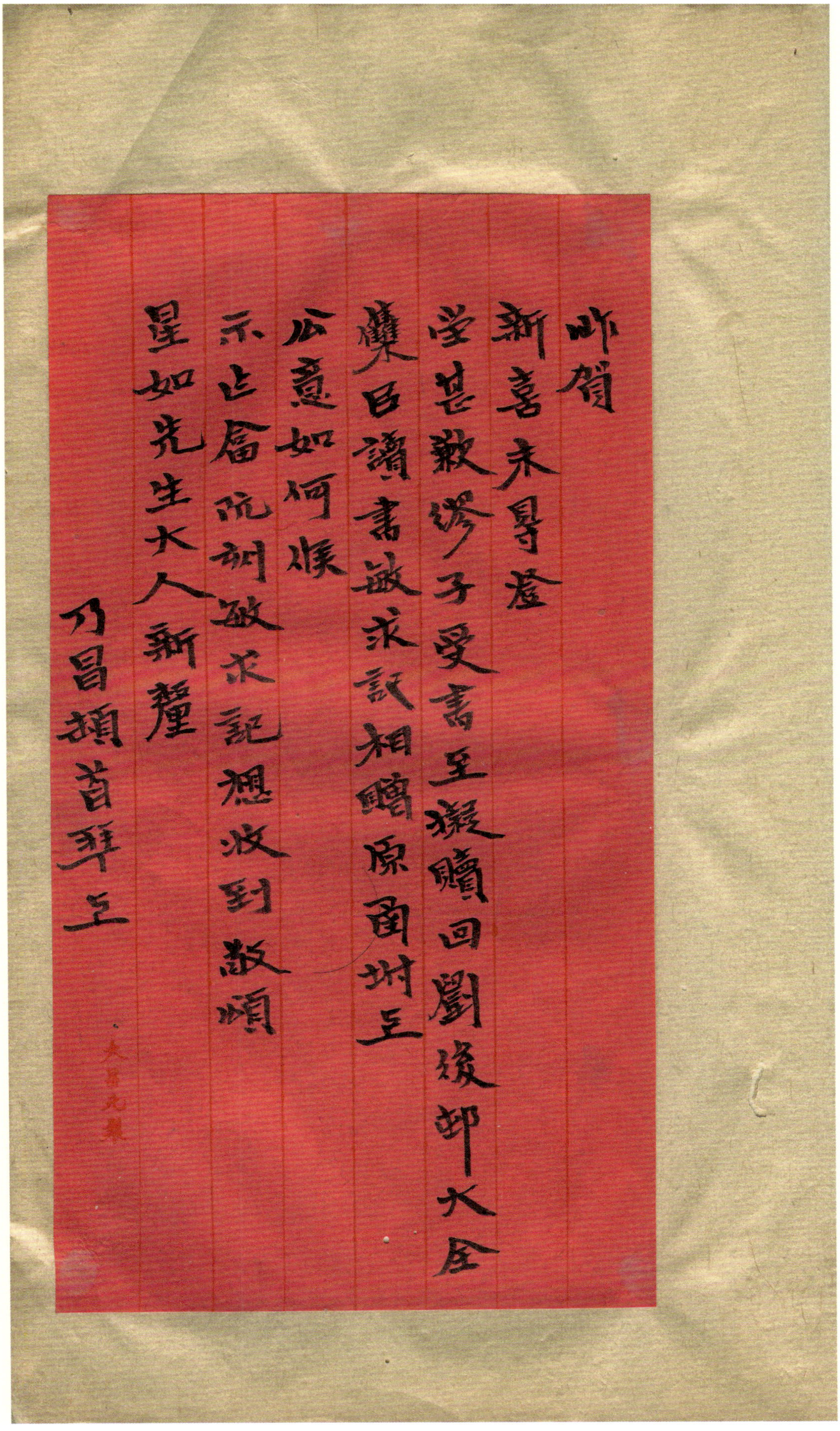

昨賀
新喜未晤登
堂甚歉繆子受書至擬贖回劉後邨大全
集已請書賈求試相贖原函附上
公意如何候
示止龠阮胡敬求記想收到敬頌
星如先生大人新釐
乃昌頓首拜上

賜閲敬悉。敏求記録
鈔補遺兩葉，俾成完書，至感
雅誼。復請
星如先生大人大安
弟刁昌頓首

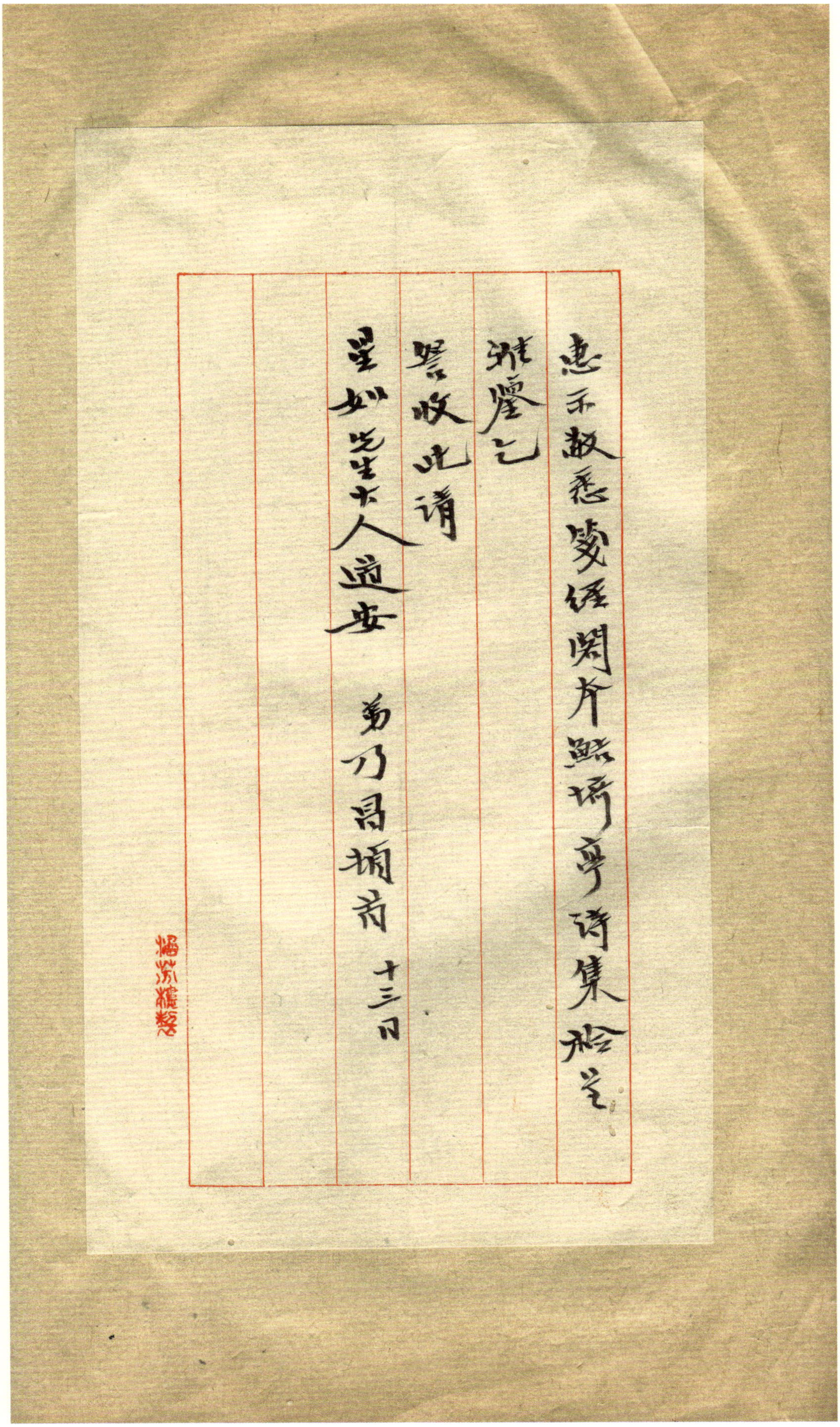
惠示敬悉篓经阁本鲒埼亭诗集检呈
雅鉴乞
詧收此请
星如先生大人道安
弟乃昌顿首　十三日

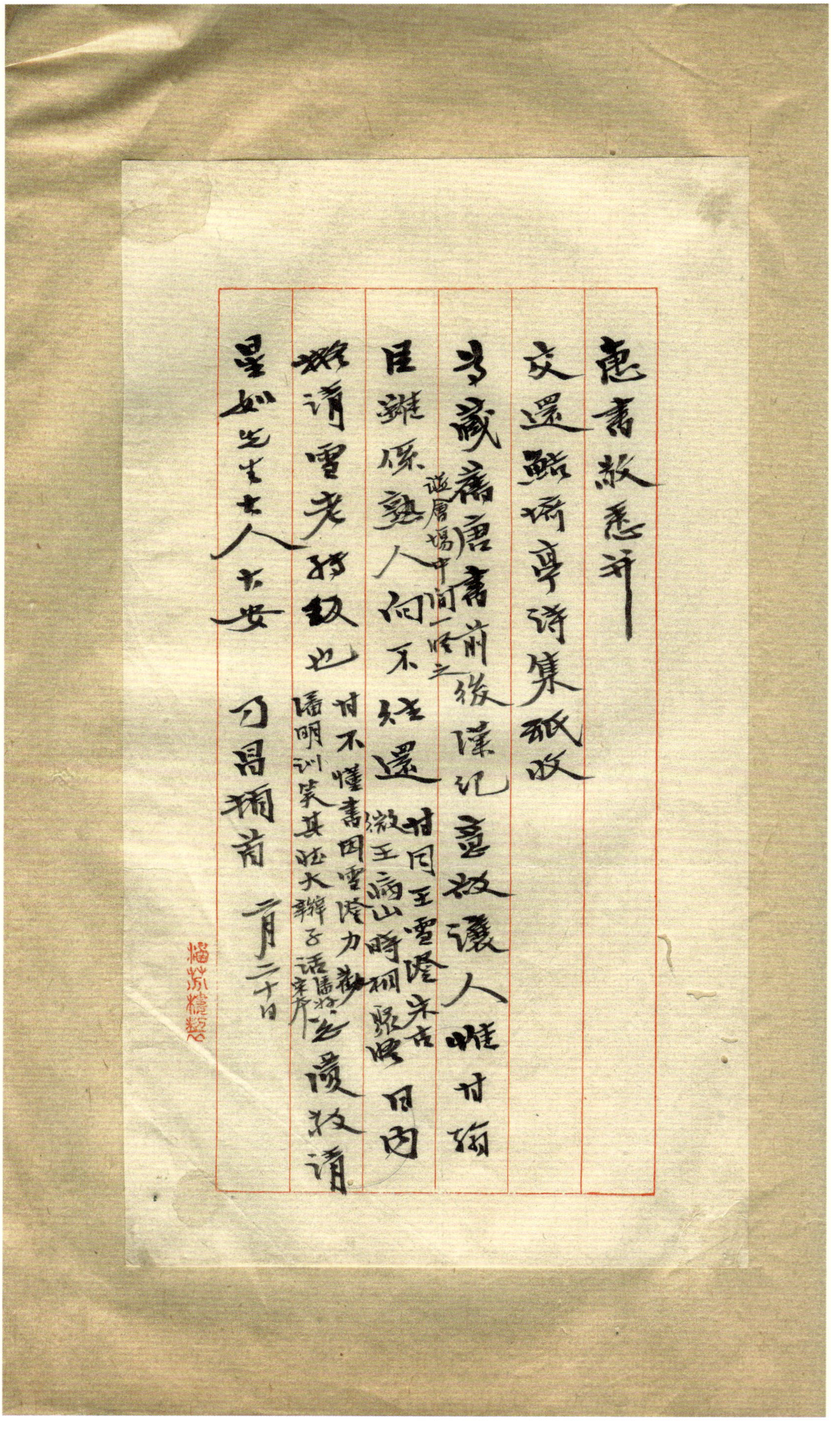
惠書敬悉并
交還鮚埼亭詩集祇收
弟藏舊唐書（謚唐煬中間一段之）前後漢紀意欲讓人惟甘翁
且雖係熟人向不結還甘同王雪澄朱古微王病山時稠聚得日內
擬請雪老持致也（甘不懂書因雪澄力勸隱明訓笑其張大辨子話隱狀奈何）之憂敦請
星如先生大人大安　刁昌頓首　一月二十日

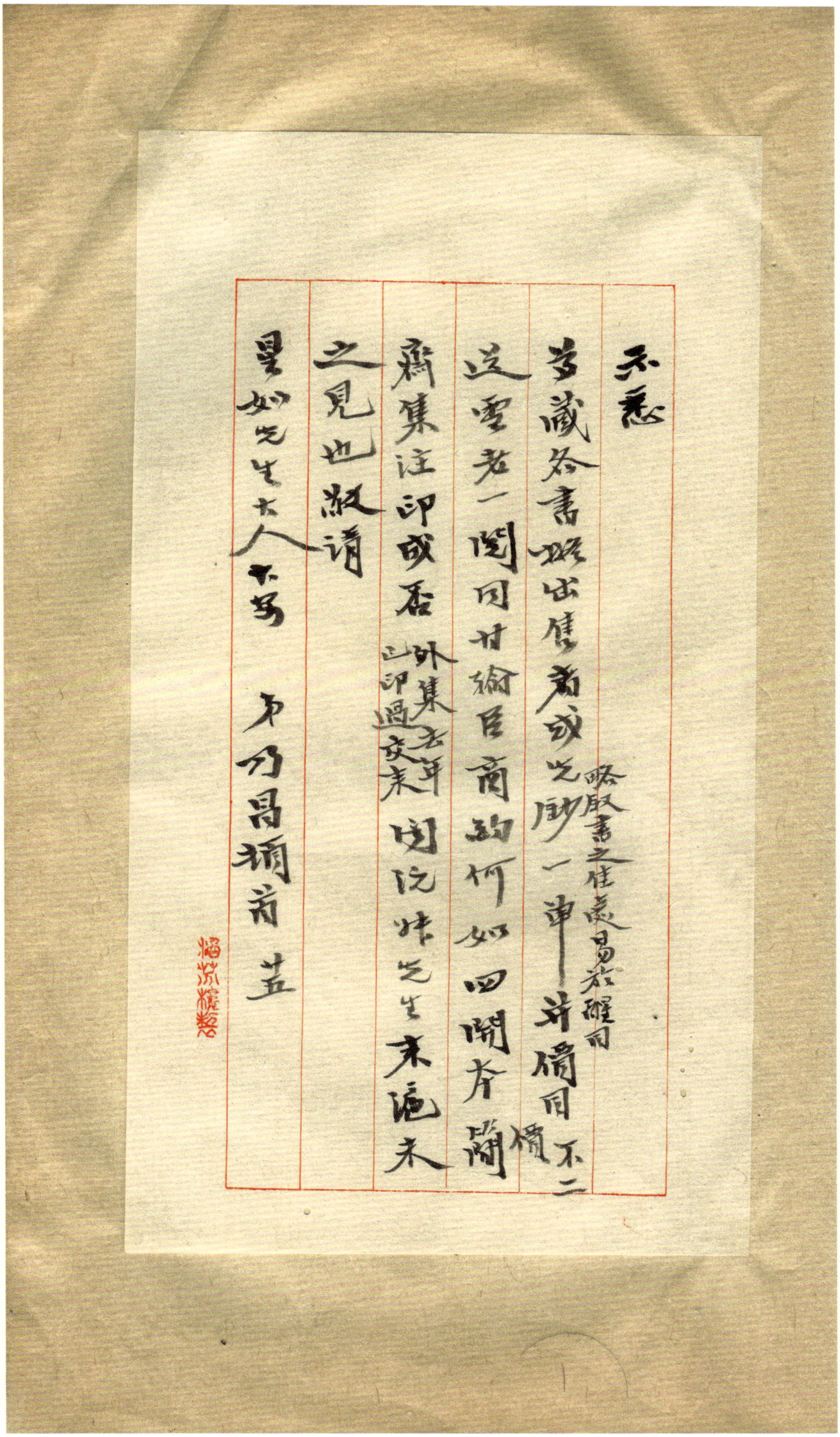

示悉

台藏各書擬出售者或先鈔一單（略敘書之佳處昌欲擬留）並價目（不二價）

送雪老一閱同廿榆日商酌何如四閣本簡

齋集注印成否（外集去年已印過交來）閱沈姝先生未寄來

之見也敬請

星如先生大人大安　弟乃昌頓首　孟

来書讀悉樣本十二種單一二紙祇收旬日內因雪老一商如何再奉

聞

來示云及所有優簡細底未奉到不知有何躭誤也敬請

星如先生大人大安　弟刀昌頓首

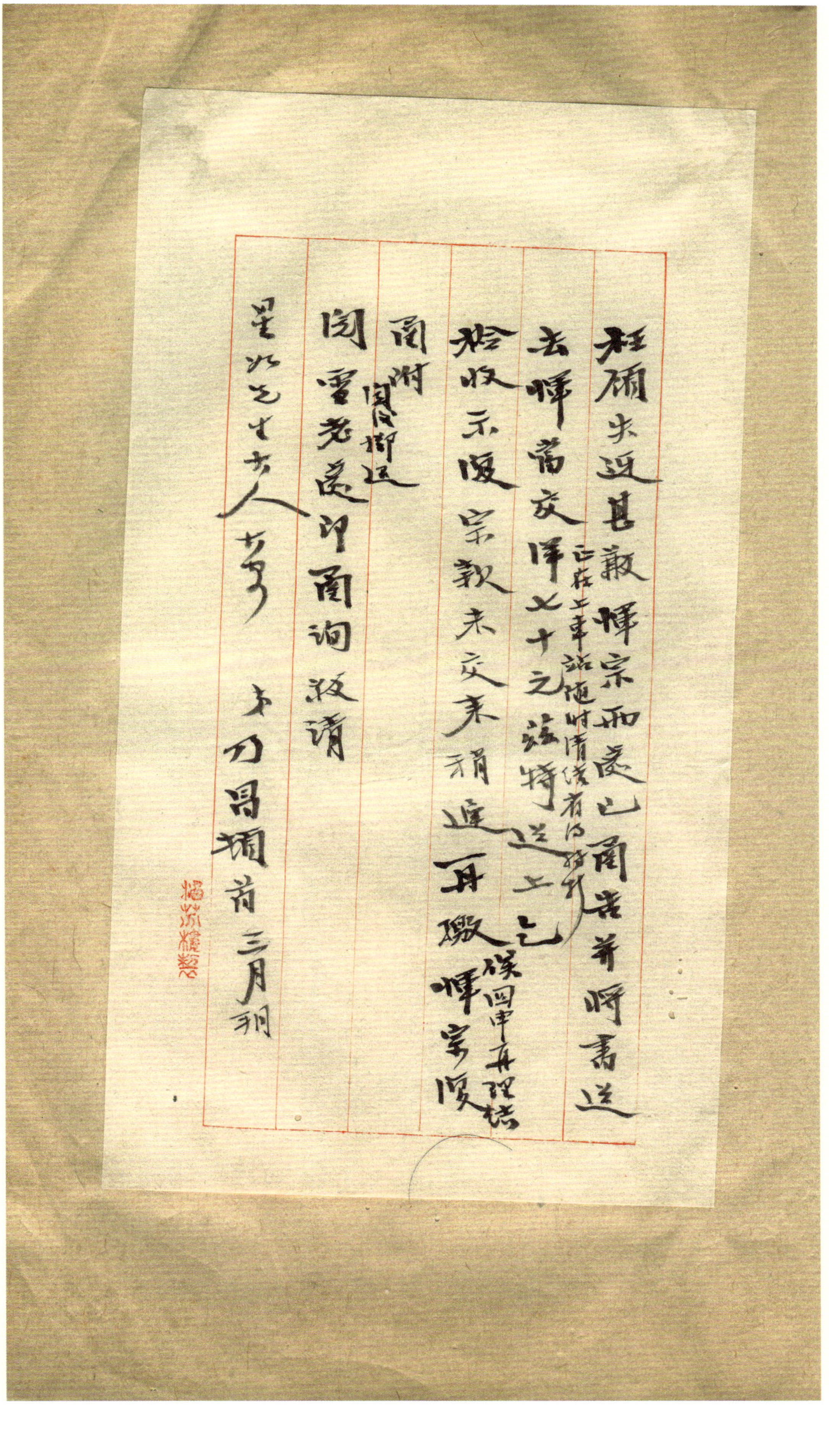
柱礀先生甚歉憚宗而處已閲吉并將書送
去憚當交憚之十之該特已在上半站隨時清核有何轉送上已
捡收示復宗款未交来稍迟再繳俟回津再理话惲宗原
閲附閣尺御送
閲留老處即閲詢敬請
星北先生大人台安 弟乃昌頓首 三月朔

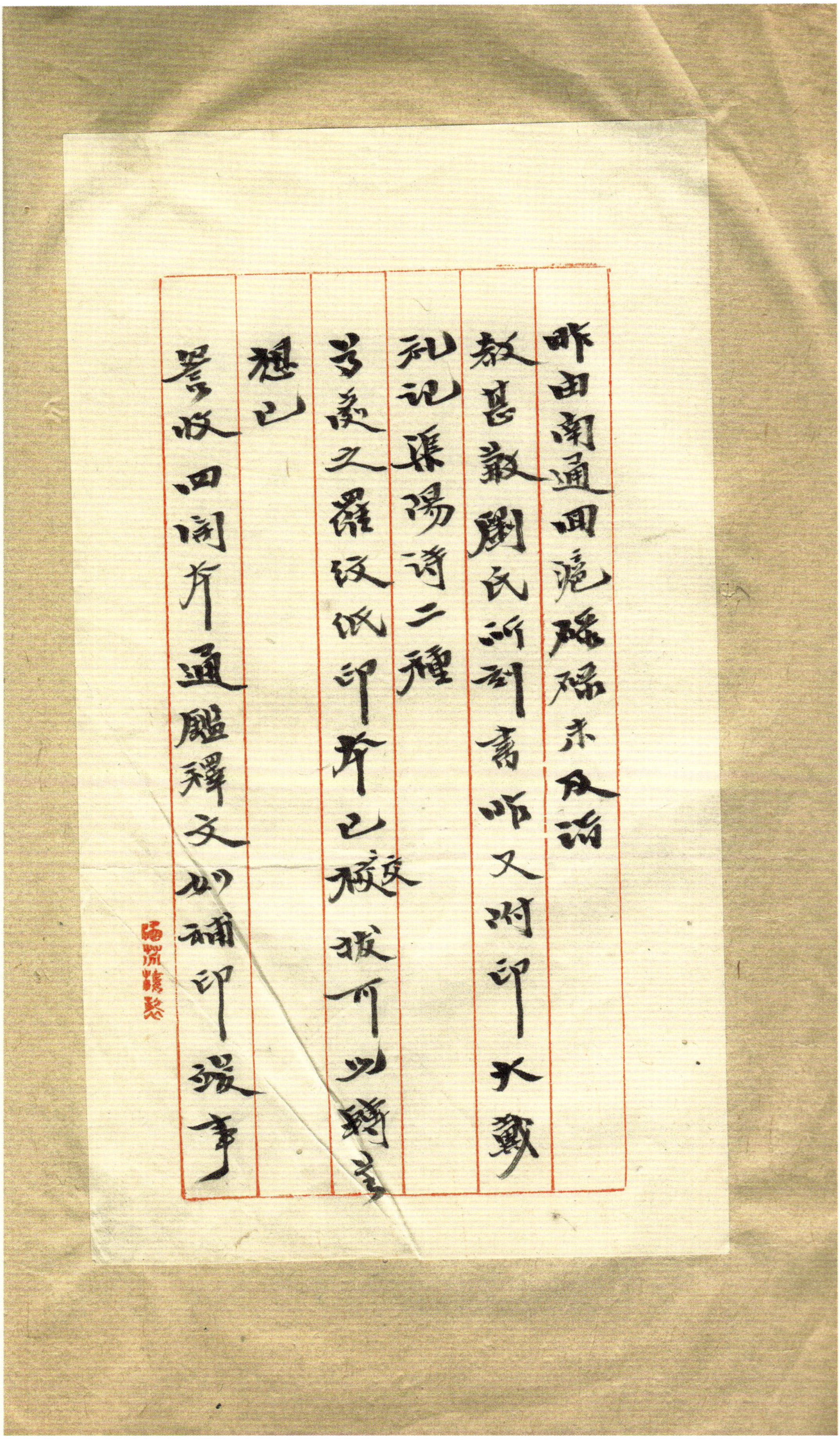

昨由南通回滬碌碌未及詣
教甚歉劉氏所刻書昨又附印一大戴
禮記張陽詩二種
当菱之羅紋紙印本已校跋可以轉交
想已
詧收四開本通鑑釋文以補印缓事

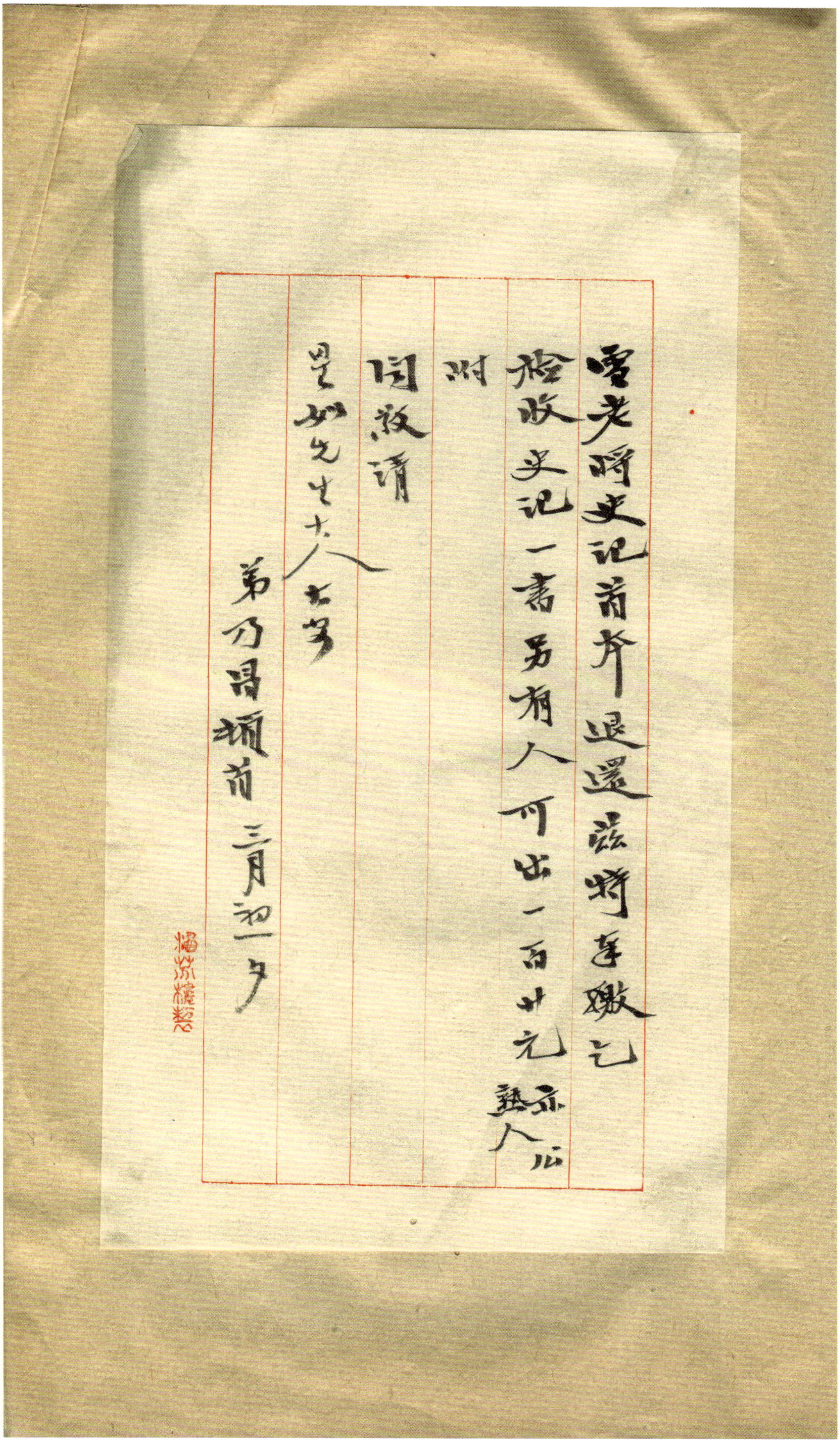

曾老將史記首本退還，茲將年繳已
檢收。史記一書另有人可出一百廿元，亦從熟人
附
閱。敬請
星如先生大人大安
弟乃昌頓首 三月初一夕

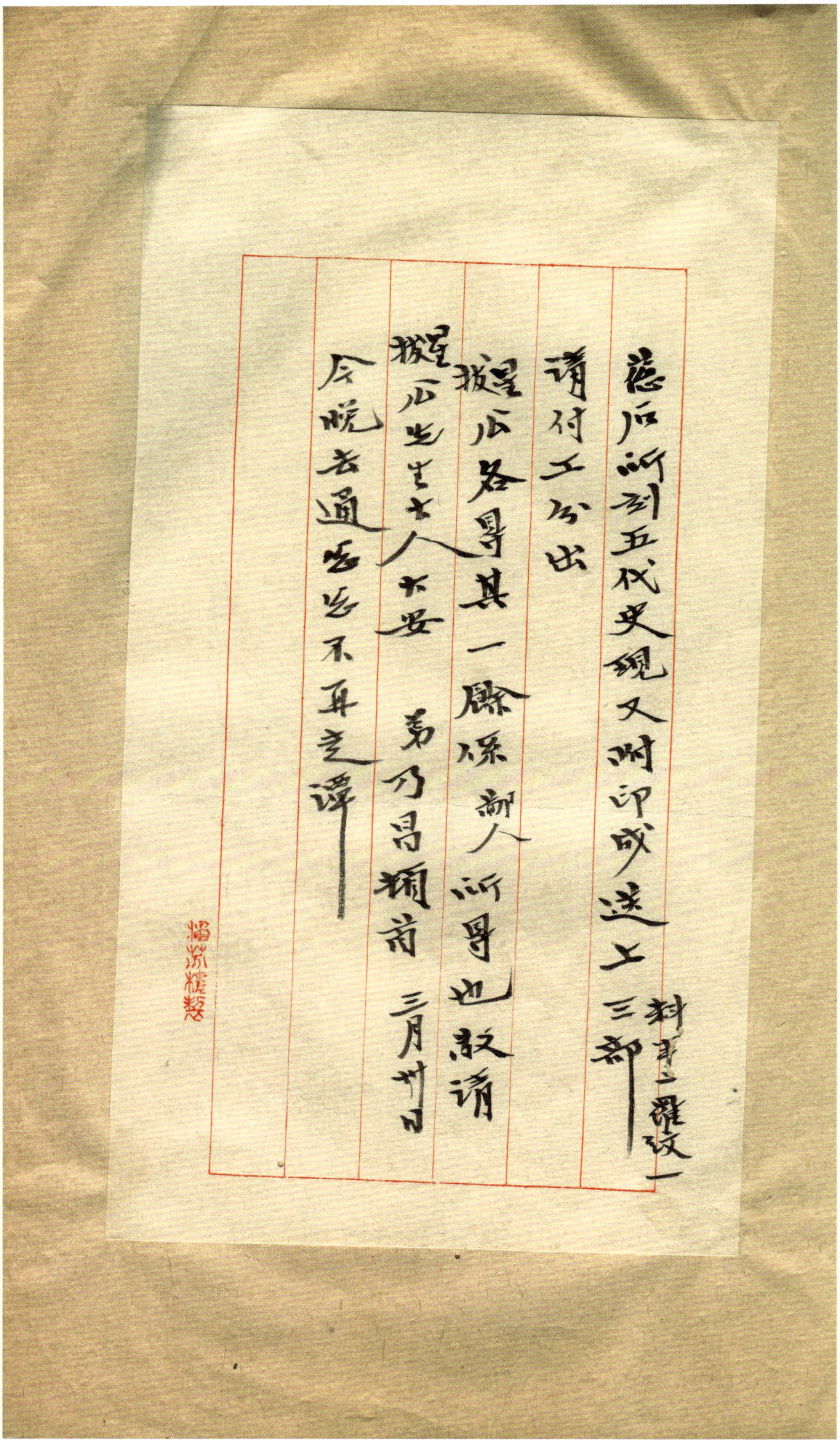

慈石所刻五代史現又附印成送上三部料半三羅紋一
請付工公出
撥呈瓜各得其一餘係鄙人所得也敬請
撥呈瓜生先生大人大安　弟乃昌頓首　三月廿日
今晚去通匆匆不再走謁

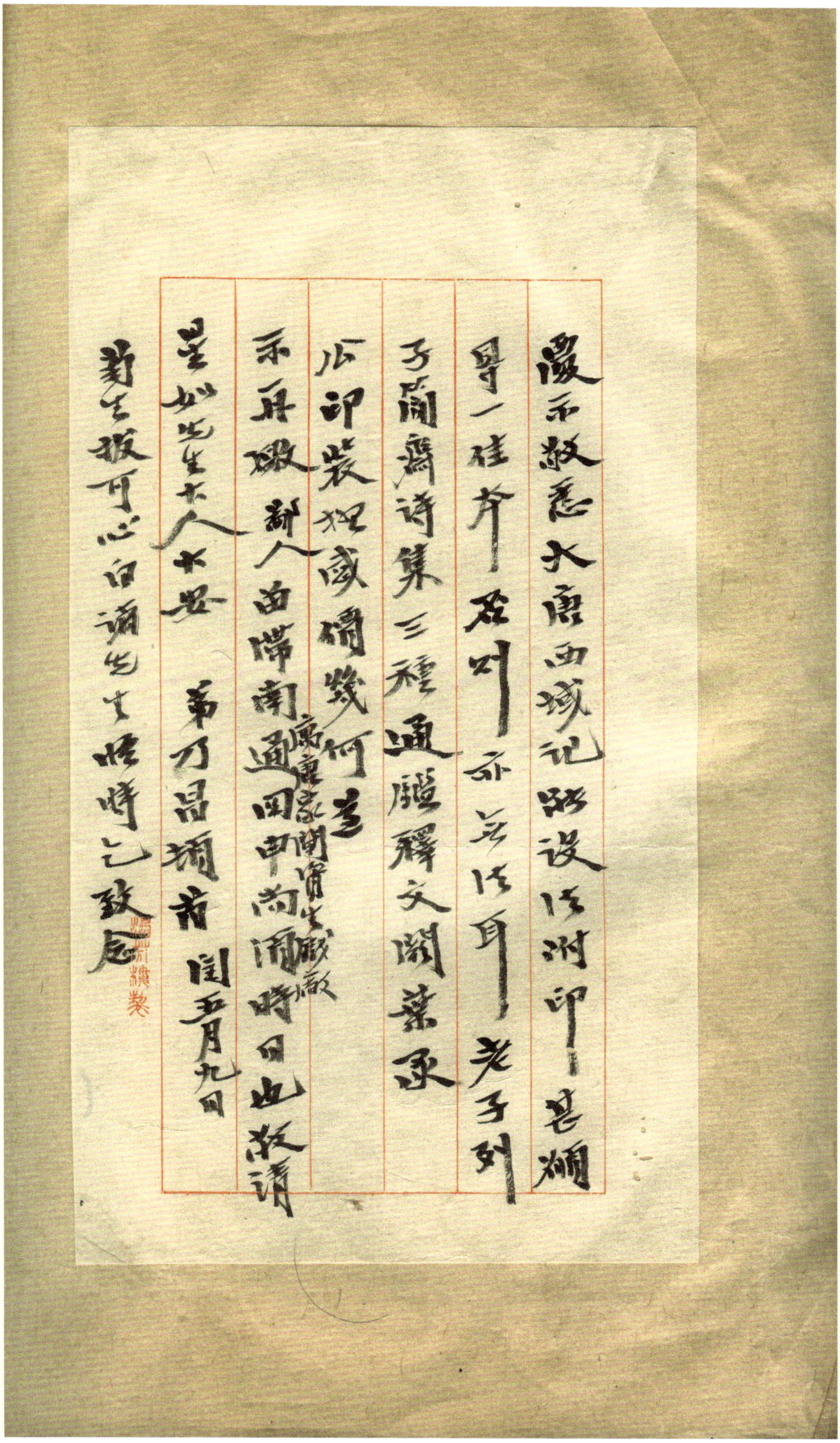

復示敬悉大唐西域記路設沙洲印本甚爛
尋一種存否亦無傳耳老子列
子蘭齋詩集三種通體釋文關葉承
此印裝訂成冊需錢幾何乞
示再繳新人由滬帶南通因中尚滿時日也敬請
廣東家闇資生敞敞
呈如先生大人大安　弟乃昌頓首　閏五月九日
蔚生拔可心白誦先生晤時乞致意

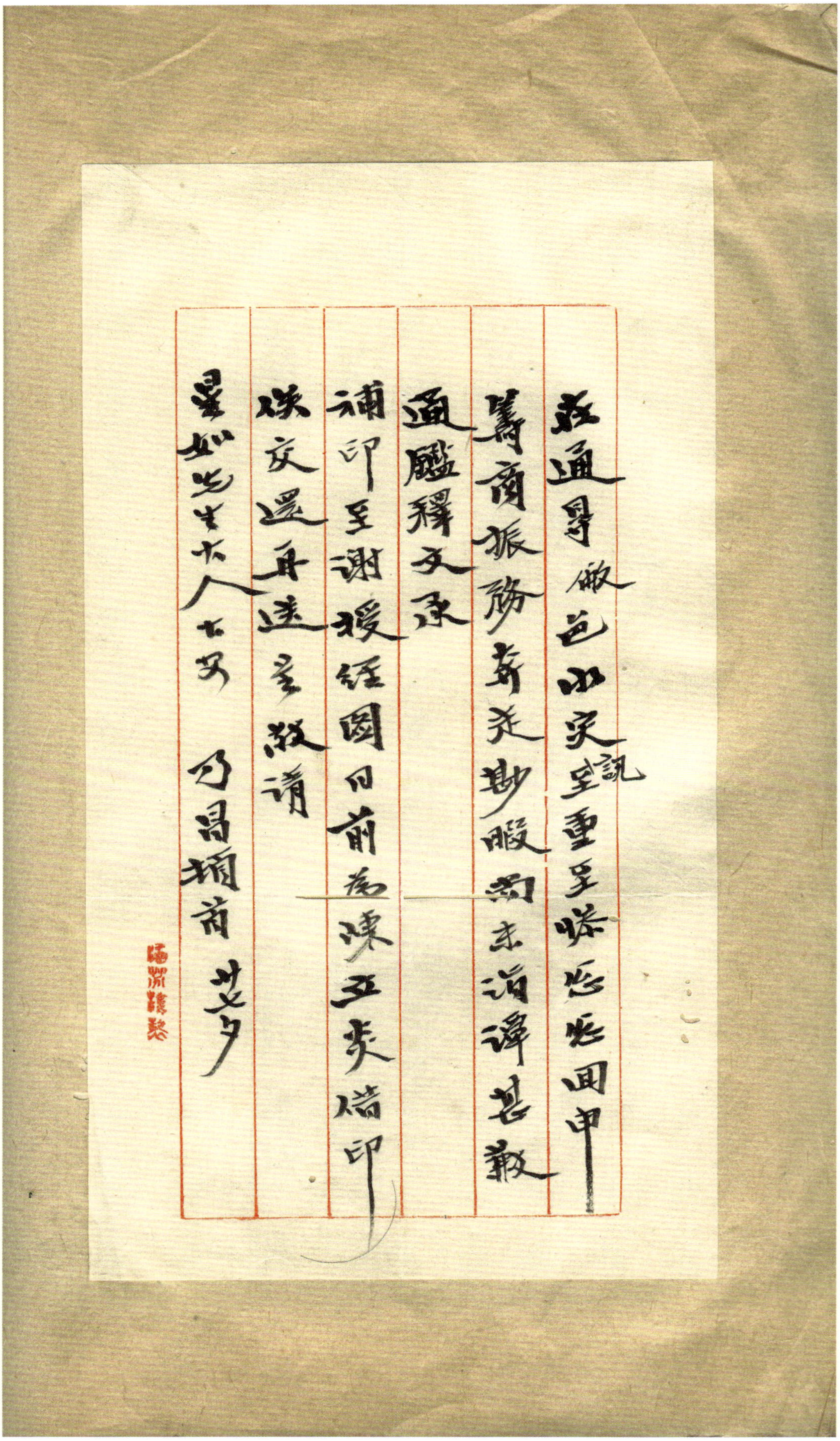
敬通尋　敝邑以災訊至，重承憐恤，惠函申
籌商振務，奇送勘暇，詢未詳譯，甚歉。
通鑑釋文錄
補印，至謝。援經圖日前為陳五炎借印，
俟交還再送呈。敬請
星如先生大人台安　乃昌頓首　廿七夕

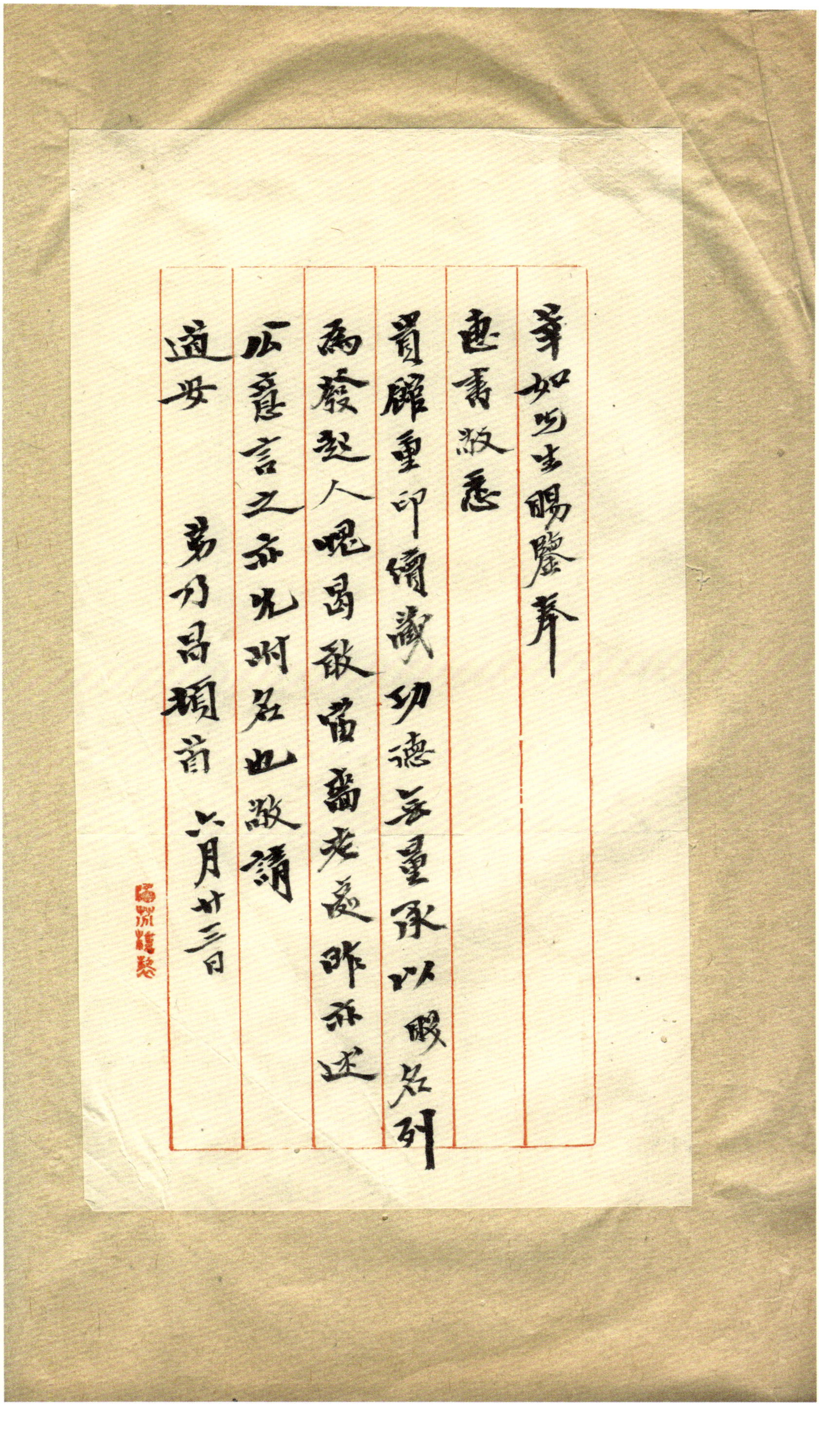

華如先生賜鑒：奉
惠書敬悉
貴所重印續藏功德無量承以賤名列
爲發起人愧昌敢當蒿老處昨亦述
此意言之亦允附名也敬請
道安
弟乃昌頓首　六月廿三日

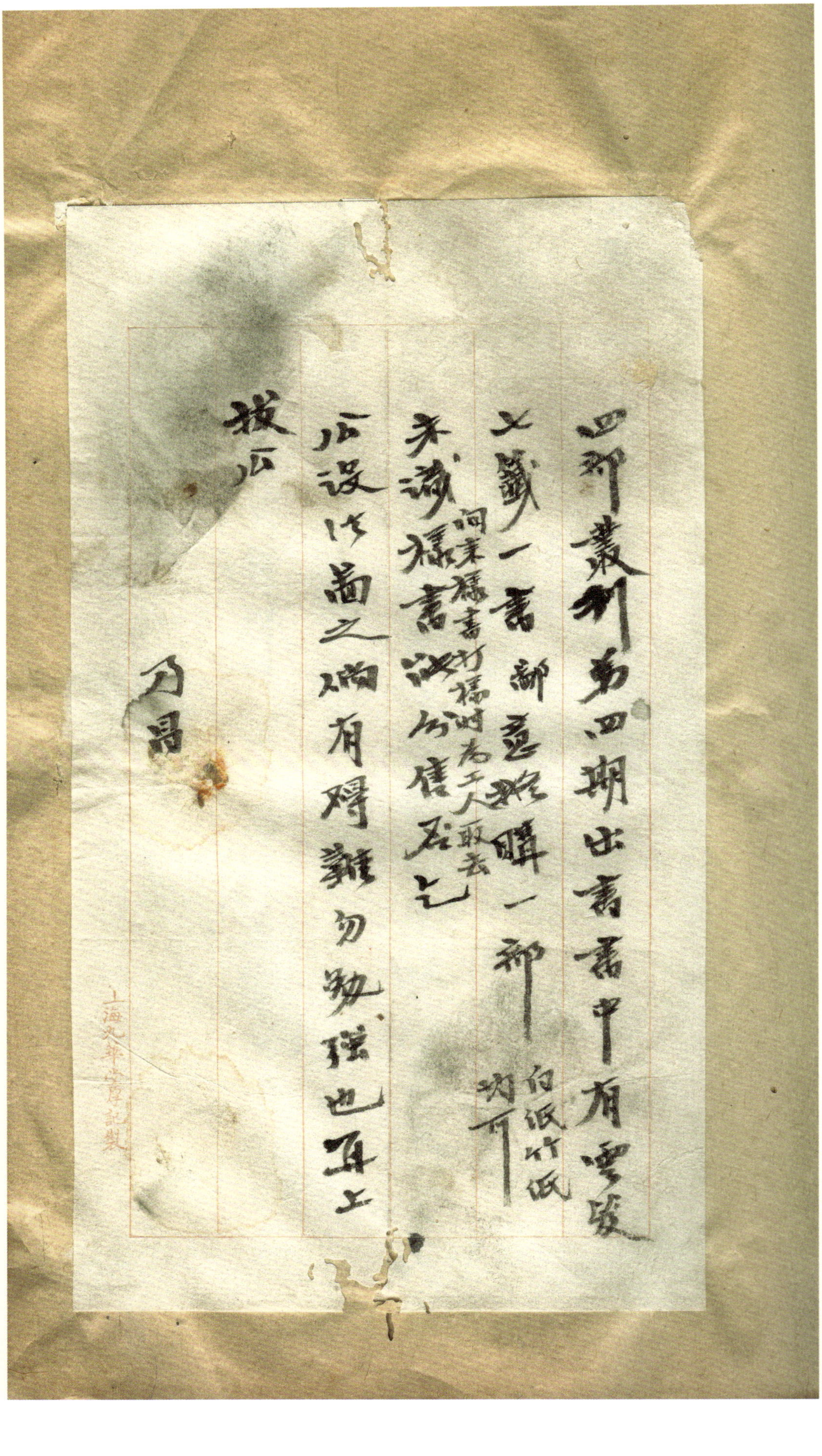
四部叢刊第四期出書，書中有雲笈七籤一書，鄙意欲購一部，白紙竹紙均可。未識孫書（向來孫書打福州有工人取去）從何售否？乞
公設法購之，倘有，得難勿較價也。頃上
拔公
乃昌

上海九華堂宣記製

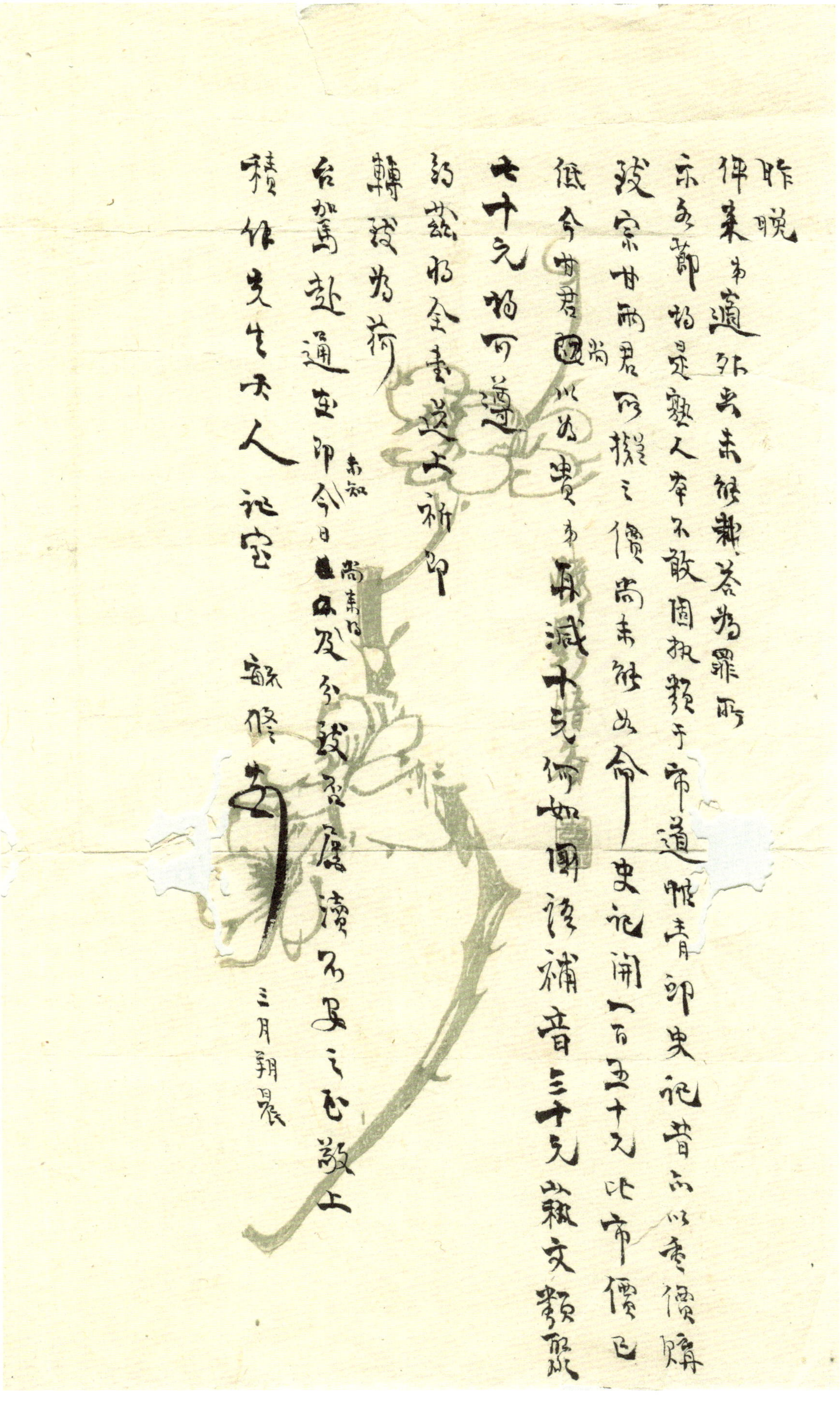

昨晚
伻來弟適外出未能覿荅為罪耶
示及節略是熟人本不敢固執類于市道惟青照史記昔亦以重價購
殘宋甘兩君所擬之價尚未能如命史記開一百五十元比市價已
低今甘君尚固以為貴弟再減十元何如國語補音三十元以藝文類聚
七十元均可遵
約藝風全書送上祈即
轉致為荷
台駕赴通未知是即今日尚未能及分致忽屢讀不安之至敬上
積餘先生大人記室
孫毓修頓首
三月朔晨

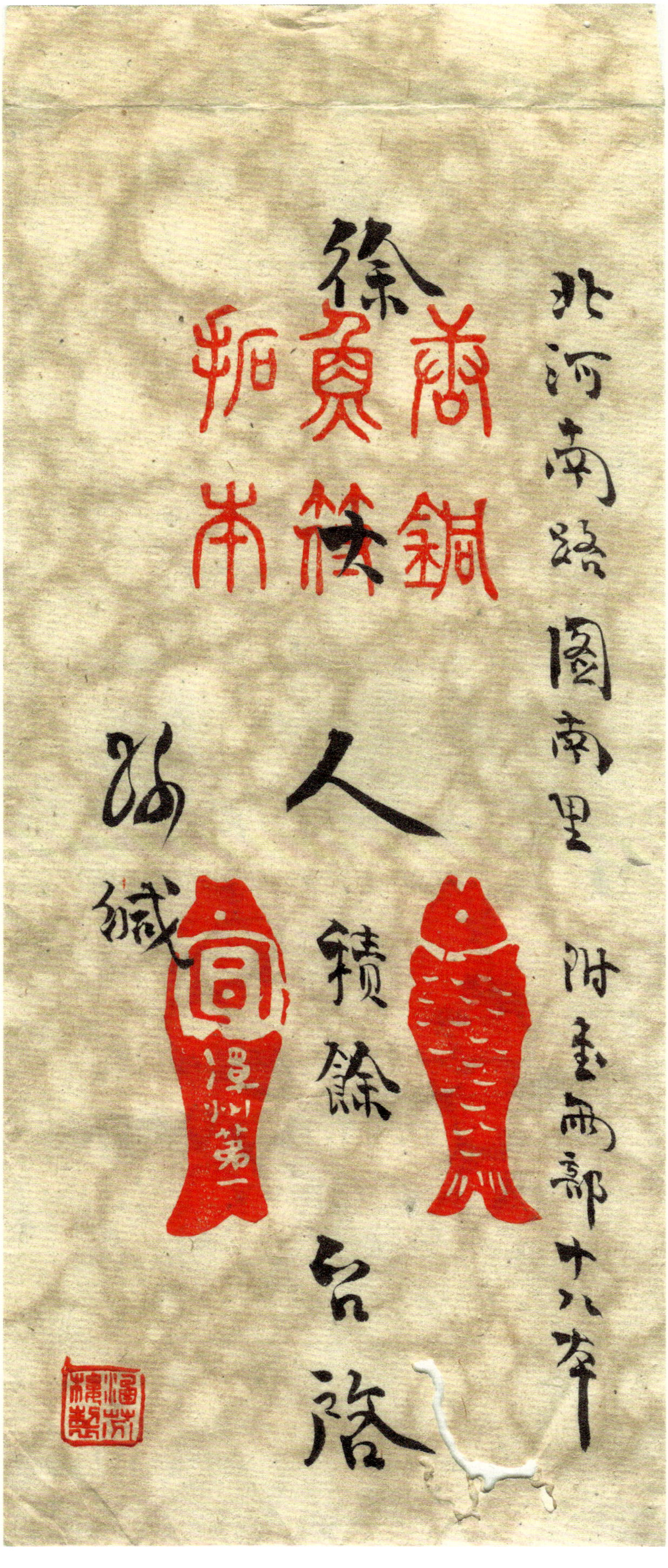
北河南路圖南里
附壹兩部十八本
徐
人
積餘
台啓
孫
緘

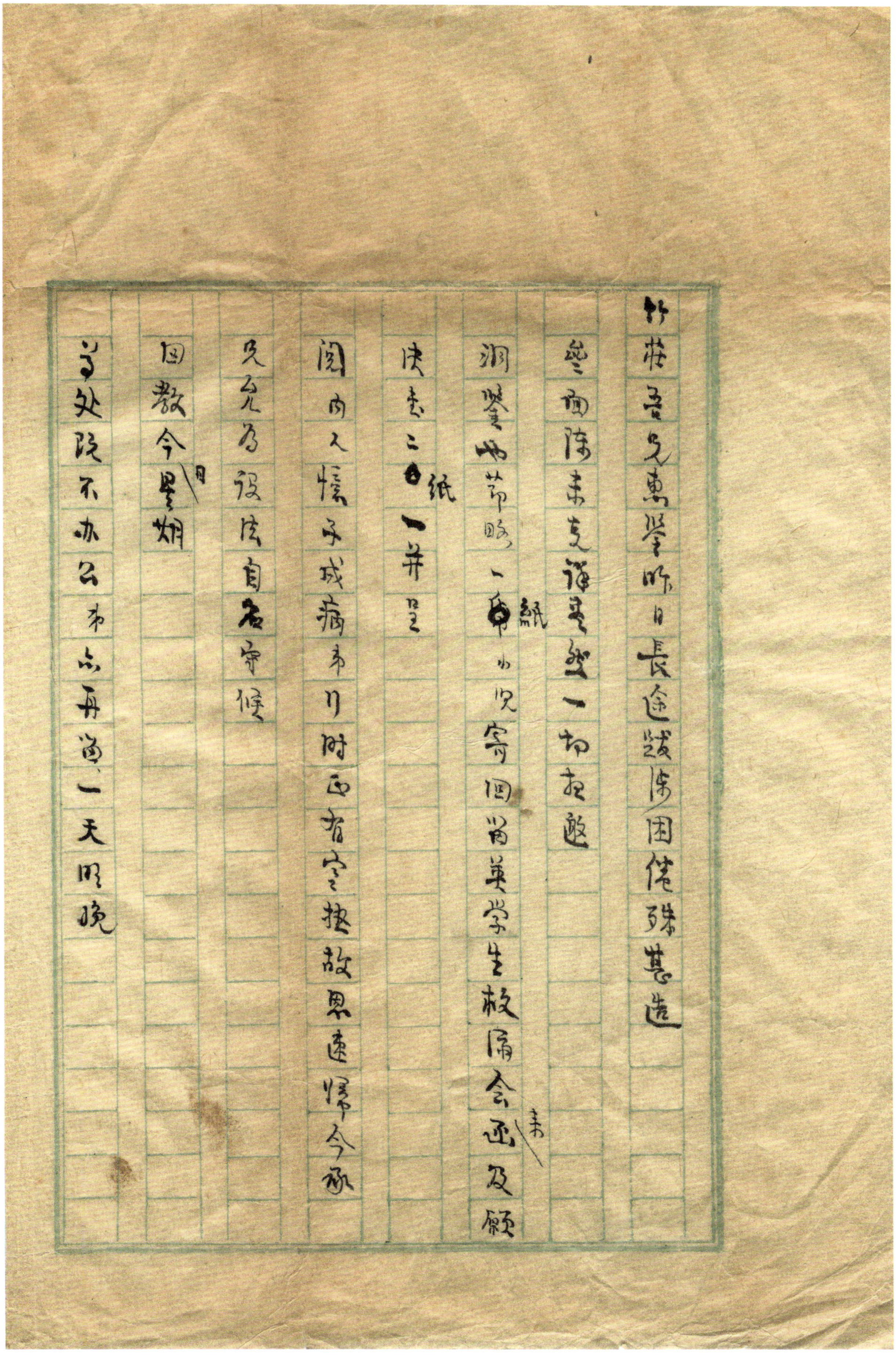
竹莊吾兄惠鑒昨日長途跋涉困倦殊甚遂
無由面陳來意謹述一切未邀
洞鑒也節略一紙小兒寄回留英學生救濟會來函及顧
快去二紙一并呈
閱內人憶子成病年月時而有空熱故思速歸今承
吾兄為設法自當守候
回教今日星期
各處既不辦公本擬再留一天明晚

兄退食時當再趨
前一談也　九月十日午前自南京華僑旅館
早呈一箋想
覽及矣昨
又云川資由私人暫墊徐向省中歸還本初亦擬如此
今通盤籌算所需數亦頗不少實非棉力所能逮省中
如不允彼學費彼亦不敢負債如單靠川資一項有百餘元已
足事當可設法耳如能

设法领到固是大好，如不得已，对陈请先理川资一项耳。

九月十日午后自義昌旅館

予为此事，於九月九日晨六早车赴南京，一路天气颇热，又记罣病妻，初拟一宿即返，乃十日适逢星期，彼教育所及省公署皆停止办公，候至十一日傍晚，蒋君，听其消息，仍不得要领，予不能再待，十二日早搭小火车出城，雨大至，冒雨至下关商务書館，为予买上海车票，则狂风作矣，雨挟风势，天地皆冥，冒险登車。渾身打濕。同車有同鄉楊君仲九。素不相識。見予如此。
急出衣為予易之。誠非泛泛也。風雨益狂。失車震蕩。急異舟
行過鎮江。風勢稍殺。始慶更生。旅寧四日。共用去銀廿
二元。

贴印花税一角

11.9.15 排号字

呈为催发川资补给欠费以便归国事。窃毓修有子贵定，以民国二年自费入英国爱丁堡大学留学，民国七年十一月补本省官费生，在该大学得过文学硕士、教育学士、哲学博士等学位，业由监督处历届报告

贵厅在案。毓修与子一相离十载，海天万里，彼此怀思。毕业之后，方谓指日可归，外之服务于社会，内之慰藉夫家庭。不意海外迭次来禀，称回国川资迄未领得，屡向监督

公使呼吁，皆以本省尚未汇至，无法垫付为辞。交涉至今

終難得歆羅滯域外空費光陰已極急願自七月起學費乃情為生活之
亦未領得分文自前回國況然不然旅費亦并告絕㝡棲身異域
借貸無門此其情形不堪設想居者行者莫不惶恐山妻
晝夜馳念今已成病迫不得已惟有書懇仰邀
應長迅將孫貴定名下回國川資五十鎊加給三个月學
費六十鎊共一百十鎊并將上年欠費六七八月九學
費五十鎊本年七月份學費二十鎊共七十鎊同時補發
方得還去積欠房飯錢兩項合計一百八十鎊是折合附下鎊
不然能得川資亦難成行

俟 逕 交毓修面領，以 便立即去滬兑換英金電匯愛儷，庶幾（川）行

資有著（樹）夙逋一清，遊子有歸國之期。毓修紉依閭之望

俱出

廳長之賜（由）切（陳）詢待 臨呈不勝急

命之至。謹呈

江蘇教育廳廳長

此案 省中之款 ……道 ……不問詳情 ……

竹莊先生閣下：十九日二十日兩箋想已

鑒及。鄙意主張先理川資，後理欠費，誠恐吳科長藉此糾

纏不清之欠費，並將向直提之川資亦拖到何有之鄉，乃奈

去 日內已 ……耳。未知……

與彼談有眉目否？小兒迭次來稟告急，八月份學費亦系文來……因

當乞 照示

去借貸匯出 補

……自……資濟彼生，還再向省中……索

孫貴定名下之川資及七月以後之學費，請 咗

侯小兒回國後而領

……吳科長……

……未敢以……存省中，千萬不……要

匯出也。然不預先申明，恐將來吳科長又以已匯出為辭。弟見以為避居淨土津梁本月一日刻本已竣，此間覆印出版，後當寄贈也。

專此頓頌

節安

晉

11/9 25

省第三科　教育所

濮○○致趙科長信

蕃非先生大鑒：物生貴宮國川資五十鎊，及加給三个月學費六十鎊，共一百十鎊，已奉
省長令，飭財廳籌撥，俟撥到即發
廳如數將給該生家屬孫毓修君領訖。
茲特先奉聞，孫君致前所長一函茲特
附函即請
查收云云。

弟祁奇　廿八日

九月也

記可得五六卷，自道甘苦，差愈於不知而作者。近募寫手录出清本，擬次第[illegible]呈閱。請為函之。印頭〻〻基事如何〻〻〻鼓，似此去足蟠虬，子身骨太[illegible]弱，且又製一卷[illegible]第[illegible]頗嗜明初人筆，故宴奮危人而取之耳。實不足重也。此詢

起居

弟孫毓修頓首　十月廿五日

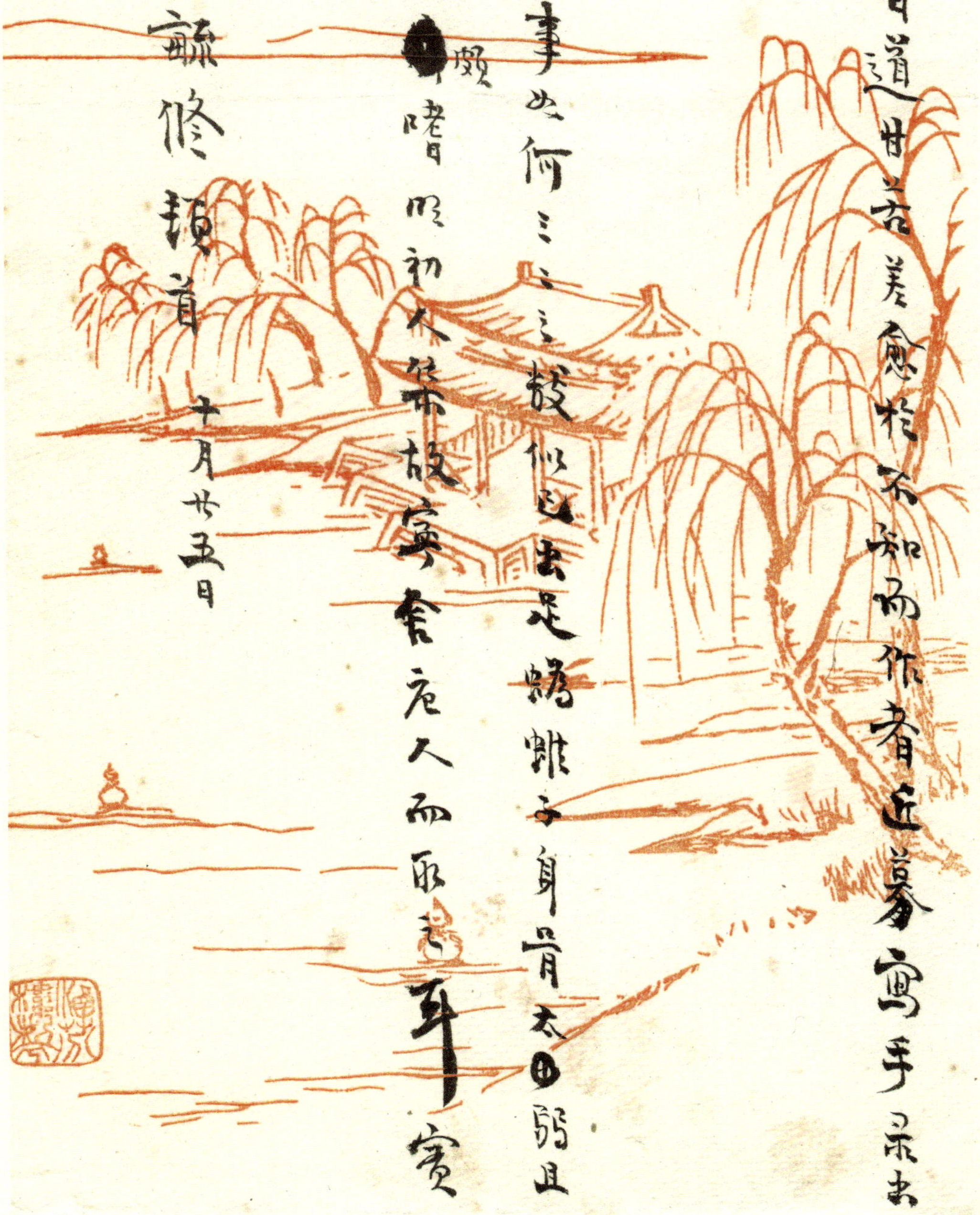

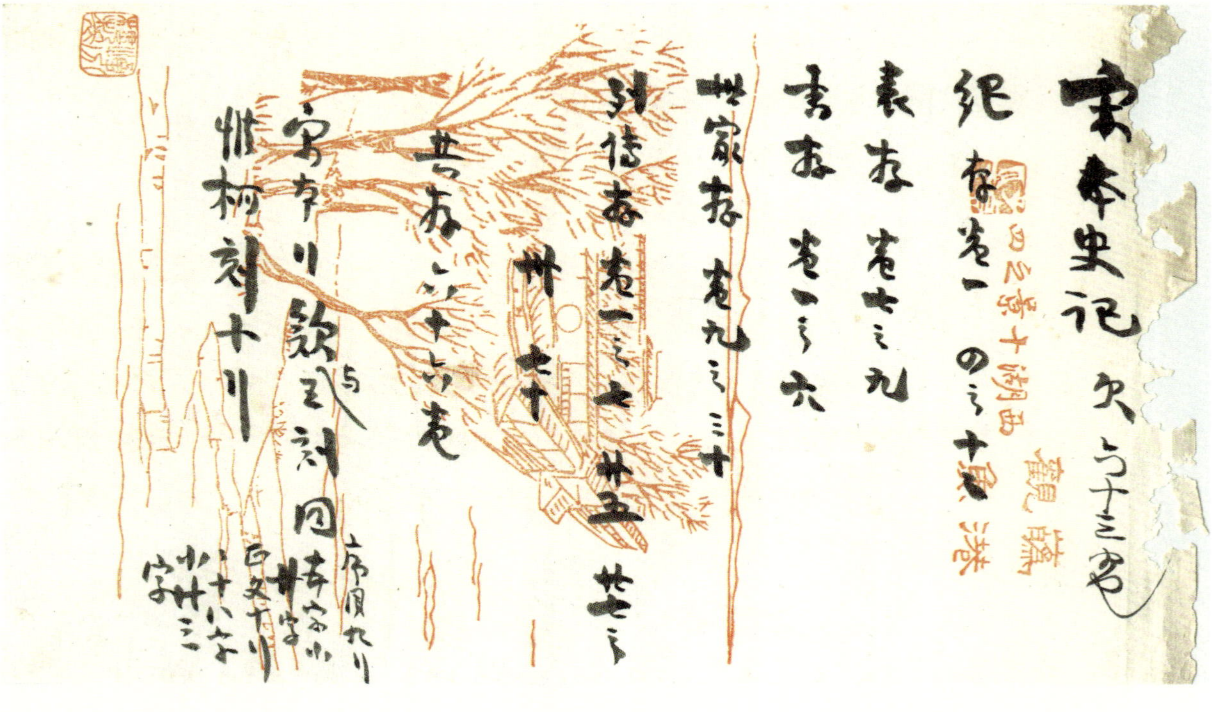
宋本史記 欠六十三卷
紀 存 卷一 四之十
表 存 卷七之九
書 存 卷四之六
世家 存 卷九之三十
列傳 存 卷一之七 廿五 廿七之
卅 七十
共存六十六卷
寫本行與歙之本同 每頁九行 每行大字小廿字 正文十行 小廿八字
惟柯刻十行 小廿三字

[redacted]

瞿良士啓甲常熟人

星如仁兄先生閣下前日辱承
光顧諸多簡慢爲歉正擬倚箋上達忽蒙
華翰領悉莊誦之餘欣悉忠宣公四代遺像經
閣下轉懇諸巨公題詠佳章感激之私銘同篆竹
囑鈔宋刊崑山雜詠已倩舍親動筆約一月即可竣
事至鈔資可鈔竣後計算無須繳鄉紫置運機
處即就
閣下前所看之桶匠店內囑其讓出一半約每月酌

貼一元餘無他費但須略加脩治其費擬請
尊處負擔也敝郡馬生既無父母又鮮兄弟景况維艱
近依外家度食於去年在邑中高小畢業曾讀過
英文教科書近囑作一論隨函附上尚希
貴館破格錄用感同身受至將來進館時應有之手
續尚希

圖書彙報兩份收到無誤

詳示以便囑其遵章辦理草此奉覆即請
撰安

弟瞿啓甲上言

菊生先生並為道候不另札

夏歷三月二十日晨交郵

星如仁兄先生閣下：頃承疊接

瑤章並佛經兩册，應校書一扌表，讀悉種切。誠齋集業經敝西席抄補校記，

由朱先生寄奉，諒登

記室。向曲錢崖中興三集，已托友朱先生照補；惟錢崖集首卷僅有馮允中

一序，朱星垣後跋一併照補，諒無誤也。馬生承吾

公適館位置，何幸如之，擬囑其俟

貴公司發售機器旋滬時，隨之來前，並囑其母舅送上，屆時再當

闔吉。弟等組織萊肆，小試經營，何敢當賀承。

惠以厚禮萬難拜領今商諸同人謹領金字餘幛奉趙錫邑中人所送

皆已奉璧

尊處所賜未便獨異務祈

轉囑米先生收回為禱千萬勿再客氣佛經一冊已交館中珍藏捐書收據

後日補呈專此奉覆並鳴謝款請

撰安

菊生先生處乞為道候

弟啓甲上言

逸群隨叩

舊曆清和月朔日

星如仁兄先生閣下：日前在滬得聆

麈教，並暢覽

貴館各機房，

涵芬樓秘笈，眼福實非淺鮮。別時又蒙

賢駕臨車站遠送，感何可言。

囑轉顧氏書目兩本，十四日返常後即爲交訖。虞山雜

詠三卷業已鈔竣，託朱先生寄奉，諒可即登

鄴架。敝友丁芝蓀擬鈔

朶雲摹古錢三種

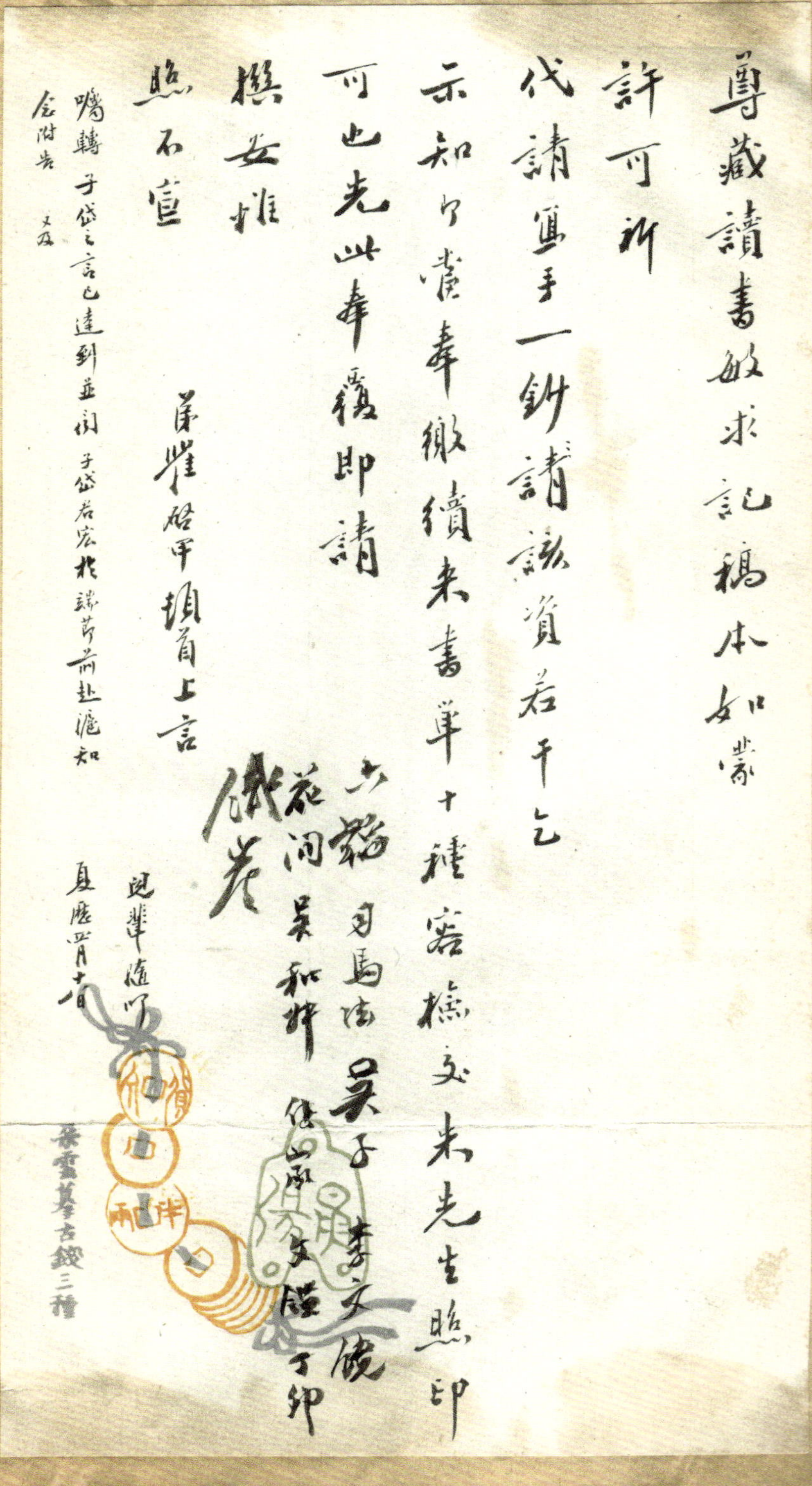

尊藏讀書敏求記稿本如蒙
許可祈
代請寫手一鈔請酌資若干乞
示知即當奉繳續來書單十種容撿交朱先生照印
可也先此奉覆即請
撰安惟
照不宣
弟瞿啓甲頓首上言
夏曆四月十一日
囑轉子岱之言已達到並聞子岱君宏於端節前赴滬知
念附告　又及

星如仁兄大人閣下：晨間無聞交郵，接展

惠書，承

隆情繾綣，

指以南針，捧誦之餘，欽佩無已。

尊選叢書體例與鄙見相同，弟十四日旋里後即從

事於此，搜集篋中所存宋本，約可得百六十餘種，

擬悉數彙印正文一頁，凡原有跋語亦一併印入。

卷首並冠以序文，其序文須求

大筆賜撰想
閣下胸羅萬卷，當不吝金玉之章。至元明刊本及
宋元明鈔本，暫不加入，或待後日彙出續集，是否有
當，尚乞
教我。端節後
台旌蒞虞時，再當面為奉商。將來裝潢楠墨等各
費帑
許悉由

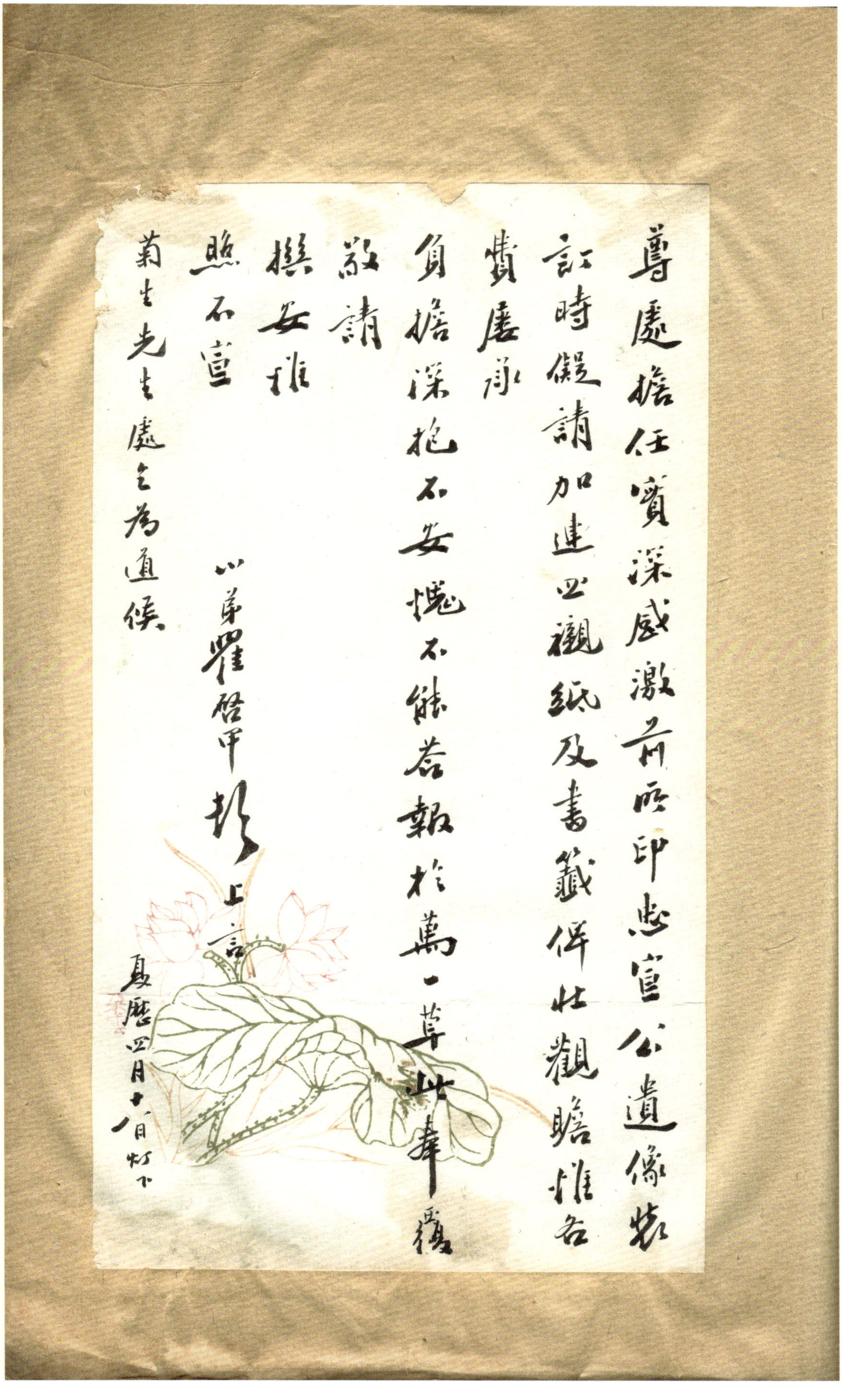

尊處擔任賓深感激前所印忠宣公遺像裝
訂時擬請加進四襯紙及書籤俾壯觀瞻惟各
費應承
負擔深抱不安愧不能答報於萬一草此奉覆
敬請
撰安惟
照不宣
小弟瞿啓甲頓首上言
菊生先生處乞爲道候
夏曆四月十八日燈下

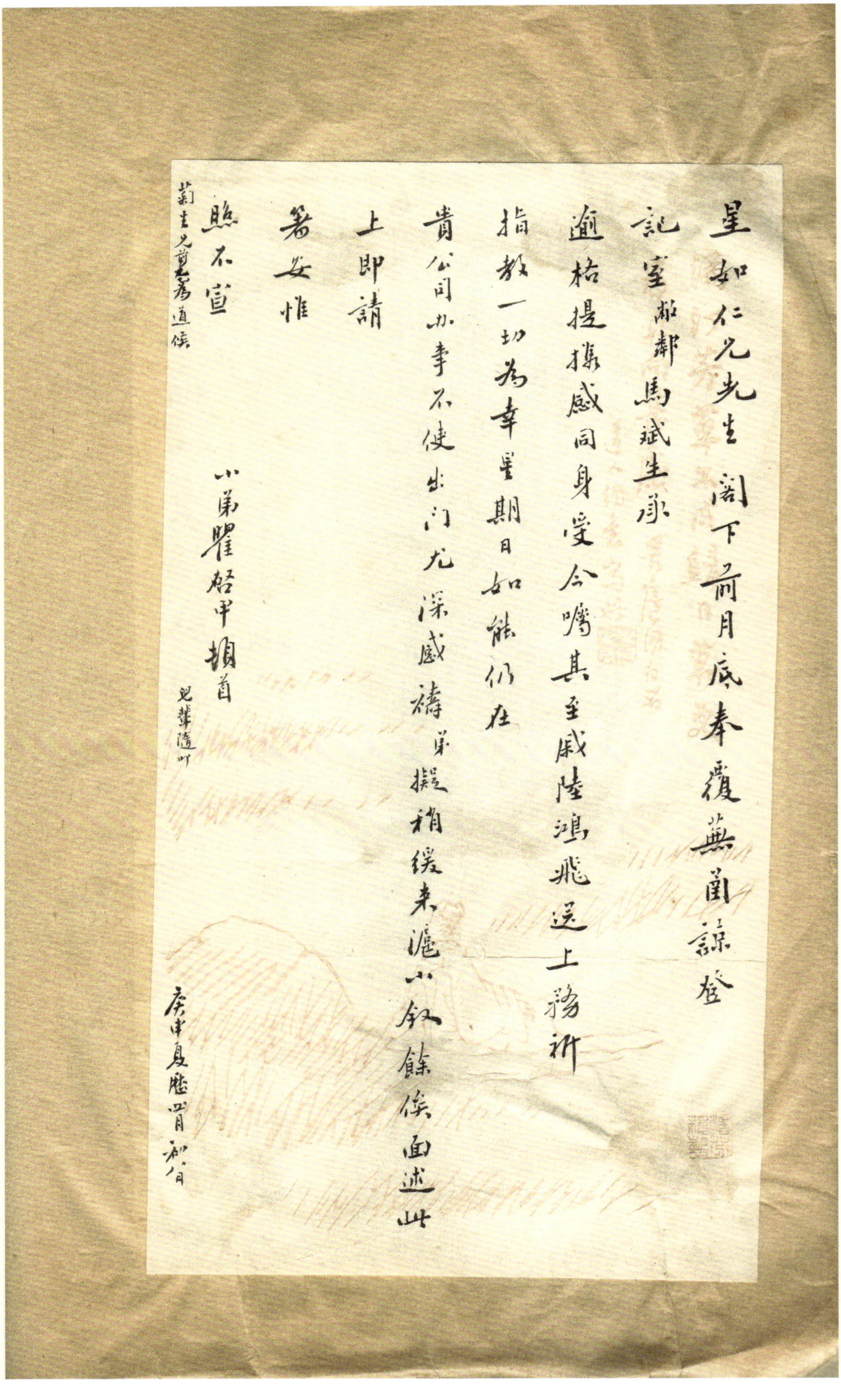

星如仁兄先生閣下：前月底奉覆蕪函，諒登

記室。淞鄰馬斌生來

過格提攜，感同身受。今囑其至戚陸鴻飛送上，務祈

指教一切為幸。星期日如能仍在

貴公司辦事，不使出門，尤深感禱。弟擬稍緩來滬小叙，餘俟面述。此

上，即請

箸安。惟

照不宣。

小弟瞿啓甲頓首

兒輩隨叩

菊生先生前均為道候

庚申夏曆四月初八日

星如吾兄有道大人閣下廿二日所
領琛章展誦之餘感慰無已承
許撰留真書影序文益深欣喜 忠宣公遺像本擬加
徐 令親跋語而至今尚未送來該彼尚未脫稿弟擬姑付
缺如可不必等待成書如得即發切好祈安為
擲下加緣治裝 萱由 弟倩人任之毋煩 吾
公費事也 弟鄉居碌碌見聞淺陋每苦無良友時為指
教所交若吾
公之道德高上品學優長者能有幾人彼此氣誼交投

始貽無殊舊好，寶深欽佩。昨悉馬斌生已入紅十字會，庶校其費又經吾

公補助，如此逾格提攜，則不獨身受者感激無涯已也。但不識其日間所事能無悞否。承

賜玉臺新詠三本，當即珍藏，容後面謝。專此奉覆，即

請

台安，並頌

節禧

菊生先生處乞為道候，不另札。

弟瞿啓甲頓首上言

夏歷五月卅日

小兒輩隨叩

前日昌兒代翁親家託印訃聞、哀啓、遺像諸，均接洽，故附筆一詢，應資若干，宜乞示知，以便備價照繳。又及

星如先生大鑒前奉寸函諒邀
台覽前舍親托印訃啟以時間迫近曾一再函
催賫屬不情之至姪深自不安蓋因舍親所催故
也該款已交姪處茲特交中國銀行滙上祈即
詧收是禱專此即請
撰安

愚姪瞿熾邦頓首

星如吾兄有道先生閣下：端午前一日脩
奉蕪函，諒登
記室。次日接展
諭言，欣悉種切。昨朱少卿先生轉來所
惠四部叢刊目錄十冊，拜讀之餘，即分贈
諸親友，皆以先覩為快。續假照之書八種，已
檢交朱先生付照矣。留真書影，壽待吾
公來常商訂進行方法，從不識

台旌行期已定否？如能先期
示知，尤為欣喜。弟當掃徑設榻以待追閣。
報端載湖南長沙之變，焕彬有查办之説，
未知果有其事否？焕彬能否安抵滬上，
尊處諒有確音，尚希
便中示悉為盼。此上即請
撰安。惟
照不宣。

弟瞿啓甲拜

夏歷四月十二日

菊生先生前乞為候候

頃繕函待發，聞接讀九日所
賜之書，欣悉壹是。承
代印慈宣公遺像，但求印成排齋所需面紙絲線，
弟已備全矣，可免費
貴館惠寄。所致昌兄之信，閱已接洽。顧氏學箕初
稿俟寄到後，當即轉。朱先生述印宋文鑑，擬待
續照八種將後再當檢出，諒不遠也。邑中米荒更
盛於滬上，災區貧民更難爲計。雖公議平糶，然款廿
日長絶糧之處恐不能免也。艸艸續泐，即請
星如吾兄有道先生　再鑒
弟甲又上
十日燈下

星如仁兄有道大人閣下日前函讀
諭言藉悉種切並審
起居增吉欣符遥頌昨閱報端所載
貴館營業部儀器課偶尔失慎即慶平安想吾
公等已飽受虛驚矣所需照補弘治本新語已檢交朱君
付照數日間定可照樣呈
政惟原書紙色稍黄不審能不走樣否近日友人欲售名書畫如
立軸扇冊等件 貴友蔣君有意否該賬附上如有合意之

朶雲軒監製

件或可覓妥人寄上再有書籍數種亦係友人托售兩單
隨函附上統希
酌裁為幸餘不多述容俟續陳此上即請
撰安

弟耀啓甲頓首　兄輩道叩

夏歷五月廿五日

前函分騰粗肴於朱少卿處乃蒙吾公函謝實覺愧慚之至　又及

菊生
煥彬　兩先生前乞為道候

朵雲軒監製

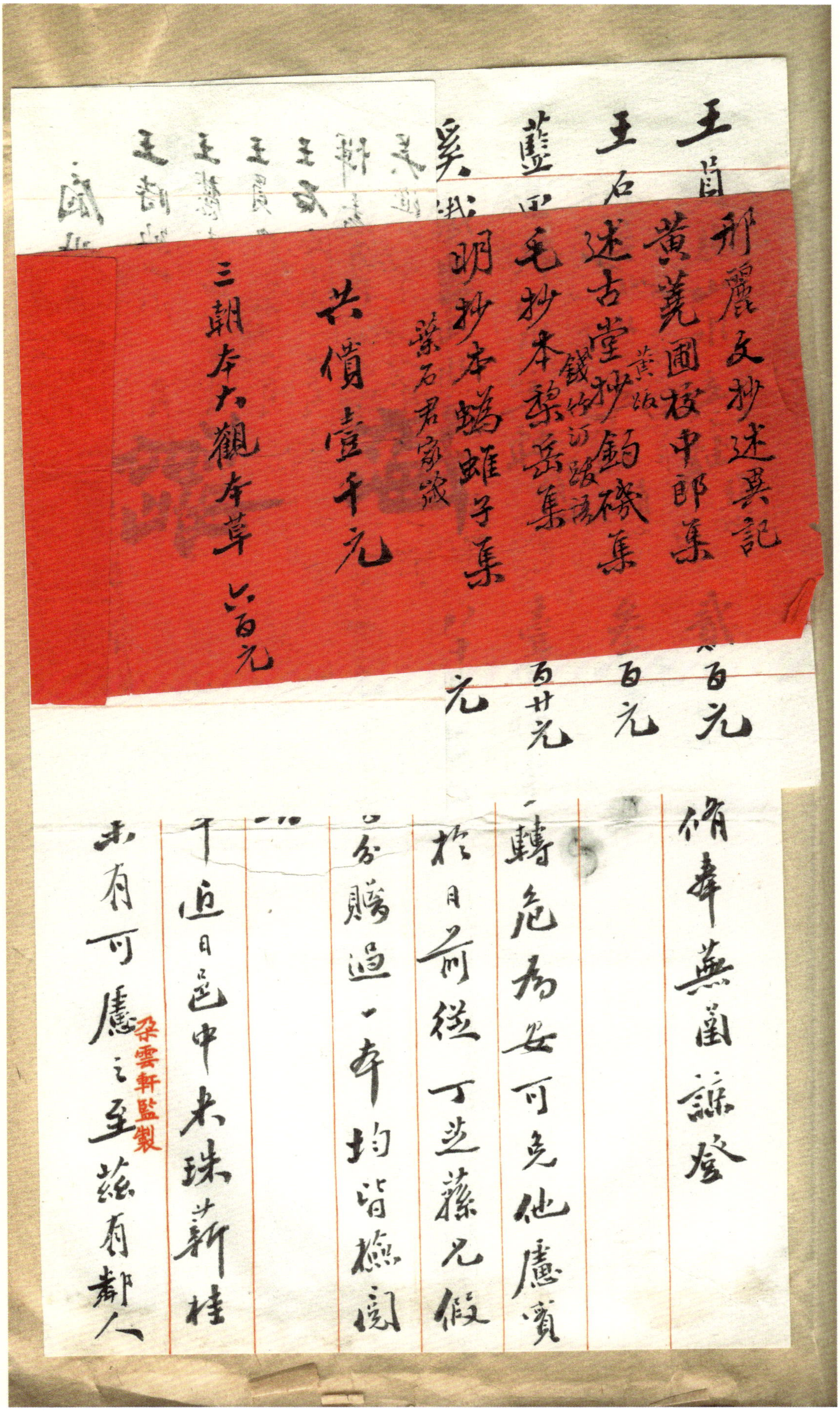

邢麗文抄述異記
黃蕘圃校中郎集
述古堂抄釣磯集 黃跋
毛抄本樂岳集 錢竹汀跋語
明抄本蠇蜼子集
葉石君家藏
共價壹千元
三朝本大觀本草 六百元

百元
百元
百廿元
元

脩奉蕪函諒登
轉危為安可免他處覓
於月前從丁芝蓀兄假
分贈遍一本均皆檢閱
近日邑中米珠薪桂
未有可慮之至茲有鄰人

朵雲軒監製

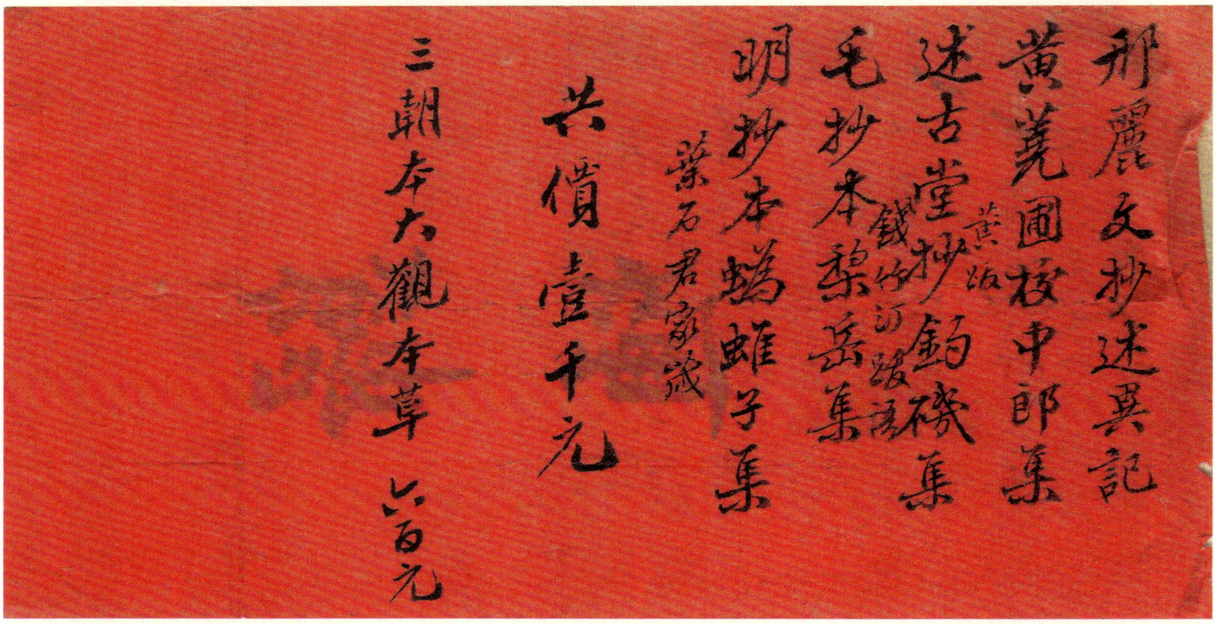

邢麗文抄述異記
黃蕘圃校中郎集
述古堂抄黃跋釣磯集
毛抄本錢竹汀跋語梨岳集
明抄本螐蜼子集葉石君家藏
共價壹千元
三朝本大觀本草　六百元

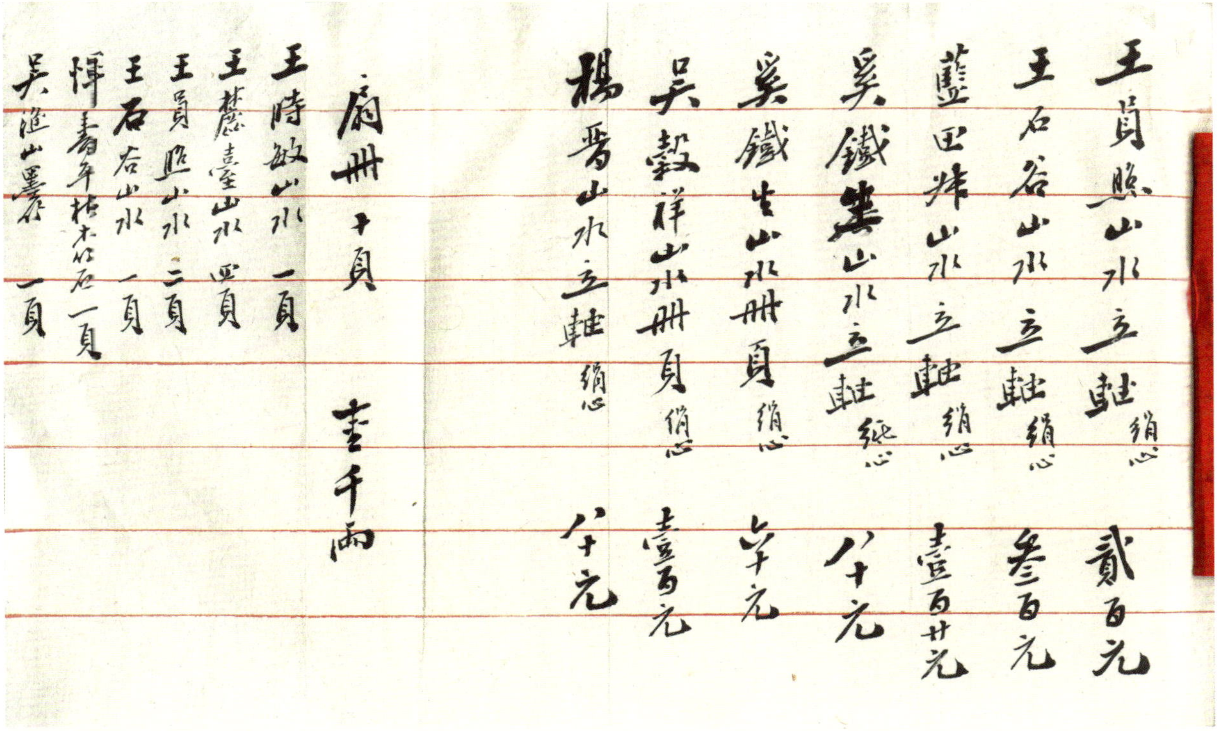
王員照山水立軸 絹心 貳百元
王石谷山水立軸 絹心 叁百元
藍田叔山水立軸 絹心 壹百廿元
吳鐵崖山水立軸 紙心 八十元
吳鐵生山水冊頁 絹心 六十元
吳穀祥山水冊頁 絹心 壹百元
楊晉山水立軸 絹心 八十元

扇冊十頁 壹千兩
王時敏山水 一頁
王麓臺山水 四頁
王員照山水 二頁
王石谷山水 一頁
惲壽平枯木竹石 一頁
吳漁山墨荷 一頁

星如仁兄有道先生閣下：廿四日備奉蕪函，諒登
記室。昨晚接讀廿九日所
頒諭，言欣悉種切。並審時事轉危為安，可免他處覓
深歡慰。留真譜楊氏所刊者，已於月前從丁芝蓀兄假
得繆氏所刊者，前年藝風丈嘗分贈過一本，均皆檢閱。
非袁氏所刊，聞而未見也。如得君
公轉借一觀，藉以參攷，尤為感幸。近日邑中米珠薪桂，
人民生計益形困難，實從來所未有，可慮之至。茲有鄰人

朵雲軒監製

郘君獮係高等小學畢業生，曾充本鄉初小教員已兩載矣，真作均可應酬，年約二十餘歲；吳保君書法尚可，年約三十餘歲。兩人屢來懇薦

郘、吳兩君向爲弟及丁芝蓀抄通書籍，尚稱合格。又及

多端，在弟前以馬生奉薦，蒙君

公逾格優待，賜力提攜，已覺不安，豈敢一再奉瀆，緣此二

人已一再奉懇推薦，未便固卻，故將姓名錄呈，如

貴館有需用處，務請試用，如不克位置，不妨

賜函卻之，以仰在知己，故敢直陳，專此上達，即請

暑安

弟瞿啓甲頓首

兒輩隨叩

菊生先生

前乞爲候候，不另九

荷月二日

朶雲軒監製

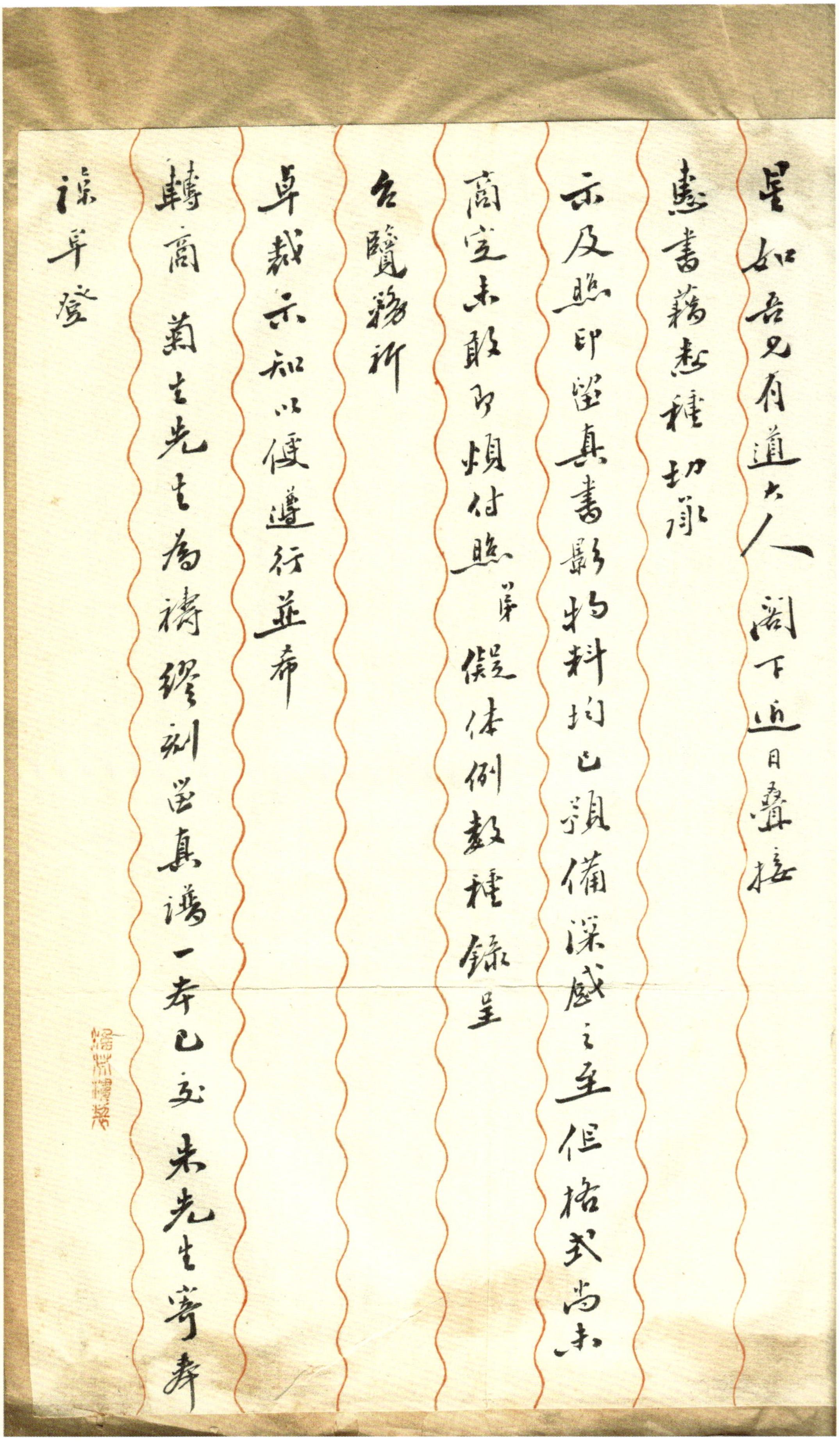
星如吾兄有道大人閣下：迭日疊接
惠書，藉悉種切。承
示及照印留真書影物料均已預備，深感之至。但格式尚未
商定，未敢即煩付照。弟擬體例數種錄呈
台覽，務祈
卓裁示知，以便遵行，並希
轉商菊生先生為禱。繆刻留真譜一本已交朱先生寄奉。
諒早登

記室 弟儗候
閣下裁定後即當檢集名書奉煩照印此書共有二百多頁可分
作兩本約印五百部所費甚巨一切費用皆由
貴館負擔未免受之有愧將來如何酬報容再圖之 敝友託售之
書及前冊目前
貴館友孫如賓來滬適 弟在城未能接洽故未託寄現儗緩
日另有妥便再當寄呈 敝友叔吳二君蒙 許留俟機會感甚感甚即請
著安 弟瞿啓甲鞠躬上言
菊生之處乞為道候 兒輩隨叩
夏歷六月十一日

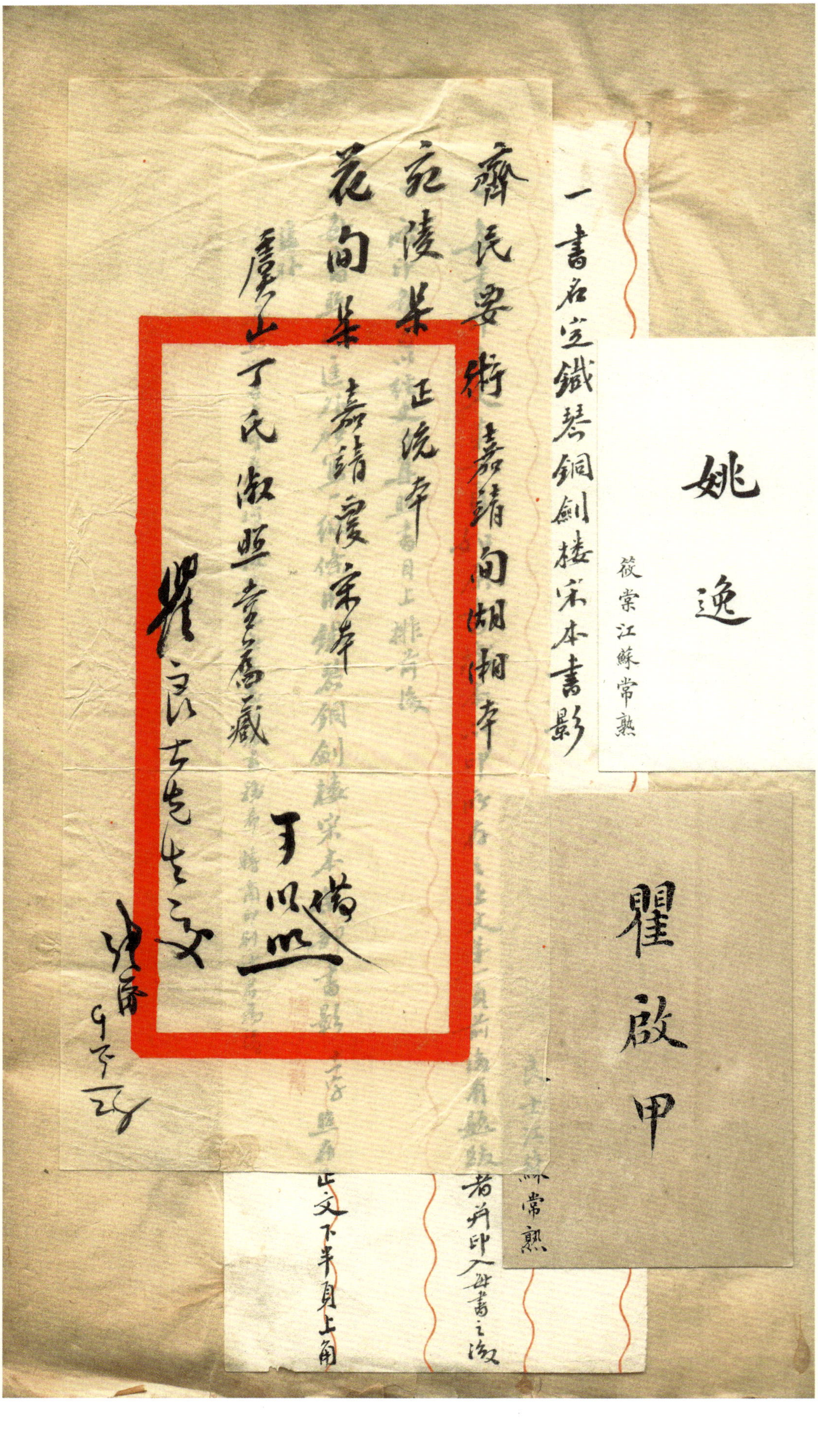
齊民要術 嘉靖向湖湘本
苑陵集 正德本
花間集 嘉靖覆宋本
虞山丁氏淑照堂藏
瞿良士先生
丁以此 備
一 書名定鐵琴銅劍樓宋本書影
正文下半頁上角
者并印入此書之後
姚逸
筱棠 江蘇常熟
瞿啟甲
常熟

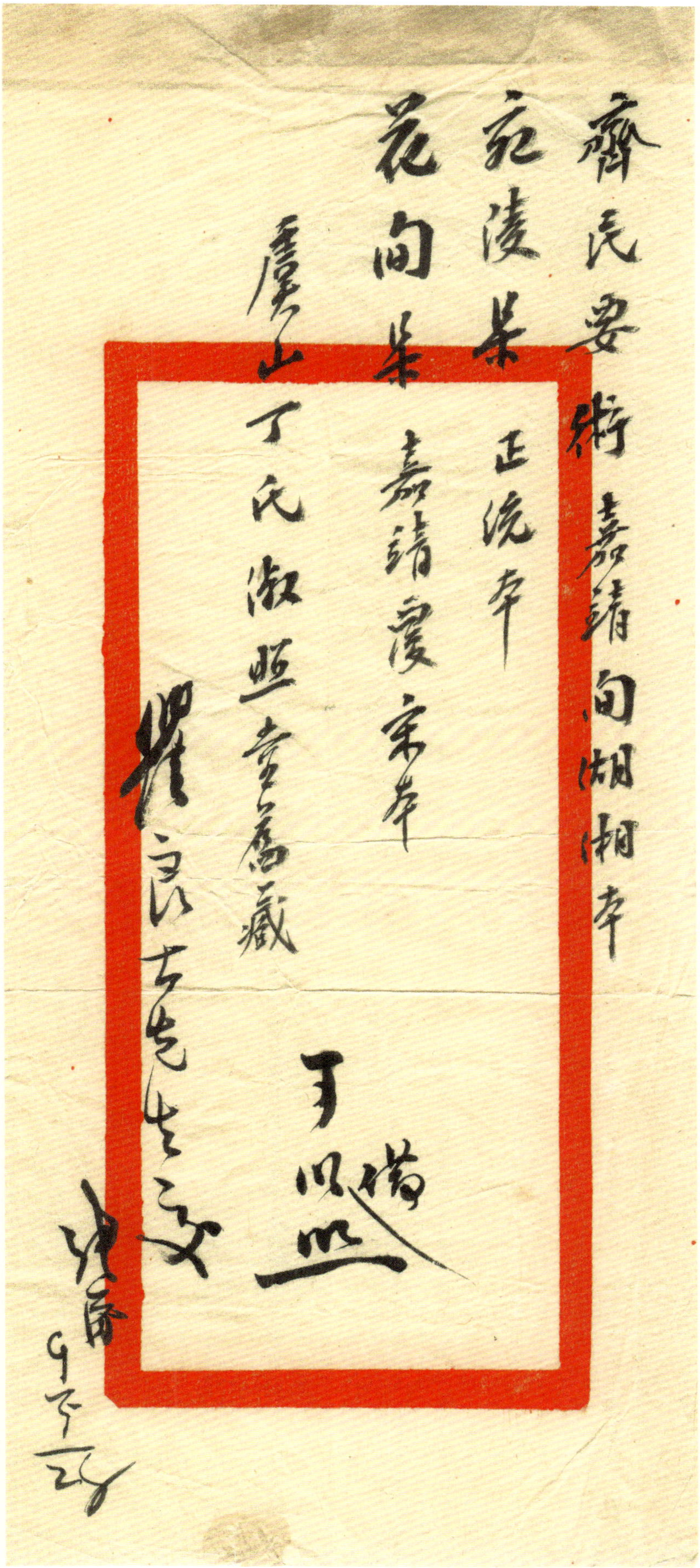
齊民要術 嘉靖甸湖湘本
茹陵集 正統本
花間集 嘉靖覆宋本
虞山丁氏淑照堂舊藏
瞿良士先生

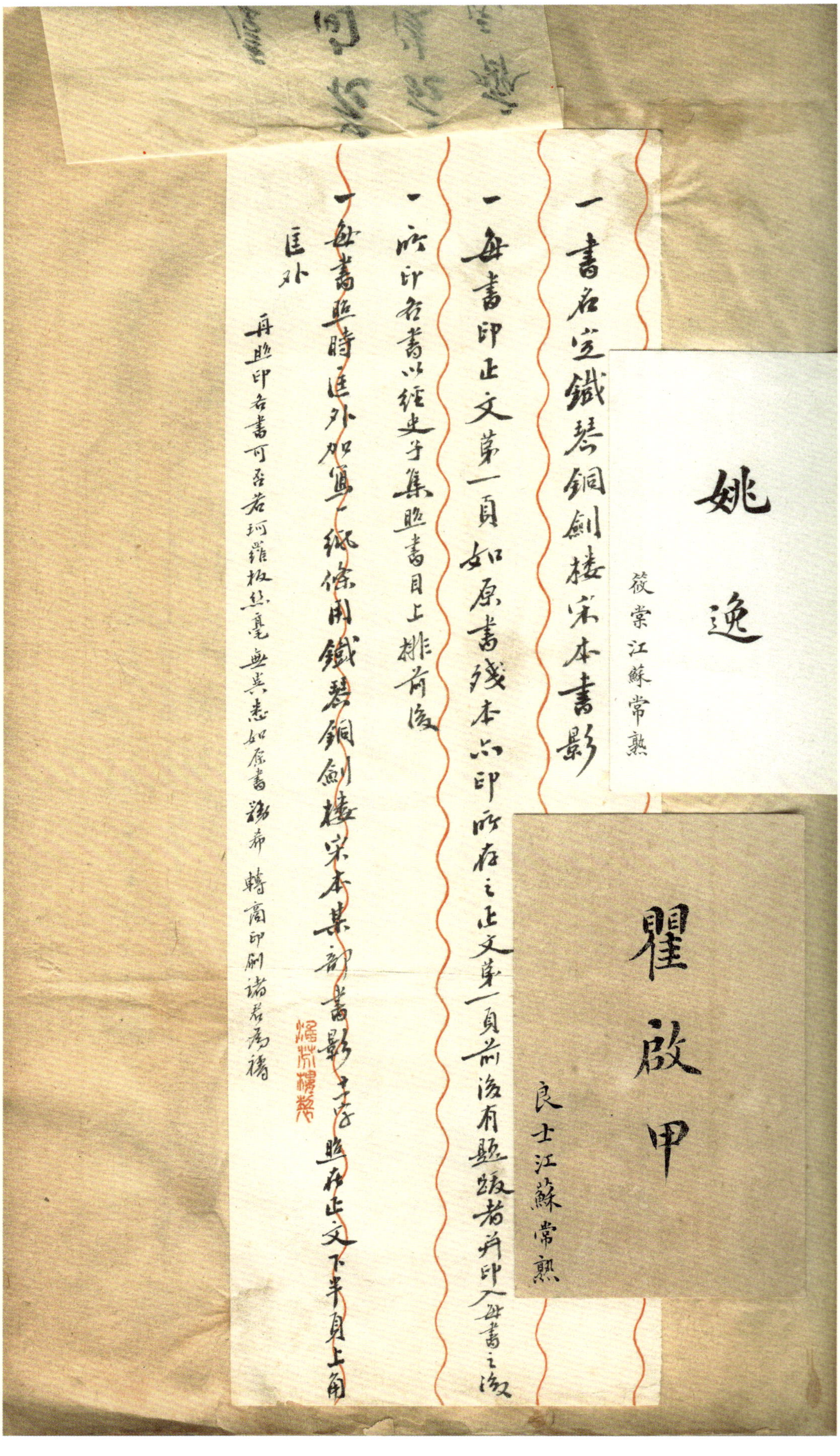

姚逸
筱棠 江蘇常熟

瞿啟甲
良士 江蘇常熟

一書名定鐵琴銅劍樓宋本書影

一每書印正文第一頁如原書殘本亦印所存之正文第一頁前後有題跋者并印入每書之後

一所印各書以經史子集照書目上排前後

一每書照時匡外加寫一紙條用鐵琴銅劍樓宋本某部書影七字照在正文下半頁上角匡外

再照印各書可否若珂羅板絲毫無異悉如原書 務希 轉商印刷諸君爲禱

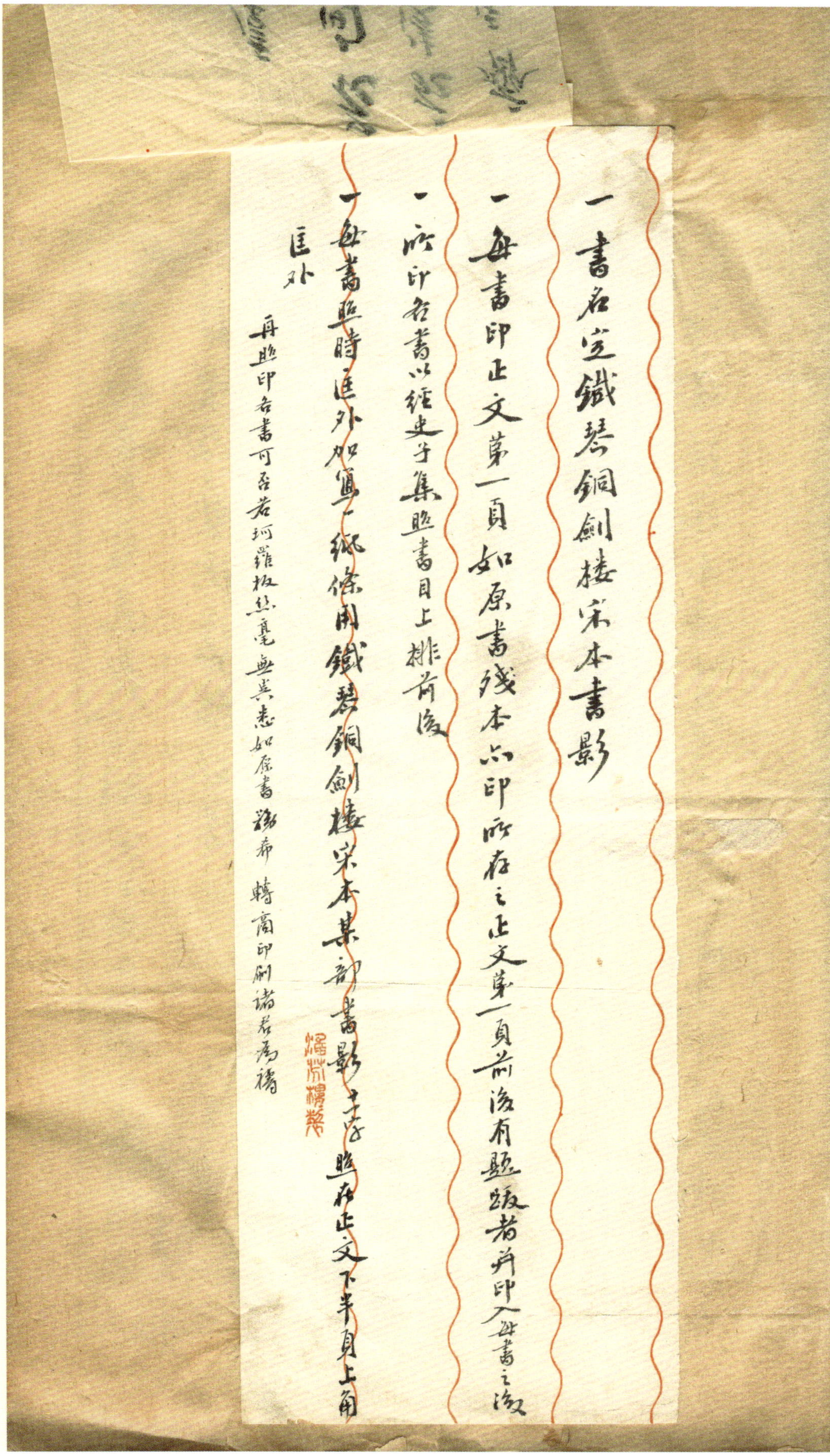

一書名冠鐵琴銅劍樓宋本書影

一每書印正文第一頁如原書殘本亦印所存之正文第一頁前後有題跋者并印入每書之後

一所印各書以經史子集照書目上排前後

一每書照時匡外加寫一紙條用鐵琴銅劍樓宋本某部書影十字照存正文下半頁上角匡外

再照印各書可否若珂羅板絲毫無異悉如原書 務希 轉商印刷諸君爲禱

復瞿良士

厚六月十一日手書、謹悉一一。朱君來函云、承囑函代藹

館內工作人等、曷勝感謝。所示書影辦法、甚善甚善。弟

之條云、每書印正文第一葉、前後及題跋者、并印入

每書之後、云云。既印留真、存古書之面目、後得題跋、

凡版本之源流、美善者美、無以復加、然宋版書、

或多或

題跋、連篇累葉、都屬空言、無關版本、徒佔篇

幅、竊以古刻源流、君家藏書志、參擬極精、今第摘錄數語、

寫入闡外，擬於每葉右由開公寫俄梁佃梁楼要請或仿
（識市一刂左邊開分情宗藏在志中）

表二書影，三式前列，另以解題，排印在後，亦甚整齊，都見為是。

當裁印用玻璃版，須與敵廠商及知玻希卓著錄時擬

璃版所用鏡頭均另石印者不同，亦非當處之孫姓所能

出。石印不嘉，可改用金屬版，其數用與玻璃版不相上下，而五百本

所費比石印尤多，然專事使不計較及此也。

[illegible]

萬生先生座前敬啓

留真譜

二册二百頁用上等連史一開六石印五百部

成本如左

製版 照相落石 六十七石 每石貳元 計洋一百三十四元

工料

紙 三三令三三 每令七元八分 二百五十九元九角七分

印 仝 四十元

釘 仝 十二元

絲線 連看頁
面子 每部面子並絲線四分 看頁一分二厘 三十七元五角

計洋三百四十九元四角七分

共计洋四百八十三元四角七分

每部合洋九角六分七厘

若用玻璃版印每面製版印工（印五百張）版心扯6x8吋 五元五角强

共计洋二千二百元 工料另加

用料單紙（同上）每令价五十 印计工料洋五百四十二元九角

两共计洋二千七百四十四元 每部合洋五元四角九分

星如吾兄有道大人閣下十四二十兩日接讀
諭言及藝術叢編欣蒙
指示一切藉廣見聞歡慰之至所擬書影辦
法迺與宗子岱之商酌匡外加印十一字刪去不
用改用封面一頁以鐵琴銅劍樓宋本書影九字
題之是否有當還乞
卓裁至印法准用石印無異議也承
許賜新刊毛詩管子甲乙集各十部俟已出　菊生

允分惠到管子四部，收閱之餘，深感不安，弟擬請以為毋須如此厚贈，茍每種一份，已覺足矣，俾他日彙成四部叢刊，驪擕來璧之富，快何如之。尊囑向顧蘭楨轉假與其初稿，須得顧君覆函，據云彼處亦有目無賦，原函附呈台覽。繆氏留真譜已收到，藝術叢編掛號遞奉，希即檢收為幸。留真書影擬稍俟秋涼即填

貴友照影知
令附閲忠宣公像跋未知能跋事否邑人士皆以
早睹為快草此奉瀆即請
暑安維
照不宣
弟耀啓甲頓首上言
兒輩隨叩
夏曆六月廿日
菊生先生處另函奉候

星如吾兄有道惠鑒疊蒙
頒諭讀悉壹是並展悉宣公遺像四幅鬚眉絲毫
不爽神采無異原本歡慰之至承
示中紙質鬆設色不甚相宜不若西紙堅美經吾
兄一再試印擇善而成感何可言　弟擬印三百部之
畫像用西紙設色二百部畫像用中紙印不加顏
色如此辦理兩全其美不審於手續上有無礙難
之處務祈

轉詢貴工匠為禱。書影各書刻正在檢集，散裝，一俟檢齊，即當點交朱先生照印。其板用石可無疑也。種瀆清神，敢不銘鐫。天氣入秋以來，披襟稱快，吾公亦可來鄉暢叙，茆如所請，尚乞先日示知為幸。此覆即請撰安，惟照不宣。

弟瞿啓甲頓首

菊生先生前乞為道候。兒輩隨叩。

夏歷七月一日

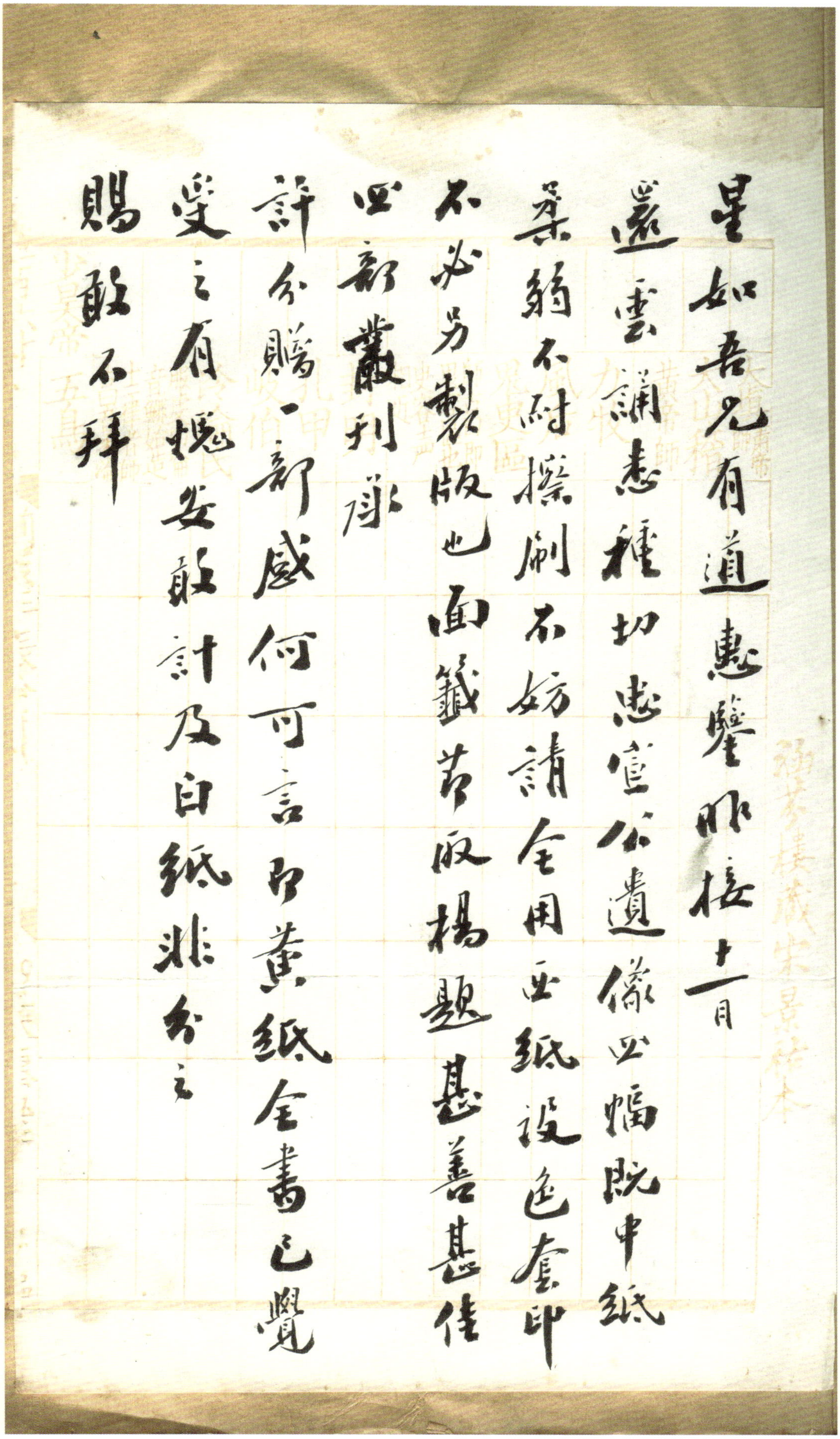

星如吾兄有道惠鑒昨接十一月

叢雲誦悉種切宣公遺像四幅既中紙

柔弱不耐擦刷不妨請全用西紙設色套印

不必另製版也面籤蒼虬楊題甚善甚佳

四部叢刊承

許分贈一部感何可言印黃紙全書已覺

受之有愧安敢計及白紙非分之

賜敢不拜

嘉惟是既有
桃投愧無瓊報容後面時再伴謝悃
先此奉覆即請
撰安惟
照不宣　弟啓甲上言
兒輩隨叩
菊生兄處乞為候候並代道謝
前談書籍係友人惪惪尚未取到所有四王惲吳扇冊十張
今託孫如眉先生帶上希轉詢貴友為盼弟假二十邊
遊浙或便道過滬至貴館奉訪　又及

星如吾兄有道月前在滬暢聆
麈教歡慰之至廿八日返蘇未及趨辭歉甚歉甚
初一日抵常接讀
惠書藉悉書影製金屬版非遲片所能成立承吾
兄畫策至再感何可言弟之決意仍踵前議以石
版製之經部宋本均已照出玻璃本即運滬弟已
止之矣金之版附印甚為贊成惟目中之版甚多
非得吾
兄代為選擇恐有遺漏滬版之處雖成此書之完美

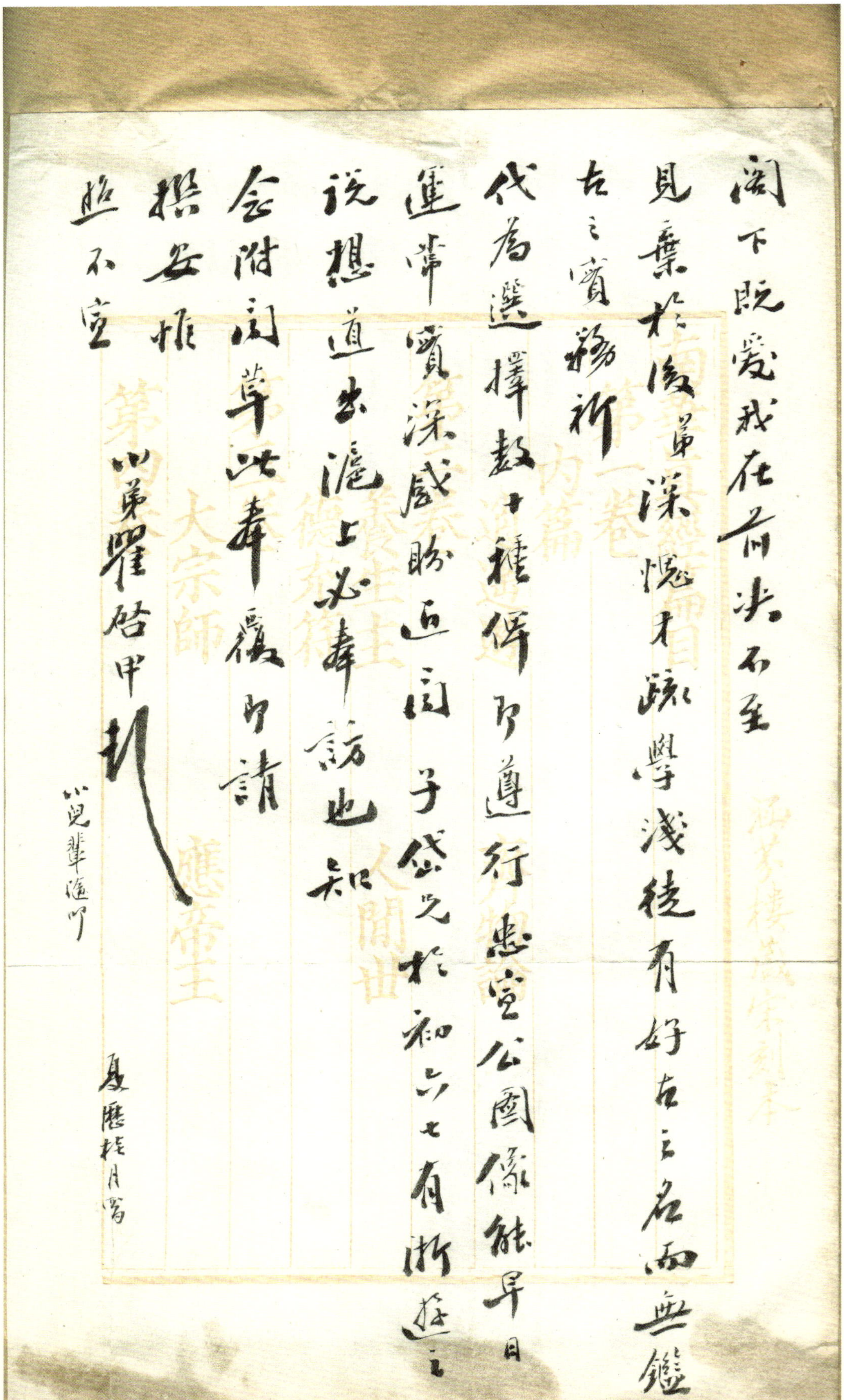

閣下既愛我在前決不至
見棄於後弟深愧才疏學淺徒有好古之名而無鑑
古之實務祈
代為選擇數十種俾弟遵行忠宣公圖像能早日
匯帶價深感盼近聞 子岱兄於初六七有浙遊之
說想道出滬上必奉訪也 知
念附聞 草此奉復即請
撰安 非
照不宣
小弟羅啓甲頓
小兒輩隨叩
夏曆桂月寫

星如吾兄有道惠鑒：十日承

頒璟章，莊誦之餘，欣悉種切。資治通鑑補照

缺頁業經鈔備。

囑鈔春秋繁露，已與善書者說好，專待吾

兄寄舊紙來，即可開鈔。其紙共需玖頁。

所來樣紙，其色較吾書稍白，甚善。如

尊處缺少數處，照樣明皮紙尚多，可以奉賸相

贈也。春秋繁露原書第十三卷內原缺第一頁、第二頁兩

頁不審否。

之能否於別處鈔補如有缺請
惠我補鈔爲禱
尊刻四部叢刊及忠宣公遺像已由菊生兄
賜來感謝不盡忠宣公遺像一俟治裝完善即當
奉贈十份以便
轉贈貴親友昨舍親徐少遠之寄來讀書札記三條適
閣寄奉尚乞
照存 弟近日續遊浙江恐道出滬江不及趨訪也専
此上達即請
節安惟
照不宣
小弟瞿啓甲頓
夏曆中秋日

涵芬樓秘笈八集刊周玄暐涇林續記，云出明鈔本，孫氏
毓修跋謂卷首有玉蘭堂文氏、歸來堂葉氏及季滄葦諸
家印記，三百年來傳本僅見，然此書濡文勤師已刊入功
順堂叢書，文勤師跋謂卷端有季振宜印、滄葦、玉蘭堂、禮
部珍賞朱記，似涵芬樓所得，即文勤師舊藏。予取二本對
校，並無異同，有數事可訂秘笈之訛者，如丙戌鼎甲條乞
置二甲第一，功順堂本作乞置二甲第一部署，我朝令甲
條，秦鳴夏、浦麟應順天鄉試，功順堂本作應麟，按浦名應
麟，下文可證。又楊儀後大魁天下，功順堂本後作復，萬曆
庚寅條，皆以兵備，功順堂本作皆似兵備，按以當作似，惟
兵備宜從秘笈本作備。尹春雲條，堂中一衣裴峩冠人，功
順堂本裴作緋，閩廣奸商條，羨後增一文，功順堂本後作

昭文瞿氏詩史閣稿本

後又旁有點者臾之功順堂本臾作更萬曆己酉條壁中聲響如初又則響聲移于牀柱功順堂本響作嚮蘇城李某條多為一輒功順堂本輒作轍又在徐門外功順堂本徐作齋欽州東南條與下請發兵討賊條本合為一不另行功順堂本不誤萬曆庚子條必將坐稿囹圄功順堂本稿作槁電白東行條至久尤熱功順堂本久作冬三縣全條按居條而天地備焉功順堂本天地下有人字此皆可補孫校之闕遺惟孫跋謂玄疇之祖復俊著涇林雜記此題續記亦有所本也文勤跋則謂是書題續記而中述嚴東樓事有云世蕃諸不法狀詳載於祖記中祖者始也然則玄疇是書之外先有涇林祖記今佚不傳考周復俊涇林雜記見光緒崑新合志著述目是玄疇所稱祖記即指

復彼所記祖始之義未免附會文玄暐所著書續記外尚有東吳名賢錄涇林類記亦見合志著述目孫跋謂縣志藝文門未著錄蓋未檢光緒志耳

又秘笈八集所刊宋周南山房集後附勘誤一條云征鴻已作隨陽訃陽應作楊按原詩對句社燕能爲幾日留幾日正與隨陽爲偶鴈爲隨陽之鳥何以改陽作楊此反有誤

昭文[illegible]氏詩史闕稿本

夏氏敬觀爲商務印書館校刊宋元人說部書，所據多善本，精審不苟。然予讀王銍默記卷上世傳王迴遇女仙周瑤英事一條，晏元獻謂迴父郎官王璐云上令殊呼郎中密託今似以皇子屢夭，深軫上心，試于帝所問早晚之期，與後來皇子還得在否。校云今疑令之訛。又卷中劉原父就省試時一條，鄂州郡守王山民謂原父父立之曰，四海多士，雖今似才俊，豈可預料。校云似疑誤。案今似猶言今嗣，今人尚沿用之。默記兩見，可知宋人已有此稱矣。夏校或云今誤，或云似誤，比而觀之，有不啞然失笑者哉。梁章鉅稱謂錄卷六今似下，即引默記劉原父就省試事爲證，謂詩以似以續，今似當本此，亦足證成予說矣。

星如仁兄有道惠鑒：前月底之杭往返道經滬上，並未句留，不獲趨訪為念。抵家後接讀八月十八日還雲，正擬修箋奉覆，忽因左目紅腫，竟旬餘日未能作字，遲覆歉甚，想知己定不以我為疏懶也。昨又接到九月四日惠書並宋本經史子集書影四樣張，展讀之餘，欣感無已。金元本業經遵命檢出付照，約得百十餘種，彙集成書，誠屬巨觀。惟其中如有疑義，務祈指教為幸。書後尚須稍遲寄奉。春秋繁露已倩舍親開鈔，中縫注式悉照原書可也。懸念草此奉覆，即請

撰安，惟

照不宣

弟啓甲頓

隨函附贈松樹蕈油一小甕，祈即哂當，惟祈酌加醬油煮，否則恐易壞。另一小甕乞轉交菊生先生試嘗為幸。再，前寄存府冊如有妥便寄下是荷。又及

九月初七日

星如吾兄有道：日前奉到九月八日
惠書，讀悉種切。四部叢刊澗友及圖書館中共需購
白紙一部，毛邊紙兩部，其款擬稍遲至舊曆十一月中璧
繳。書籍裝運俟屆繳款時託便船前來領取，以冀邀
免郵費，務祈
轉告發行主任，預留三套爲幸。扇冊已向君彥收取
矣，其價雖昂，前途尚可商量。李書稍閣尚有他
種，容近日抵城詢之，如能取到頭李，即當覓妥寄奉。

宋本書影已校記寄上，惟墨色間有不到處，應請
囑印手留意，餘無疵也。元板書影已照出者謹呈
典藏，如中間有不精之本儘可刪去，仍求
指教。菊生兄已南旋否？特此奉覆，即請
撰安。惟
照不宣

弟啓甲頓上言
兒輩隨叩
六月望日

朱少卿近患瘧疾，熱勢頗熾，知係
錦念，合此附達。又及

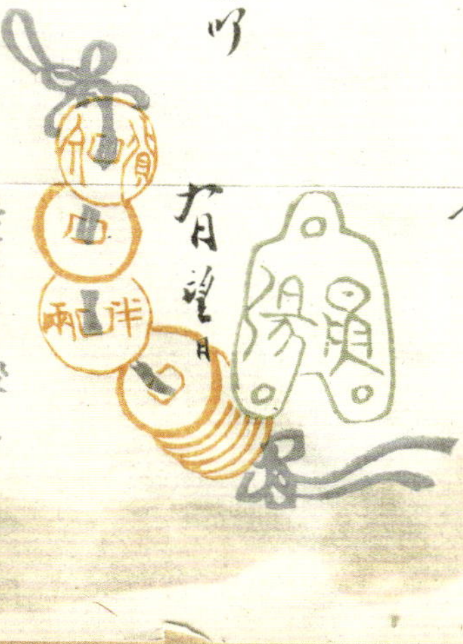
朵雲摹古錢三種

星如吾兄有道：昨午接讀九月十四、十五兩日
惠書，藉承
諭書影邊款金元二種，應分別書匯，固屬至論，謹當遵辦。惟各書均已印就，
如何補救之法，務祈
裁示。其中金本僅有五種，或就五種書上添印金本二字以示分別，不
審妥善否？金元書影將來或并宋書影合裝，或另稱續集，尚在未
定，統希
尊裁。宋殘本林和靖集、藝文類聚均經檢出付照矣。弟 十五

日侑奉燕園誄登
記室所
須佛經數種尚未轉到，大約尚在郵筒中，一俟收到後當即珍
藏永保。惠寄公園佛像先寄七十部，以備吾
之轉贈親友，另備四十部尚在洛裝，若稍緩續寄，菊生兄分
贈貴館中各友，如不敷分贈之處，尚可續奉。近月來廿餘日忽患
間日瘧疾，熱勢來時十分沉重，幸喜有間斷之候，知
念附達。專此奉覆，即請
台安。　弟啓甲頓

見筆隨印

𣏾雲摹古錢三種

九月十七日燈下

星如吾兄有道昨由城旋里得讀十九二十日
惠書欣悉種切全元書影樣張經史子三部均經收
讀倘稍緩寄呈惟邊款全元字樣并經
貴館印就如何補救之法悉聽
尊裁祈吾
公就近囑印手民分別正爲幸中間除尚書注疏孔氏祖庭廣記大觀本草歌詩編
蕭閑老人明秀集注五種全板餘皆元本至吳淵穎集因每卷首皆有模糊
處故尚付缺今已補印矣如未寄印入未少俟瘥疾已愈李書集四種

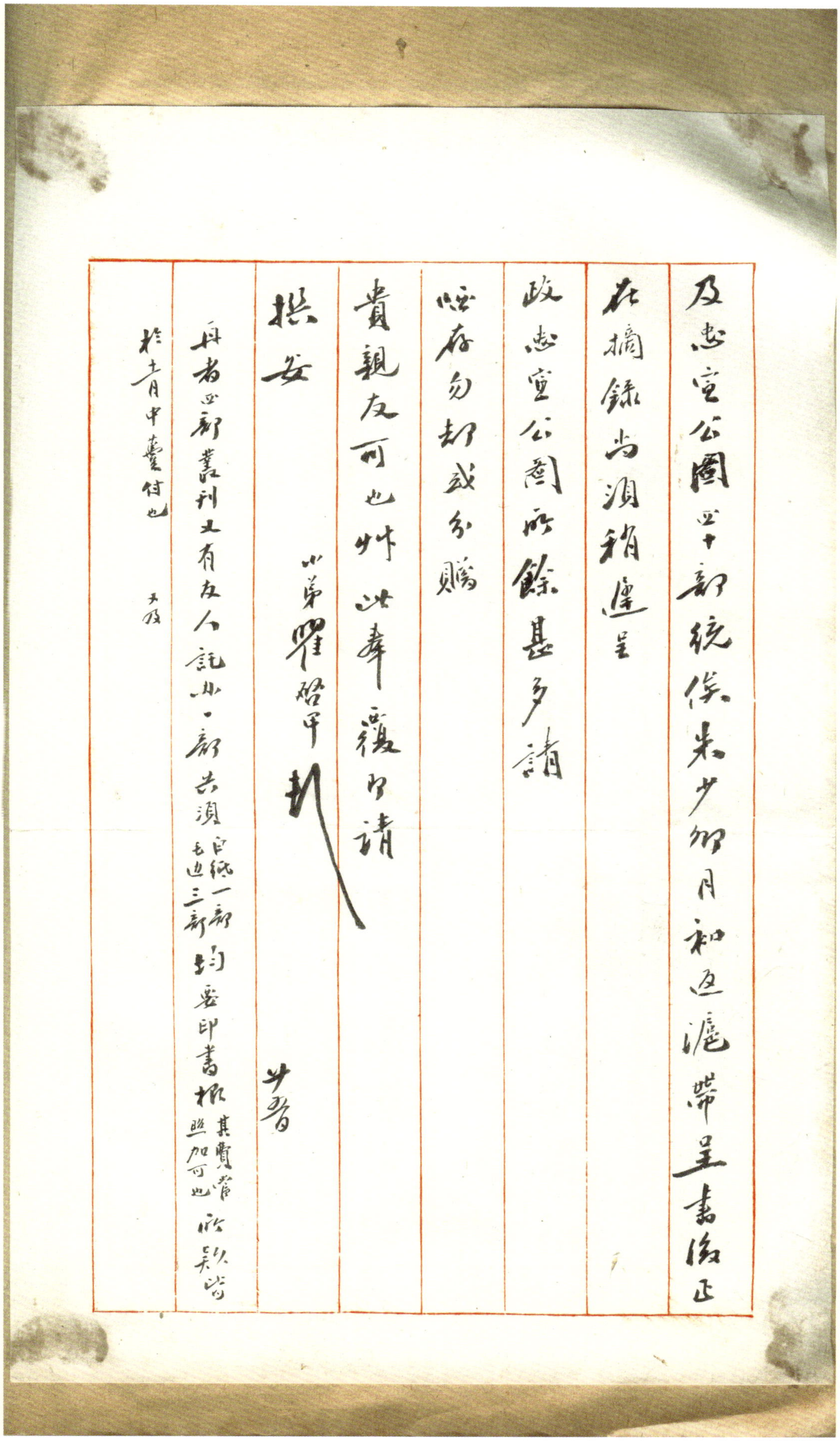

及忠宣公圖四十部，統俟朱少卿月初返滬帶呈。書後正在摘錄，尚須稍遲呈政。忠宣公圖所餘甚多，請經存勿却，或分贈貴親友可也。外此奉覆，即請撰安

小弟瞿啓甲頓 廿五

再者，四部叢刊又有友人託小一部，共須白紙一部、毛邊三部，均要印書根，其費當照加可也。所款以皆於十月中臺付也。又及

頃承
電話因此間人聲嘈雜聽難清楚
故特走人前來務祈
賜示所有中印集一部如價格不合
請即交來（俗）攜回再寄宣公圖原冊
談而不用亦請交下為盼弟擬明早九
時車返常熟此奉辭即請
量如吾之有道大鑒 弟平札
廿六日下午

星如吾兄有道初一初六兩日承疊
頒瑤章均經讀悉
尊示葉煥彬所論書影不加書後黃跋固屬書影之本旨雖是高見
所已與子戴君宏芝蓀等商酌皆云苟加書後附刊黃跋不特可引起
閱者之興趣并可證明所刊之不偽亦書林掌故中不可少之物也弟再
四思維擬仍踵始議書後已託芝蓀刪改約旬餘日即可寄呈承
惠錢崖樂府敘一頁俾我完書生存均感大戴記南雷文集各一部拜
領之餘感謝不盡前所定四部叢刊共需白紙兩部黃紙兩部內黃紙一部

朶雲軒海月箋

不要印書根 餘白紙二部黃紙一部皆要印書根也元板集部樣張已由郵局轉到請

勿念也草此奉覆即請

撰安 排

照不宣

小弟羅碩甲頓

初八日

再者前寄上之宋書影樣張經史子集四種可否仍請寄下又[redacted]巾箱本尚書及

小字本文選亦請另寄各一頁

朵雲軒海月牋

星如吾兄有道：初八日備奉蕪函，諒邀
洞悉。昨午復接讀
惠書並鹽鐵論樣書半頁，弟即將所藏本校對，竟
絲毫不爽，都涂序俱無，又查顧千里所校舊抄本
亦無都涂二序，其紙色甚黃，頗似之，紙明翻刻及張
注兩本款式均與此本不同，誠可寶也。承
念及小兒游學吳淞，未知果能成行否，如成事實，寓
滬寓淞尚在未定，務祈
隨時指教為禱。此覆，即請
撰安

弟瞿啓甲頓
諸兒輩隨叩
夏歷十月初十日

星如吾兄有道：十五日
還雲讀悉。宋書影樣張四本，尚書、文選各一張，刻經處收據
蔣君孟蘋函均經照收無誤，希承
捐入敝邑圖書館書籍，已由館中填發收據，經寄諒入
典鑒矣。李書籍能否收用，深以為念。前途已來函過
蕭翁已返滬否？四部叢刊第二批書聞已出齊，弟經
定四部，擬於本月中繳款領書，先此上達，即請
撰安

弟瞿啓甲頓　小兒輩隨叩

夏歷十月廿四

正發函間，李氏又有信來，催詢各書如不合意，請即交郵掛號寄還為盼，原函附上，又及

良士先生大鑒：所有敝藏述異記等舊
籍四種，係九月十八日寄呈
台端，時閱月餘，前途合意與否，自必確
定，如果無意，即請
函致前途，從速寄還，至為感禱。手此布
頌
大安。士璵拜手
十月廿四日

星如仁兄有道：日前得讀廿四、廿六日

惠書兩通，藉悉種切。未能即答爲歉。宋書影樣本

悉數託子戴之來滬之便帶呈

台覽。中間最難刷印者已删去六七種，亦託子戴之

函商辦理。承

委代校崑山雜詠，本可半月告成，緣所做者係邑中有名好手，患瘧新愈，故遲遲。春秋

繁露約本月望前可以寫竣，已催過矣。擬俟寫畢亦

為代裝潢與崑山雜詠一併寄呈李壽山將
尊閫交閱得有疆閫勢難成也請將原書交郵
或可託子戴之帶下爲禱尊疆可請
撰安並
照不宣
弟瞿啓甲頓
兒輩隨叩
十月二十日燈下
李疆閫附上

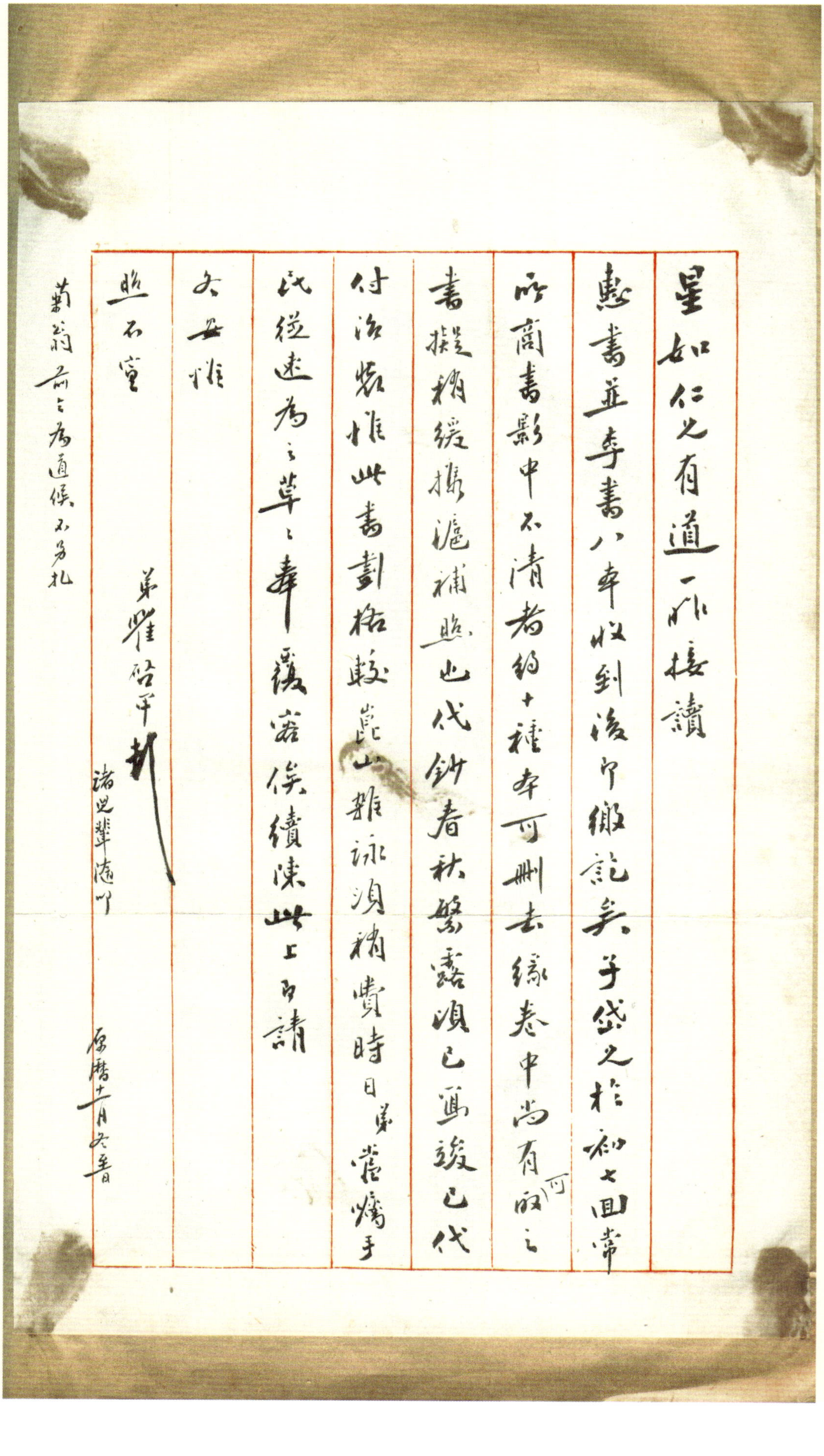

星如仁兄有道：一昨接讀
惠書並李書八本，收到後即繳，諒矣。尊校之於初七日帶下。所商書影中不清者約十種，本可刪去，緣卷中尚有可取之書，擬稍緩據滬補照也。代鈔春秋繁露須已寫竣，已代付活版排此書，劃格較崑山雜詠須稍費時日。弟當催手民從速為之。草草奉覆，容俟續陳。此上即請
文安，惟
照不宣。

弟耀啓平頓
諸兄輩統叩
夏曆十一月冬至日

蘭翁前之為道候，不另札

星如仁兄有道前月奉讀

惠書遲未作覆爲歉前所定四部叢刊（兩連四 兩毛邊四）部其款擬即日

滙上惟昨日接丁和甫來函云及該款尚可援熟人經手之例照原

價九扣奉繳原函附呈

台覽是否有當務乞

示知以便遵行頃又有友人囑添購（毛邊紙 晉書板）一部該可仍照前定

之例（連前定共需 連四紙兩部 毛邊紙三部）該書請分裝五箱約望日前託便船特擬

蘭以前來

紫蓮寺蔡中郎等書竟無商量餘地宋槧書本無已問過矣

朵雲軒監製

書影書後宋刊本雖已脫稿尚未繕清舍之本正在動
手大約年終可以告成一俟竣事即寄奉上各書影如能
除補照數種外先行上石刷印最妙希
裁奪為幸崑山雜詠已裝好矣俟有妥便可以寄奉
春秋繁露劃格須多費時日恐年內不能竣也知
念合此奉告敬請
爐安惟
照不宣
弟瞿啟甲拜
以兒輩隨叩
菊生先生處乞為道候不另札
夏歷十一月初五日

朵雲軒監製

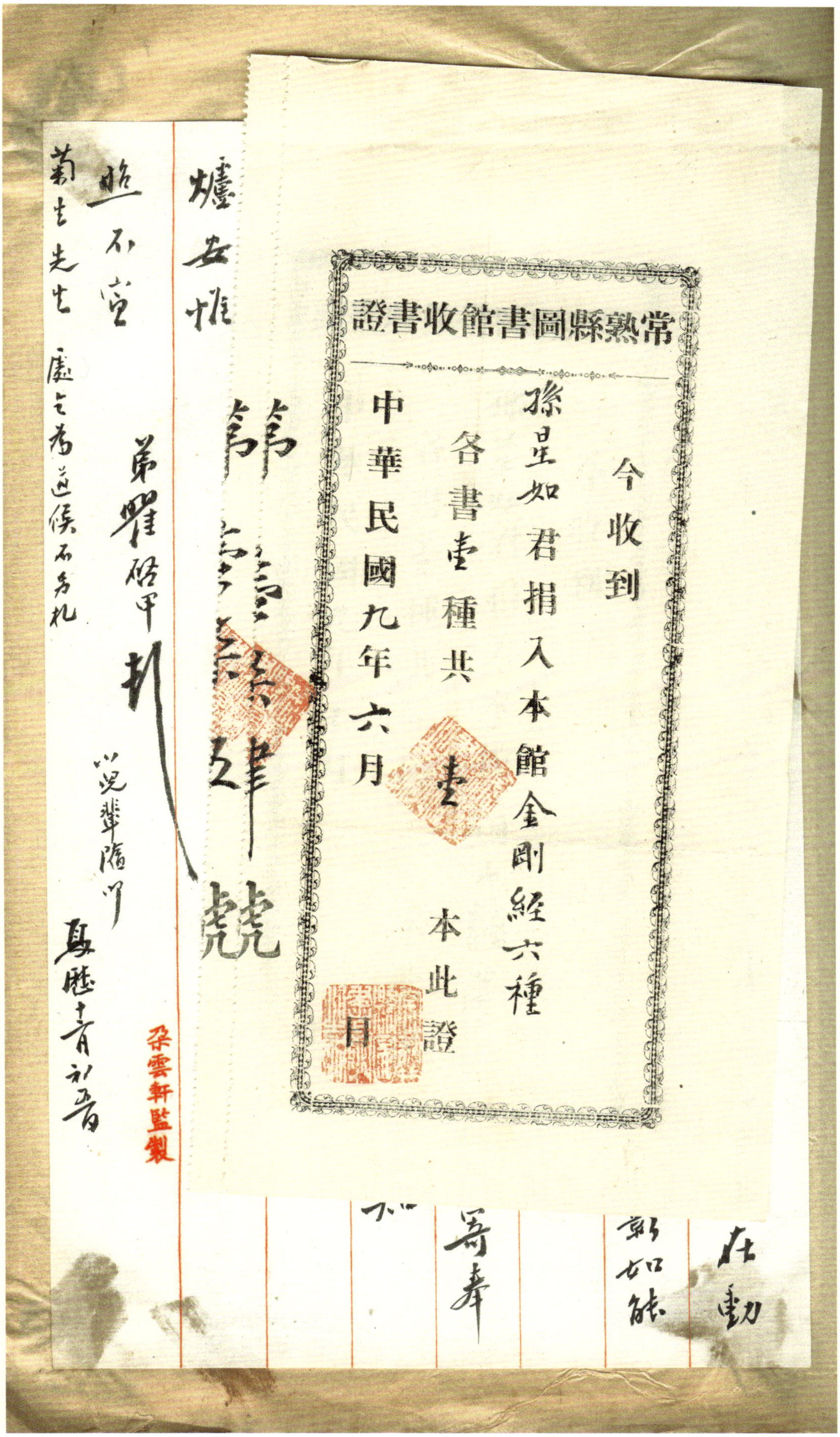

常熟縣圖書館收書證

今收到

孫星如君捐入本館金剛經六種

各書壹種共壹本此證

中華民國九年六月　日

在動

影如能

寄奉

不知

爐安惟

照不宣

弟瞿啓甲拜

以兒輩隨叩

菊生先生處乞爲道候不另札

夏歷十一月初[illegible]

朵雲軒監製

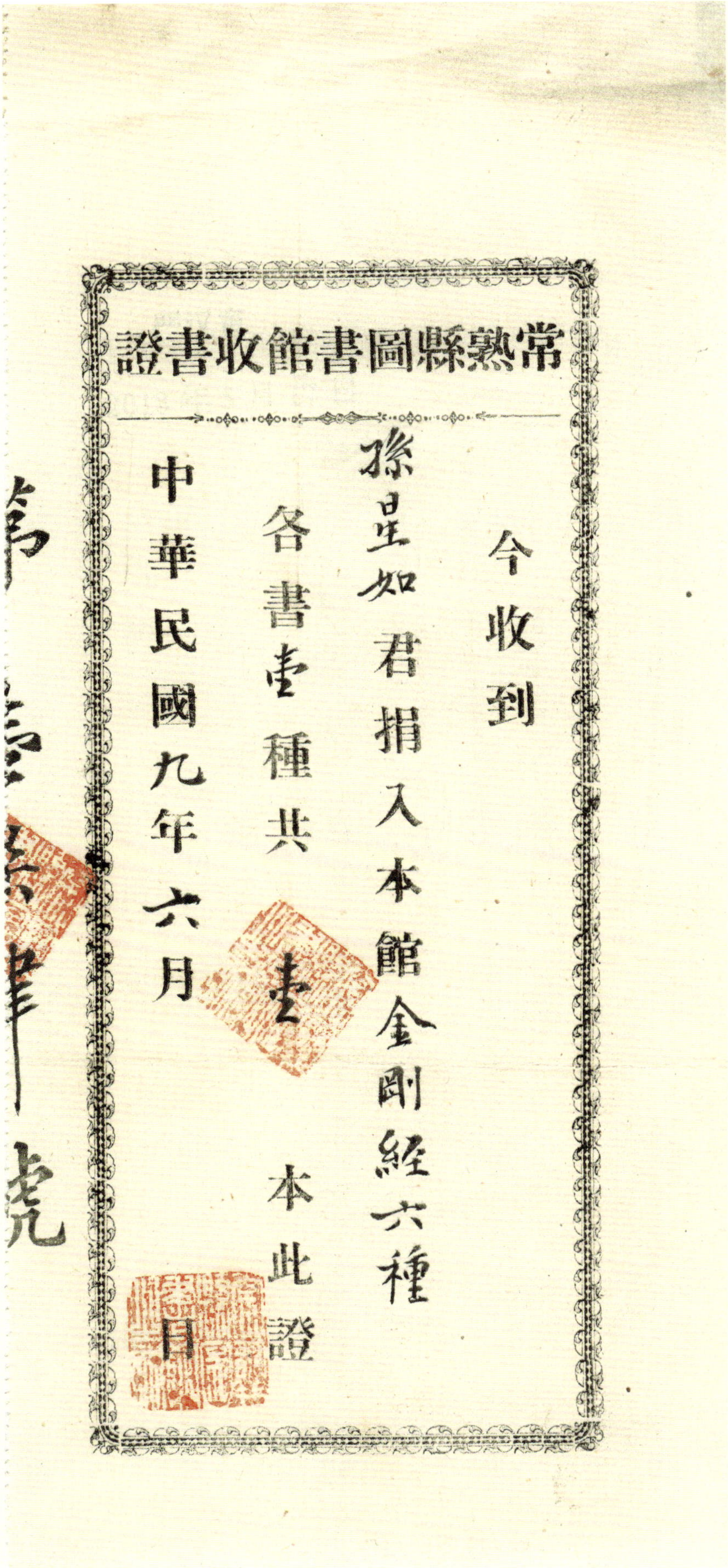

常熟縣圖書館收書證

今收到

孫星如君捐入本館金剛經六種

各書壹種共壹本此證

中華民國九年六月　日

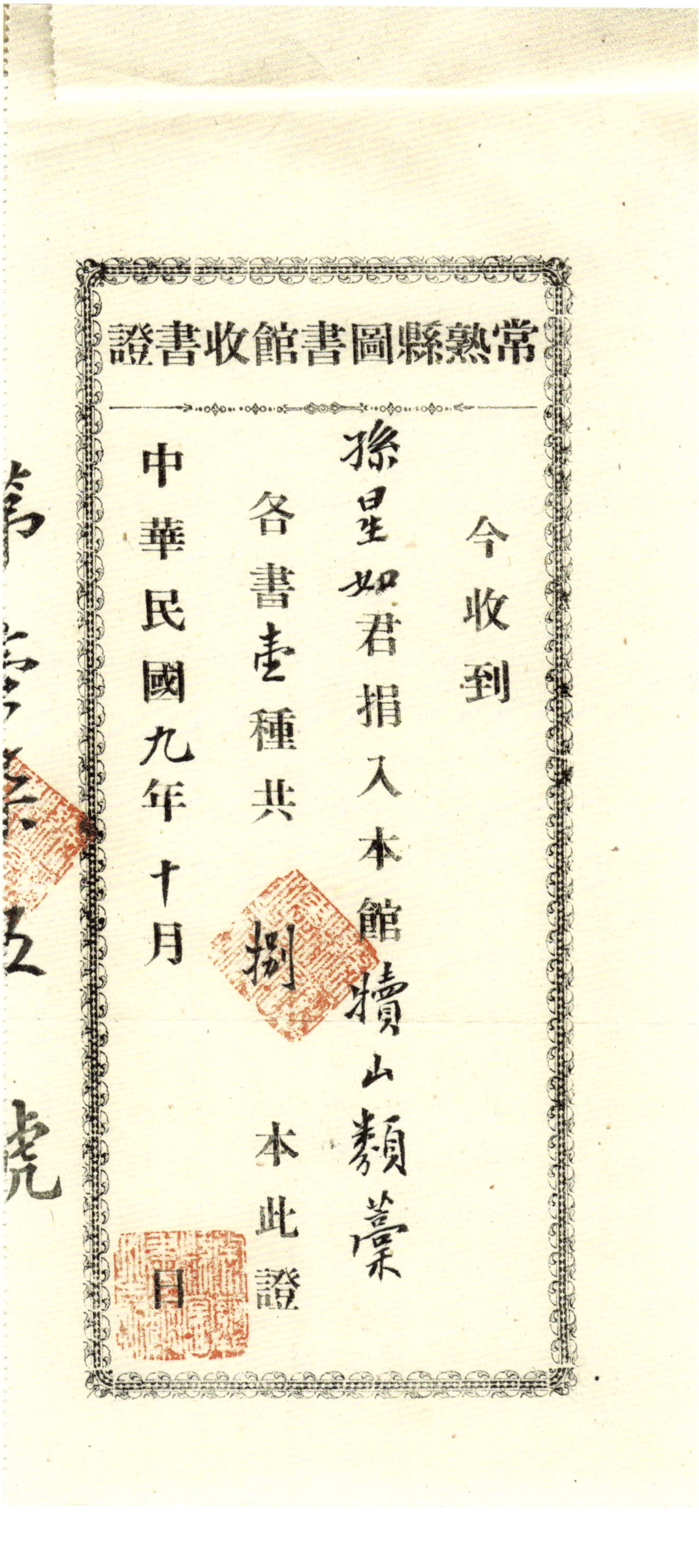

常熟縣圖書館收書證

今收到

孫星如君捐入本館犢山類藁

各書壹種共捌本此證

中華民國九年十月　日

良士先生大啓：前托定四部叢刊，茲繳上四百五十元，又坿寫書根洋卅二元，希代匯寄。近晤子戴及逸友，俱云此人可照原價九扣付款，是如先生並向子戴商函許过，況如舍出書殊深契，自可援例以清也。書影識語來本已竟，故先製印著手，并告十紙。

大安

弟丁福保頓首

寫經格

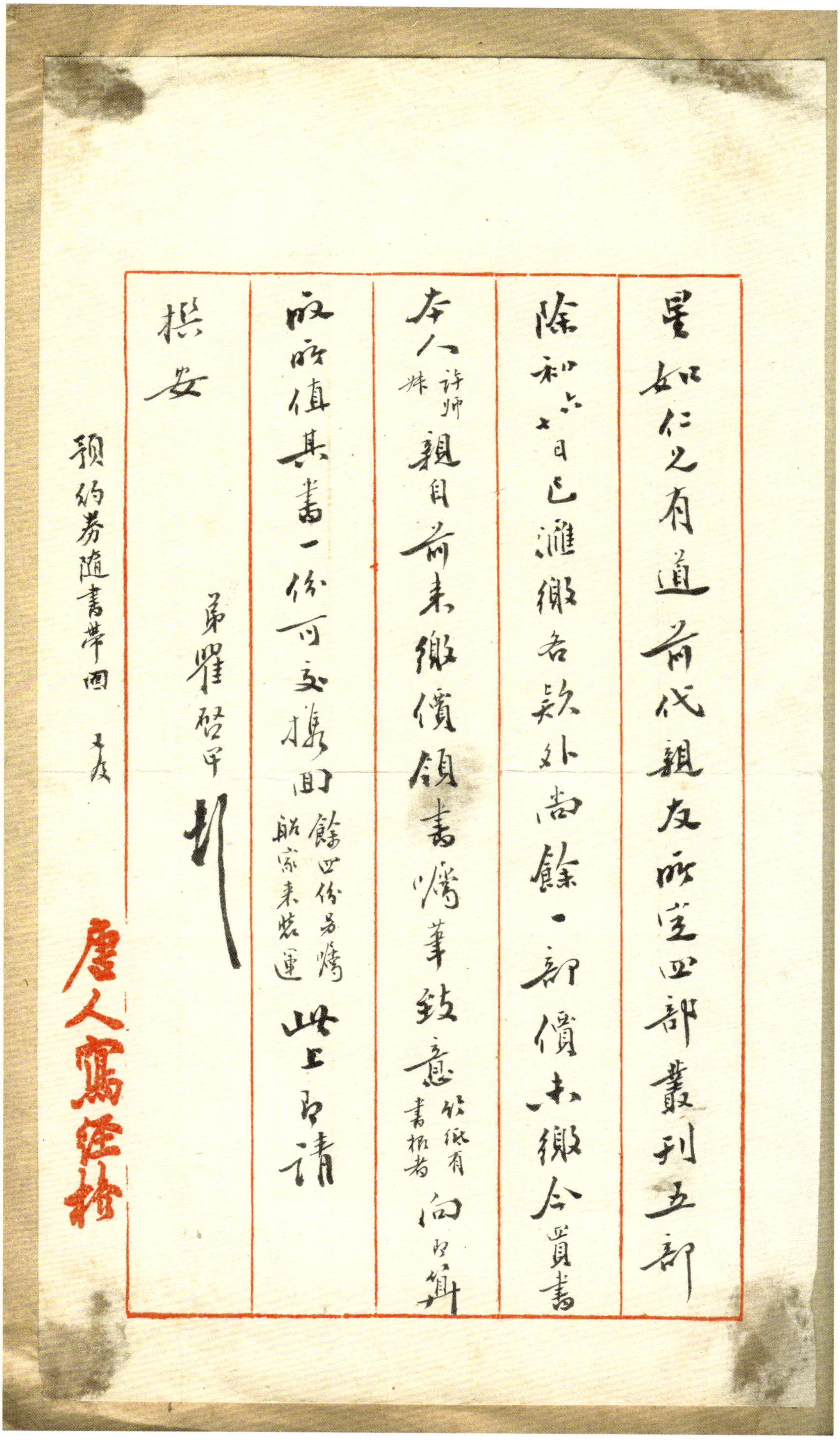

星如仁兄有道：前代親友所定四部叢刊五部，除初六七日已滙繳各款外，尚餘一部價未繳，今買書人（許師妹）親自前來繳價領書，囑筆致意（伊係有書捐者），向即算取所值其書一份，可交携回（餘四份另囑敝寓來裝運）。此上，即請

撰安

弟瞿啓甲拜

預約券隨書帶回　十夜

唐人寫經樓

星如吾兄有道：頃承兩讀

惠書，藉悉種切。諸親友所託親宣四部叢刊五部，皆因

情不可卻，故為介紹。今忽聞白紙售罄，僅有黃紙，購白

紙者羣相詰責，不顧通融，俾弟有兩難之勢，務祈

代為設法，騰出連史兩部，以符親宣之數。丁初我原函附呈

唐人寫經樓

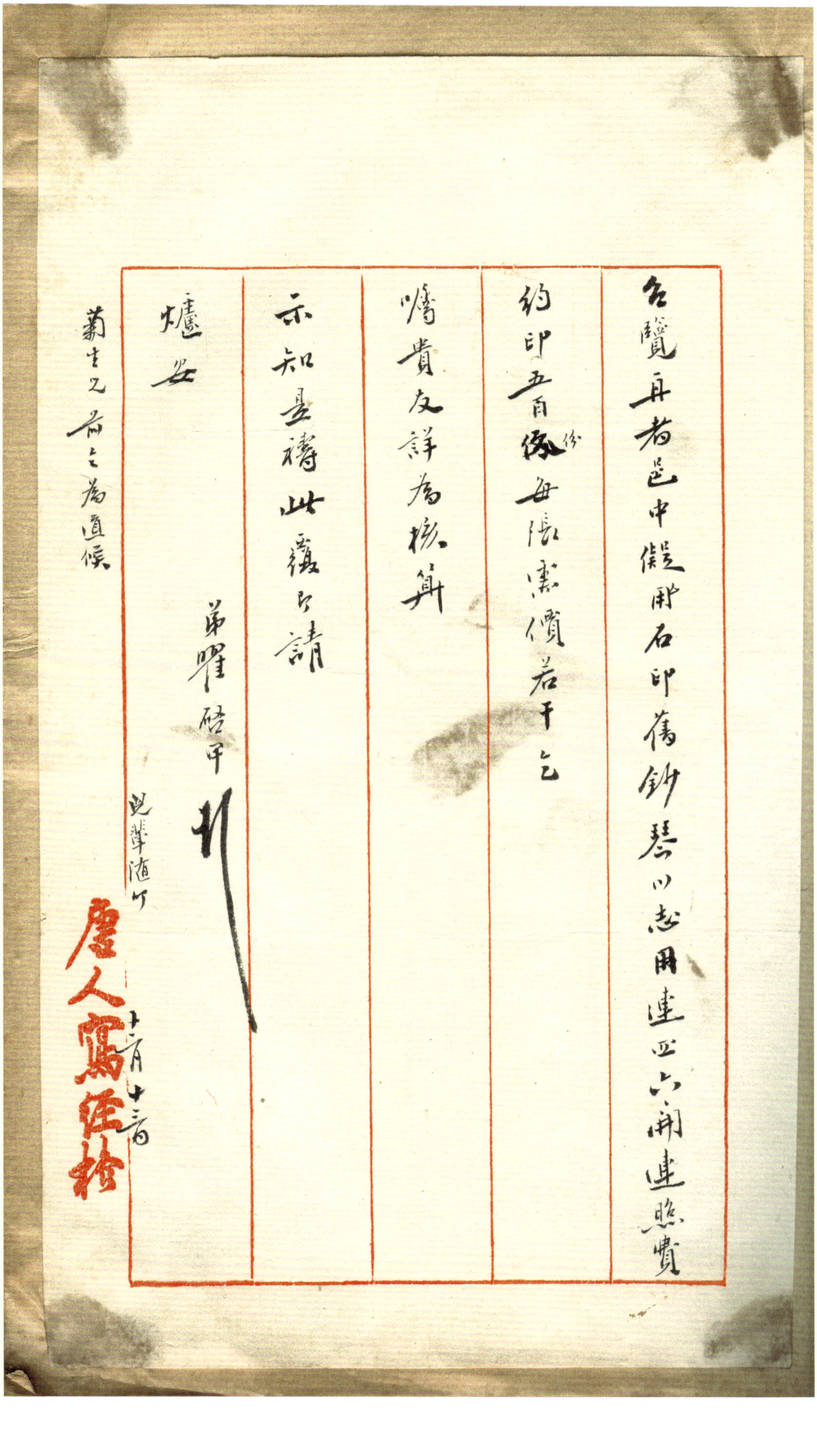
台覽。再者，邑中擬將石印舊鈔琴川志，用連四六開連照費，
約印五百份，每張需價若干，乞
懇貴友詳為核算，
示知是禱。此覆，即請
爐安。
弟瞿啓甲頓
兒輩隨叩
十一月十二日
菊生之前乞為道候
唐人寫經樓

良士先生左右：頃轉來孫星函玉殊有
疑。向弟與紀玉兩部於舊曆八月托定一每
說明須訂連史，十月中見商務寄上定
書單，另列明尊定四部，並逐逐付款者。
否因公言俟有便携滬，并一切候命而
行。不意千回絕，殊為失望。否
公與彼交誼非尋常，且借印多書，楮蒙

唐人寫經格

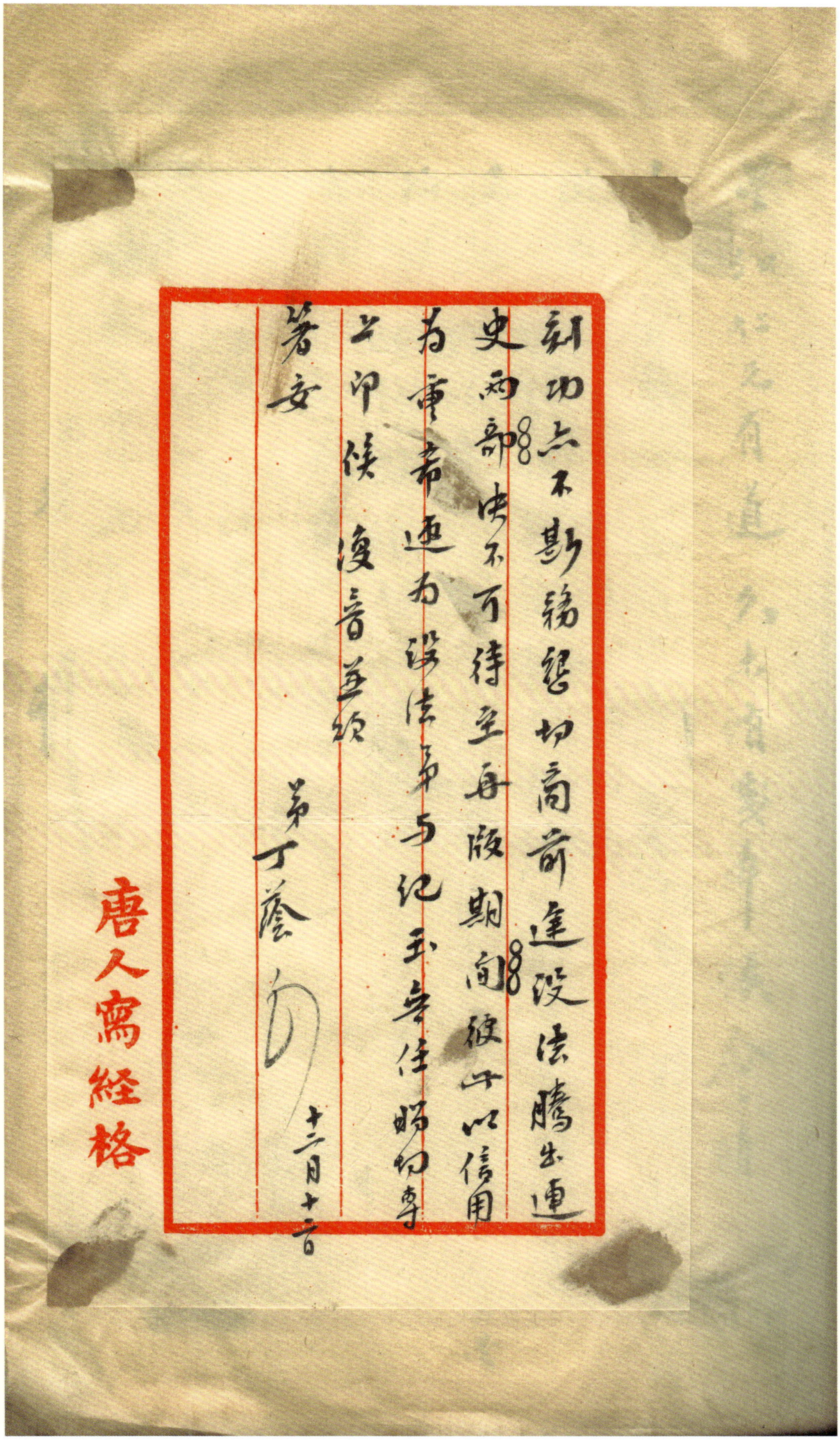

刻功亦不斷籌思切商前途設法騰出連
史兩部決不可待至每版期間彼此以信用
為重希速為設法弟與紀五無任盼切專
此即候 復音並頌
著安
弟丁蔭
十二月十二日

星如吾兄有道：夏正七日承

惠瑤章，諗悉種切，並寄

獻歲以來

諸多增吉，似頌如禱。去歲底

尊處賠還丁王二君叢刊款，均由中國銀行匯下，已分還。尚

未具覆為歉。近日又接到叢刊五箱，分致各購者外，餘歸

敝藏，深感無已。葉煥彬東閣云及敝刊書影名稱，尚覽廿

巻宜徵張叔未先生清儀閣題跋蜀銅範之說。義叟名

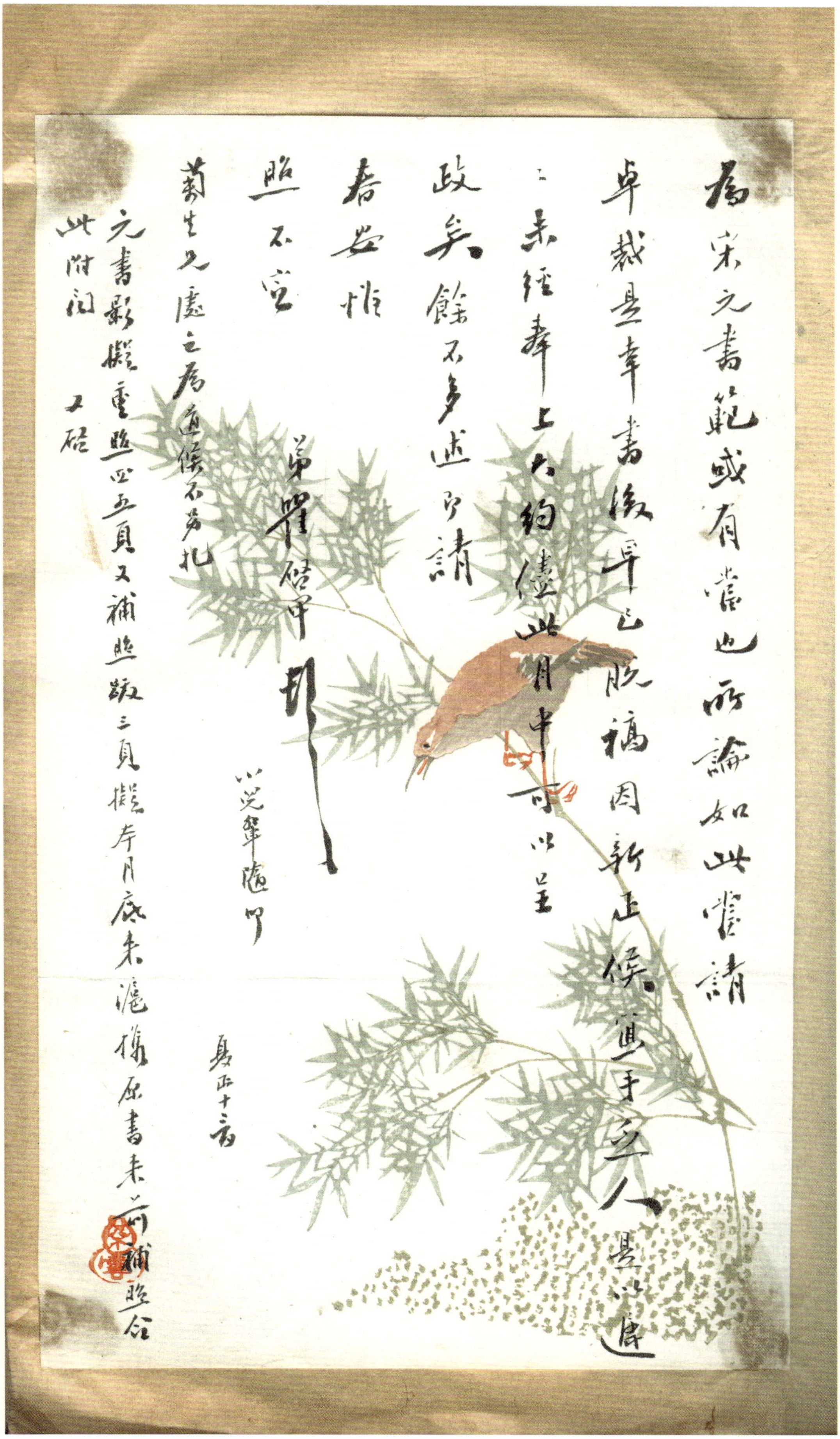

為宋元書範或有當也所論如此尚請
卓裁是幸書後早已脫稿因新正候適手之人是以遲遲
未經奉上大約遲此月中可以呈
政矣餘不多述即請
春安惟
照不宣
菊生兄處之序道候不另札
弟瞿啓甲拜上
以覺筆隨叩
夏正十二日
元書影擬重照四五頁又補照跋三頁擬本月底來滬攜原書來前補照合
此附聞　又啓

星如仁兄有道：久未修箋奉候，念念。維

起居多佳，

撰述宏富，為頌無涯。

委查柳河東集，乃知敝藏本亦缺，是夏大約叢書堂

抄時已缺。其中闕頁有白頁，筆竟忘錄，

亦端須於葉頭翻閱

尊藏，憶及尚未錄

命，歉甚歉甚。他日如能於別處補得，務乞

惠我為幸。此請

台安

弟瞿啟甲頓首

匆筆潦草

夏曆六月十八日

星如吾兄有道：月初奉讀
瑤章，欣悉
起居多佳。
撰述宏富，如頌似禱。書影識語近日始能錄清，並書影樣張八卷
另函郵寄，務希
指誤。卷首尚得
閣下及菊翁加以跋語，尤爲欣幸。宋書影中擬請重印者八種，元書（樣書上均已識明重印各書及黃跋，約目）
（和攝滬付照）影中添印黃跋兩頁半，餘無更動之處。統祈

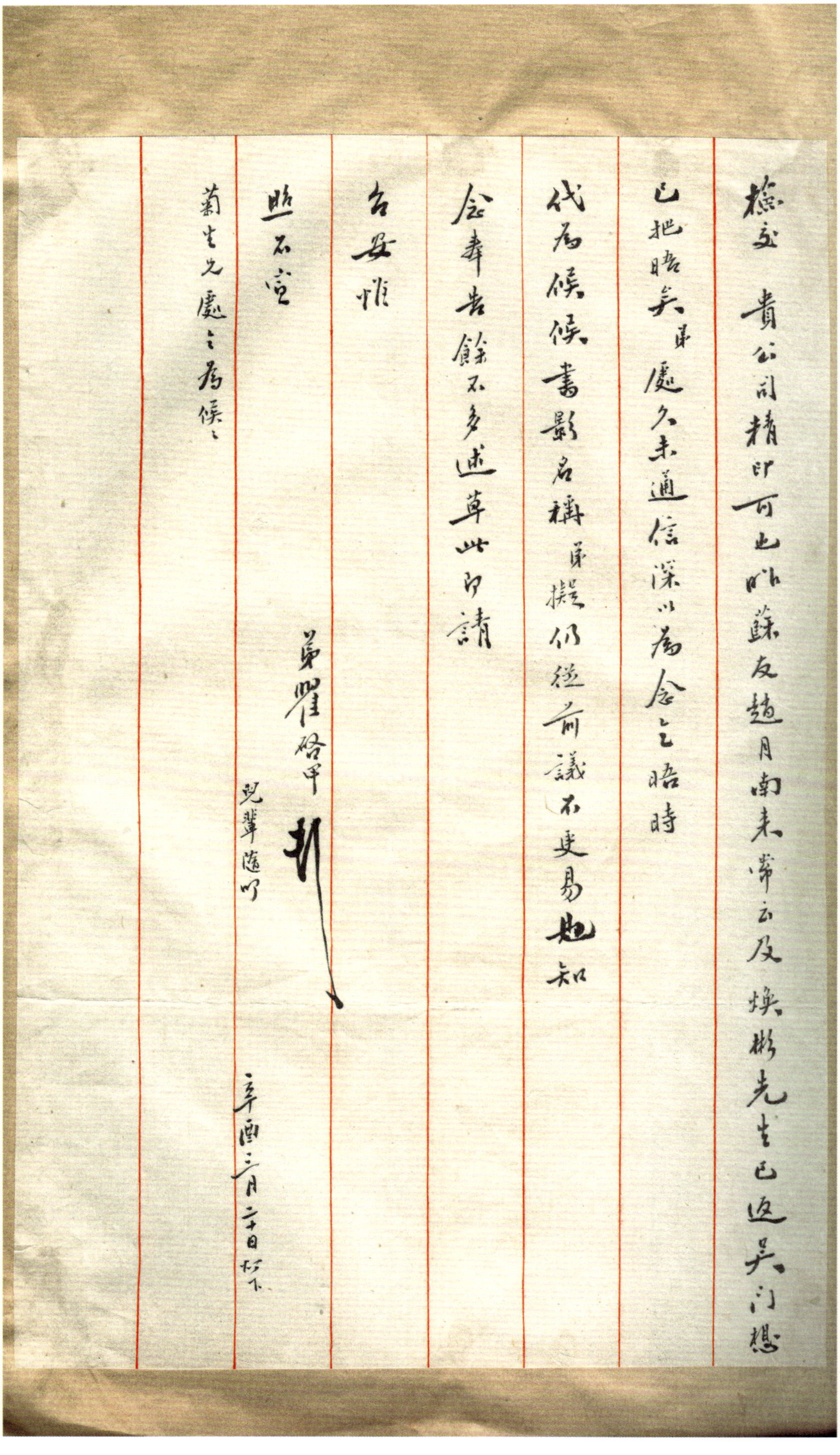
恂如 貴公司精印可也昨蘇友趙月南來常云及換彬先生已返吳門想
已把晤矣弟處久未通信深以爲念之晤時
代爲候候書影名稱弟擬仍從前議不更易也知
念奉告餘不多述草此即請
台安惟
照不宣
弟瞿啓甲 拜
兒輩隨叩
辛酉三月二十日 燈下
菊生兄處之爲候之

星如仁兄有道一昨捧讀
惠書欣悉宋元書影樣及識語均登
記室蒙
許印以料半識語亦用石印其精較始擬多多矣弟既受
貴公司厚報又經
閣下商以盡善盡美之辦法感何可言書影名稱近日又據換擬來
尊閣及弟已告其業經付印恐難更動原圖附呈
台覽去歲丁君芝蓀王君季烈所定西部叢刊白紙兩部當經

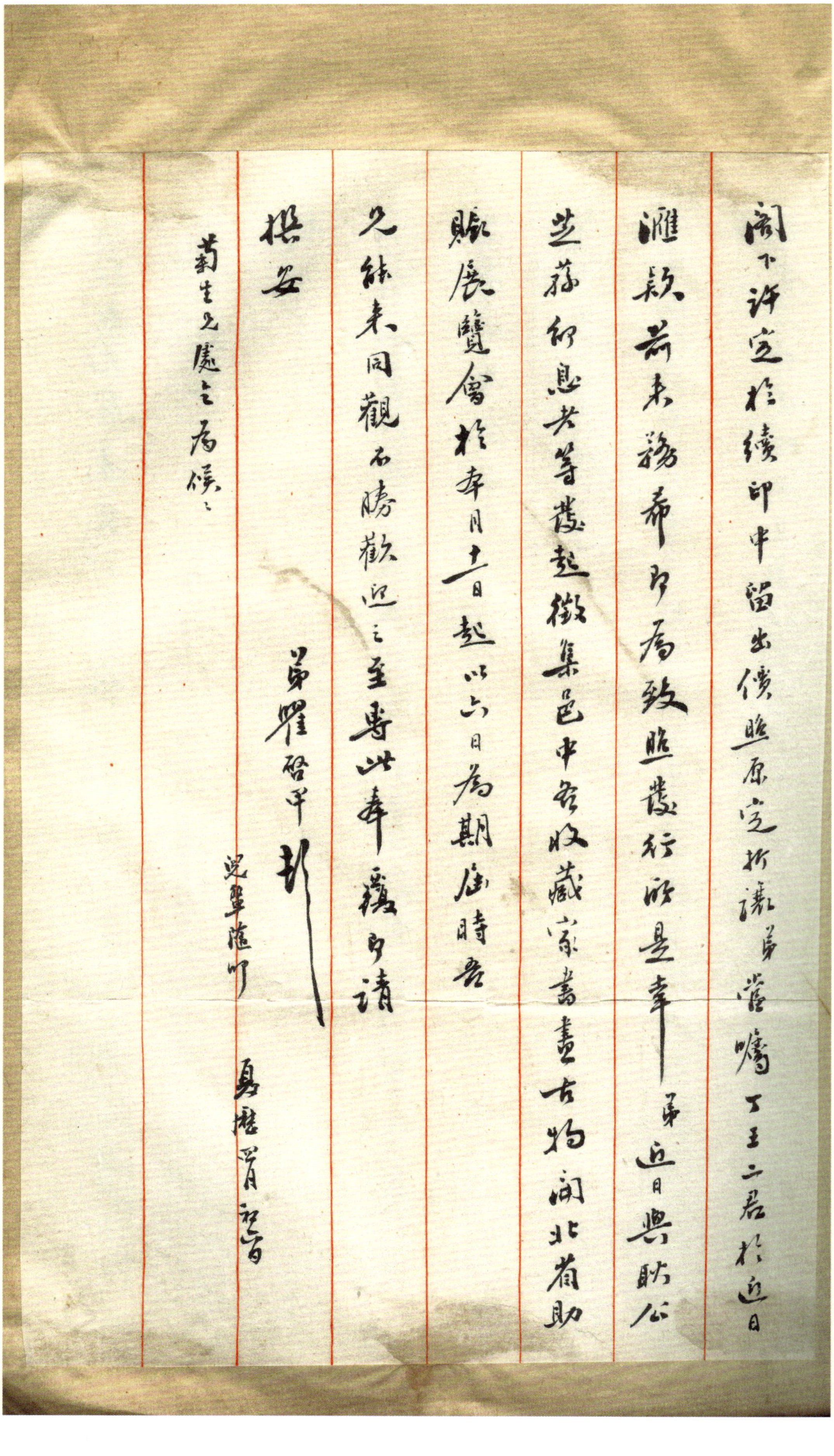
閣下許定於續印中留出價照原定折讓弟當囑丁王二君於近日滙款前來務希即爲致照發行所是幸 弟近日與耿公芝蓀卯息共等發起徵集邑中各收藏家書畫古物開北省助賑展覽會於本月十一日起以六日爲期屆時吾兄能來同觀否勝歡迎之至尋此奉聞即請
撰安
弟耀啟平 頓
菊生兄處乞爲候候
見單隨叩
夷猶 四月 廿日

星如吾兄有道日前接讀

還雲藉悉丁王兩君書款滙解前來已由

尊處照收無誤該書將來運常當由丁王兩君派人前來領

取非須損

貴館裝箱封固（箱費應由丁王另繳）預約書兩份或寄至弟處或徑寄

丁王兩君均可悉聽

尊便專此奉覆即請

撰安

弟瞿啓甲拜

兄筆隨叩

夏曆九月十八日

丁芝孫住址常熟西門內西倉前

王季玉住址常熟西門外曬麦場

星如吾兄有道：廿六日在滬暢聆
教言，並承
偕覽遠東運動會，館以西點，欣感無已。次晨滿擬踵
觀 貴印刷各機房，藉廣見聞，後因稍購用物，午輪返
蘇，有志未遂，未及道辭之罪，祈
知己諒之。所商印書影紙料一事，能否完我所願，全賴
鼎力成之。補照各書，俟照竣後，請
代爲保存，容俟有妥人抵滬之便領取可也。今夏吾
請與蔓兄一商，自行估價示下，再請作覆。承

兄如來常避暑，弟當掃徑設榻以迎。諒不嫌窮鄉鄙俗，陋室容身。或登臨虞山，或放棹尚湖，均稱便利。尚祈如約為禱。弟廿八日抵常，在城小作勾留，於卅日返鄉。未即專函道謝為歉。此上，即請

撰安。諸維

垂照不宣。

小弟瞿啓甲拜

夏歷五月七日

正發函間，讀惠書，敬悉種切。書影尚有模糊者五張，容查原書如條檢清楚，若再當奉煩。拓諸煩錦心，不安之至。又及

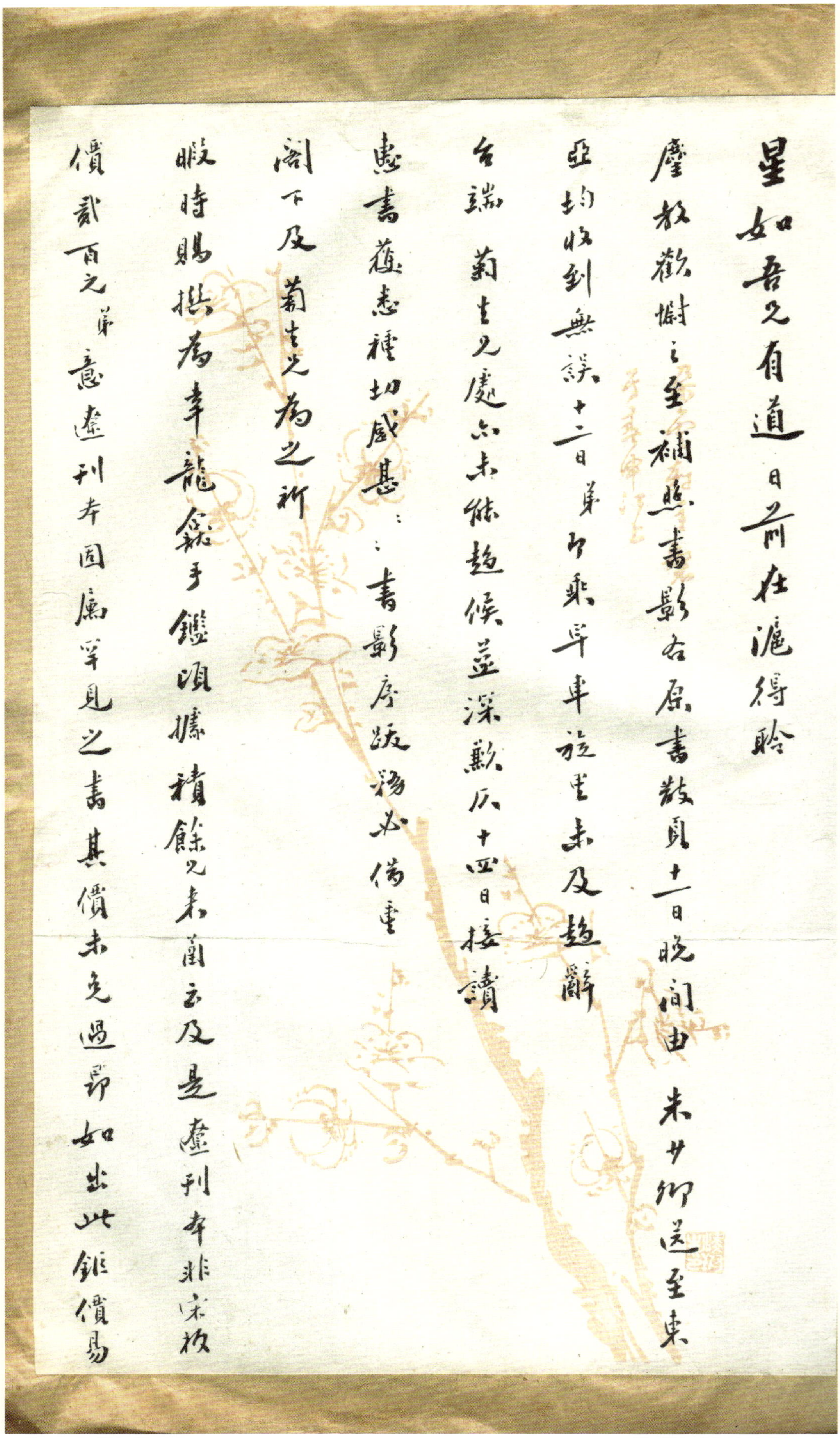
星如吾兄有道：日前在滬得聆
麈教，歡讌之至。補照書影各原書數頁，十一日晚間由朱廿卿送至東
亞，均收到無誤。十二日弟即乘早車旋里，未及趨辭
台端，菊生兄處亦未能趨候，益深歉仄。十四日接讀
惠書，獲悉種切，感甚感甚。書影序跋，務必備重
酬，閣下及菊生兄之為之。祈
暇時賜撰為幸。《龍龕手鑑》須據積餘兄來函，亦及是遼刊本，非宋板，
價貳百元。弟意遼刊本固屬罕見之書，其價未免過昂，如出此鉅價，易

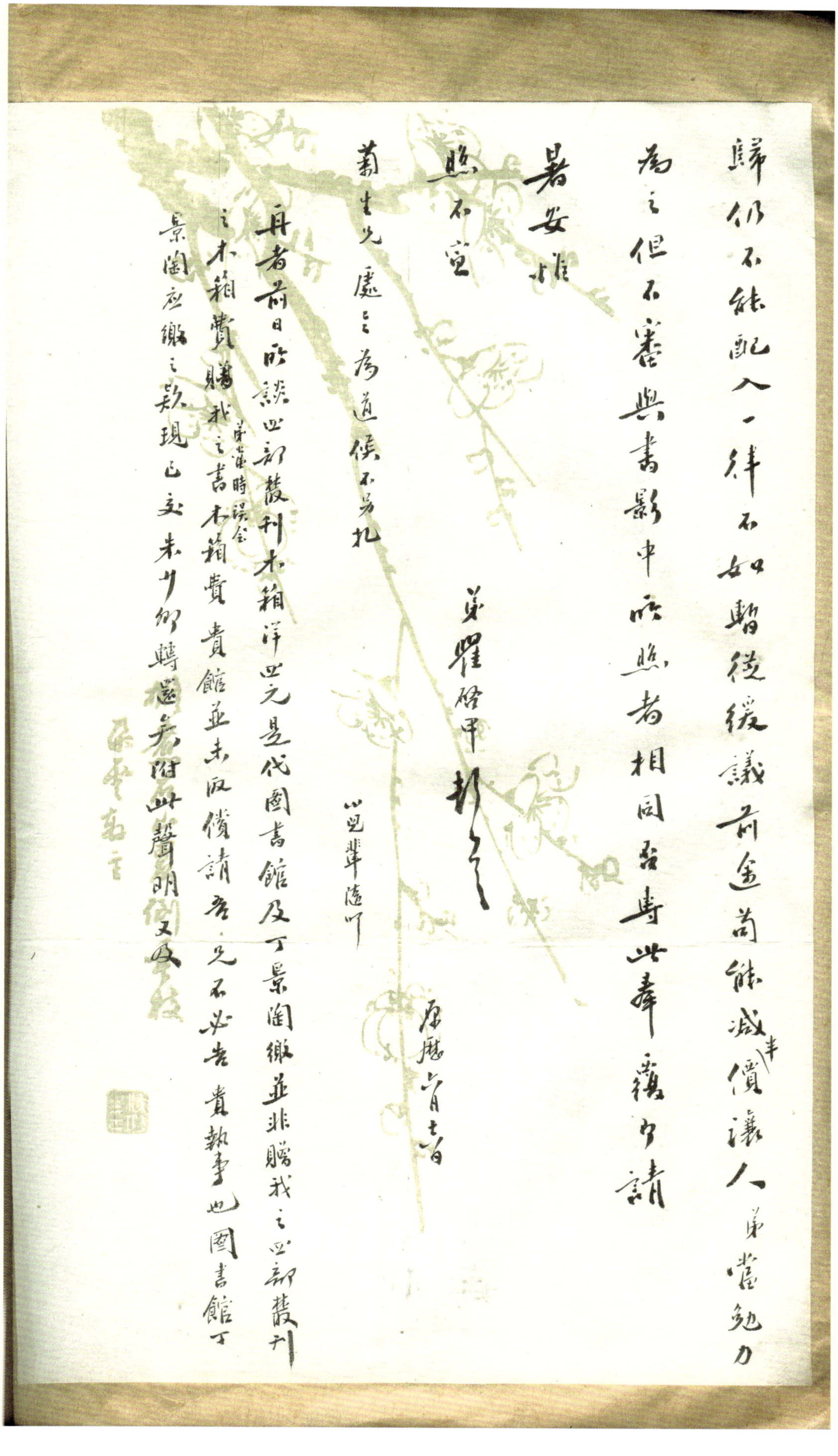

歸仍不能配入一律不如暫從緩議前途尚能減半價讓人弟當勉力爲之但不審與書影中所照者相同否專此奉覆即請

暑安 維

照不宣

菊生先生處之爲道候不另札

弟瞿啓甲拜上

小兒輩隨叩

庚午六月十七日

再者前日所談四部叢刊木箱洋四元是代圖書館及丁景閣徵並非贈我之四部叢刊（弟當時誤會）之木箱費贈我之書木箱費貴館並未取償請查之又不必告貴執事也圖書館丁景閣應繳之款現已交朱少卿轉匯希附此聲明又及

星如吾兄有道：昨函讀
惠書，欣慰種切。
舊鈔草堂雅集、當侯之一統志真華即為付鈔。
緣其人字跡端正，頗善書也。查見共有五百念九頁，最
好用前鈔蕉山雅謝之紙，大小相似（聞虹口東洋店中有此紙），還希
卓裁。前至滬，匆匆言旋，徐積餘處未及往訪。龍
龕手鑑無從比較也。書影綠閱晤 印

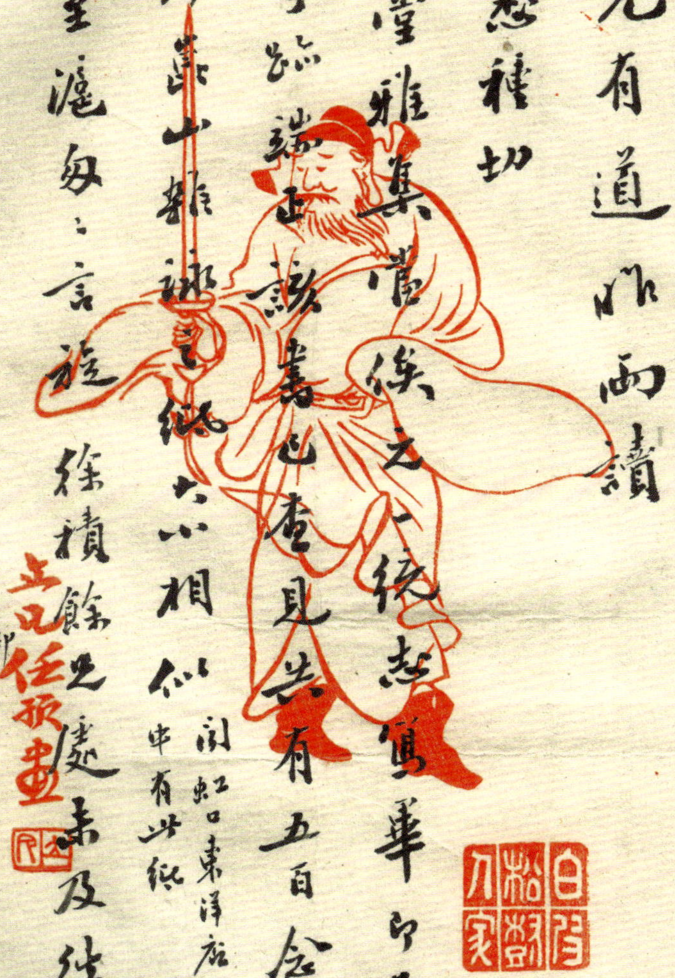

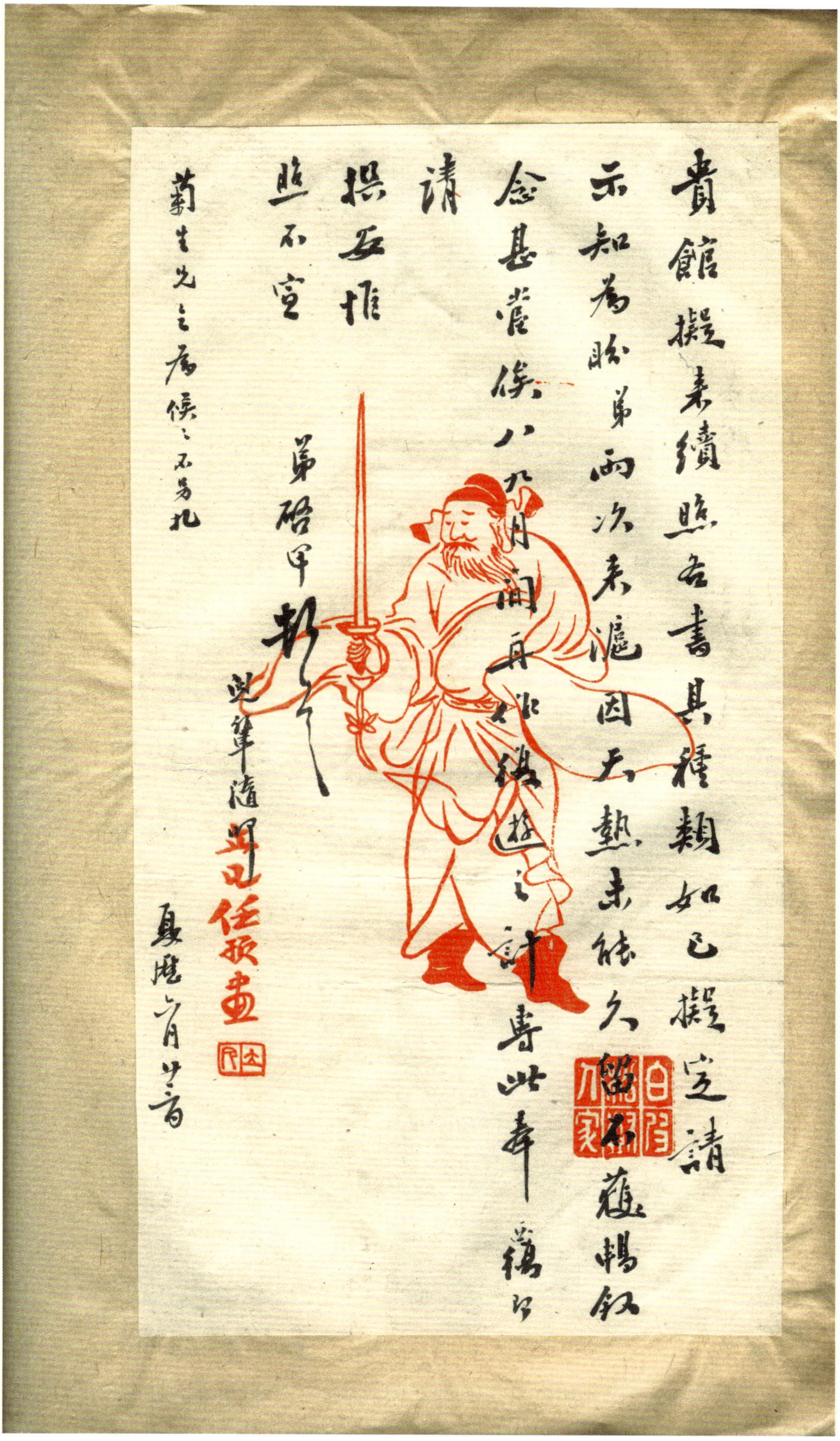

貴館擬來續照各書其種類如已擬定請
示知為盼弟兩次來滬因天熱未能久留不獲暢叙
念甚歉歉八九月間再作積極之計專此奉覆頌
請
撰安并
照不宣

弟啓甲頓首

菊生先生乞為候候不另札

夏曆六月廿日

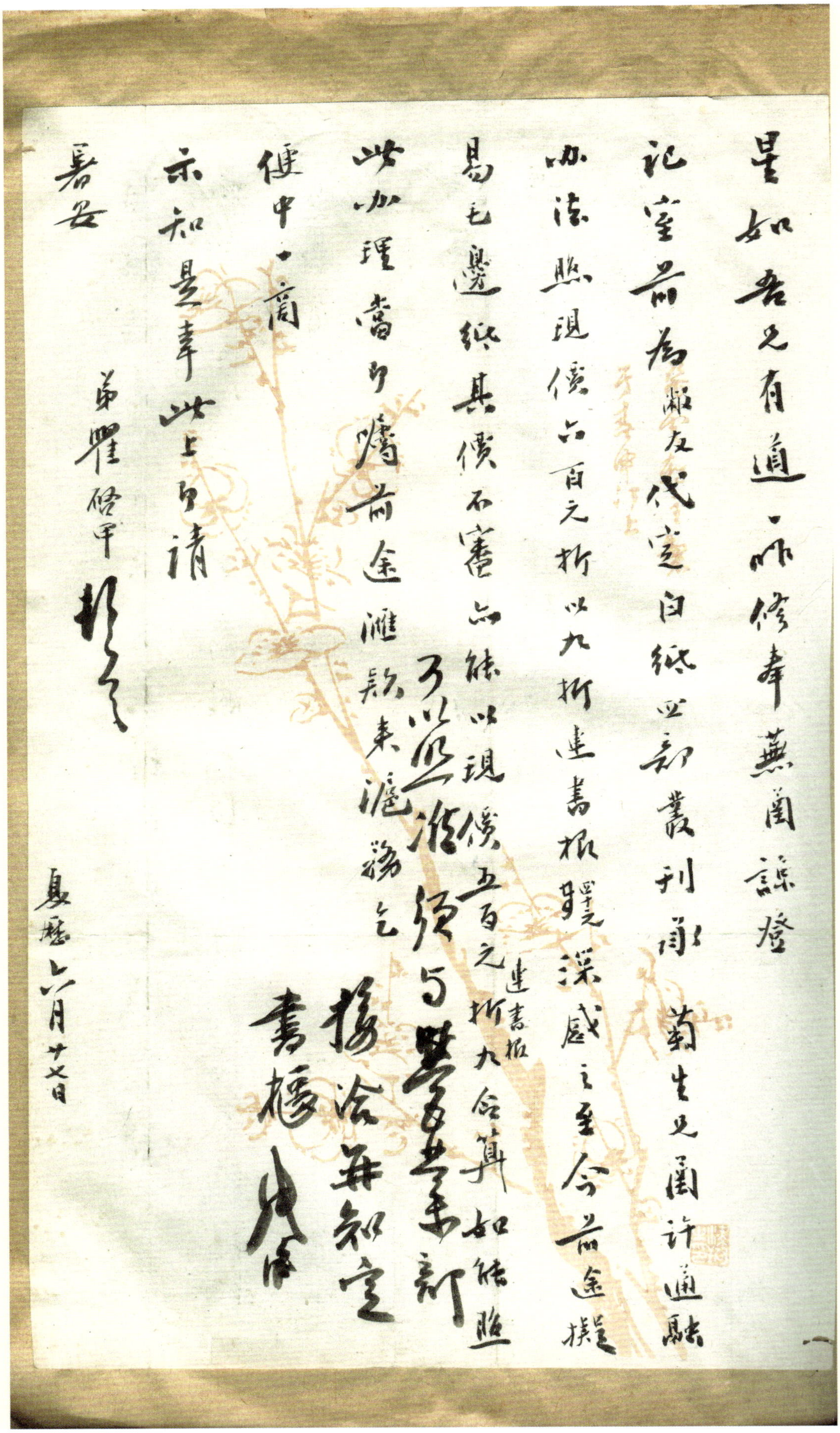
星如吾兄有道：昨修奉蕪函，諒登
記室。前為瀚友代定白紙《四部叢刊》，聞鞠生兄函許通融
辦法，照現價六百元之折，以九折進書根據，深感之至。今前途擬
易毛邊紙，其價不審亦能以現價五百元之折，九合算（進書拍），如能照
此辦理，當即囑前途匯款來滬。務乞
便中一商，
示知是幸。此上，即請
暑安。
弟瞿啓甲拜手
夏曆六月廿七日

可以照准，須與營業部接洽再知照
書樓
[illegible]

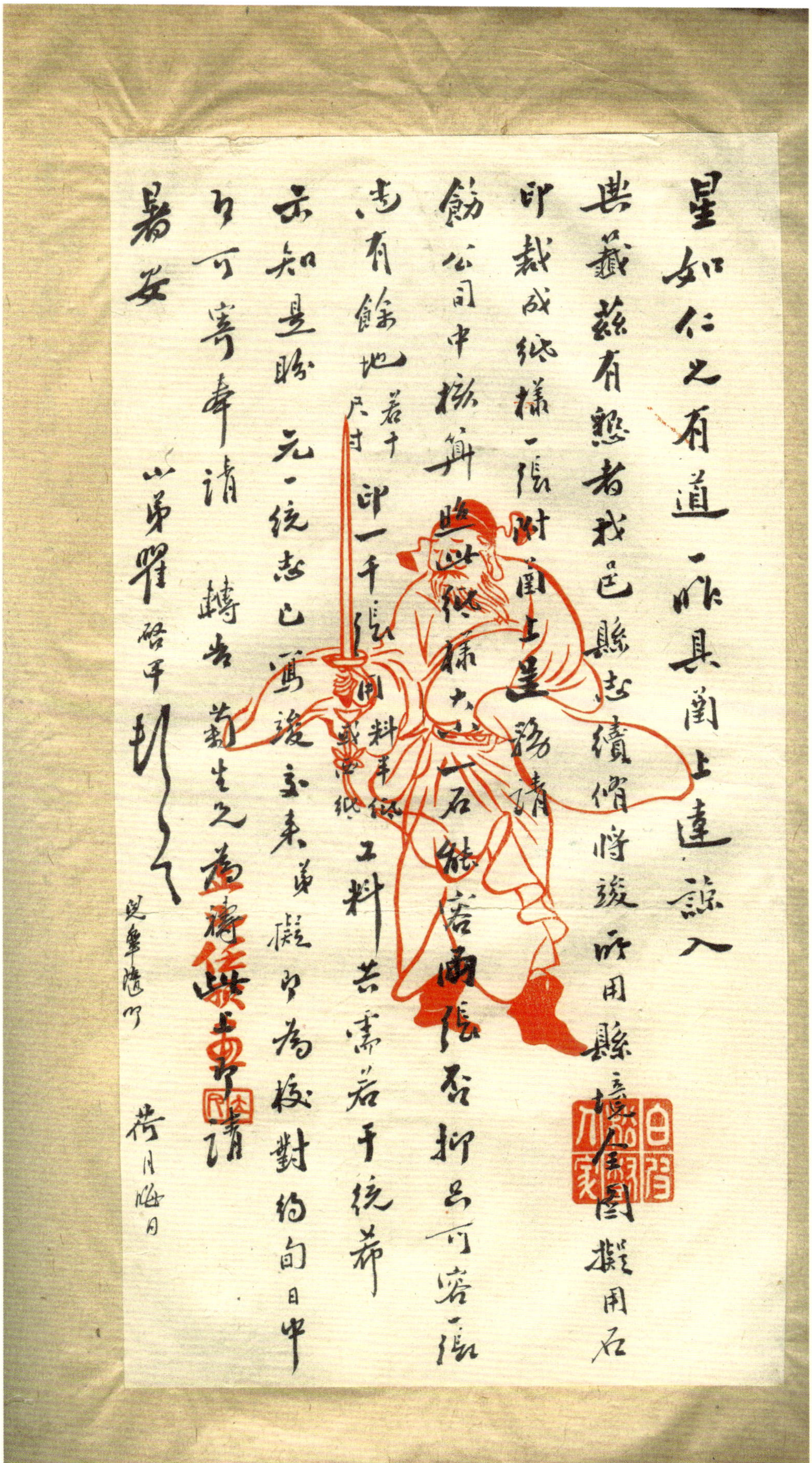
星如仁兄有道：昨具函上達，諒入
典籤。茲有懇者，我邑縣志續修將竣，所用縣境全圖擬用石
印，裁成紙樣一張附函上呈，務請
飭公司中核算，照此紙樣大小，一石能容兩張否？抑只可容一張
尚有餘地（若干尺寸），印一千張（用料半紙，或宣紙），工料共需若干，統希
示知是盼。元一統志已寫竣，亦來，弟擬即為校對，約旬日中
即可寄奉。請 轉告 菊生之為禱。專此，敬請
暑安
小弟瞿啓甲頓首
荷月晦日

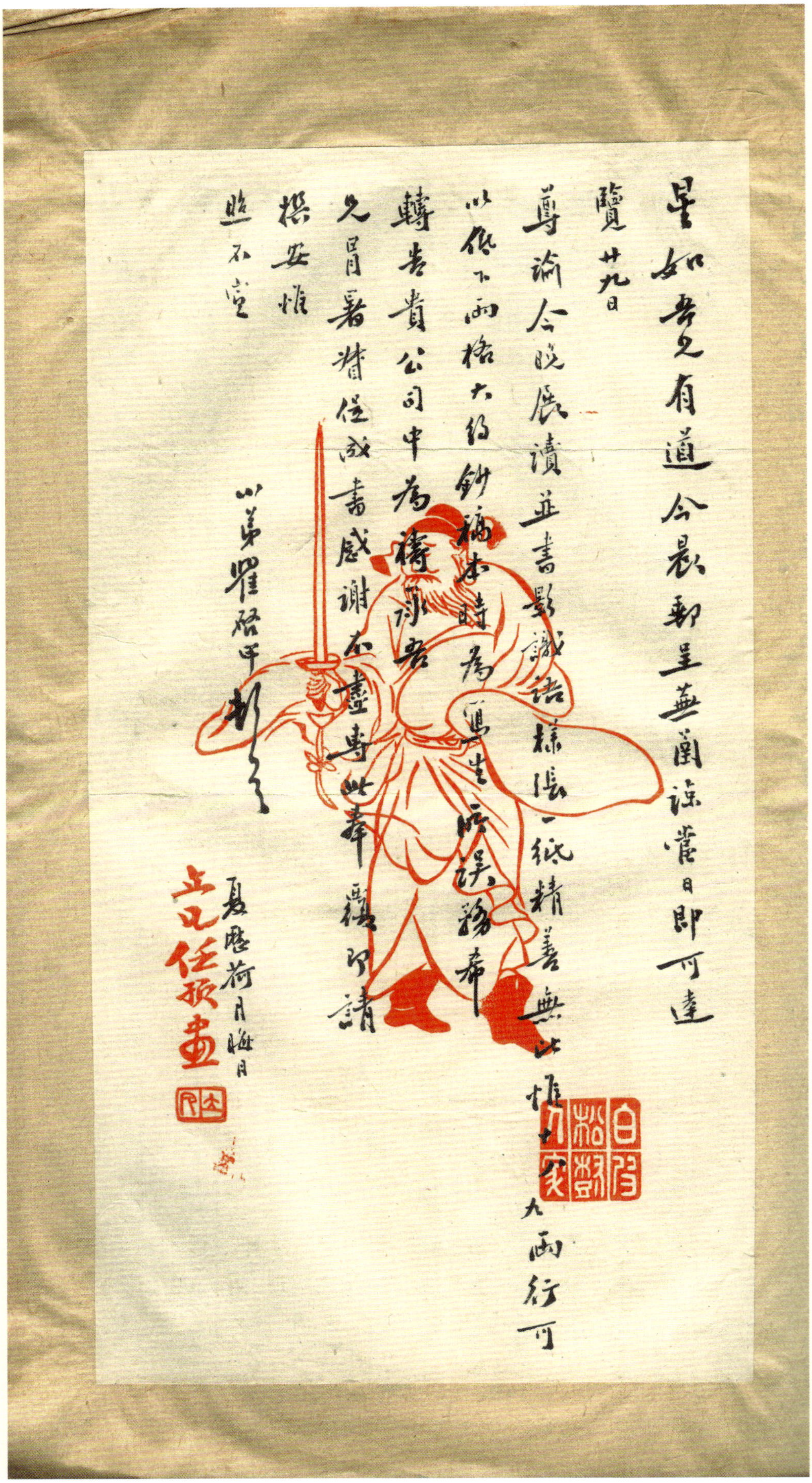

星如吾兄有道 今晨郵呈燕蘭詩譜 日即可達

覽 廿九日

尊諭今晚展讀并書影識語樣張一紙精善無比惟十家 大兩行可

以低下兩格大約鈔稿本時為一人生所誤 務希

轉告貴公司中為禱 承吾

兄昌暑替佐成書 感謝不盡 專此奉覆 即請

著安 惟

照不宣

弟瞿啟甲頓首

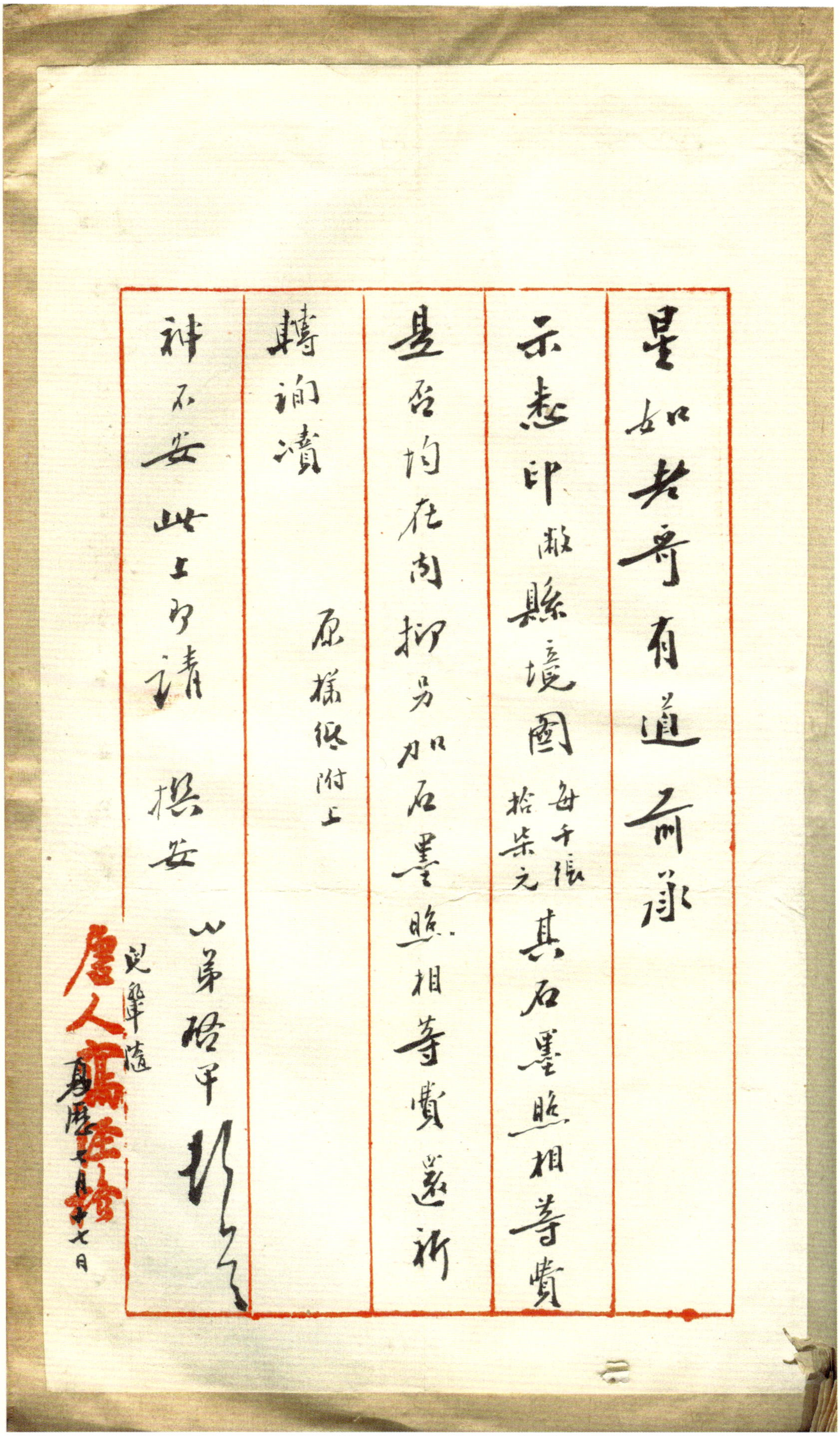

星如老哥有道 前承

示悉印歙縣境圖每千張拾柒元 其石墨照相等費

是否均在內抑另加石墨照相等費 邀祈

轉詢續 原樣紙附上

神不安 此上即請 撰安

小弟啓甲拜

唐人寫經館

見彙達 夏歷七月廿七日

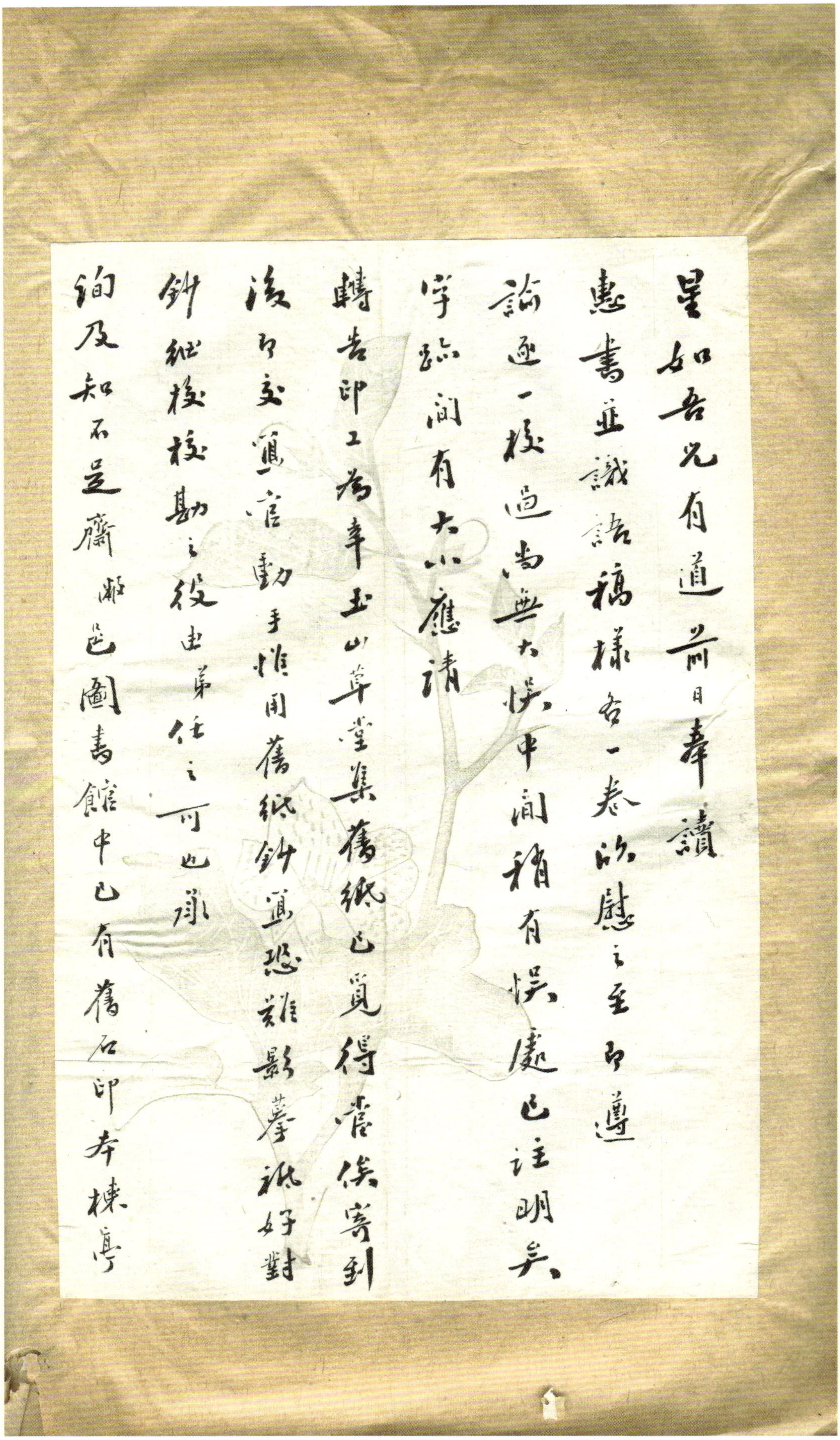
星如吾兄有道前日奉讀
惠書並識語稿樣各一卷欣慰之至弟遵
諭逐一校過尚無大誤中間稍有誤處已注明矣
字跡間有大小應請
轉告印工為幸玉山草堂集舊紙已覓得俟寄到
後可交寫官動手惟用舊紙鈔寫恐難影摹祇好對
鈔紙校校勘之役由弟任之可也承
詢及知不足齋鄙邑圖書館中已有舊石印本棟亭

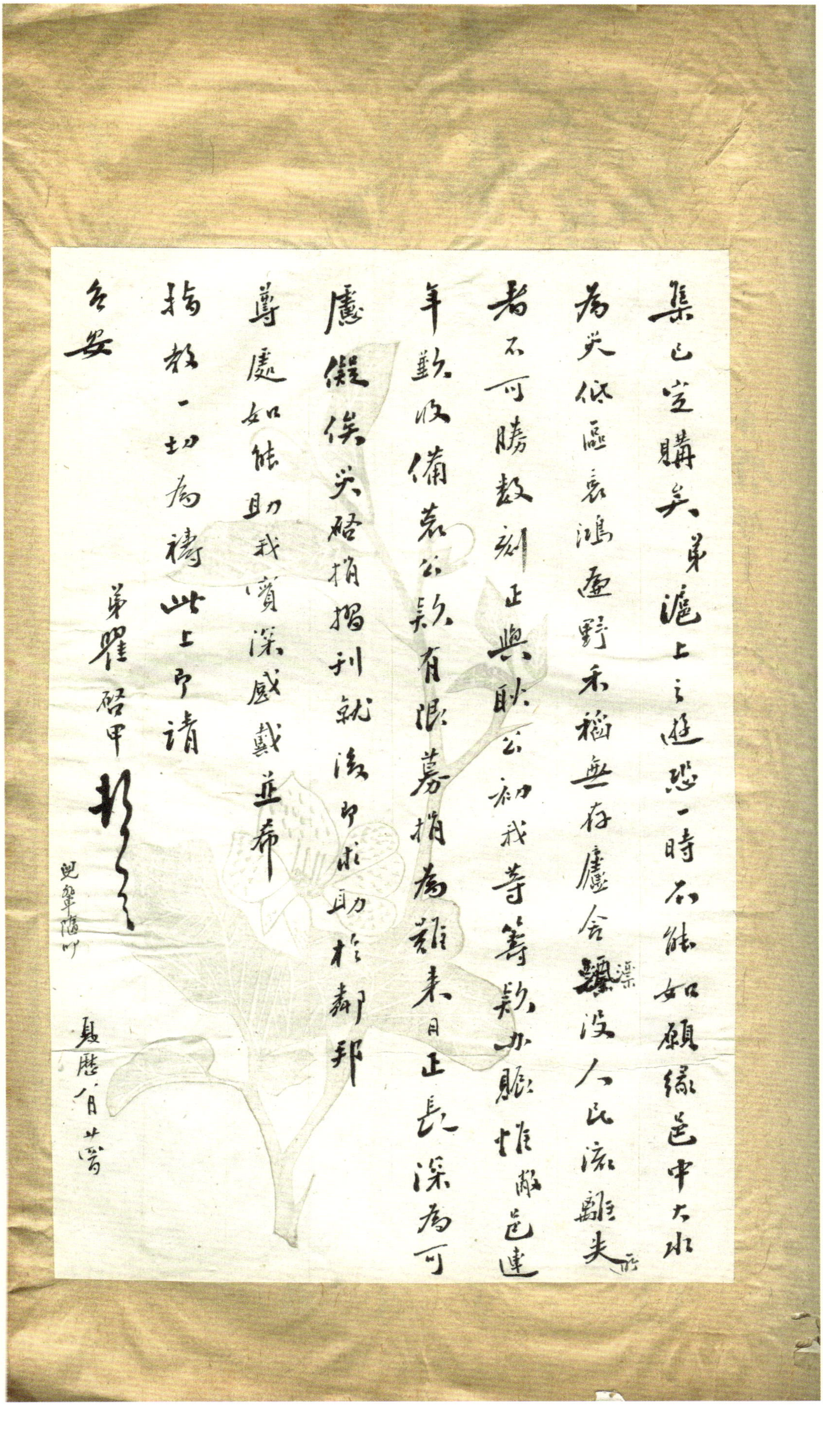
集已定購矣弟滬上之遊恐一時不能如願縣邑中大水
爲災低區哀鴻遍野禾稻無存廬舍漂沒人民流離失所
者不可勝數刻正與耿公初我等籌款辦振敝邑連
年歉收備荒公款有限募捐爲難來日正長深爲可
慮擬俟災啓捐摺刊就後即求助於鄰邦
尊處如能助我實深感戴並希
指教一切爲禱此上即請
台安
弟瞿啓甲頓首
兒輩隨叩
夏歷八月廿四

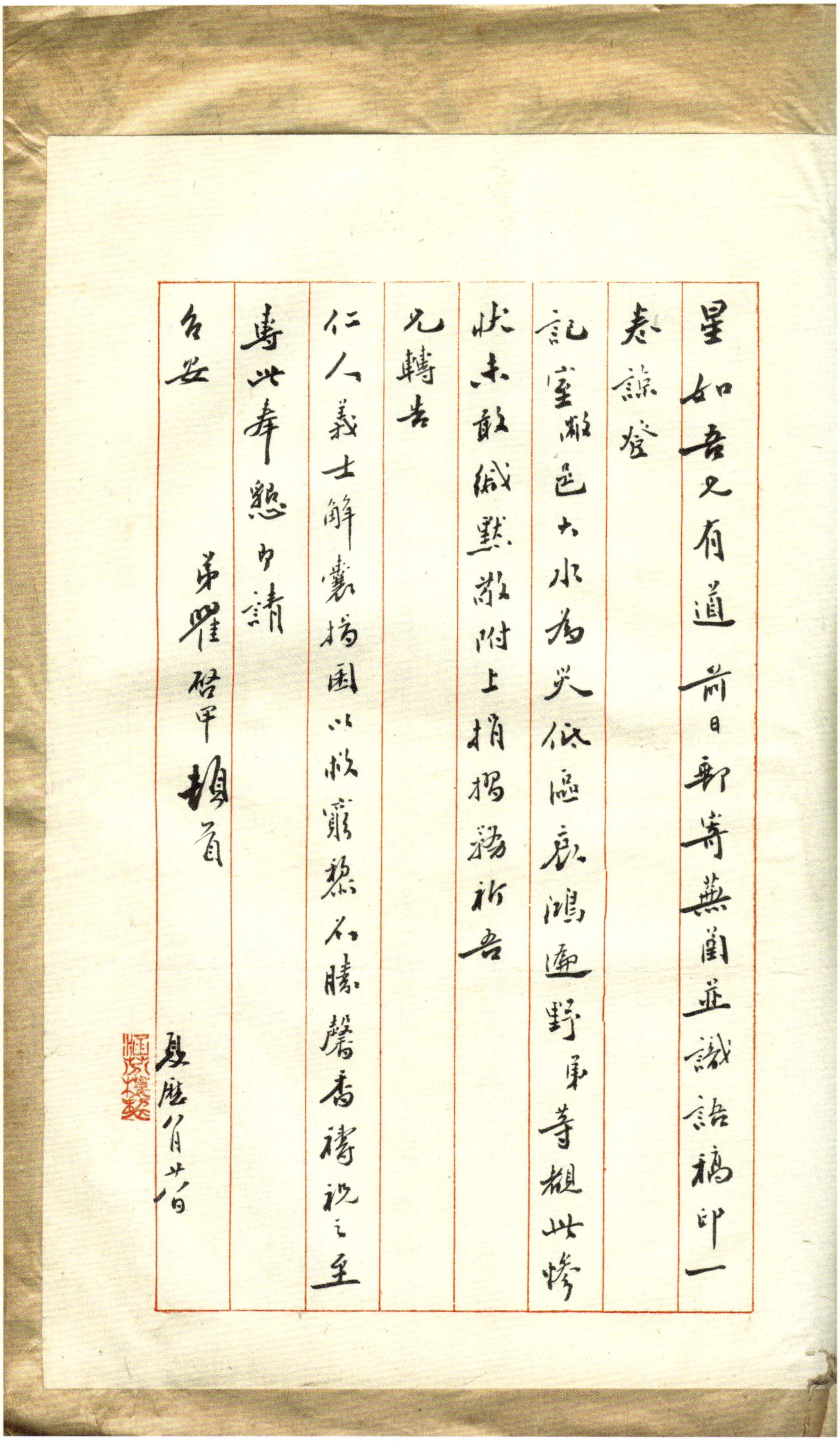

星如吾兄有道 前日郵寄燕蘭並識語稿即一
奉諒登
記室敝邑大水為災低區哀鴻遍野弟等覩此慘
狀未敢緘默敬附上捐揭務祈吾
兄轉告
仁人義士解囊相助以救窮黎不勝馨香禱祝之至
專此奉懇即請
台安
弟瞿啓甲頓首
夏歷月廿八日

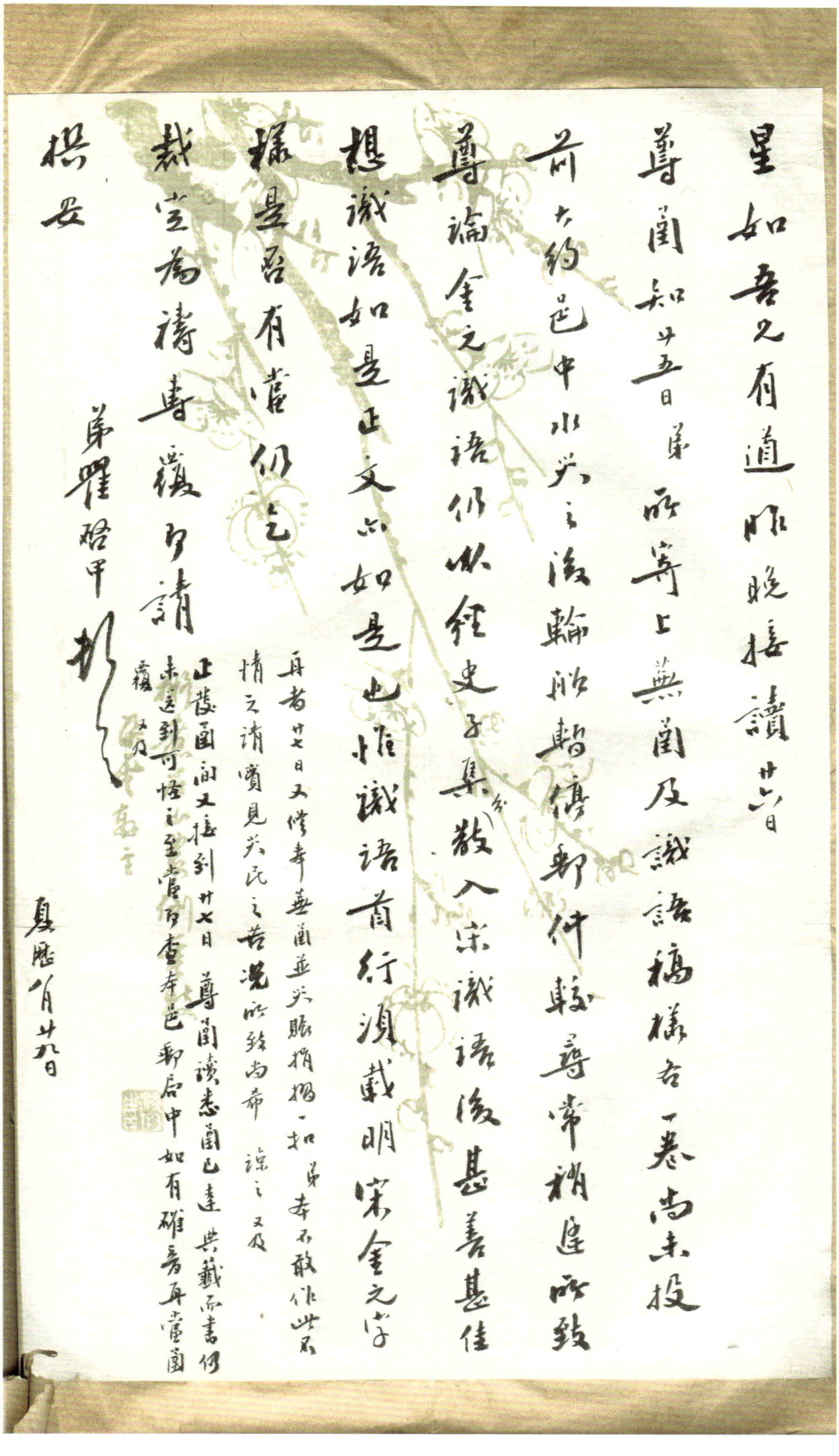

星如吾兄有道昨晚接讀廿六日
尊函知廿五日弟所寄上燕閩及讖語稿樣各一卷尚未投
前大約邑中水災之後輪船暫停郵件較尋常稍遲所致
尊論金之讖語仍以經史子集分敘入宋讖語後甚善甚佳
想讖語如是正文亦如是也惟讖語首行須載明宋金之字
樣是否有當仍乞
裁定爲禱專覆即請
撰安
弟瞿啓甲頓首
夏歷八月廿九日

再者廿七日又償奉燕閩並吳賑捐捐一扣弟本不敢作此不
情之請實見吳氏之苦況所致尚希 諒之 又及
正發函間又接到廿七日 尊函讀悉閩已達 其藏而書何
未送到可怪之至當可查本邑郵局中如有確音再奉聞
覆 又及

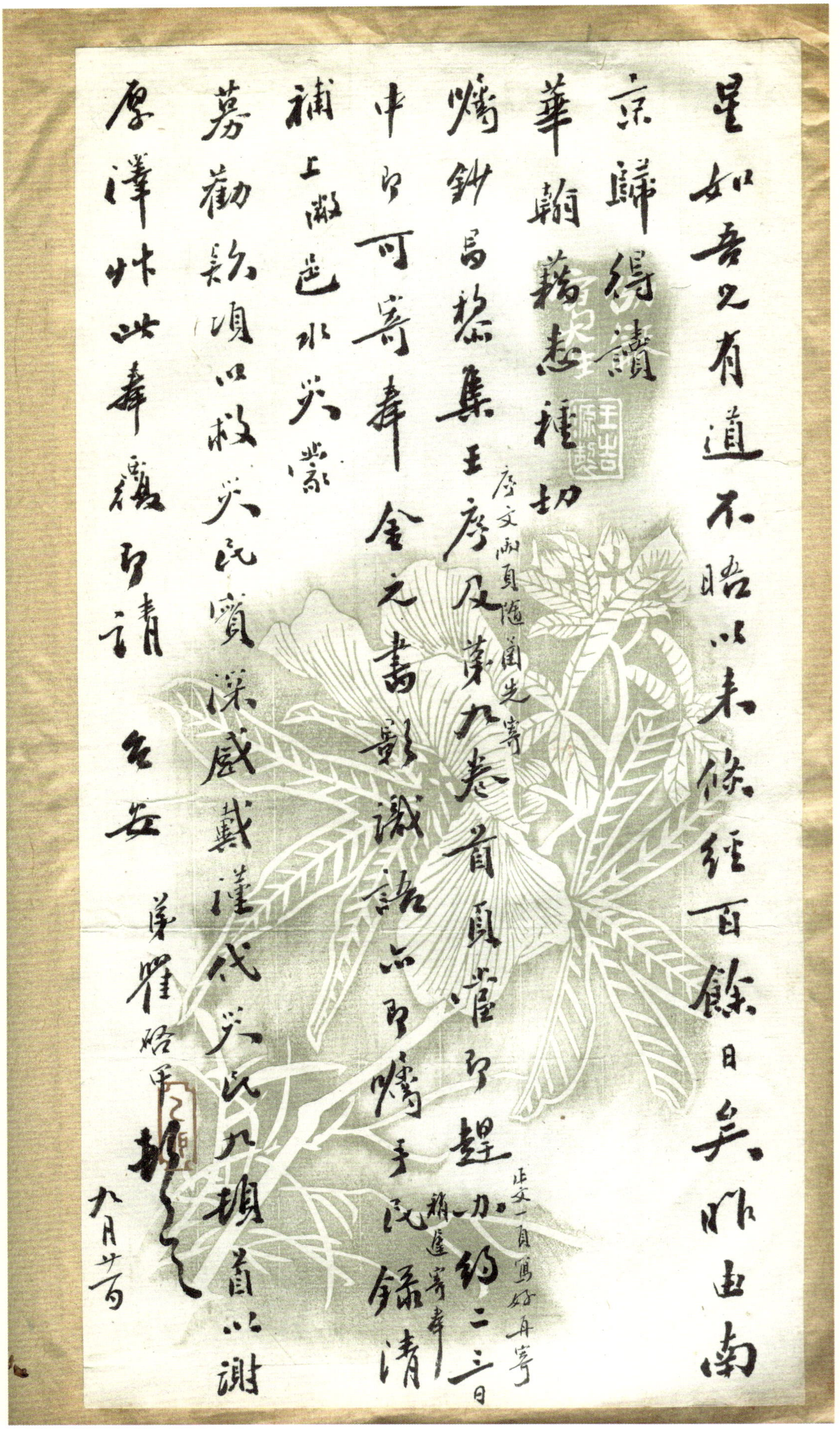

星如吾兄有道：不晤以來，條經百餘日矣。昨由南京歸，得讀華翰，藉悉種切。囑鈔昌黎集王序及第九卷首頁，當即趕辦，約二三日中即可寄奉。（序文兩頁隨函先寄，正文一頁寫好再寄。）全之書影識語亦即囑手民錄清（稍遲寄奉）補上。敝邑水災，蒙募勸款項以救災民，賓深感戴，謹代災民九頓首以謝厚澤。特此奉覆，即請台安。

弟瞿頓首

九月廿日

星如仁兄有道：夏歷二十日奉復蕪函，並爲黎先生集王序文郵寄上，諒登記室。承募捐灤邑水災賑款洋叁拾元，並捐揭一扣收據，由君宏兄交來，心感之至。一俟彙繳賑處，收得收據，再當函寄爲黎外集第九卷前頁已好，茲遞寄上，乞檢收爲禱。此上，即請台安。

弟瞿啓甲拜
夏歷九月廿三日

全文書影識語已交宜生重錄，須稍遲時日寄奉。又及

王吉源製

星如吾兄有道：昨讀二十、廿三日

尊函，悉前代鈔昌黎集王序兩頁已呈

典籤，排正文第四頁誤為第一頁，今已補鈔矣。王序下第六

頁係諸家姓氏表，第七頁為李漢序，諸家姓氏表亦補鈔一併遞

閱，附呈，統希

核納。識語草稿已寄

拍到，可免重鈔，欲懸懸之至。此覆，即請

撰安

弟瞿啓甲頓首

夏歷九月廿七日

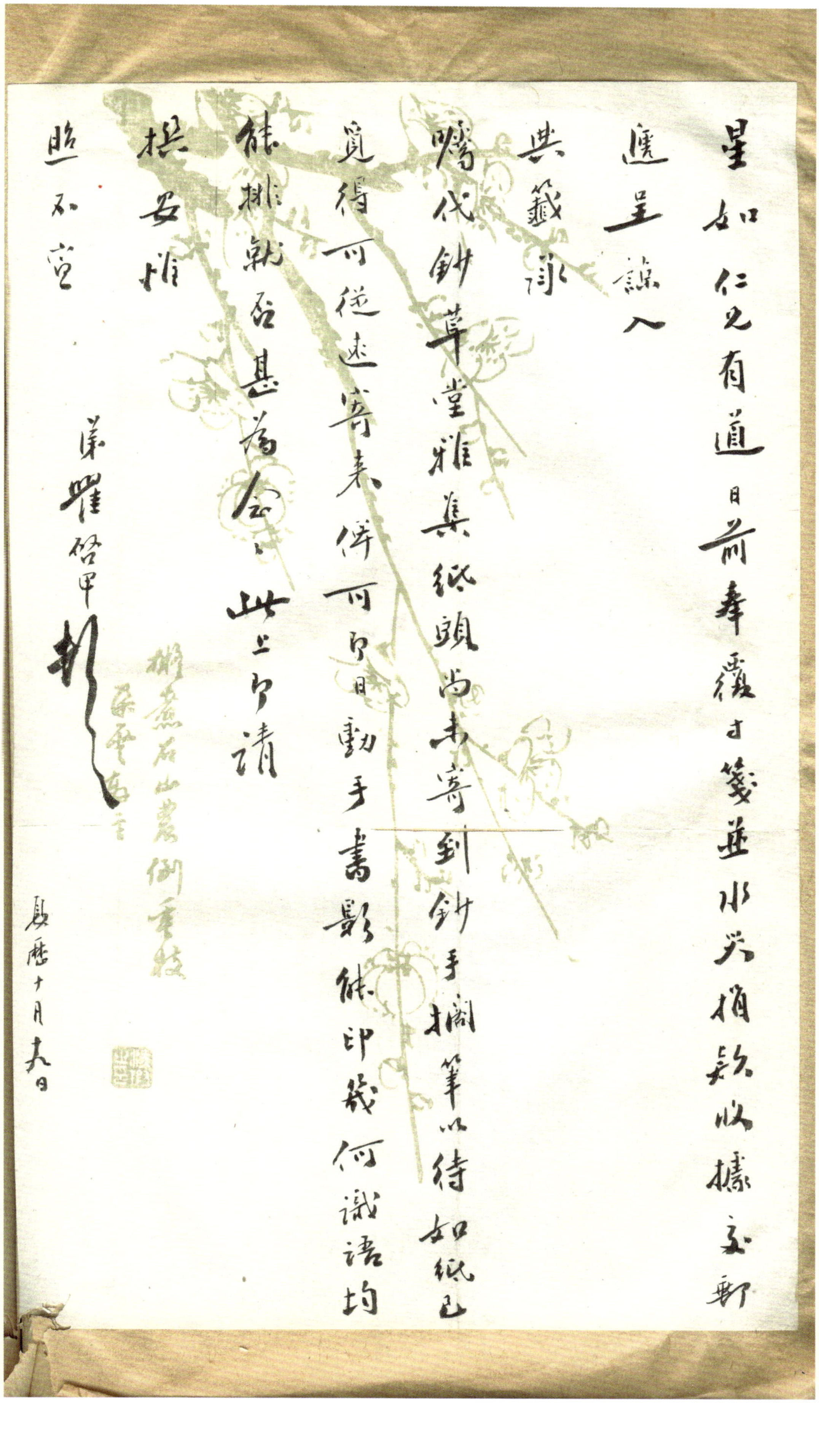
星如仁兄有道 日前奉覆寸箋並水先楫款收據交郵遞呈 諒入
典籤 詠
囑代鈔草堂雅集卷頭尚未寄到 鈔手擱筆以待 如紙已覓得 可從速寄來 俾可即日動手 書影能印幾何 識語均能排就否 甚爲念念 此上 即請
撰安 惟
照不宣
弟瞿啓甲拜
夏歷十月廿日

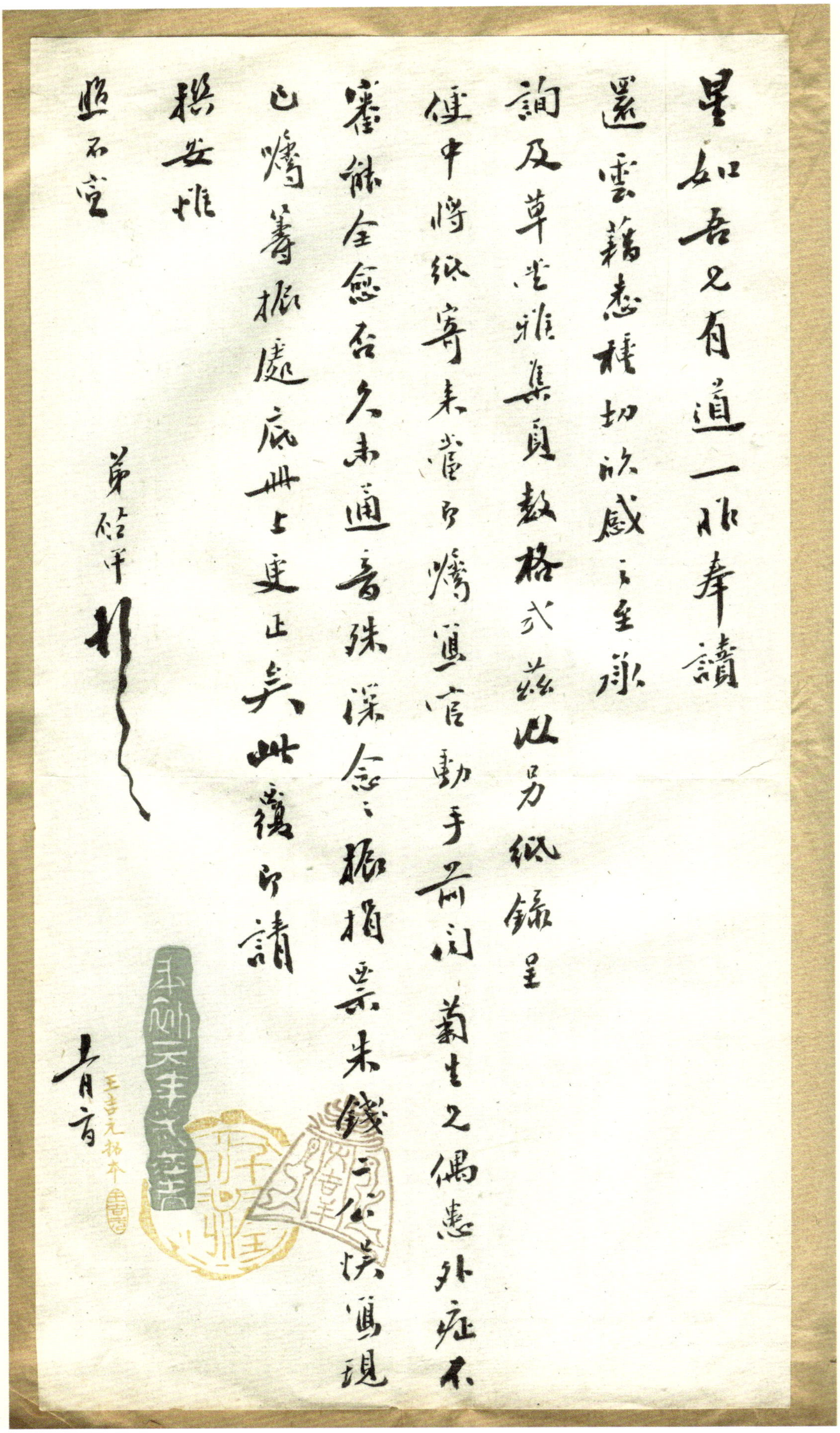

星如吾兄有道一昨奉讀
還雲藉悉種切欣感之至承
詢及草堂雅集負數格式茲以另紙錄呈
使中將紙寄來當即囑真官動手前聞菊生之偶患外症不
審能全愈否久未通音殊深念念振楣票朱錢已交候璜
已囑籌振處底冊上更正矣此復即請
撰安惟
照不宣
弟培甲頓
十月言

春秋經傳集解 宋刊元印 有王存銘跋 廿八本 一千元

爾雅 郭注 明刊 一本 八十元

揚子法言 元刊 有蔣楊孫諸朱記 婦起 二本 四百元 備留

五代史 元刊 鈔配三本 十二本 五百元

重刻楚辭 明刊 有辨證後語 四本 八十元 擬留

古文苑 明精刊 大三集與元本不[illegible] 四本 八十元 擬 [illegible]之 可否

李太白集 元刊 分類補注 十二本 五百元

經史證類本草太觀 三朝本 鈔配壹本 廿六本 四百元 備留

資治通鑑 宋號小本 二本 三百元

史記詳節 元刊 四本 卅元

駱賓王集 明刊 四本 卅元

山居小玩 汲古閣刊本 四本 [illegible]千元 備云有人要

山居小玩 本和祥印 [illegible]

備要付[illegible]本草 其價可議也 [illegible]

道[illegible] 未留

千 [illegible]

按云價亦可商

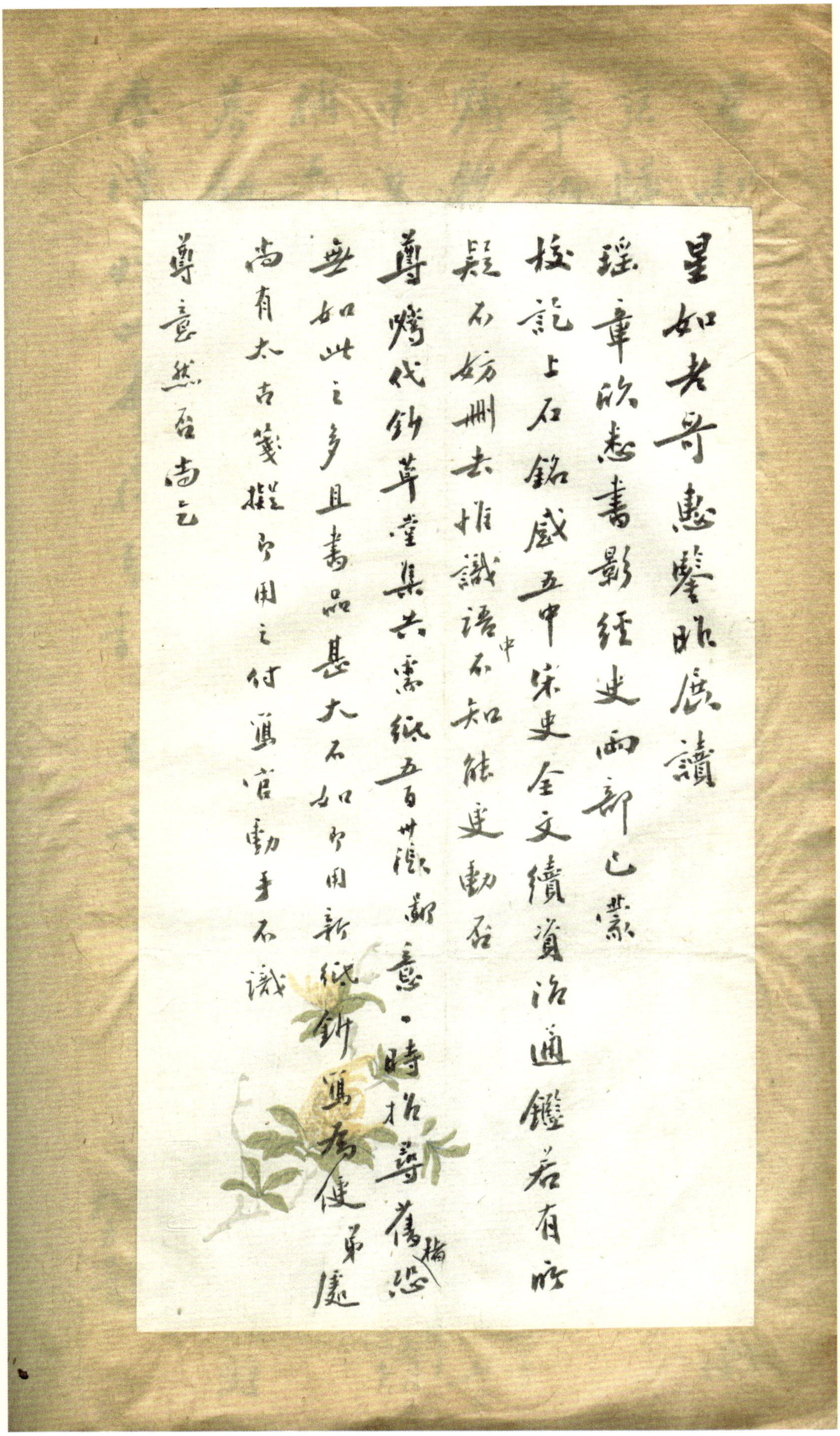

星如老哥惠鑒昨展讀
瑶章欣悉書影經史兩部已蒙
校訖上石銘感五中宋史全文續資治通鑑若有所
疑不妨删去批識語中不知能更動否
尊囑代釘草堂集共需紙五百卅張鄙意一時指尋舊揣恐
無如此之多且書品甚大不如即用新紙釘湧為便弟處
尚有太古箋擬即用之付湧官動手不識
尊意然否尚乞

伍中告我耿公於日前來滬所記帶呈草堂雅集格式

單諒已達

覽矣專此奉覆即請

撰安

弟瞿啓甲頓首

見作筆隨叩

夏歷十二月十二日燈下

尊館前云來續印照書籍一事是否於明春實行應照之書

已定否　又及

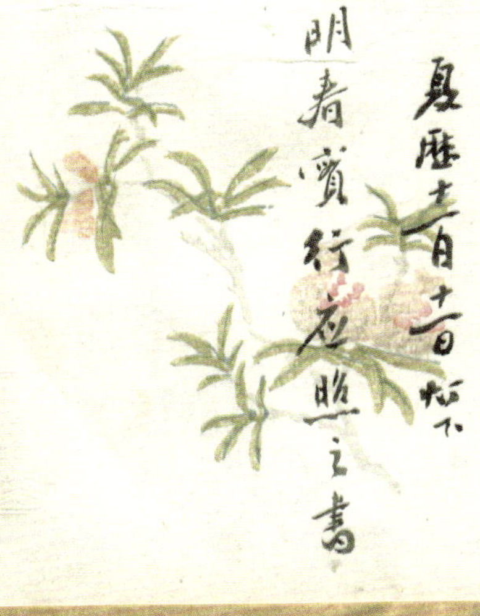

星如吾兄有道：昨奉讀
惠書，悉所鈔昌黎集已登
記室。前承
代募水災捐款，業經彙繳籌賑處，不獨災民受
惠無涯，即同人等亦深感佩。茲收到收據念張，隨
函奉上。惟捐摺上原書姓名偶有難認之處，收據
照填，恐有誤也。務祈
檢收一查，如有誤處，乞即

示知以便他日彙刻徵信錄時更正或可將所悮改據寄來者爲更正亦可弟初八日來滬至馮夢老處爲災民請賑次日即返珂里匆匆未能趨晤塵教爲歉耿公想時晤否專此上達即請台安惟照不宣

弟瞿啓甲頓首

夏曆十一月十二日燈下

姑蘇同泰生製

星如老哥大人閣下日前函奉
諭言藉悉種切並承
惠信箋郵筒日記冊等拜領之餘益深感愧書影辦法
三項已與耿初二公討論至再均以為
尊論盡善盡美謹當遵辦至文苑英華纂要懸一頁
俟有妥便即當寄奉敝藏書目最初印者早已告罄
而第二批所印者尚有幾部却較近年所印者稍精然
中間已有損板矣茲另交郵奉贈一部之

姑蘇同泰生製

啞存之四部叢刊第四期聞已出書中間敝藏本有七種之多，頗思早覩爲快。貴館所贈弟處第四期未蒙頒到，祈轉告叢書處爲幸。弟切盼雅愛，故敢直陳，力罪是禱。敝藏原有宋本鄧析子，因散於紅羊時，故未列入書。此奉覆，並鳴謝，不盡，即請年安。

菊生兄處爲候，不另。

小弟瞿啓甲頓首

兒輩隨叩

夏曆十一月廿四燈下

姑蘇同泰生製

星如老哥有道：舊歲底接讀

惠書，藉悉種切。適因年務冗集，且加本鄉賑務，未能

修箋奉覆，為歉。遂維

獻歲以來

諸多福吉為頌。書影中金本分列宋本之後，甚善甚佳。

《松雪齋集》如有疑異，不妨亦為抽去，排所抽各書識語

中亦須刪去也。承吾

哥校勘精詳，俾成盡善盡美之書，實深感戴。應補照、

各書擬近日到城交郵寄奉。敝處瀕鄉若旱災況，絶食
待斃者竟達六百餘口之多。經弟亟出勸募，集成五百
餘千，棉衣五百件，偕兒輩分赴各村按户發給，幸免無事。
年關安度，春日止長，雖籌辦工振，然爲數甚微，不知
將來如何了局。知
念，合此附達，謹覆，即請
春安，並賀
新禧。

小弟瞿啓甲頓首
兒輩隨叩

舊歷元月立春日

星如老哥有道 廿九卅日疊接
惠書適鄉間叢民聚衆日夜滋事未能即答為歉承
示補照各書業經檢出容有妥便即當寄奉大學衍義紙色淡黄
經查全書似係元明雜配擬近日携城與敢公研究本草等書由
閣下從中說合感甚感甚
購鈔周易經義已交通官動手大約舊曆年終可以告成惟中間
稍有不清明處則得暫付缺如四部叢刊第四期已紫
領到感謝不盡吾

哥等費數年之精力搜羅中外舊藏彙成大部俾弟安受其成能不鐫銘肺腑近日此間農民聚衆滋事經縣中拘拿首要從此安靜知系
錦念合此附達即請
提安並遥賀
新禧

小弟瞿啓甲拜

見華隨叩

鈔周易經義版已收到 又及

星如老哥有道：昨午接展

遠雲，藉悉種切。揚史之書，沈老既能增至四百三十元，好在

較九折之數相差無多，不妨依此相讓。請老

哥妥爲办理。該款匯常，或由中國銀行或交通銀行

均可，悉聽

尊便。費

神之至，感何可言。俟日再當面叩。此復，即請

撰安

小弟瞿啓甲頓首

見背隨叩

三月十七日

玉吉源製

星如先生撰席：辱惠書，示及鮚埼亭外集校本，蔡中郎集宗文堂
萩風故物尚存於肆，未審直多若干耳。承示過寧屢留三日，一至圖
書館勘得嘉業堂所抄校本蔡集，即自館中所藏羅鏡泉校本迻
录。歸家未浹旬，即值省垣兵變，敝宅處城西北隅，幸未罹劫。鑒於時
局亂方未艾，鄂處天下之中，為南北所必爭，當局不能保境衛民，於茲事變
已可概見，遂不得不在漢口租界覓屋，為移家之計。月來收拾圖籍，屏當家
具，致無暇授录為念，兼疏稽候，甚罪。茲將校畢元鈔冷齋夜話先寄
呈，乞代還之。

菊老前已車詢談書之惠滕寫知予從沈韻刊本買予新書缺三四二卷
奉贈以藝風藏書記中有此本以歸
鄴架可銃近景補得成完書也前在東瀛所得書以苗先林虞手稿
本說文聲讀攷為最書凡八冊如
貴館能付景印當勝墨版書之惟原書行字甚密未能縮景入口字同声類表
涵芬樓秘笈宜列印單行者
菊老有意付印當以原書郵呈無差即候
著安不宣　菊老弟來函亟叩乞致拳拳
弟徐恕頓首　六月十二日

星如先生大鑒：近兩奉　來翰，審校本詩、山外集已歸
鄴架，它日少閒，當移書相假。桐城蕭敬孚文稿有嚴評全集跋
二篇，恕遞中適有蕭集稿本，便當奉貽也。
陋存莠寄殘知海本新於當世藝風藏書記卷二載有此本，亦流入書肆，
故當轉贈可就近借錄成完書也。蔡集徐刻第九卷第二頁左半板
模糊，疑藝風所藏或是初印，故向陳氏索閱。尊友藏本是否字無不
可辨，謹由郵局寄繳也。答入承作介并詢，敬候
起居不宣　十月二十六日　徐恕頓首上

宗舜年（一八六五—一九三三）

字子戴，一作子岱，號耿吾。江蘇上元人，源瀚子，隨父寓居常熟。清光緒十四年（一八八八）舉人，後屢試不第。曾官金華知府，遊張之洞、端方幕。『南歸後，以金石書畫自娛，晨夕考訂，樂而忘倦。』金壇馮煦主東南義賑，亦參與其中十餘年，并參與修撰《江蘇通志稿》。一九二三年接任常熟圖書館館長。撰有《爾雅注》《耿吾剩稿》《金陵藝文志》。藏書處曰咫園、野緑軒、心遠樓等。

宗舜年致孫毓修先生信凡廿四通，通信時間約爲一九一九年十一月至一九二二年三四月。宗舜年既爲《四部叢刊》出借善本藏書，亦是商務印書館向鐵琴銅劍樓商借影印《四部叢刊》所需秘笈的擔保人，因而書札中多次出現由其從中説項事。

一

心如先生有道：

月前傔從來虞，獲親麈論，以匆匆有聖湖之行，不及稍盡東道之誼，至爲悵結。兩奉手札，具見拳拳之雅，感不去懷。舜年由杭而扈，稍有勾當，行李紆回，昨始還舍。賜讀《叢刊目》至幸，淺見咫聞，不足副公垂問盛意。海上晤徐積餘觀詧，頗以經部不用注疏爲疑，殆因篇幅過鉅耳。陳立炎[1]得嘉定書[2]，聞善本無多，公已見之否？舜下月仍須來滬，冀得一見顏色。復頌著安。

[1] 陳立炎，名琰，浙江杭州人，一説海寧人。原爲六藝書局店主，民國初期與陳乃乾在上海福州路開設古書流通處，嘗印行《章氏叢書》《知不足齋叢書》《崔東壁遺書》《楝亭十二種》《南宋六十家小集》《百一廬金石叢書》《歷代鐘鼎彝器款識》《九宫大成南北詞曲宫譜》等書。亦收購江南藏家散出珍籍，繆荃孫歿後，其書亦爲其『以三萬金捆載入市』（傅增湘跋語）。

[2] 傅增湘《北宋本范文正公文集跋》中有『此嘉定廖氏藏書，爲陳立炎捆載北來，特留此相示。惜缺首册，攜來者爲十五、十六兩卷，故衹記大略，未能詳盡也，己未歲（一九一九年）以千二百金收得』，可知宗氏所言大概。『嘉定廖氏』即指晚清官至浙江巡撫的廖壽豐（字穀似，一八三六—一九〇一）和官至禮部尚書、軍機大臣的廖壽恒（字仲山，一八三九—一九〇三）兄弟，廖氏一族前後六人爲進士。

弟功宗舜年頓首。九月廿六日。

菊生①先生以新印宋人説部②全份見賜，喜出意外，乞晤時多多致謝。

二

心如、叔遠③先生均鑒：

敬有瀆者，馮蒿盦④先生交來劉君履歷一紙，據云此項打字學生尊館可以收用，屬爲推薦。是否確實，能否量予甄録，敬求賜復，以便轉達蒿丈。瑣瀆感極，敬請著安。功宗舜年拜上。初七日。

再，弟即日還虞，賜復求寄常熟爲幸。聞章式之兄⑤已將就尊館事，確否，亦求示及。

附履歷便條：

劉蔚，號仲堅，直隸高陽縣人，年十七歲。民國五年畢業於上海湖州旅滬公學初等級，八年入上海因宜打字學社，十二月畢業。

①張元濟（一八六七—一九五九），字筱齋，號菊生，又作鞠生，室名涉園。浙江海鹽人。光緒十八年進士，選翰林院庶吉士，官總理各國事務衙門章京，因參與變法活動而遭革職。光緒二十七年入商務印書館，歷任編譯所所長、經理、監理、董事長等職。解放後爲上海市文史館館長。近代出版家、校勘家和文獻學家。

②應指商務印書館出版的《宋人筆記叢刊》，共二十八種。

③方毅（一八七六—一九五四），字叔遠。江蘇武進人。履籛曾孫、趙烈文外孫。一八九八年入江陰南菁書院。嘗追隨馬相伯爲南京方言學堂教務長。一九一〇年入商務印書館編譯所，主編《新字典》《辭源》等，曾擔任國文字典委員會主任。

④馮煦（一八四三—一九二七），字夢華，一字孟華，號蒿盦。江蘇金壇人。少好詞賦，有『江南才子』之稱。清光緒十二年探花，授編修，歷官知府、巡撫。民國後被任命督辦江淮賑務，爲義賑協會創始人。受聘纂修《江南通志》，任參政院參政。善詩詞駢文，尤以詞名，工書法。

⑤章鈺（一八六五—一九三七），字式之，別署堅孟、霜根學人等，室名四當齋。江蘇長洲人。清光緒十五年舉人，後問業俞曲園先生。光緒二十九年進士，嘗入兩江總督幕府，外務部一等秘書兼京師圖書館編修。辛亥革命後定居天津。爲清末民初文獻學家、藏書家，儲書萬册。著有《四當齋集》《錢遵王讀書敏求記校正》《胡刻通鑑正文校字記》等，世稱校勘精審。

三

再，去年冬杪有書懇公與叔遠，位置一打字學生劉姓，曾蒙許爲記名，此事爲馮蒿盦丈所托。今年蒿丈到此又屬弟致聲菊翁并求提前派用，（據云其人孤寒無歸，可閔）。弟屢晤菊翁，竟忘之。昨蒿丈詢及，猝無以對，可否求公得便一詢菊公，同深感泐（如礙難破例提前，亦求賜復，以便轉眎蒿翁，瑣瀆感甚）。蒿丈云近年與菊翁契濶，未便徑通竿牘，昔在許恭慎①處屢接風采，并屬致慕云云。再叩著祺。弟舜又啓。

張元濟批注：孫星如先生，本館新機器即日又可製成一二十架，當有用處，但如何資格未詳，乞詳示，當交印刷所。濟。

四

日昨暢領教言，欣感無極。馮蒿叟談及劉生事，弟以執事體愛寒畯之意告之，蒿翁至爲感激，屬多多致謝。渠有致菊翁一書交弟轉送，即求吾兄得便面致。蒿叟之意以菊翁處加一函托，則執事更易爲力，一切仍重賴玉成也。弟即擬還虞，恕不走别。敬請星如先生道安。弟舜年頓首。廿八。

傔從過虞，務求賜示。

五

星如先生有道：

五月奉賜札，當即轉寄馮蒿叟，以病暑兼發心忡舊恙，遲遲未復，至爲歉疚。昨又拜惠椾，敬悉。劉生大抵經驗太淺，有負埏植，仍即轉致蒿翁矣。溽暑初退，維起居健勝。前惠《叢刊》全目，研究經時，深媿寒舍所藏太儉太陋，間有一二可備采用者，尊處已先得之。

①許庚身（一八二五—一八九三），字星叔，號吉珊。浙江仁和人。同治元年進士。任鴻臚寺少卿、方略館提調兼總纂、内閣侍讀學士、江蘇學政。光緒間官兵部尚書，值軍機三十年，爲晚清重臣。謚恭慎。

惟《鐵厓樂府》一種，尊目注『擬用明本』四字，不知近已確定否？敝藏十六卷本即蕘翁[①]舊藏（見《題跋》），極初印，間有鈔補及蛀痕，或尚無礙，俟慊從來虞當以奉政[②]。此書《士禮居題跋》標題『元至正本』，實則洪武刻也，此外竟無可貢獻。《望溪集》尊目用王、程原刻本，世行王、程輯本篇數多寡不一，咸豐間戴存莊（鈞衡）重刻全集，以所見程崟原輯最足本（三百八十四首），分卷排次定爲《正集》十八卷，而以程刻外搜輯所得别爲《集外文》十卷、《集外文補遺》二卷、《年譜》二卷，方集得此是爲大全，尊藏當有其書[③]。又《茗柯文編》，尊目注原刻本五卷，按敝藏嘉慶十三年阮文達刻本似即原刊，爲初、二、三、四四編，非五卷。又道光間仁和陳善續刻《補編》《外編》等四卷（與原刻版式同），不知可采用否[④]？蹄涔之積無補於滄海，聊盡微意而已。第一期書録中《釋名》明翻宋本[⑤]，君閎[⑥]所藏即江南圖書館本，以校尊刻解題似多譌字，宜一核原書。并以奉聞。金風薦爽，亟盼展齒早臨，踐看山之約。良士[⑦]書影專取宋刊，聞已百六十餘種，曾見勞季言批《恬裕齋書目》[⑧]，於所標題『宋本』屢有微詞。良士或不免朱十貪多之意，同人亦頗望公來一爲甄録也。拉雜布臆，不覺累幅，敬請道安。弟舜年頓首。七月三日。

菊翁及叔遠兄處均乞道候。

《叢刊》銷路必王，連史尚餘若干，乞便示。

---

①黄丕烈（一七六三—一八二五），清著名藏書家、目録學家、校勘家。字紹武，號蕘圃，紹圃，又號復翁、佞宋主人等。江蘇吴縣（今蘇州）人。乾隆五十三年舉人，官主事，後辭官專一治學和藏書。刻有《士禮居叢書》等。

②按《四部叢刊》後仍用瞿氏明成化刻本。

③按《四部叢刊》後用涵芬樓藏戴氏刊本。

④按《補編》《外編》皆采用宗氏藏本。

⑤此爲商務印書館影印明嘉靖翻宋本。確如宗氏所言，此本缺論較多，顧廣圻曾作《釋名略例》來專門校訂。

⑥趙寬（一八六三—一九三九），字君閎，一作君宏，號止扉、止非，又號傳侯。江蘇陽湖人。趙烈文次子，隨父寓居常熟。曾入端方幕。爲藏書家、金石家，藏書處曰『小脈望館』。

⑦瞿啓甲（一八七三—一九四〇），字良士，别號鐵琴道人。江蘇常熟人。著名藏書家。清代著名藏書樓鐵琴銅劍樓第四代主人。

⑧勞格（一八一九—一八六四），字季言。浙江仁和人。學者、藏書家。淡於仕途，與兄勞權專攻群經諸史，有『二勞』之稱。所讀各書，必於書中密行細字，引證精博。有藏書樓『丹鉛精舍』『學林堂』，儲書富於一時。嘗見二〇〇〇年嘉德秋拍有《恬裕齋藏書目》抄本十二册，爲蘇州古籍書店提供，上有勞格批校、周星詒、葉景葵題跋。另常熟藏書家丁國鈞也據丁丙善本書室抄本過録并手校於勞格之後，宗氏之所見或爲丁氏抄本。

六

病中昏憒，駕臨爲盛僕所阻，皇悚萬分（閎老大約二十外須來，附聞）。《鐵厓樂府》四册、《釋名》一册、《茗柯文》正續等五册，（專足送上），祈查收示復。《樂府》及閎老之書能於月杪月初見還，俾得攜歸，尤感。《茗柯文》如須付印，不妨緩擲也。弟心忡失眠，顛頓萬狀，即日赴湖上養疴，月杪歸來再圖晤教，乞恕荒率。此上星如先生著席。弟舜年頓首。八月十一。

七

示悉。又勞使者，皆弟不善布置，病中昏憒之咎也。頃已專人送書，想鑒入矣。復上心翁先生、貴上先生。弟舜頓首。十一。

八

心如先生道席：

到申後稍有人事之擾，賤恙復作，往往通夕不寐，致未能走談，悵悵。悵悵。承賜藏目，爲向所未知，感謝。感謝。《樂府》收到。此間空氣頗不宜於病夫，日内即歸，公尚能遊虞否？專謝，敬請著安。叔遠乞致念。弟舜頓首。十七。

九

心如先生著席：

兩過海上，以孱體畏遠道，竟未能一接塵譚，真有咫尺天涯之感。臨行留一椾，想鑒及。昨晤良士，知《恬裕齋書景》[①]已付印，其意欲印五百部，以二百部收回送人，三百部仍寄存貴館代爲發售，倘貴館欲於五百部之外附印若干，亦無不可等語。渠以此意尚未詳

①即《鐵琴銅劍樓宋金元本書影》，瞿啓甲依楊守敬《留真譜》體例輯編影印，收録宋本一百六十種、金本四十種、元本一百零六種。丁祖蔭撰《識語》附於後。

達左右，屬下走代陳。尊意若何，即求酌復，以便轉致。此請道安。弟舜年頓首。十月一日。

十

星如先生有道：

兩奉手教敬悉。良士《書景》煥老①所論極正當，良士與丁初我②之意則以爲兼景蕘翁跋者，所以引起觀者興趣③（謂蕘跋雖家置一編，却非手跡）。至於解題，援寒雲④書景之例，用極簡單之説明，每種僅二三行，標舉何代所刻，兼載木記、藏印而已（初我以爲木記至重要，而良士所選各葉以清朗爲主，頗有漏景木記者，借此可以補其不備），并云可用密行擺印，占紙不多，譬之景印書畫，亦有説明。凡此，皆略參營業性質，購者即非真正行家，亦可據以參究。庶行銷較廣，而按之書品，亦未至遽傷雅道。兩君之意如此（解題乃初我撰），據以奉聞，乞更參訂。至寄售一節，良士云當遵照貴館普通寄售辦法。（良士昨赴鄉，十三、四必來城），去模胡數葉，容再轉致。敬請道安（邵批書目，弟買黄紙預約一部。先因久久不出書，在李子東⑤見白紙一部，遂與説定照預約買，既而李來書悔約，而黄紙者適至，遂還之，不知李已賣去否）。

舜頓首。十月十日。

① 葉德輝（一八六四—一九二七），字煥彬，號直山、郋園，室名雙楳景闇、雙梅影闇、觀古堂等。湖南長沙（一作湘潭）人，祖籍江蘇吴縣洞庭東山。光緒十八年進士，官吏部主事，後棄官回里，以著述、藏書爲事，所藏二十餘萬卷，爲著名藏書家、版本目録學家、經學家，通律法、小學、碑刻、占卜等，所著及刻校書凡百數十種。清末著文反對戊戌變法運動。民國間，曾任湖南教育會長。袁世凱稱帝，其組織籌安會請願勸進。曾避居蘇州四年，後因破壞農民運動而被鎮壓。

② 丁祖蔭（一八七一—一九三〇），原名祖德，字芝孫、之孫，號初我。江蘇常熟人。早年就讀於江陰南菁書院。爲縣首任民政長，一九一三年任吴江縣知縣。精校讎，藏書家、目録學家，得趙氏舊山樓和獨山莫氏銅井文房舊藏善本，室名緗素樓、密娱小閣，曾主編《女子世界》。所藏《也是園古今雜劇》奠定其藏書地位。

③ 從瞿啓甲初八日致孫毓修信可知，葉德輝來信建議《書影》不加黄跋，而瞿啓甲、宗舜年、丁祖蔭、趙寬四人相商後仍建議應加黄跋，以示『所刊之不僞』等，可見《書影》出版過程中多方皆一絲不苟也。

④ 袁克文（一八九〇—一九三一），字豹岑，别號抱存，後因收藏北宋王晋卿《西蜀寒雲圖》，遂以寒雲爲號。河南項城人，袁世凱次子。旅居滬上多年，爲收藏大家，金石書畫、郵票錢幣、古籍善本均蔚爲大觀。亦喜昆曲，生、旦、凈、丑皆能，而詩文、書畫又無所不精，製聯亦是高手，時有才子之譽。與張學良、張伯駒、溥侗人稱『民國四公子』，撰有《寒雲手寫所藏宋本提要廿九種》《古錢隨筆》《寒雲詞集》《寒雲詩集》《圭塘唱和詩》《寒雲書影》等。

⑤ 李紫東，河北衡水人，經營上海忠厚書莊。精通版本之學，與陳立炎、柳蓉春皆當時滬上著名書商。《張元濟日記》中有涵芬樓多次向其購書之事。

十一

星如先生大鑒：

前復書想入鑒。書景有極模胡處不得不抽去，已告良士，渠極贊成，惟云所抽何書仍乞開目見示，以便將解題一併撤去也。解題尚未完竣，由於撰者在城，書籍在鄉，印記等等一有疑問動須函詢（良士事多，往往不能立刻答復），頗周折耳。弟處適有遊客下榻，日前復有婁東之行，昨晚始返，奉復稍遲爲歉。此請著安。揚州何氏①書成交否？有异本否？弟舜頓首。廿日。

十二

星如先生著席：

前奉賜復，當即轉致芝蓀，碌碌未及續上箋繒爲罪。日昨抵滬，復有沙溪之行，竢回滬再趨教。閎老述尊意命寫《黄文獻集》格字，（每行字數漏記，不知《皕宋樓書跋》中有否）奉上一紙，乞鑒存。如不合式，請示知再畫。此請道安。弟舜年頓首。廿三。

十三

心如先生著席：

前晚奉賜札，承執事及菊生先生盛意，知下走藏有殘元本《黄金華集》②，慨然以近得卌一、卌二兩卷見畀，高誼深情，感悚萬狀。

① 何栻（一八一六—一八七二），字廉昉，號悔餘。江蘇江陰人。道光二十五年進士，嘗官知府，以疏放謫官，得曾國藩、李鴻章資助，寓居揚州經商。設湖心詩社，觴詠盡歡，擅駢文、賦及書法。築瓠園，藏書四萬卷，民國間售於商務印書館涵芬樓。著有《悔餘庵詩文稿》《悔餘庵集事楹聯》等。

② 《藝風堂友朋書札》「宗子岱致繆荃孫信函」有「敝藏元刻《金華黄先生集》殘本，係二十卷，由一至二十」。「元刻貢序原文實係四十三卷，初稿三卷，續稿四十卷也」，知宗氏所闕尚多。另孫毓修稿本《留庵編年書目》「丁巳，民國六年」條下録「《金華黄學士集》四十三卷十六册，影寫元槧足本」，不知孫氏日後有無提供宗氏代影抄補闕。

伏念公及菊公惠愛下走，倘許以所收原值見讓，當敬拜大惠。若竟損賜，鄙懷萬分不安，實難領受，務求婉達菊公，示以原直俾得敬繳，少安方寸，佇望皇恐。日來極思走謁，忽感熱而病，擬下星期一至貴所奉訪，籍領清誨。《四部叢目》一册領到，鄙藏寒陋已甚，容回虞審檢，或有一二小種足備甄録者即當奉聞。專謝，敬請道安。菊翁先生處求先代致鄙忱，容再專謝。弟舜年頓首。廿五。

十四

心如先生撰席：

月前到申即病，尚未能走謁，伏想枕葄勝常。秉衡[1]來書，屬代送《瓶廬詩》[2]一部，乞督收。聞涵芬樓中近日收庋愈富，得閒當詣公求介紹一觀。敬請道安。弟功舜年頓首。初六。

十五

再良云，尊意所欲《古文苑》[3]一種，價即遵命，惟沅老[4]處乞爲力，渠意九折，實已枯矣。弟又頓首。廿二日。

---

① 丁國鈞（一八五二—一九一九），字秉衡，廩生，室名荷香館。江蘇常熟人。清末時任儀徵縣訓導，宣統二年任職江蘇圖書館。師從黄以周、繆荃孫，長於版本、目録考證之學，藏書甚富。著有《荷香館瑣言》《晋書校證》《疑雨集注》《枕秘録存》等。

② 孫毓修稿本《留庵編年書目》『己未年』條下末尾録：『《瓶廬詩集》四册，常熟丁秉衡送。轉送章一山。』《瓶廬詩稿》八卷爲民國己未（一九一九）翁同龢後人及門人所刻，而丁國鈞亦逝於其年，故推斷此札當在一九一九年末至一九二〇年初，衹是孫氏粘貼成册在後。

③ 瞿氏所開售書賑災十二種書目中，《古文苑》下有旁注『孫要，留，五十元可否』字樣，知爲孫星如欲購。見瞿札。

④ 傅增湘（一八七二—一九四九），字沅叔、潤叔，號藏園居士，别署雙鑑樓主人。四川江安人。近代著名藏書家。嘗隨父宦遊江浙等地，光緒六年定居天津。二十四年中二甲第六名進士，選庶吉士，散館爲編修。曾任民國教育總長、故宫博物院圖書館館長等。著有《藏園群書題記》《藏園群書經眼録》等。

十六

星如先生鑒：

前日寄書，言沅叔所要三書[①]，已由良士取到城中，并述其全書大概，此函當已到。旋得來書并還書七種，照收。今日又得續書二，敬悉，即刻商之良士。渠意如能屬沅翁加五十元，合之《古文苑》爲八百成數較爲滿意[②]，乞轉商沅翁，或不靳此區區也。全書明日準雙掛號奉寄，寄到乞先復一明片尤妙。此請道安。弟舜年頓首。廿九晚。

《書目》收到，菊翁處乞先代道謝，即復。《茗柯補編》亦收到，并謝。

十七

星如先生：

兩得手教，敬悉（元大德本《白虎通》上海市上可售價若干？乞便示，有人托問也）。良士云前途既不肯加，祇可勉從，但請公函屬沅叔從速寄款爲幸[③]。《古文苑》執事能否姑以大衍收之[④]，徐圖博易，亦乞示及。《通鑑》請暫存，俟來取。敬頌著安。弟舜年頓首。初五。

十八

星如先生道鑒：

① 孫毓修稿本《辛酉壬戌日記》（私人藏）一九二一年十二月十二日記有『宗子岱來攜示宋元明本十二種，云瞿良士托以求售，得錢以賑常熟水灾。予示張菊生，菊生不願，惟傅沅叔留元本《揚子》、宋本《史記詳節》、金本《大觀本草》三種』。

② 傅增湘所購爲《揚子法言》《本草大觀》兩種，瞿氏報價各四百，傅氏還價七百，瞿氏希加五十連《古文苑》之五十湊成八百。

③ 從《歷史文獻》十三期『傅增湘致孫星如信札』及瞿札中可知，由於對《本草大觀》抄配過多不滿，傅氏最終棄此書，祇購《揚子法言》《史記詳節》并最終付款四百三十元。瞿、傅往函多次，頗有不快，宗、孫等人從中斡旋成功頗爲不易。

④《古文苑》先爲孫星如擬購，後傅增湘五十元願購，及至諸書價格難以談成而爲傅氏所棄，故宗氏有請星如先生仍以五十元之數將《古文苑》買下之請。參見《歷史文獻》十三期。孫氏稿本《留庵編年書目》『壬戌年』（一九二二年）條下録『《古文苑》廿一卷四册，明成化本，顧抱沖校，有藏印。一月九日從瞿良士買得』。

兩奉手札并《通鑑》一册，即日轉交良士矣。郵票承擲還，極爲媿悚。沅叔無書，祇好耐心候之，書在公處，良士極爲放心，不必急急寄還。《敏求記》弟祇有趙刻，吾友章式之校本最富，何不馳書詢之？芝孫言《書影》解題，祇須將抽出數葉之種頭寄下（乃減葉非徑删者），渠可將印記補入。《松雪集》無沈氏木記，明翻無疑，請徑删[①]。敬叩歲釐。弟舜頓首。廿八日。

十九

示敬悉。《玉篇篆書目》共八葉[②]，遵屬交來使賫回，請詧收。弟至遲十九早車赴蘇，不知能於十八晚見還否？如能十八還，乞以電話見告，弟即專候。目録前一小引已破損多字，恐難以意補綴，或竟去此一段耶？此書實是坊刻，博雅君子云云，尤是坊賈通套文字，引中文理亦陋，公謂何如？此上星翁先生。弟舜年頓首。十六。

君閎未來，良士不知已到家否？

二十

心如先生著席：

弟日前到申，稍假容走訪。敝寓轉到尊札第二通（即明片），已轉告良士矣，敬請道安。弟舜頓首。初九日。

再，弟還虞約在陰曆下旬，沅叔札子先繳上。

① 因《書影》祇録宋、金、元三朝，瞿啓甲一九二二年二月四日致孫毓修信亦言「《松雪齋集》如有疑异不妨亦爲抽去」。
② 按《四部叢刊》有《大廣益會玉篇三十卷附玉篇總目偏旁篆書之法一卷》，其中總目記爲「上元宗氏藏宋刊本」，附於建德周氏藏元刊本之後，并有孫毓修壬戌年九月識語專門介紹其書之珍稀。

二十一

昨示敬悉，書價卅元遵屬送上，即祈示復。弟即日還虞，良士尚無復，或由城鄉轉折所至，弟晤時問明即可奉復。敬上星如先生。

弟舜頓首。初十日。

式之所校《敏求記》如能由館印行，乃至美之事，幸力成之。

二十二

星如先生大鑒：

前奉賜書，以小病未能即畣爲罪。頃以送學生入校到滬，《玉篇》殘本攜在行篋，惟尊意似尚未能即付印，弟則八月杪必仍至申，倘此時能提前付印，弟即送上，以便八月杪來申時取回，媘郵寄之累。或此時實不能印，則八月杪到申再行奉致，亦復甚便。乞賜復，即趨前也。敬叩道安。弟舜頓首。十五日。

二十三

星如先生大鑒：

弟由滬而杭，復由杭而滬，長冷長雨，又時有瑣瑣，尚未及走訪，罪甚罪甚。良士書四包收到，明日返虞當爲帶去，月內尚須來申，必可一親塵論也。此請著安。弟舜年頓首。初十日。

芝孫處有《讀書敏求記》校本，屬告兄將已見諸校家開示，或有可附益者，當奉達云云。

二十四

昨電示敬悉。瞿書有須退還者，請公於陰曆廿五日下午準貳鐘（請包紮完固），徑送老閘橋常熟輪船，交明弟處所包艙中僕人葉德卿手收。弟當預給收片爲據也。此上星如先生。弟舜頓首。廿三日。

孫星如先生 商務印書館 編譯所[1]

附金鶴清[2]致宗子岱信

手示敬悉，《尚友堂集》[3]已售去矣。此覆即請子岱先生大安。晚金鶴清頓首。初十。

① 此句疑即預寫收片内容。

② 金鶴清，字敏君。常熟公立女子小學校校長（原常昭公立高等小學石梅西校，丁祖蔭曾爲校長）。此札原附宗舜年致孫毓修信貼册後。

③ 孫毓修稿本《留庵編年書目》『辛酉年』條下録『《尚友堂集》八卷四册，明刊本，十一月廿三日』。孫氏稿本《辛酉壬戌日記》一九二一年十一月廿二日記有：『張菊生爲予買得《尚友堂集》，明萬曆中無錫龔勉詩集也。』孫毓修逝世後，其夫人顧希昭編輯的《梁溪孫氏小緑天藏書目》稿本（私人藏）載有『《尚友堂詩集》，明刻本，八卷四册，錫山龔勉子勤著，此書罕見，星如有題識』，不知菊翁所購是否即是本。

徐乃昌（一八六九—一九四三）

字積餘，號隨盦、遂庵，晚號隨庵老人，室名小檀欒室、鄦齋、積學齋等。安徽南陵人。光緒十九年舉人，翁同龢門生，嘗官至江南鹽法道兼金陵關監督，曾兩渡東瀛。民國後寓居上海，曾出任《安徽通志》總纂。喜收藏金石、殷墟甲骨，尤其藏書頗富，多有稀見之刻本、鈔本。與夫人馬韵芬著書、刻書甚多。著有《隨盦吉金録》《小檀欒室鏡影》《安徽通志金石古物考稿》《積學齋叢書》《鄦齋叢書》《小檀欒室彙刻閨秀詞》等。

徐乃昌致孫毓修信凡四十八通（一九二〇年十月至一九二二年八月），所談皆爲《四部叢刊》出版事項，間有藏書委托影印，其中繆荃孫逝世後商務印書館委孫毓修通過徐乃昌爲中介，力争購藏藝風堂藏書一項，頗具史料價值。

一

心如先生大人譔席：

奉書敬悉。前乞拔公[①]代呈《六朝墓誌菁華》已蒙賜存，其二、三、四集俟有正交到即奉上也。《玉臺新詠》《于湖集》已承拔公之賜，并謝雅意。第一批《叢刻》中所行之宋本《豫章黄先生文集》八册、宋本《周易》二册亟須一讀，乞留意焉。敬請著安。乃昌頓首上。

七月初十日。

①李宣龔（一八七六—一九五三），字拔可，號觀槿，晚號墨巢，室名碩果亭。福建閩縣人。清光緒甲午舉人，官至江蘇候補知府。民國後長期供職上海商務印書館，曾任商務印書館經理，并兼發行所所長。近代詩人、收藏家。其藏書、書畫等均捐入合衆圖書館。著有《李宣龔詩文集》。

二

奉覆書，敬拜宋本《周易》《豫章文集》之賜，極感雅愛。向年集資縮印《涇川叢書》尚有存者，檢奉鄴架，乞惠存。敬請心如先生大人譔安。弟乃昌頓首上。十四日。

三

多日未晤，至念。奉示并承賜新印《大戴記》《南雷集》[①]二種，至爲感謝。聞《四部叢刊》二次出書已印齊，内有敝藏二種，倘館中有送書，再分貽我公也。日内再詣教，敬叩心如先生大人著安。乃昌頓首。十月廿日。

四

覆示讀悉。《六朝墓誌菁華》[②]有正贈品尚多，公再謙辭，益增慙恧。良士處昨已去函相商，亦以他書酬答，惟慮書少不敷分派（贈瞿書未知每種若干部，公有單可鈔示否）。函中敘明書交尊處或通知館中扣交也（此次所出瞿氏書凡七種，計《毛詩》《簡齋詩集》《李賀歌詩編》《甲乙集》《寒山詩》卷帙較少，若《管子》《司馬公文集》卷帙較多）。館中售書乃營業性質，菊生、拔可皆極至好，非至萬不得已時決不向無厭之求。此次出版之書，翰怡[③]、孟蘋[④]、子彬[⑤]等處可逕商量，惟館中自藏印出者如《資治通鑑目録》《考异》（第一期）、《世

① 此兩種書《四部叢刊》皆用無錫孫氏小緑天藏本影印。
② 《六朝墓誌菁華》民國九年（一九二〇）有正書局影印，是書凡四集，共四函十六册，據《徐乃昌日記》（國家圖書館出版社二〇一五年版，下同）此札當作於一九二〇年十月二十四日。
③ 劉承幹（一八八一—一九六三），字翰怡，號貞一。浙江吴興南潯人。家富，喜藏書刻書，江南十數家藏書家藏書大都流入劉氏嘉業堂藏書樓。前後刻有《嘉業堂叢書》《求恕齋叢書》《影宋四史》《舊五代史注》等，藏書後大都歸浙江圖書館。
④ 蔣汝藻（一八七七—一九五四），字孟蘋，號樂庵。浙江南潯人，後居滬上。光緒間舉人，曾任學部總務司郎中。民國間曾任浙江鹽政局長及鐵路公司董事長等職。吴興藏書世家，藏書處名傳書樓、密韵樓，藏書後大部分爲上海商務印書館收購。著有《説文解字校勘記》《求是齋雜著》《水經注碑目考》等。
⑤ 繆僧保（一八九三—？），字子彬，版本目録學家、藏書家繆荃孫子、禄保二弟。

説新語》《陶淵明集》《才調集》《花間集》（第二期），皆不可不待之書（卷帙較少）。欲向菊生索取，因尚無交換之品，故未啓齒。承愛命就近告公，敬敢略爲陳説也。《涵芬樓秘笈》一書館中是否停印，便乞示知。敬請心如先生大人大安。弟乃昌頓首。

《叢刊》中未得底本之書單中如敝處有者，當爲檢借。

五

昨奉《六朝墓誌》三集，想蒙檢入。貴館書贈品已收到（《潛研》二部，叔通[①]、拔可來函相索已分贈之），茲將《簡齋外集》奉貽左右，乞惠存。《潛研集》[②]尊藏定有原槧，當不重此印本也。良士處昨函虞山，商讓此次出版書，未知能否分贈也（贈書祇二部，恐不敷分派）？《四部叢刊》中尚有何書未得底本，便乞示悉。敬叩心如先生大人大安。弟乃昌頓首。

六

惠示敬悉，佳書六種奉到，爲之狂喜，感荷雅愛，實無既極。《堯峰文鈔》[③]敝藏尚不惡，茲檢呈六册，敬乞察定。瞿良士覆書未來。敬請心如先生大人著安。弟乃昌頓首。廿九。

七

頃接良士函，云館中贈書情形，原函奉閲，乞酌。良士贈敝處書悉賴館中再贈方可分得耳。孟蘋書來，其精本已先爲人取去。子壽[④]書來，

① 陳敬第（一八七六—一九六六），字叔通。浙江杭州人。光緒二十九年進士，翰林院編修。民國間嘗爲國務院秘書長等，後入商務印書館爲董事。著名民主人士，一九四九年後爲政協第一、二、三、四届全國委員會副主席、第一、二、三届全國人民代表大會常務委員會副委員長，全國工商聯第二、三届主席。

② 《潛研堂文集》五十卷《詩集》十卷《詩續集》十卷，《四部叢刊》用上海涵芬樓藏嘉慶丙寅刊本影印。

③ 《堯峰文鈔》四十卷，《四部叢刊》後用上海涵芬樓藏林佶寫刊本影印。

④ 繆禄保（一八八七—？），字子壽、子受，一字石渠，繆荃孫子。江南高等學堂預科畢業，貢生。曾任農工部主事，入民國爲稅務總局次長，後辭職閒居北京。

云未接到贈書，各函亦奉覽。累承分賜佳本，敬以拙刊《隨盦叢書》正續編奉正[1]，非敢云報也。敬請心如先生大人著安。乃昌頓首。初五。

翰怡南潯來書，應允將館中贈書見惠。

八

奉示，以《隨盦叢書》辱承過情之譽，慚愧慚愧。兹呈《隨盦勘書圖》卷，敬乞賜題，籍資光寵。星期日至慶祥里，遍詢尊居均未得悉，不遇悵惘，尚希賜示寓里中某號，再訪時不至不值也。敬請心如先生大人著安。弟乃昌頓首。十九。

九

昨領教，極珮，《勘書圖》蒙公賜題已脱稿，至爲忻慰。今將圖卷送呈，乞賜録，至感。敬請心如先生大人大安。弟乃昌頓首。十二。

十

心如先生大人賜鑒：

奉示并拜《嘉興藏目》[2]之賜，至感雅愛。選印四開書單閱畢，大有美不勝收之況，擬擇其切要者宋本《資治通鑑》（附《考异》《目録》）、宋本《文選》兩種附印一分，時置几案間，留涵芬樓精槧之紀念（假印雖有宋本，故不附印），未知已否開印？附印紙送上，能

①孫毓修稿本《留庵編年書目》「庚申年」條下録「《隨盦叢書初編》十二册《續編》十二册一匣，綿紅精印，十二月十四南陵徐積餘送」。可略知此札寫於一九二〇年十一月五日（陽曆十二月十四日）。

②孫氏稿本《留庵編年書目》「庚申年」條下録「《嘉興藏目》一册，北京刻經處棉紙印本，蔣竹莊爲我定印十部，計洋七元。自留三部，又贈瞿良士、宗子岱、李子東各一部，存四部」。稿本《辛酉壬戌日記》一九二一年二月廿六日記有「徐積餘、廉惠卿各送以棉紙印《嘉興書目》一册」。

搭配否（如可搭配，擬以羅紋紙附印）？并乞賜示。恃愛瑣瀆，無任悚惶。敬請大安。弟乃昌頓首。十七。

十一

環示讀悉。承允附印書，極感，惟《通鑑》既不抽印，《考异》《目録》兩書亦擬不附印。現除宋本《文選》仍求附印外，另擬一單乞代附印（葉數較《通鑑》所少甚多）。應用羅紋紙若干（四尺羅紋同四尺料半尺寸一律），候示即送上。《茅亭客話》當爲留意，如授經[1]、沅叔不欲購此書，即在書估手亦易設法也。敬請心如先生大人大安。弟乃昌頓首。十八夕。

十二

前函因雪阻未呈，又奉賜示，備悉種切。《騎省集》公既喜羅紋紙印本，俟印成即奉上鑒定。繆書恐書估不可得，公稟兩種容晤時勸商也。

再上心如先生。乃昌。廿三。

《勘書圖》蒙題就即求賜書卷中，至感（萬不敢先讀稿本）。[2]

十三

心如先生大人賜鑒：

奉示讀悉。先德遺墨因鄭重未敢造次落筆，今承函索，特先奉繳，稍遲當再録稿呈教。延緩之咎，惶恐無既。敬叩著安。弟乃昌頓首。

① 董康（一八六七—一九四七），原名壽金，字授經，號誦芬室主人。江蘇武進人。光緒十六年進士，歷任刑部主事、郎中等。留學日本，回國後先後任教於東吴大學、上海法科大學、北京大學，曾出任汪僞政府最高法院院長等。法學家、藏書家，於古劇、詞和版本目録學方面均有建樹。

② 按：《孫毓修親友手札》稿本（上海圖書館藏）記有孫氏與徐乃昌辛酉正月廿三日函（一九二一年三月二日）曰：『羅紋紙五刀已悉，此紙絶佳，不知何處可得，乞示。新雕《騎省集》擬以此紙搨一部，未知可否石印？……繆子受兄處有《小辨齋偶存》《顧雙溪集》二種，皆無錫人遺集，子受早許歸我，迄未送來。……命題《校書圖》，已擬成長歌，茲録呈政。……』可知徐氏此信爲同日復函。

十四

賜箋敬悉。公向子受讓書，昨子受書來述及公意，允以奉讓，屬爲定價（計書十種，皆公手書）。鄙人以未見書未敢妄定，擬日内子受將書交閲後再説合也（公意擬照原碼，以何價得之可先示否）。先聞，敬請心如先生大人大安。弟乃昌頓首。初七。

十五

昨奉復示，敬悉一一。繆世兄將書送來評價，特送請鑒定（書五種四十七本），公擬以何價得之可先示否？繆書大約爲滬估所得也（係外間傳聞）。[1]敬請心如大人大安。弟乃昌頓首。

繆函暨公原單附閲，閲畢仍賜還（原書四十七本，亦請閲後付下）。[2]

（奏議二本鈔。初八日。）

十六

昨領德教，至珮。《堯峰文鈔》敝藏本前有宋牧仲、惠元龍二序，兹將首册檢呈左右，乞詧入。敬請心如先生大人著安。弟乃昌頓首。

十六。

① 繆荃孫去世後，其藏書爲子禄保以三萬元售於上海古書流通處。按：期間孫氏除自己向繆禄保購書外，亦代表涵芬樓求購藝風堂藏書，孫氏稿本《辛酉壬戌日記》一九二一年一月十七日記有『燈下，繆子壽來談，詢商務還價否？當告以還價二萬五千元』。繆禄保致孫毓修信函（私人藏）有『書事非二萬八不能讓出，恐一時未能解決，弟已收拾行裝約月底入都，擬三月間返滬……此時外間蜚語沸騰，人言可畏，弟急欲避而之他，以息流言，愛我如公當亦以此言爲然』，可見繆氏售書波折頗多。

② 按：《孫毓修親友手札》稿本記有孫氏與徐乃昌函，提及購書一事曰：『繆書數種已談妥，深荷鼎力，甚感！此系弟所自購，與涵芬樓無涉也。祈爲秘之。辛酉正月十二日（一九二一年二月十九日）。』而致繆子受信中談及『送下《藝文類聚》等書五種，均已檢悉。中以《二范集》《花庵詞選》二書爲最次……《茅亭客語》務求見讓，尚有《小辨齋偶存》《顧雙溪集》二種，前單已曾列入，亦請一併交下爲禱』。稿本《辛酉壬戌日記》一九二一年二月廿一日記有『向繆處買得明本《二范集》《花庵詞選》《何水部》三種，轉賣與涵芬樓』。廿二日記有『午後送還繆子受書款四百七十元』。約知書之大概，録此以作印證。

十七

心如先生大人惠鑒：

昨晤教甚暢。屬約子受四時在寓候譚，并菊老借書，均即轉致遵辦。接賜示，又轉子受閱過矣。致菊老函稿亦付子受一閲，俾知相愛之誠。承命交還，今以奉繳。敬請大安。乃昌頓首。初七日。

十八

安徽羅紋紙至今未到，兹將舊存之紙單印一部奉贈我公，日内即可工竣也。特先聞，再上心如先生。乃昌。

十九

羅紋紙印《徐集》已成，奉貽雅鑒，乞賜存。貴館裝訂工極佳，遵示不由敝處倩工装訂也（附嵌葉十六葉并呈）。敬請心如先生大人大安。弟乃昌頓首。十一日。

二十

惠示誦悉，拙刻《徐公文集》昨以印本奉教[①]，辱承奬飾，慚悳無極。錢昌美[②]前年以殘本《百川學海》質諸丁仲祜[③]同年，錢累甚重，

① 孫氏稿本《留庵編年書目》『辛酉年』條下録『《徐公文集》三十卷八册，徐氏影宋刻本，徐積餘贈，五月十九日』。同日《辛酉日記》有『徐積餘贈予仿宋刻《徐公文集》，用羅紋紙印，極精。予贈以《百川學海》中之《詩話》五種，計二册』。

② 即有『書林怪傑』之稱、著名書商、江寧人錢長美。劉承幹《求恕齋日記》和陳乃乾《上海書林夢憶録》皆有記載其生活困頓質書事項，有『金錢到手輒盡，家無隔宿之糧』窘境。

③ 丁福保（一八七四—一九五二），字仲祜，號疇隱居士，一號濟陽破衲。江蘇無錫人。光緒二十一年肄業於江陰南菁書院，民國前後寓居滬上懸壺行醫，創辦丁氏醫院。爲近代藏書家、佛學家和錢幣學家。編著有《漢魏六朝名家集》《清詩話》《説文解字詁林》《古錢大辭典》《佛學大辭典》《無錫丁氏藏書志》等。

欲再資助，故擬代賸，另加價以酧之（合算價甚昂，不過憐其苦耳）。事已二月，闕種亦多（約卅種），配補無望，昨已將全書交還仲祜。今蒙賜《詩話》五種，敬謝雅愛。補配之念有待將來，公處有無他種，可示目否？或有加增亦足動此念也。敬請心如先生大人大安。

弟乃昌頓首。

二十一

惠牋讀悉，《嘉祐集》《中興絶妙詞選》二書爲小緑天藏弆善本，付印《四部叢刊》嘉惠後學不淺。今覆以之分惠，感荷雅愛，曷其有極。敬謝，即請心如先生大人著安。弟乃昌頓首。

子受去京至今未歸，《淵穎集》未知爲何人所得也？

二十二

來告具悉。《杜陵詩史》殘宋本，日人如願出售，請開明卷數，再詢葱石[1]，設爲彼書缺卷，當爲作緣，以成完書也。《元文類》係明本，子受作爲元本，誤矣。敬請心如先生大人大安。弟乃昌頓首。

二十三

奉示讀悉。《杜陵詩史》所闕者已詢明葱石，即卷十七至二十，共五十四葉（另各卷中皆有闕葉，計十八葉），能爲設法併入，不僅是書之幸，

[1] 劉世珩（一八七五—一九二六），字聚卿，又字葱石，號繼庵，别署靈田耕者、枕雷道士，劉瑞芬之子。貴池人，徐乃昌妻弟。曾任江楚編譯局、江南高等學堂總辦。民國後寓滬上，喜藏書、金石碑版，所校勘古籍尤精。藏書樓名曰『聚學軒』，專貯金石書畫。曾刻《暖紅室彙刻傳奇》《玉海堂影刊宋元槧本叢書》《聚學軒叢書》等。其藏古籍中有南宋建陽麻沙本《杜陵詩史》。

葱石必甚感謝也。公擬附印葱石所刻各書，一時不及遍印，前已函告拔可，大約日内可再印。百衲本《史記》，前約略估計洋廿元者，係指羅紋紙之價值（印書人須給以酬勞資），至印工墨料，皆由葱石照給。現印《史記》應用紙若干，請公查明原書應若干紙（三刀紙能敷用否），即先交來，當爲送去附印，餘紙俟他日印何書，如在尊處所印者再付紙也。敝處附印《豫章》《于湖》《松雪》三集已成，極感雅意，敬請心如先生大人著安。弟乃昌頓首。七月廿日[1]。

二十四

惠示敬悉。《于湖》等集工資萬不能繳，既承公司附印已足感也，日内將《史記》工資一併奉繳拔可先生。《杜陵詩史》六月底已印成大半（書同《史記》交來），允七月初十取後半書。日昨派人查詢補印《史記》何日，始知工人病已半月未能刷印。現衹附印《詩史》下半部尚可，若上半部單印一部，頗不易易。鄙意現可不必附印，將來如有機會，再爲公向葱石索一佳紙印本，何如？至羅紋紙由敝處代辦，俟印成再取款。交來十元，先行繳上。敬請大安。乃昌頓首拜上心如先生。

二十五

示悉。藝老[2]所著所刻有《藝風堂文集》《續集》《讀書記》《藏書記》《續記》《金石目》《雲自在龕叢書》《常州詞録》《藕香零拾》《煙畫東堂小品》《三唐人集》《宋元書影》《續碑傳集》《遼文存》（又《蕘圃書跋》）等書，共約百種以内，承詢奉聞。趙刻《玉臺

[1] 二〇一一年嘉德四季拍賣二十五期有七月廿九日徐乃昌致孫毓修、李宣龔信一通三頁，言『先後蒙交下《史記》并《于湖集》《山谷集》《松雪集》，至感雅意，裝訂資幾何務祈賜示』云云等，可再作補遺。

[2] 繆荃蓀（一八四四—一九一九），字炎之，一作筱珊、亦作筱杉、小山、小珊，晚號藝風、藝風老人。江蘇江陰人。爲版本目録學家、金石學家、藏書家及圖書館學家。室名雲自在龕、藝風堂、煙畫東堂等。同治元年中舉，先後入吴棠、張之洞等人幕府，并爲張撰《書目答問》。光緒二年進士，授編修，歷任國史館纂修、總纂、提調等官。又任鍾山書院總教習、江南圖書館及京師圖書館監督。一九一五年任清史館總纂。

新詠》已翻刻，年内當可刻畢，俟刻成當以極佳紙印贈也。聞菊老在京小极①，近日想離醫院。拔兄亦去京，兩公何日歸來？甚念念也。敬請心如先生大人道安。弟乃昌頓首。十四夕。

二十六

由津回滬即病，公來，適出外就醫，未及晤敘，甚歉。心公允贈日人兩書已函葱石取來，并另贈心公一分，統乞檢收。公附印各書祇《論語》現擬開印，今送去羅紋紙爲心、拔公附印矣。敬請心如、拔可老兄先生大人大安。弟乃昌頓首。

外《五燈會元》《杜陵詩史》各兩部②。

再，心如先生所闕拙刻《叢書》序一葉，未知是某種，乞示，即印呈，現正查板印書。

二十七

星如先生大人惠鑒：

奉示具悉。尊處附印葱石各書，羅紋紙送去，須俟印成再送公閱，如合意則留之，現亦毋庸取回也。至《杜陵詩史》所闕者，即公所見之殘本，當不能另有弟二本同此殘帙也。貴館附印四開書又成一種，須前所訂樣式，兹特裁樣并綫根塗墨送上，費神極感，敬請大安。弟乃昌頓首。

① 據《張元濟全集》第一卷《書信》注（第五百五十八頁）：「一九二一年九、十月間，張元濟赴北京後患病，於十月廿三日返滬。」

② 稿本《辛酉壬戌日記》一九二一年十一月十八日記有「劉聚卿以新刻《杜陵詩史》《五燈會元》見贈」。一九二二年一月九日記有「新印《五燈會元》一部售與無錫大公圖書館，得十六元。《杜陵詩史》一部，售與涵芬樓，得十二元」。

二十八

尊處向葱石印書事又轉致尊意，現得覆書并擬酬贈原書奉閲，紙價由敝處墊付，隨後結算也。敬請莘如先生大人大安。弟乃昌頓首。初八。

二十九

承假《玉臺新詠》①，昨已校畢，今奉繳乞檢收。附印四開《四部叢刊》書單呈閲。昨聞《涵芬樓秘笈》祇印十集，敝處僅拜菊公九集之賜，十集未見也，請查明示悉（或已交下，爲門僕遺失）。或館中有單售本亦請示，即在發行所購得以成完書也。敬請莘如先生大人大安。弟乃昌頓首。廿五日。

三十

莘如先生大人惠鑒：

兩奉賜書，敬悉種切。《皇元風雅》《文選》兩書既不印四開書，即請公附印《廣韵》《毛詩》《通鑑釋文》三種，至《名臣言行録》等六種仍請附印，瀆神，至感至謝。承惠《涵芬樓秘笈》第十集已收到，敬謝。葱石處附印書聞已成《陶淵明集》《論語》二種，日內取來再送上也（公印羅紋紙，拔可同鄗人印料半）。敬請大安。弟乃昌頓首。廿八夕。

① 孫氏稿本《留庵編年書目》「壬子民國元年始行西曆」條下記「《玉臺新詠》十卷四册，五雲溪館活字本，二月四日在蘇州買淂」（書名旁矢筆「二百」）。《四部叢刊》即用此本影印。孫氏稿本《辛酉壬戌日記》一九二一年十二月二日記有「徐積餘翻刻明趙寒山本《玉臺新詠》，假予五雲溪館活字本參校」。

三十一

葱石刻書已印成《論語》《陶集》兩種各三部（莘公印羅紋紙，拔公同鄙人印料半紙）送上[1]，請飭工人查明有無缺葉，分别收存可也。敬請莘、拔公老兄大人大安。弟乃昌頓首。

三十二

奉三十日惠箋敬悉，承賜《百川學海》七册[2]，甚感厚愛，唯鄙人前見有殘本（衹缺廿餘種），蒙公惠二册，又李紫東贈三種，頗有配成全書之想，乃徧覓不得，意興索然，遂將所見殘本仍還丁仲祜君。今公又惠七册，復詢仲祜前書，云已售出。鄙人因所識書友無多，决不敢希冀湊配完書。我公既有此多種，且商務書館書估時相交易，仍將公先後所惠九册，益以拙藏一册（計二種），一併呈諸鄴架，倘天假之緣，酬公汲古之盛心，必可湊合也。敬請莘如先生大人著安。弟乃昌頓首。

三十三

惠書誦悉，《讀書敏求記》得公校正[3]，俾簿録家獲一善本，至爲欽珮。藝風老人批注本當即函詢子受，得覆再告。敝處有過録舊校本，如公查閲再送上。前閲孟蘋書目，亦有校本兩三種，未見原書也。《論語》《陶集》承付工裝就交來，今又交到《簡

①孫氏稿本《留庵編年書目》「辛酉年」十二月條下録「《陶淵明集》羅紋紙印本。以下二種皆貴池劉聚卿仿宋刻本，徐積餘爲予以羅紋紙摹印贈予」。「《論語注疏》，又」。《辛酉壬戌日記》一九二一年十二月卅日記「徐積餘爲我以羅紋紙撫印《論語注疏》《陶詩》兩書，版是貴池劉聚卿所雕」可略知此札寫成時間。

②孫氏稿本《留庵編年書目》「癸丑民國二年」條下記「《百川學海》零種八册，十月廿一日。辛酉冬日贈徐積餘」。《辛酉壬戌日記》一九二一年十二月廿八日記有「得零種《百川學海》七本，贈徐積餘」。記載稍有异。

③孫氏稿本《辛酉壬戌日記》一九二二年一月十七日記有「《讀書敏求記》宣統中曾手抄一本，以陳仲魚校本、錢遵王稿本校之，補問正僞，差爲完善。近購得趙氏刻本，仍以陳、錢二本精校，復彙鈔諸家題跋，又擬向人借批校本參正而精刻之」。廿五日記有「錢遵王《讀書敏求記》稿本，予校過兩次，今審之尚有滑過者，因再校之。徐積餘有過録陳仲魚校本，比涵芬樓本多許蒿廬校筆，亦借録焉」。許昂霄，號蒿廬。清康、雍時海寧人。精於詞學。

齋集注》未併入。工價請示即繳，一切瀆神，至感至謝。尊處印劉刻各書，工料費無幾，俟明年印他書印畢後再爲奉告。館中何日休息？年底年初有無旬日也？復請莘如先生大人著安。弟乃昌頓首。廿二。

三十四

賜書誦悉，藝老校《讀書敏求記》已函子受，兹將敝處過録陳仲魚[1]校本奉閲。孟蘋藏本稍遲當再函商也。敬請莘如先生大人著安。弟乃昌頓首。廿三夕。

《論語》《陶集》裝工價乞示，遵繳。

三十五

昨送呈過録陳仲魚校本《讀書敏求記》，想已檢入。敝處尚有阮刻本，頗有是正處，如須查閲再送上也。《簡齋集》四開本未收到，請查明爲盼。敬請莘如先生大人大安。弟乃昌頓首。廿五夕。

三十六

覆書讀悉。阮刻《讀書敏求記》二册檢呈雅鑒，尊藏闕葉可鈔補也[2]。敬請莘如先生大人藏安。弟乃昌頓首。除日。

---

① 陳鱣（一七五三—一八一七），字仲魚，號簡莊。海寧人。嘉慶三年舉人。精通訓詁，一意譔述。喜藏書，尤精於校勘，藏書十萬卷，其中不少宋元善本。與吴騫、黄丕烈交好，常互換所藏，傳抄校勘。

② 孫氏稿本《辛酉壬戌日記》一九二二年二月二日記有「夜雪朝雨，校阮本《敏求記》」。

三十七

昨賀新喜未得登堂，甚歉。繆子受書至，擬贖回《劉後邨大全集》[①]，以《讀書敏求記》相贈，原函附上，公意如何？俟示作奮。阮刻《敏求記》想收到，敬頌星如先生大人新釐。乃昌頓首拜上。

三十八

賜函敬悉。《敏求記》承鈔補遺兩葉，俾成完書，至感雅誼。復請星如先生大人大安。弟乃昌頓首。

三十九

惠示敬悉，箋經閣本《鮚埼亭詩集》檢呈雅鑒，乞詧收[②]。此請星如先生大人道安。弟乃昌頓首。十三日。

四十

惠書敬悉，并交還《鮚埼亭詩集》祇收。尊藏《舊唐書》[③]《前後漢紀》意欲讓人，惟甘翰臣[④]雖係熟人（誕會場中間一晤之），向不

① 孫氏稿本《留庵編年書目》『辛酉年』條下録『《劉後村大全集》一百九十六卷，卅二册，愛日精廬鈔本，有張月霄、周星詒、傅以禮跋，劉尚文、繆小山校。《藝文類聚》一百卷……。《元曲選》十集廿一册四函……。《欒城集》廿六册，明蜀府活字本，以上均正月十二從繆氏買得，《藝風堂藏書志》著録』。《辛酉壬戌日記》也記載當年三月五日孫氏借劉翰怡宋殘本《劉後村集》三十九卷校閱，至五月二日校畢，似未同意贖還。

② 孫氏稿本《辛酉壬戌日記》一九二二年三月十二日記有『從徐積餘借箋經閣刻本《鮚埼亭詩集》》，擬與所蓄抄本屬館人一對，不知有异同否？』

③ 孫氏稿本《留庵編年書目》『己未民國八年』條下録『《舊唐書》二百卷四十册，明嘉靖中聞人（詮）刊本，一月廿八日。中缺四五十葉，借江蘇圖書館本影寫補足，七月三十一日付工任姓重裝畢。壬戌四月一日傳沅叔去』。

④ 甘作蕃（一八五九—一九四一），字屏宗，號翰臣，晚號非園主人。廣東香山人，上海怡和洋行總辦、公和祥碼頭買辦，古玩、金石書畫收藏極富。

往還（甘同王雪澄[1]、朱古微[2]、王病山[3]時相聚晤），日内擬請雪老轉致也（甘不懂書，因雪澄力勸，潘明訓[4]笑其聽大辨子話。潘好宋本）。匆覆，敬請星如先生大人大安。乃昌頓首。二月二十日。

四十一

示悉，尊藏各書擬出售者或先鈔一單（略敘書之佳處，易於醒目）并價目（不二價），送雪老一閱，同甘翰臣商酌何如？四開本《簡齋集注》印成否（《外集》去年已印過交來）？聞沅叔先生來滬，未之見也。敬請星如先生大人大安。弟乃昌頓首。廿五。

四十二

來書讀悉，樣本十二種，單二紙祇收，擬日内同雪老一商如何？再奉聞，來示云及昨有覆簡，細查未奉到，不知有何錯誤也。敬請星如先生大人大安。弟乃昌頓首。

四十三

枉顧失迓，甚歉。惲[5]、宗兩處已函告并將書送去，惲當交洋七十元，兹特送上（正在上車站，隨時清結，省得轉折），乞檢收示復。

---

[1] 王秉恩（一八四五—一九二八），字息存，一作雪岑、雪澄，號茶龕。四川華陽人，清末藏書家、書法家。同治十二年舉人，嘗官廣東提法史、廣東按察使、廣雅書局提調等。入民國後，寓居上海，富收藏，精於目録校讎之學，藏書樓名『强學簃』『養雲館』。

[2] 朱古微（一八五七—一九三一），一名孝臧，一名祖謀，字藿生，號漚尹，又號彊村。浙江歸安人。光緒九年進士，授編修，嘗官禮部侍郎、廣東學政。民國間寓居上海，工倚聲，爲晚清四大詞家之一，著有《彊村詞》《强村叢書》等。工書法，宗顔褚，擅行楷。

[3] 王乃徵（一八六一—一九三三），字聘三，又字病山，號平珊，晚號潛道人。四川中江人。光緒十六年進士，授翰林院編修。嘗官湖南嶽常澧道、江西按察使、順天府府尹、湖南布政使等。入民國，寓居海上。

[4] 潘宗周（一八六七—一九三九），字明訓。廣東南海人。少時供職洋行，居上海，充租界工部局總辦。藏書家，室名『寶禮堂』。孫毓修謂其『非宋板不收』，廿餘年間得宋版一百零七部、元版六部，計一千零八六册，均爲精品。一九四九年後家屬全部捐獻國家，入藏北京圖書館。

[5] 惲毓齡（一八五七—一九三六），字季申，號霽宣，又號野悉蜜花館主。江蘇武進人。光緒十四年舉人，嘗官安慶知府，入民國退隱上海。

宗款未交來，稍遲再繳（俟回申再理結）。惲、宗復函附閲（閲後擲還）。雪老處即函詢。敬請星如先生大人大安。弟乃昌頓首。三月朔①。

四十四

昨由南通回滬，碌碌未及詣教，甚歉。劉氏所刻書目昨又附印《大戴禮記》《渠陽詩》二種，尊處之羅紋紙印本已交拔可兄轉呈，想已詧收。四開本《通鑑釋文》如補印竣事。雪老將《史記》首本退還，兹特奉繳，乞檢收。《史記》一書另有人可出一百廿元（亦公熟人），附聞。敬請星如先生大人大安。弟乃昌頓首。三月初一夕。

四十五

葱石所刻《五代史》現又附印成，送上三部（料半二、羅紋一），請付工分出，星、拔公各得其一②，餘係鄙人所得也。敬請星、拔公先生大人大安。弟乃昌頓首。三月卅日。

今晚去通，匆匆不再走譚。

四十六

覆示敬悉。《大唐西域記》能設法附印，甚願得一佳本，否則亦無法耳。《老子》《列子》《簡齋詩集》三種、《通鑑釋文》闕葉承公印裝，極感。價幾何，遵示再繳。鄙人留滯南通（寓唐家閘資生鐵廠），回申尚須時日也。敬請星如先生大人大安。弟乃昌頓首。閏五月九日。

①此信寫於一九二二年三月廿八日，是日孫毓修有復信（見後）。

②孫氏稿本《留庵編年書目》「壬戌年」條下録「《五代史記》八册，劉聚卿仿宋刊本，羅紋紙印，四月廿八日」。

菊生、拔可、心白[1]諸先生晤時乞致念。

四十七

在通得敝邑水灾訊，至重至慘。匆匆回申籌商振務，奔走尠暇，尚未詣譚，甚歉。《通鑑釋文》承補印，至謝。《授經圖》日前爲陳立炎借印，俟交還再送呈。敬請星如先生大人大安。乃昌頓首。廿七夕。

四十八

莘如先生賜鑒：

奉惠書，敬悉。貴館重印《續藏》，功德無量。承以賤名列爲發起人，愧曷敢當？嗇老[2]處昨亦述公意言之，亦允附名也。敬請道安。

弟乃昌頓首。六月廿三日。

四十九

《四部叢刊》第四期出書，書中有《雲笈七籤》一書，鄙意擬購一部（白紙、竹紙均可），未識樣書能分售否（向來樣書打樣時爲工人取去）？乞公設法圖之，倘有礙難，勿勉强也。再上拔公[3]。乃昌。

①任繩祖（一八七八—一九四八），字心白。時任職於商務印書館管理文契。嘗從印光法師學佛，擔任過佛教慈幼院院長。輯有《歷代名人家書》。

②張謇（一八五三—一九二六），字季直，號嗇庵。江蘇南通人。光緒二十年狀元，入民國嘗任北洋政府農商總長兼全國水利總長等，近代著名的實業家、教育家，主張『實業救國』。他一生創辦了廿多個企業，三百七十多所學校。其兄張詧與徐乃昌爲兒女親家。

③此札爲至李宣龔，原册附。

孫毓修（一八七一—一九二三）

字星如、恂如，號留庵，別號綠天翁、綠天、東吳舊孫、樂天居士，別署小綠天主人，室名小綠天。江蘇無錫人。縣諸生，不赴鄉試，早年就讀江陰南菁書院，從繆荃蓀學版本目録學，撰有《中國雕板源流考》。至蘇州從美國牧師賴昂學英文。一九〇六年入商務印書館任高級編譯，并爲涵芬樓鑒别版本，主持購買古書之事。『好藏書，究心於版本考據之學，旁通博覽，書無不讀。每遇奇文秘册，往往不惜餅金，一意勤搜。乃另辟小綠天以藏之』（王紹曾語）。曾出版童話《無貓國》，被譽爲中國童話開山祖師。《四部叢刊》初編實爲其主持，并出其所藏善本十七種四百零三卷予以影印。主持《涵芬樓秘笈》十集編輯。

孫毓修致徐乃昌信札一通，係談售書一事。而致蔣維喬信四通（係信札稿）均爲其子孫貴定公派留學，歸國川資學費均未落實，孫毓修爲此奔波勞累，心力交瘁，亦是其數月後腦疾突發離世的原因之一。另有兩信（殘闕），因與藏書售書有關，一併附録。

致徐乃昌信一通

昨晚伻來，弟適外出，未能裁答爲罪。所示各節，均是熟人，本不敢固執類於市道，惟《青邱》《史記》昔亦以重價購致，宗、甘兩君所擬之價，尚未能如命。《史記》開一百五十元，比市價已低，今甘君尚以爲貴，弟再減十元何如？《國語補音》三十元、《藝文類聚》七十元，均可遵約①，茲將全書送上，祈即轉致爲荷。

台駕赴通在即，未知今日尚來得及分致否？屬瀆，不安之至。敬上積餘先生大人記室。毓修頓首。三月朔日辰。

①孫氏稿本《壬戌日記》一九二二年三月廿八日記有『托徐積餘售去明小字本《藝文類聚》得七十元，惲季申買去。莫友芝校《國語補音》得三十元，宗子岱買去，錢尚（未）送來』。

致蔣維喬①信留稿

一

竹莊吾兄惠鑒：

昨日長途跋涉，困倦殊甚，造齋面陳未克詳盡，然一切想邀洞鑒也。節略一紙，小兒②寄回留英學生救濟會來函及願決書二紙，一併呈閱。內人憶子成病，弟行時正有寒熱，故思速歸。今承兄允爲設法，自應守候回教。今日星期，尊處既不辦公，弟亦再留一天，明晚兄退食時當再趨前一談也。九月十日午前自南京華洋旅館。

二

早呈一箋，想鑒及矣。昨兄云川資由私人暫墊，徐向省中歸還。弟初亦擬如此，今通盤籌算，則爲數亦頗不少，實非棉力所能，蓋省中如不欠彼學費，彼亦不致負債。如單屬川資一項有百餘，夫已足，弟尚可設法耳，如能設法領到，固是大妙。必不得已，則請先理川資一項耳。九月十日午後自華洋旅館。

予爲此事，於九月九日星六早車赴南京。一路天氣頗熱，又記罣病妻，初擬一宿即返，乃十日適逢星期，彼教育廳及省公署皆停止辦公。俟至十一日傍晚，晤蔣君，聽其消息，仍不得要領。予不能再待，十二日早搭小火車出城。雨大至，冒雨至下關商務書館，爲予買上海車票，則狂風作矣，雨挾風勢，天地皆冥，冒險登車，渾身打濕。同車有同鄉楊君仲九，素不相識，見予如此，急出衣爲予易之，誠難得也。風雨益狂，火車震蕩，無异舟行。過鎮江，風雨稍殺，始慶更生。旅寧四日，共用去銀廿二元。③

① 蔣維喬（一八七三—一九五八），字竹莊，別號因是子。江蘇武進人。教育家、哲學家、佛教史學家。早年投身商務印書館編譯所，編寫教材。後出任愛國女校校長。南京臨時政府教育部秘書長，一九二二年後歷任江蘇省教育廳長、東南大學校長、光華大學教務長、文學院長兼中文系主任等。致力於中國佛教史研究，著述多種。

② 孫貴定（一八九六—一九四九），字蔚深，無錫人。民國初留學英國，先後獲文學碩士、教育學學士、哲學博士學位。一九二三年歸國後任教於廈門大學，任教育學院院長、代理校長等職。後任教於暨南大學、上海女子大學，一九四六年起任上海光華大學教授、教育系主任。教育學家、外國文學專家。

③ 孫毓修爲兒子貴定留學英國（先自費後轉公費）因學成回國資費遲遲得不到落實，而北上南京交涉，頗爲艱辛。此段文字爲其簡述經過，附録於信稿之後。

三

（貼印花稅一角，11—9—15 掛號寄）

呈爲催發川資、補給欠費以便歸國事①。竊毓修有子貴定，以民國二年自費入英國愛丁堡大學留學，民國七年十一月補本省官費生。在該大學得過文學碩士、教育學士、哲學博士等學位，當由監督處歷屆報告貴廳在案。毓修與子相離十載，海天萬里，彼此懷思。畢業之後，方謂指日可歸，外之服務於社會，内之慰籍夫家庭。不意海外迭次來稟，謂回國川資迄未領得，屢向監督公使呼籲，皆以本省尚未匯至，無法墊付爲辭。交涉至今，終難得款，羈滯域外，空費光陰，已極無謂。乃自七月起，恃爲生活之學費，亦未領得分文。回國既然不能，旅費亦并告絶，棲身异域，借貸無門，此其情形，不堪設想，居者行者莫不惶恐。山妻晝夜馳念，今已成病。迫不得已，惟有仰懇廳長，迅將孫貴定名下回國川資五十鎊，加給三個月學費六十鎊，共一百十鎊，并將上年欠發六、七、八、九月學費五十鎊、本年七月份學費二十鎊，共七十鎊同時補發，方得還去積欠房飯錢，不然雖得川資，亦難成行。兩項合計一百八十鎊，望折合時下鎊價，逕交毓修面領，以便立即在滬兑換英金，電滙愛堡，庶幾行資有著。夙逋一清，遊子有歸國之期，毓修紓依閭之，望俱出廳長之賜，臨呈不勝急切待命之至，謹呈江蘇教育廳廳長。

四

竹莊先生閣下：

十九日、二十日兩箋想已鑒及。鄙意主張先理川資，緩理欠費，誠恐吴科長藉糾纏不清之欠費，乃并明白直捷之川資，亦推到無何有之鄉去耳。日内未知已與彼談有眉目否？尚乞明示。小兒迭次來稟告急，八月份學費亦分文未得，如果省中之款緩不滙急，則萬不得

①孫毓修稿本《壬戌日記》九月十五日記有：『竹莊信來云，要補一呈子，今日掛號寄去。』

已遵兄面囑之言，自去借貸滙出，濟彼生還，再向省中補索也。惟孫貴定名下之川資及七月以後之學費，皆請屬吴科長扣存省中，俟小兒回國後面領，千萬不要滙出。如不預先申明，恐將來吴科長又以已滙出爲辭，尊見以爲然否？《净土津梁》弟得一舊刻本，已勸此間覆印，出版後當寄贈也。專此，晋頌節安。

11-9-25

附　濮□□（省第三科）致趙科長（教育廳）信

蕃叔先生大鑒：

孫生貴定回國川資五十鎊及加給三個月學費六十鎊，共一百十鎊，已奉省長令，飭財廳籌撥，俟撥到即發廳，將給該生家屬孫毓修君領。知注，特先奉聞。孫君致蔣廳長一函，兹特附還，即請查收，云云。弟祁頓首。廿八日（九月也）。

附　上款佚名缺頁

一

記可得五六卷，自道甘苦，差愈於不知，而作者近募寫手，録出清本，擬次弟呈閲，請爲正之，叩頭叩頭！李事如何？三二之數似已出足[①]，《蝎

①即指常熟李士圩出售古籍一事，參見瞿氏通信。

蜼子》身骨太弱，且又缺去一卷[1]。弟頗嗜明初人集，故寧舍唐人而取之耳，實不足重也。此詢起居。弟毓修頓首。十月廿五日。

二

宋本《史記》欠六十三卷。

《紀》　存卷一、四之十二；

《表》　存卷七之九；

《書》　存卷一之六；

《世家》　存卷九之三十；

《列傳》　存卷一之七、廿五、廿七之卅、七十；

共存六十六卷。

宋本行款與王刻同。序目九行，十五字，小廿字；正文十行，行十八字，小廿三字。

惟柯刻十行。

①《蝸蜼子集》爲元末明初詩文家王彝所作。王彝（？—一三七四），字常宗，别號媯蜼子。先蜀人後定居嘉定。少孤貧，讀書於天台山。明初以布衣召修《元史》，洪武七年，因魏觀事，與高啓同誅於南京。著有詩文集《三近齋稿》《媯蜼子集》。據《中國古籍總目集部》著録有：《媯蜼子集六卷》明抄本（缺卷二），臺灣圖書館藏，似與此本同。

瞿啓甲（一八七三—一九四〇）

字良士，號鐵琴道人。藏書家，室名鐵琴銅劍樓。江蘇常熟南塘古里人。瞿紹基曾孫、鏞孫、秉淵子。好施與，因捐資賑順直水灾，例獎同知，分發浙江，逾年即歸。其兄啓文、啓科早亡，啓甲獨承先業，『兢兢保守，不爲勢屈』。繆荃孫譽爲『吴中第一家』。與徐兆瑋同爲首届國會議員，一九二三年因拒絶曹錕賄選而回家，即致力於刻印藏書目録。亦善書法。親自創辦常熟公共圖書館，爲首任館長。雖堅守先世舊藏，而於友朋之借鈔乞校者毫不吝惜，所藏善本亦借與商務印書館《四部叢刊》影印出版。作爲發起人之一，啓甲慨然允派員至家攝影，藉以付印。《初編》有其家藏二十五種；《續編》有四十種，逾全書之半；《三編》十六種。抗戰時先避居洞庭東山，後移居上海。嗣聞敵機轟炸常熟，鬱鬱寡歡，忽患流注而殁。臨終遺命『書勿分散，不能守則歸之公』。藏書後歸北京圖書館（今國家圖書館）。

瞿啓甲致孫毓修信札（一九二〇年農曆四月至一九二二年農曆三月），凡五十五通，爲孫毓修所藏，間有孫氏覆信留稿和藏書家丁祖蔭等人附函。所談皆爲商務印書館編印《四部叢刊》擬借影印書籍和瞿氏自己委托商務開印《忠宣公四代遺像》《宋金元本書影》諸書，及瞿氏售書賑灾等事項，頗有藏書和出版等方面史料價值。

一

星如仁兄先生閣下：

前日辱承光顧①，諸多簡慢爲歉。正擬修箋上達，忽蒙華翰頒來，莊誦之餘，欣悉《忠宣公四代遺像》經閣下轉懇諸巨公②題詠佳章，

①《前明常熟瞿氏四代忠賢遺像》有孫毓修跋：『庚申三月放舟至古里訪瞿君良士，借讀鐵琴銅劍樓藏書并拜觀瞿氏四代忠賢遺像。良士屬捧回上海敦製石版影印流傳。』

②指鄭孝胥、孫毓修等諸人題詠。見《前明常熟瞿氏四代忠賢遺像》。

感激之私，銘同篆竹。囑鈔宋刊《崑山雜詠》，已倩舍親動筆，約一月即可竣事。至鈔資可鈔竣後計算，無須豫繳。裝置電機處，即就閣下前所看之桶匠店内，囑其讓出一半，約每月酌貼一元，餘無他費，惟須略加脩治，其費擬請尊處負擔也[1]。敝鄰馬生既無父母，又鮮兄弟，景況維艱，近依外家度食。於去年在邑中高小畢業，曾讀過英文教科書。近囑作一論隨函附上，苟蒙貴館破格録用，感同身受。至將來進館時應有之手續，尚希詳示，以便囑其遵章辦理（《圖書彙報》兩份收到無誤）。草此奉覆，即請撰安。弟瞿啓甲上言。夏曆三月二十日晨交郵。

菊生先生前爲道候，不另札。

二

星如仁兄先生閣下：

頃昨疊接瑶章，并佛經兩册、應校書一卷，讀悉種切。《誠齋集》業經敝西席抄補校訖，由朱先生寄奉，諒登記室。《句曲》《鐵崖》《中興》三集已檢交朱先生照補，惟《鐵崖集》首卷僅有馮允中一序、朱昱是後跋，一併照補，諒無誤也。馬生承吾公逾格位置，何幸如之，擬囑其俟貴公司裝電機機匠旋滬時隨之來前，并囑其母舅送上，届時再當函告。弟等組織藥肆，小試經營，何敢當賀，承惠以厚禮，萬難拜領。今商諸同人，謹領金字，餘幛奉趙。緣邑中人所送皆已奉璧，尊處所賜，未便獨异，務祈轉囑朱先生收回爲禱，千萬勿再客氣。佛經一册已交館中珍藏，捐書收據緩日補呈。專此奉覆，并鳴謝，敬請撰安。弟啓甲上言。兒輩隨叩。舊曆清和月朔日。

菊生先生處乞爲道候。

[1] 信中所言瞿氏家中裝置發電機以便照相一事，亦時退任監理的張元濟先生考慮鐵琴銅劍樓藏書之特殊性而説服總經理鮑咸昌同意決定的。

三

星如仁兄先生閣下：

前在滬[1]得聆麈教，并暢覽貴館各機房、涵芬樓秘笈，眼福實非淺鮮。别時又蒙駕臨車站遠送，感何可言。囑轉顧氏《書目》兩本，十四日返常後即爲交訖。《崑山雜詠》三卷業已鈔竣[2]，托朱先生寄奉，諒可即登鄴架。敝友丁芝孫擬鈔尊藏《讀書敏求記》稿本，如蒙許可，祈代請寫手一鈔。該資若干乞示知，即當奉繳。續來書單十種（張元濟批注：《六韜》《司馬法》《吴子》《李文饒》《花間》《吴[吕]和叔》《傳家》《文鑑》《丁卯》《鐵崖》），容檢交朱先生照印可也。先此奉覆，即請撰安，惟照不宣。弟瞿啓甲頓首上言。兒輩隨叩。夏曆四月十八日。

囑轉子岱之言已達到，并聞子岱、君宏於端節前赴滬，知念附告，又及。

四

星如仁兄大人閣下：

晨間蕪函交郵。接展惠書，承隆情繾綣，指以南針，捧誦之餘，欽佩無已。尊定留真體例與鄙見相同，弟十四日旋里後即從事於此，搜集篋中所存宋本，約可得百六十餘種，擬悉數彙印正文一頁，凡原有跋語亦一併印入，卷首當冠以序文。其序文須求大筆賜撰，想閣下胸羅萬卷，當不吝金玉之章。至元明刊本及宋元明鈔本，暫不加入，或待後日彙出續集，是否有當，尚乞教我。端節後，台旌莅虞時再當面爲奉商。將來裝潢楮墨等各費，蒙許悉由尊處擔任，實深感激。前所印《忠宣公遺像》，裝訂時擬請加連四襯紙及書籤，俾壯觀瞻。惟各費屢承負擔，深抱不安，愧不能答報於萬一。草此奉覆，敬請撰安，惟照不宣。小弟瞿啓甲頓首上言。夏曆四月十八日燈下。

菊生先生處乞爲道候。

---

[1] 一九二〇年五月廿八日（農曆四月十一日），瞿啓甲曾拜訪商務印書館，晤菊生、星如，商談《宋本書影》影印之事。《留真》即指《宋本書影》，見《張元濟日記》。

[2] 孫毓修稿本《留庵編年書目》（私人藏）『庚申年』條下錄『《崑山雜詠》三卷，蝶裝三册，常熟瞿氏鐵琴銅劍樓藏宋刊本，主人爲予影寫，極精雅』。

五

星如仁兄先生閣下：

前月底奉覆蕪函，諒登記室。敝鄉馬斌生承逾格提攜，感同身受。今囑其至戚陸鴻飛送上，務祈指教一切爲幸。星期日如能仍在貴公司辦事，不使出門，尤深感禱。弟擬稍緩來滬小敘，餘俟面述。此上，即請著安，惟照不宣。小弟瞿啓甲頓首。兒輩隨叩。庚申夏曆四月初八日。

菊生兄前乞爲道候。

六

星如吾兄有道大人閣下：

廿二日所頒瑶章，展誦之餘，感慰無已。承許撰留真《書影》序文，益深欣喜。《忠宣公遺像》本擬加徐舍親跋語，而至今尚未送來，諒彼尚未脱稿，弟擬姑付缺如，可不必等待成書。如得印竣切好，祈妥爲擲下，加綫治裝，當由弟倩人任之，毋煩吾公督率也。弟鄉居碌碌，見聞淺陋，每苦無良友時爲指教，所交若吾公之道德高上、品學優長者能有幾人，彼此氣誼交投，始晤無殊舊好，實深欽佩。昨悉馬斌生已入紅十字會夜校，其費又經吾公補助，如此逾格提攜，則不獨身受者感激無涯已也，但不識其日間所事能無誤否。承賜《玉臺新詠》三本，當即珍藏，容後面謝。專此奉覆，即請台安，并頌節禧。弟瞿啓甲頓首上言。小兒輩隨叩。夏曆五月四日。

菊生兄處乞爲道候，不另札。

前日昌兒[1]代翁親家托印訃聞、哀啓、遺像，諒均接洽，故附筆一詢，應資若干，宜即示知，以便囑他照繳。又及。

---

① 瞿熾邦（一九〇〇—一九七二），瞿啓甲長子，字濟蒼，又作繼昌。常熟鐵琴銅劍樓藏書第五代傳人。上海市文物管理委員會顧問。一九五〇年一月，瞿熾邦將其家藏宋元明善本書五二種、一七七六册，通過文化部文物局捐贈給北京圖書館。後又同弟燿邦、熙邦，多次向北京圖書館捐贈古籍計三六九種七〇〇册。

附瞿熾邦致孫毓修信

星如先生大鑒：

前奉寸函，諒邀台覽。前舍親托印訃啓以時間迫近，曾一再函催，實屬不情之至。侄深自不安，蓋因舍親所催故也。該款已交侄處，兹特交中國銀行匯上，祈即詧收是禱。專此，即請撰安。愚侄瞿熾邦頓首。

七

星如吾兄有道先生閣下：

端午前一日佾奉蕪函，諒登記室。次日接展諭言，欣悉種切。昨朱少卿[1]先生轉來所惠《四部叢刊目録》十册，拜讀之餘即分贈諸親友，皆以先覩爲快。續假照之書八種，已檢交朱先生付照矣。留真《書影》專待吾公來常商訂進行方法，但不識台旌行期已定否？如能先期示知，尤爲欣喜，弟當掃徑設榻以待。近閱報端，載湖南長沙之變，焕彬有查辦之説，未知果有其事否？焕彬能否安抵滬上，尊處諒有確音，尚希便中示悉爲盼。此上，即請撰安，惟照不宣。弟瞿啓甲頓首。夏曆五月十一日。

菊生先生前乞爲候候。

頃繕函待發間，接讀九日所頒之書，欣悉壹是。承代印《忠宣公遺像》，但求印成排齊，所需面紙、絲綫弟已備全矣，可免貴館惠寄。所致昌兒之信，聞已接洽。顧氏《學箕初稿》，俟寄到後，當即轉朱先生速印。《宋文鑒》擬待續照八種將竣，再當檢出，諒不遲也。

[1] 朱桂，字少卿，時任職商務印書館通訊股。見《商務印書館總公司同人録》。

邑中米荒更盛於滬上，灾區貧民更難爲計，雖公議平糶，然款少日長，絶糧之慮，恐不能免也。草草續覆，即請星如吾兄有道先生再鑒。弟甲又上。十一日燈下。

八

星如仁兄有道大人閣下：

日前兩讀諭言，藉悉種切，并審起居增吉，欣符遥頌。昨閱報端所載，貴館營業部儀器課偶爾失慎①，即慶平安，想吾公等已飽受虚驚矣。所需照補弘治本《新語》已檢交朱君付照，數日間定可照樣呈政，惟原書紙色稍黄，不審能不走樣否？近日友人欲售名書畫，如立軸、扇册等件，貴友蔣君有意否？該賬附上，如有合意之件，或可覓妥人寄上。再有書籍數種，亦係友人②求售，兩單隨函附上，統希酌裁爲幸。餘不多述，容俟續陳。此上，即請撰安。弟瞿啓甲頓首。兒輩隨叩。夏曆五月廿五日。

節間分贈粗肴於朱少卿處，乃蒙吾公函謝，實覺愧慚之至。又及。

菊生、煥彬兩先生前乞爲道候。

附清單：

邢麗文抄《述异記》。

黄蕘圃校《中郎集》，黄跋。

述古堂抄《鈞磯集》，錢竹汀跋語。

② 指七月四日（農曆五月廿日）下午，因電綫損壞原因，造成三樓發行部着火。《張元濟日記》有載。

③ 從以後通信中知爲李士璵求售。李士璵（？—一九三〇），字鏡宇，江蘇常熟人。藏書家李芝綬子。精小楷，山水宗婁東派，寫梅有逸致。著有《琴廬談薈》。

毛抄本《梨嶽集》。

明抄本《蝸蜼子集》，葉石君家藏。

共價壹千元。

三朝本《大觀本草》　六百元

王員照山水立軸　絹心　貳百元

王石谷山水立軸　絹心　叁百元

藍田叔山水立軸　絹心　壹百廿元

奚鐵生山水立軸　紙心　八十元

奚鐵生山水册頁　絹心　六十元

吴穀祥山水册頁　絹心　壹百元

楊　晋山水立軸　絹心　八十元

扇册十頁　壹千兩

王時敏山水一頁

王麓臺山水四頁

王員照山水二頁

王石谷山水一頁

惲壽平枯木竹石一頁

吴漁山墨竹一頁

九

星如仁兄有道先生閣下：

廿四日脩奉蕪函，諒登記室。昨晚接讀廿九日所頒諭言，欣悉種切，并審時事轉危爲安，可免他慮，實深歡慰。《留真譜》楊氏①所刊者，已於日前從丁芝蓀兄假得。繆氏所刊者，前年藝風丈曾分贈過一本，均皆檢閲。惟袁氏②所刊聞而未見也，如得吾公轉借一觀，藉以參考，尤爲感幸。近日邑中米珠薪桂，人民生計益形困難，實從來所未有，可慮之至。兹有鄉人邵君弼（係高等小學畢業生，曾當本鄉初小教員已兩載矣。寫作均可應酬，年二十歲）、奚保君（書法尚可，年約三十餘歲）兩人，屢來囑薦台端（邵、奚兩君，向爲弟及丁芝蓀抄寫書籍，尚稱合格，又及）。在弟前以馬生奉薦，蒙吾公逾格優待，鼎力提攜，已覺不安，豈敢一再奉瀆，緣此二人已一再奉懇推薦，未便固却，故將姓名録呈，如貴館有需用處，務請試用，如不克位置，不妨賜函却之。叨在知己，故敢直陳。專此上達，即請暑安。弟瞿啓甲頓首。兒輩隨叩。

荷月二日。

菊生先生前乞爲候候，不另札。

十

星如吾兄有道大人閣下：

近日疊接惠書，藉悉種切。承示及照印留真《書影》，物料均已預備，深感之至。但格式尚未商定，未敢即煩付照。弟擬體例數種録呈台覽，務祈卓裁示知，以便遵行，并希轉商菊生先生爲禱。繆刻《留真譜》一本，已交朱先生寄奉，諒早登記室。弟擬俟閣下裁定

① 楊守敬（一八三九—一九一五），字惺吾，晚號鄰蘇老人。湖北宜都（今枝城）人。清末民初著名歷史地理學家、金石文字學家、目録版本學家、書法家、泉幣學家、藏書家。一生著述八十三種之多。隨黎庶昌出使日本期間，潛心搜集在中國已佚傳古籍，所編刻《留真譜》爲中國最早編印的古籍書影圖譜。

② 袁克文。

後即當檢集各書，奉煩照印。此書共有二百多頁，可分裝兩本，約印五百部，所費甚巨，一切費用皆由貴館負擔，未免受之有愧，將來如何酬報，容再圖之。敝友托售之書及扇册，日前貴館友孫如賓來滬，適弟在城，未經接洽，故未托寄，現擬緩日另有妥使再當寄呈。敝友邵、奚二君蒙許留俟機會，感甚感甚。即請暑安。弟瞿啓甲鞠躬上言。兒輩隨叩。夏曆六月十一日。

菊生兄處乞爲道候。

附

（一）丁祖蔭親筆所開書單便函[1]

《齊民要術》嘉靖間湖湘本

《宛陵集》正統本

《花間集》嘉靖覆宋本

虞山丁氏淑照堂舊藏

（旁注：可以借照，瞿良士先生交。張元濟。9—5—28）

（二）瞿氏所擬體例

一、書名定《鐵琴銅劍樓宋本書影》。

一、每書印正文第一頁，如原書殘本亦印所存之正文第一頁。前後有題跋者并印入每書之後。

一、所印各書以經、史、子、集照書目上排前後。

[1] 從張元濟批注分析，應爲張閲後轉孫毓修，故日期在前。

一、每書照時匡外加寫一紙條，用『鐵琴銅劍樓宋本某部書影』十一字照在正文下半頁上角匡外。

再，照印各書可否若珂羅板絲毫無异，悉如原書？務希轉商印刷諸君爲禱。

（三）孫毓修復信留稿（經張元濟改定）

復瞿良士：

得六月十一日手書，謹悉一一。朱君來函云承賜西瓜、藥餌與工作人等，曷勝感謝。所示《書影》辦法，甚善甚善。第二條云：每書印正文第一葉，前後有題跋者，并印入每書之後云云。既印留真，存古書之面目，後輯題跋，見版本之源流，盡善盡美，無以復加。然宋版書或無題跋，或連篇纍葉，多屬空言，無關版本，徒佔篇幅。竊以古刻源流，君家《藏書志》考據極精，今第摘録數語，寫入闌外，（擬於每葉右邊闌外，寫『鐵琴銅琴［劍］樓藏本』一行。左邊闌外摘録《藏書志》中要語。）或仿袁二[1]之式，前列書影，另以解題排印在後，亦甚整齊。鄙見如是，尚希卓裁。尊意付印擬用玻璃版，頃與敝廠商及，知玻璃版所用鏡頭片子，均與石印者不同，亦非在尊處之照工孫姓所能。兄如不喜石印，可改用金屬版，其效用與玻璃版不相上下，印五百部所費比石印爲多，然弟輩決不計較及此也。

菊生先生屬筆致意。 9—8—2

（四）印刷所列支印製成本函

《留真譜》

二册二百頁，用上等連史一開六，石印五百部，成本如左：

[1] 袁克文。

製版　照相落石，六十七石，每石二元，計洋一百三十四元。
工料
紙　三三令三三，每令七元八角，二百五十九元九角七分。
印　一元二角，四十元。
釘　一元二角，十二元。
絲綫、面子　連看頁，每部面子二角四分，絲綫四分，看頁一分一厘，三十七元五角。
計洋三百四十九元四角七分。
共計洋四百八十三元四角七分，每部合洋九角六分七厘。
若用玻璃版印，每面製版印工（印五百張，版心扯6×8吋）五元五角，四百面。
共計洋二千二百元，工料另加。
用科舉紙　每令二十四元七角二分（開十）印，計工料洋五百四十三元九角。
兩共計洋二千七百四十四元，每部合洋五元四角九分。

十一

星如吾兄有道大人閣下：
十四、二十兩日接讀諭言及《藝術叢編》，欣蒙指示一切，藉廣見聞，歡慰之至。所擬《書影》辦法，近與宗子岱兄商酌，匡外加印十一字删去不用，改用封面一頁，以《鐵琴銅劍樓宋本書影》九字冠之，是否有當，還乞卓裁，至印法准用石印無异議也。承許賜新刊《毛詩》《管子》《甲乙集》各十部，昨已由菊生兄分惠到《管子》四部。收閱之餘，深抱不安，弟擬請以後毋須如此厚贈，苟每種一份已覺足矣。俾他日彙成《四部叢刊》，驟增東壁之富，快何如之。尊囑向顧蘭植①轉假《學箕初稿》，頃得顧君覆函，據云彼處亦有目無賦，原函附呈台覽②。繆氏《留真譜》已收到，《藝術叢編》掛號遞奉，希即檢收爲幸。留真《書影》擬稍俟秋涼，即煩貴友照影。知念附聞。《忠宣公像》跋未知能竣事否？邑人士皆以早睹爲快。草此奉覆，即請暑安，惟照不宣。弟瞿啓甲頓首上言。兒輩隨叩。

夏曆六月廿一日。

菊生先生處另函奉候

十二

星如吾兄有道惠鑒：

疊蒙頒諭，讀悉壹是。并展《忠宣公遺像》四幅，鬚眉絲毫不爽，神采無异原本，歡慰之至。承云中紙質鬆，設色不甚相宜，不若西紙堅美，經吾兄一再試印，擇善而成，感何可言。弟擬印三百部之《畫像》用西紙設色，二百部《畫像》用中紙印不加顏色，如此辦理兩全其美，不審於手續上有無礙難之處？務祈轉詢貴工匠爲禱。《書影》各書，刻正在檢集散裝，一俟檢齊即當點交朱先生照印，其板用石可無疑也。種瀆清神，敢不銘鐫。天氣入秋以來，披襟稱快，吾公大可來鄉暢敘。苟如所請，尚乞先日示知爲幸。此覆，即請撰安，惟照不宣。弟瞿啓甲頓首。兒輩隨叩。夏曆七月初八日。

菊生先生前乞爲道候。

---

① 顧蘭植，即顧葆和，又名和生，字蘭澤，一作瀾蟄，顧湘之孫。常熟人。約生於同治八年，卒於民國年間。藏書家。瞿啓甲謂其「嘗得舊山樓部分精槧本及名人稿本，秘藏勿替」。藏書處爲藕香簃、環秀居、桐月松風館。有《小石山房書目》等著作。

② 孫星如藏札封面題「顧葆和」札「另貼」，知另有一本，瞿信「原函附呈台覽」未見是册，當另貼也。

十三

星如吾兄有道惠鑒：

昨接十一日還雲，誦悉種切。《忠宣公遺像》四幅既中紙柔弱，不耐擦刷，不妨請全用西紙設色套印，不必另製版也。面籤節取楊題①，甚善甚佳。《四部叢刊》承許分贈一部，感何可言，即黄紙全書已覺受之有愧，安敢計及白紙，非分之賜，敢不拜嘉。惟是既有桃投，愧無瓊報，容後面時再伸謝悃。先此奉覆，即請撰安，惟照不宣。弟啓甲頓首上言。兒輩隨叩。

菊生兄處乞爲候候，并代道謝。

前談書籍，係友人患恙，尚未取到。所有四王惲吴扇册十張，今托孫如賓先生帶上，希轉詢貴友爲盼。弟擬二十邊遊浙，或便道過滬至貴館奉訪。又及。

十四

星如吾兄有道：

日前在滬暢聆麈教，歡慰之至，廿七日匆匆返蘇，未及趨辭，歉甚歉甚。初一日抵常接讀惠書，藉悉《書影》製金屬版，非濕片所能成立，承吾兄畫策至再，感何可言。弟今決意仍踵前議，以石版製之。經部宋本均已照出玻璃本即運滬，弟已止之矣。金元版附印甚爲贊成，惟目中元版甚多，非得吾兄代爲選擇，恐有遺漏濫收之虞，難成此書之完美。閣下既愛我在前，決不至見棄於後。弟深愧才疏學淺，徒有好古之名，而無鑒古之實，務祈代爲選擇數十種，俾即遵行。《忠宣公圖像》能早日運常，實深感盼。近聞子岱兄於初六、七有浙遊之説，想道出滬上必奉訪也。知念附聞。草此奉覆，即請撰安，惟照不宣。小弟瞿啓甲頓首。小兒輩隨叩。夏曆桂月四日。

①楊沂孫（一八一三—一八八一），字泳春，號子輿，晚署豪叟。常熟人。一八四三年舉人，官至安徽鳳陽知府。善書法，精篆書，兼工篆刻。著有《管子今編》等。

十五

星如吾兄有道惠鑒：

十日承頒瑶章，莊誦之餘，欣悉種切。《資治通鑑》補照缺頁，業經預備，囑鈔《春秋繁露》已與善書者説好，專待吾兄寄舊紙來，常即可開鈔。其紙共需一百九十一頁，所來樣紙其色較吾書稍白，甚善。如尊處缺少，敝處照樣明皮紙尚多，可以奉贈相配也。《春秋繁露》原書第十三卷内原缺第一頁、第二頁兩頁，不審吾兄能否於别處鈔補，如有，擬請惠我補鈔爲禱。尊刻《四部叢刊》及《忠宣公遺像》已由菊生兄賜來，感謝不盡。《忠宣公遺像》一俟治裝完善，即當奉贈十份，以便轉贈貴親友。昨舍親徐少逵[1]兄寄來讀書札記三條，隨函寄奉，尚乞哂存。弟近日續遊浙江，恐道出滬江不及趨訪也。專此上達，即請節安，惟照不宣。小弟瞿啓甲頓首。夏曆中秋日。

附徐少逵讀書札記

《涵芬樓秘笈》八集刊周玄暐《涇林續記》，云出明鈔本，孫氏毓修跋謂卷首有玉蘭堂文氏[2]、歸來堂葉氏[3]及季滄葦[4]諸家印記，三百年來，傳本僅見。然此書潘文勤[5]師已刊入《功順堂叢書》。文勤師跋謂卷端有『季振宜印』『滄葦』『玉蘭堂』『禮邸珍玩』朱記，

① 徐兆璋（一八六七—一九四〇），字少逵，號虹隱。常熟何市人。工詩古文，光緒十五年進士，授翰林院編修。民初與瞿啓甲同選爲首届國會衆議員議員。著述極多，其中遺稿《虹隱樓日記》共六百餘册，爲清末民初邑中重要文獻資料，現藏於常熟圖書館。曾繼丁祖蔭後主持《常昭合志》修纂。爲文獻家、藏書家。

② 文徵明（一四七〇—一五五九），初名璧，以字行，更字徵仲，號衡山居士。明蘇州府長洲人。從吴寬學文章，從沈周學畫。與祝允明、唐寅、徐禎卿并稱『吴中四才子』；與沈周、唐寅、仇英同以畫名，號『吴門四家』。善詩文，工行草，精小楷。擅山水、花卉、蘭竹、人物。有室名玉磬山房、玉蘭堂、翠竹齋、鐵研齋等。

③ 葉樹廉（一六一九—一六八六），一名萬，又名樹蓮，字石君。清吴縣東山人，曾僑居常熟。博學嗜古，藏書至數千卷，遇宋元鈔本及名家收藏古帙，必重價購之。其所藏書，條别部居，精辨真贋，手識其由來，識者皆以爲當。室名有樸學齋、歸來草堂。

④ 季振宜（一六三〇—一六七四），字詵兮，號滄葦。江蘇泰興人。順治四年進士，授浙江蘭溪知縣。歷任刑部主事、户部員外郎、浙江道御史。藏書富甲海内。

⑤ 潘祖蔭（一八三〇—一八九〇），字東鏞，號伯寅，又號鄭盦、鄭庵。江蘇吴縣人。室名二十鐘山房、八求精舍、功順堂、滂喜齋、攀古樓等。咸豐二年進士，授編修，累遷侍講學士。官工部尚書、軍機大臣，加太子太保銜。藏書家、金石學家、收藏家。所藏國寶大盂鼎、大克鼎爲後人捐獻國家。謚號文勤。

似涵芬樓所得即文勤師舊藏。予取二本對校，并無异同，有數事可訂《秘笈》之訛者。如「丙戌鼎甲」條「乞置二甲第一」，《功順堂》本作「乞置二甲希一部署」；「我朝令甲」條「秦鳴夏、浦麟應順天鄉試」，《功順堂》本作「應麟」。按浦名應麟，下文可證。又「懋修後大魁天下」，《功順堂》本「後」作「復」。「萬曆庚寅」條「皆以兵象」，《功順堂》本作「皆似兵像」。按「以」當作「似」，惟「兵像」宜從《秘笈》本作「象」。「尹春寰」條「堂中一衣裴峩冠人」，《功順堂》本「裴」作「緋」。「閩廣奸商」條「夷後增一文」，《功順堂》「後」作「復」。又「旁有點者臾之」，《功順堂》本「臾」作「更」。「萬曆己酉」條「壁中聲嚮如初」，又「則嚮聲移於牀柱」，《功順堂》本「嚮」作「響」。「蘇城李某」條「多寡一輒」，《功順堂》本「輒」作「轍」。又「在徐門外」，《功順堂》本「徐」作「齊」。「欽州東南」條與下「請發兵討賊」條本合爲一，不另行，《功順堂》本不誤。「萬曆庚子」條「必將坐稿囹圄」，《功順堂》本「稿」作「槁」。「電白東行」條「至久尤熱」，《功順堂》本「久」作「冬」。「三縣令侯按君」條「而天地備焉」，《功順堂》本「天地」下有「人」字。此皆可補孫校之闕遺。惟孫跋謂「玄暐之祖復俊著《涇林雜記》，此題《續記》，示有所本也」，文勤跋則謂「是書題《續記》而中述「嚴東樓事」，有云「世蕃諸不法狀詳載于《祖記》中」，祖者始也，然則玄暐是書之外，先有《涇林祖記》，今佚不傳」。考周復俊《涇林雜記》，見光緒《崑新合志》著述目，是玄暐所稱《祖記》即指復俊所記，祖始之義，未免附會。又玄暐所著書，《續記》外尚有《東吴名賢録》《涇林類記》，亦見《合志》著述目，孫跋謂縣誌藝文門未著録，蓋未檢光緒志耳。

又《秘笈》八集所刊宋周南《山房集》，後附勘誤一條云：「征鴻已作隨陽計，陽應作楊」。按原詩對句「社燕能爲幾日留」，「幾日」正與「隨陽」爲偶，雁爲隨陽之鳥，何以改「陽」作「楊」，此必有誤。

夏氏敬觀[1]爲商務印書館校刊宋元人説部書，所據多善本，精審不苟。然予讀王銍《默記》卷上「世傳王迥遇女仙周瑶英事」一條，

[1] 夏敬觀（一八七一—一九五三），字鑒臣、劍臣、劍丞、鑒丞等。江西新建人。室名窈窕釋迦室、忍古樓。早歲中鄉試，入張之洞幕府，辦兩江師範學堂，任復旦和中國公學監督。一九〇九年棄官，一九一六年任涵芬樓撰述，一九一九年任浙江教育廳長。後辭職居滬著書以終。以詩詞名播南北，工畫。

「晏元獻謂迥父郎官王璐云，上令殊呼郎中密托令似，以皇子屢夭，深軫上心，試于帝所問早晚之期，與後來皇子還得定否？」校云『令』疑『今』之訛。又卷中『劉原父就省試時』一條，『鄂州郡守王山民謂原父父立之曰，四海多士，雖令似才俊，豈可預料』。校云『似』疑誤。案『令似』猶言『令嗣』，今人尚沿用之。《默記》兩見，可知宋人已有此稱矣。夏校或云『令』誤，或云『似』誤，比而觀之，有不啞然失笑者哉。梁章鉅《稱謂録》卷六『令似』下即引《默記》『劉原父就省試事』爲證，謂《詩》『以似以續』，令似當本此，亦足證成予説矣。

十六

星如仁兄有道惠鑒：

前月底之江往返，道經滬上，并未勾留，不獲趨訪爲念。抵家後接讀八月十八日還雲，正擬脩箋奉覆，忽因左目紅腫，竟旬餘日未能作字，遲覆歉甚，想知己定不以我爲疏懶也。昨又接到九月四日惠書并宋本經、史、子、集書影四樣張，展讀之餘，欣感無已。金元本業經遵命檢出付照，約得百十餘種，彙集成書，誠屬巨觀，惟其中如有疑義，務祈指教爲幸。書後尚須稍遲寄奉。《春秋繁露》已倩舍親開鈔，中縫匡式悉照原書，可免懸念。草此奉覆，即請撰安，惟照不宣。弟啓甲頓首。九月初七日。

隨函附贈松樹蕈油一小甏，祈即哂嘗，惟祈酌加醬油重煮，否則恐易霉壞。另一小甏乞轉交菊生先生試嘗爲幸。再前寄存扇册如有妥便，寄下是荷。又及。

十七

星如吾兄有道：

日前奉到九月八日惠書，讀悉種切。《四部叢刊》敝友及圖書館中共需購白紙一部、毛邊紙兩部。其款擬稍遲至舊曆十一月中躉繳，書籍裝運，俟届繳款時托便船前來領取，以冀邀免郵費。務祈轉告發行主任，預留三券爲幸。扇册已向君閎收取矣，其價雖昂，前途尚可商量。

李書籍[1]聞尚有他種，容近日抵城詢之，如能取到頭本，即當覓妥寄奉。宋本書影已校訖寄上，惟墨色間有不到處，應請囑印手留意，餘無疵也。元板書影已照出者諒呈典籤，如中間有不精之本儘可删去，仍求指教。菊生兄已南旋否？草此奉覆，即請撰安，惟照不宣。弟啓甲頓首上言。兒輩隨叩。九月望日。

朱少卿近患瘧疾，熱勢頗盛。知係錦念，合此附達。又及。

十八

星如吾兄有道：

昨午接讀九月十四日、十五兩日惠書，藉承論《書影》邊款金、元二種應分别書寫，固屬至論，謹當遵辦。惟各書均已印就，如何補救之法，務祈裁行。其中金本僅有五種，或就五種書上添印『金本』二字，以示分别，不審妥善否？金元書影將來或并宋書影合裝，或另稱謂《續集》尚在未定，統希尊裁。宋殘本《林和靖集》《藝文類聚》均經檢出付照矣。弟十五日脩奉蕪函，諒登記室。所須佛經數種尚未轉到，大約尚在郵筒中，一俟收到後，當即珍藏永保。《忠宣公圖像》先寄上十部，以備吾兄轉贈親友。另備四十部尚在治裝，容稍緩續寄菊生兄，分贈貴館中各友，如不敷分贈之處，尚可續奉。近日朱少卿所患間日瘧疾，熱勢來時十分沈重，幸喜有間斷之候。知念附達。專此奉覆，即請台安。弟啓甲頓首。兒輩隨叩。九月十七日燈下。

十九

星如吾兄有道：

[1] 指李士輿售書一事，下同。

昨由城旋里，得讀十九、二十日惠書，欣悉種切。金元書影樣張經、史、子三部均經收讀，當稍緩寄呈。惟邊款『金元』字樣早經貴館印就，如何補救之法悉聽尊裁，祈吾公就近囑印手分別更正爲幸。中間除《尚書注疏》《大觀本草》《孔氏祖庭廣訓》《歌詩編》《蕭閑老人明秀集注》五種金板，餘皆元本。至《吴淵穎集》，因每卷首皆有模糊處，故尚付缺如，未曾印入，今已補印矣。朱少卿瘧疾已愈。李書集四種及《忠宣公圖》四十部統俟朱少卿月初返滬帶呈。書後正在摘録，尚須稍遲呈政。《忠宣公圖》所餘甚多，請哂存勿却，或分贈貴親友可也。草此奉覆，即請撰安。小弟瞿啓甲頓首。廿五日。

再者，《四部叢刊》又有友人托辦一部，共須白紙一部、毛邊三部，均要印書根，其費當照加可也，所款皆於十一月中躉付也。又及。

二十

頃承電話，因此間人聲嘈雜，聽難清楚，故特走人前來，務祈賜示。所有《中郎集》一部，如價格不合，請即交來价①攜回。再《忠宣公圖》原册諒可不用，亦請交下爲盼。弟擬明早九時車返常，專此奉辭，即請星如吾兄有道大鑒。弟甲頓首。廿六日下午。

二十一

星如吾兄有道：

初一、初六兩日承疊頒瑶章，均經讀悉。尊示葉焕翁所論書影不加書後黄跋，固屬書影之本旨，確是高見。昨已與子戴、君宏、芝蓀等商酌，皆云苟加書後附刊黄跋，不特可引起閱者之興趣，并可證明所刊之不僞，亦書林掌故中不可少之物也。弟再四思維，擬仍踵始議。書後已托芝蓀删改，約旬餘日即可寄呈。承惠《鐵崖樂府》敘一頁，俾我完書，生存均感。《大戴記》《南雷文集》各一部，拜

①价：舊時稱派遣傳遞東西或傳達事情的人。

領之餘，感謝不盡。前所定《四部叢刊》共需白紙兩部、黃紙兩部，内黃紙一部不要印書根，餘白紙二部、黃紙一部皆要書根。元板集部樣張已由郵局轉到，請勿念也。草此奉覆，即請撰安，惟照不宣。小弟瞿啓甲頓首。初八日。

再者，前寄上之宋書影樣張經、史、子、集四種，可否仍請寄下？又巾箱本《尚書》及小字本《文選》亦請另寄各一頁。又。

二十二

星如吾兄有道：

初八日脩奉蕪函，諒邀洞悉。昨午後接讀惠書并《鹽鐵論》樣書半頁，弟即將所藏本核對，竟絲毫不爽，都、涂序俱無。又查顧千里所校舊抄本，亦無都、涂二序。其紙色甚黃，頗似元紙。明喬刻及張注兩本款式均與此本不同，誠可寶也。承念及小兒遊學吳淞，未知果能成行否？如成事實，庽滬庽淞尚在未定，務祈隨時指教爲禱。此覆，即請撰安。弟瞿啓甲頓首。諸兒輩隨叩。夏曆十月初十日。

二十三

星如吾兄有道：

十五日還雲讀悉。宋書影樣張四本、《尚書》《文選》各一張、刻經處收據、蔣君覆函均經照收無誤。前承捐入敝邑圖書館書籍已由館中填發收據徑寄①，諒入典籤矣。李書籍能否收用，深以爲念，前途已來問過。菊翁已返滬否？《四部叢刊》第二批書聞已出齊，弟經定四部擬於來月中繳款領書，先此上達，即請撰安。弟瞿啓甲頓首。小兒輩隨叩。夏曆十月廿四日。

正發函間，李氏又有信來，催詢各書，如不合意，請即交郵掛號寄還爲盼。原函附上，又及。

①即此册附貼常熟縣圖書館收書證兩份。一份爲『今收到孫星如君捐入本館《金剛經》六種，各書壹種共壹本，此證。（鈐印）中華民國九年六月 日第壹柒肆號』。一份爲『今收到孫星如君捐入本館《櫝山類稿》，各書壹種共捌本，此證。（鈐印）中華民國九年十月 日 第壹柒伍號』。

附李士璵函

良士先生大鑒：

所有敝藏《述异記》等舊籍四種，係九月十八日寄呈台端，時閱月餘，前途合意與否，自必確定。如果無意，即請函致前途從速寄還，至爲感禱。手此，布頌大安。士璵拜手。十月廿四日。

二十四

星如仁兄有道：

日前得讀廿四、廿八日惠書兩通，獲悉種切，未能即答爲歉。宋書影樣本悉數托子戴兄來滬之便帶呈台覽，中間最難刷印者已删去六七種，亦托子戴兄面商辦理。承委代裝《崑山雜詠》，本可早日告成，緣所倣者係邑中有名好手，患瘧新愈，故遲之。《春秋繁露》約本月望前可以寫竣，已催過矣，擬俟寫畢亦爲代裝，當與《崑山雜詠》一併寄呈。李書已將尊函交閱，得有覆函，勢難成也。請將原書交郵或即托子戴兄帶下爲禱。專覆，即請撰安，惟照不宣。弟瞿啓甲頓首。兒輩隨叩。十一月三日燈下。

李覆函附上。

二十五

星如仁兄有道：

一昨接讀惠書并李書八本，收到後即繳訖矣。子岱兄於初七回常，所商書影中不清者約十種，本可删去，緣卷中尚有可取之書，擬稍緩攜滬補照也。代鈔《春秋繁露》頃已寫竣[1]，已代付治裝，惟此書劃格較《崑山雜詠》須稍費時日，弟當囑手民從速爲之。草草奉覆，

[1] 孫毓修稿本《留庵編年書目》「辛酉年」條下録「《春秋繁露》十二卷四册，瞿良士爲我影鈔蘭雪堂活字本」（書名旁朱筆「八十」）。

容俟續陳。此上，即請冬安，惟照不宣。弟瞿啓甲頓首。諸兒輩隨叩。原曆十一月冬至日。

菊翁前乞爲道候，不另札。

二十六

星如仁兄有道：

前日奉讀惠書，遲未作覆爲歉。前所定《四部叢刊》（兩連四、兩毛邊）四部，其款擬即日滙上，惟昨日接丁初我來函，云及該款尚可援熟人經辦之例，照原價九扣奉繳。原函附呈台覽，是否有當，務乞示知，以便遵行。頃又有友人囑添購（毛邊紙，要書根）一部，諒可仍照前定之例。連前定共需連四紙兩部、毛邊紙三部。該書請分裝五箱，約望日前托便船持敝函前來裝運。李《蔡中郎》等書竟無商量餘地，宋槧書本無，已問過矣。《書影》書後宋刊本雖已脱稿，尚未寫清。金元本正在動手，大約年終可以告成，一俟竣事，即當奉上。各書影如能除補照數種外，先行上石刷印最妙，希裁奪爲幸。《崑山雜詠》已裝好矣，俟有妥便，可以寄奉。《春秋繁露》劃格須多費時日，恐年内不能竣也①。知念，合此奉告。敬請爐安，惟照不宣。弟瞿啓甲頓首。小兒輩隨叩。夏曆十二月初五日。

菊生先生處乞爲道候，不另札。

附丁祖蔭信函

良士先生大鑒：

前托定《四部叢刊》，兹繳上四百五十元又附寫書根洋卅二元，希代匯寄。近晤子戴及滬友，俱云熟人可照原價九扣付款。星如先生并向子戴當面許過，况如吾公書林深契，自可援例以請也。《書影》識語，宋本已完成，元槧即着手，并告。此頌大安。弟丁祖蔭頓首。

①孫毓修稿本《辛酉壬戌日記》（私人藏）一九二一年四月三日記有『寒甚，午後未至館，瞿良士爲我影寫蘭雪堂本《春秋繁露》，付裝僕人三、畫綠闌，裝成四册，精雅之至，作跋一首』。

二十七

星如仁兄有道：

前代親友所定《四部叢刊》五部，除初六、七日已匯繳各款外，尚餘一部價未繳。今買書本人（許師叔）親自前來繳價領書，囑筆致意（竹紙有書根者）。向即算取所值，其書一份，可交攜回。餘四份另囑船家來裝運。此上，即請撰安。弟瞿啓甲頓首。

預約券隨書帶回。又及。

二十八

星如吾兄有道：

頃昨兩讀惠書，藉悉種切。諸親友所托預定《四部叢刊》五部，皆因情不可却，故爲介紹。今忽聞白紙售罄，僅有黄紙，購白紙者群相詰責，不願通融，俾弟有兩難之勢，務祈代爲説法，騰出連四兩部，以符預定之數。丁初我原函附呈台覽。再者，邑中擬用石印舊鈔《琴川志》，用連四六開連照費約印五百份，每張需價若干，乞囑貴友詳爲核算示知是禱，此覆，即請爐安。弟瞿啓甲頓首。兒輩隨叩。

十二月十三日。

菊生兄前乞爲道候。

附丁祖蔭信函

良士先生大鑒：

頃轉示孫星翁函，殊有疑問。弟與紀玉①兩部，於舊曆八月托定，一再説明須訂連史。十月中見商務寄上定書單，又列明尊定四部。

①王兆麟，字紀玉、季玉。常熟人。藏書家，曾爲常熟圖書館第四任館長。藏書處名『爐餘樓』。

至遲遲付款者，者因公言俟有便攜滬耳。一切候命而行，不意如此回絶，殊爲失望。吾公與彼交誼非尋常，且借印多書於叢刻，功亦不尠，務懇切商前途設法，騰出連史兩部，決不可待至再版期間。彼此以信用爲重，希速爲設法，弟與紀玉無任盼切，專上，即候復音，并頌著安。

弟丁蔭頓首。十二月十二日。

二十九

星如吾兄有道：

夏正七日，承惠瑶章，欣悉種切。并審獻歲以來，諸多增吉，似頌如禱。去歲底尊處暫還丁、王二君《叢刊》款，均由中國銀行匯下，已分還，尚未具覆爲歉。近日又接到《叢刊》五箱，分致各購者外，餘歸敝藏，深感無已。葉煥彬來函[①]，云及敝刊《書影》名稱尚覺少當，宜倣張叔未[②]先生《清儀閣題跋》蜀銅範之説義，更名爲《宋元書範》，或有當也。所論如此，當請卓裁是幸[③]。書後早已脱稿，因新正候寫手乏人，是以遲遲未經奉上，大約儘此月中可以呈政矣。餘不多述，即請春安，惟照不宣。弟瞿啓甲頓首。小兒輩隨叩。夏正十三日。

菊生兄處乞爲道候，不另札。

《元書影》擬重照四五頁，又補照跋三頁，擬本月底來滬攜原書來前補照。合此附聞，又啓。

① 指葉氏辛酉正月初三日至函瞿氏，爲一通三頁，已見諸拍場。審内容大概一是感謝瞿氏賜書《先德畫像》及與其商議《書影》的名稱。認爲『《留真譜》之名空洞無着，《書影》亦隔一層』，提議定名『《宋元書範》或并印明本舊本，名《古書範》或《古書類範》』，并舉張叔未例；二是言『年底回湘，蘇寓轉寄』，三是談及『《僞蜀文答撰》係類書之屬，見晁公武《郡齋讀書志》，自元明以來官私書目均未載』，『疑宋時未刻』；四是對『宋抄《太元經》未印甚爲可惜』，問瞿氏能否自印。

② 張廷濟（一七六八—一八四八），原名汝霖，字順安，號叔未，晚號眉壽老人。浙江嘉興人。室名眉壽堂、蘭心閣、清儀閣、學壽齋、桂馨堂等。金石學家、書畫家、收藏家。嘉慶三年解元，屢躓禮闈，遂結廬高隱，以圖書金石自娱。

③ 按孫氏正月十八復書曰：『葉煥彬商改「書影」爲「書範」，未審尊意如何？鄙意竊謂不然，俟面時再論。』（見柳和城《孫毓修評傳》第二百八十三頁）。

三十

星如仁兄有道：

久未脩箋奉候，念念。維起居多佳，撰述宏富爲頌。前承委查柳開《河東集》，乃知敝藏本亦缺是頁，大約叢書堂抄時已缺。其中間夾有白頁，弟竟忘覆台端。頃於案頭翻閱尊函，憶及尚未覆命，歉甚歉甚。他日如能於別處補得，務乞惠我爲幸。此覆，即請台安。

弟瞿啓甲頓首。兒輩隨叩。夏曆二月十八日。

三十一

星如吾兄有道：

月初奉讀瑤章，欣悉起居多佳，撰述宏富，如頌似禱。《書影》識語，近日始能録清，并書影樣張八卷另函郵寄，務希指謬。卷首苟得閣下及菊翁加以跋語，尤爲欣幸。宋書影中擬請重印者八種，樣書上均已籤明重印各書及黄跋，約月初攜滬付照。元書影中添印黄跋兩頁半，餘無更動之處，統祈檢交貴公司精印可也。昨蘇友趙月南來常，云及煥彬先生已返吴門，想已把晤矣。弟處久未通信，深以爲念，乞晤時代爲候候。書影名稱弟擬仍從前議不更易也。知念奉告，餘不多述。草此，即請台安，惟照不宣。弟瞿啓甲頓首。兒輩隨叩。

辛酉三月二十日燈下。

菊生兄處乞爲候候。

三十二

星如仁兄有道：

一昨捧讀還雲，欣悉《宋元書影》樣及識語均登記室，蒙許印以料半，識語亦用石印，其精較始擬多多矣。弟既受貴公司厚報，又經閣下商以盡善盡美之辦法，感何可言。書影名稱，近日又接煥彬來函問及，弟已告其業經付印，恐難更動，原函附呈台覽。去歲丁君芝蓀、王君季玉所定《四部叢刊》白紙兩部，曾經閣下許定於續印中留出，價照原定折讓。弟當囑丁、王二君於近日匯款前來，務希即爲致照發行所是幸。弟近日與耿公、芝蓀、邵息老[1]等發起徵集邑中各收藏家書畫古物，開北省助賑展覽會，於本月十一日起，以六日爲期。屆時吾兄能來同觀，不勝歡迎之至。專此奉覆，即請撰安。弟瞿啓甲頓首。兒輩隨叩。夏曆四月初六日。

菊生兄處乞爲候候。

三十三

星如吾兄有道：

日前接讀還雲，藉悉丁、王兩君書款匯解前來，已由尊處照收無誤。該書將來運常，當由丁、王兩君派人前來領取，惟須煩貴館裝箱封固，箱費應由丁、王另繳。預約券兩份或寄至弟處，或徑寄丁、王兩君均可，悉聽尊便。專此奉覆，即請撰安。弟瞿啓甲頓首。兒輩隨叩。

夏曆四月十八日。

丁芝蓀住址常熟西門内西倉前，王季玉住址常熟西門外曬麥場。

三十四

星如吾兄有道：

廿六日在滬暢聆教言，并承偕覽遠東運動會，飽以西點，欣感無已[2]。次晨滿擬踵觀貴印刷各機房，藉廣見聞，後因稍購用物，午輪返蘇，

①邵松年（一八四九—一九二四），字伯英，號息庵。江蘇常熟人，曾寄籍宛平。邵亨豫之子。光緒九年進士，選庶吉士，授編修。曾任河南學政。光緒二十一年歸田奉母。擅書法，精鑒賞。與瞿啓甲爲親家。

②孫毓修稿本《辛酉壬戌日記》一九二一年六月二日記載：『常熟瞿良士等來上海，同至虹口公園視遠東運動會，費五元，某館出，吾有人從耳。』

有志未逮。未及道辭之罪，祈知已諒之。所商印書影紙料一事，能否完我所願，全賴鼎力成之（張元濟邊批：請與夢翁[①]一商，再行估價示下，再請作覆。元濟）。補照各書，俟照竣後請代爲保存，容後有妥人抵滬之便領取可也。今夏吾兄如來常避暑，弟當掃徑設榻以迎，諒不嫌窮鄉鄙俗，陋室容身。或登臨虞山，或放棹尚湖，均稱便利，尚祈如約爲禱。弟廿八日抵常，在城小作勾留，於昨日返鄉，未即專函道謝爲歉。此上，即請撰安，諸惟垂照，不宣。小弟瞿啓甲頓首。夏曆五月七日。

正發函間讀惠書，敬悉種切。書影尚有模糊者五張，容查原書，如能檢清楚者再當奉煩。惟諸煩錦心，不安之至，又及。

三十五

星如吾兄有道：

日前在滬得聆麈教，歡慰之至。補照書影各原書散頁，十一日晚間由朱少卿送至東亞，均收到無誤。十二日弟即乘早車旋里，未及趨辭台端，菊生兄處亦未能趨候，益深歉仄。十四日接讀惠書，獲悉種切，感甚感甚。《書影》序跋，務必借重閣下及菊生兄爲之，祈暇時賜撰爲幸。《龍龕手鑑》頃據積餘兄來函[②]云及，是遼刊本非宋板，價貳百元。弟意遼刊本固屬罕見之書，其價未免過昂，如出此鉅價易歸，仍不能配入一律，不如暫從緩議。前途苟能減半價讓人，弟當勉力爲之，但不審與書影中所照者相同否？專此覆奉，即請暑安，惟照不宣。弟瞿啓甲頓首。小兒輩隨叩。原曆六月十六日。

菊生兄處乞爲道候，不另札。

①夢翁，即指高夢旦。時爲商務出版部部長。高夢旦（一八七〇—一九三六），名鳳謙，字夢旦。福建長樂人。少時不登科場，不入仕途，好實用之學。曾任浙江大學堂總教習，後入商務印書館辦編譯所。一九一八年接替張元濟任編譯所長。一九二一年『舉才讓賢』任出版部部長。與張元濟同爲商務重量級人物。鄭振鐸爲其女婿。

②此處來函或指徐氏五月十四日左右有信二通五頁（已見拍賣）。一通言大東書局刻《洪氏集》《龍龕手鑑》二書情況。另請瞿氏景抄宋元書八種，計宋刻《廣成先生玉函經》、宋刻《忘憂清樂集》、影宋鈔本《六韜》、宋刻《續幽怪録》、影宋鈔本《新雕詩品》、元刻《樂府新聲》、元臨本《白虎通俗論、風俗通議》、元刻《直説素書》。并言前兩種能否『先睹爲快』。

再者，前日所談《四部叢刊》木箱洋四元，是代圖書館及丁景陶繳，并非贈我之《四部叢刊》之木箱費（弟當時誤會），贈我之書木箱費，貴館并未取償，請吾兄不必告貴執事也。圖書館、丁景陶應繳之款，現已交朱少卿轉還矣。附此聲明，又及。

三十六

星如吾兄有道：

昨兩讀惠書，欣悉種切。囑鈔《草堂雅集》，當俟《元一統志》寫畢即爲付鈔，緣其人字跡端正。該書已查見，共有五百念九頁，最好用前鈔《崑山雜詠》之紙，大小相似，聞虹口東洋店中有此紙。還希卓裁。前至滬匆匆言旋[1]，徐積餘兄處未及往訪，《龍龕手鑑》無從比較也。《書影》能開印否？貴館擬來續照各書，其種類如已擬定，請示知爲盼。弟兩次來滬，因天熱未能久留，不獲暢敘，念甚。當俟八、九月間再作復遊之計。專此奉覆，即請撰安，惟照不宣。弟啓甲頓首。兒輩隨叩。夏曆六月廿三日。

菊生兄乞爲候候，不另札。

三十七

星如吾兄有道：

一昨修奉蕪函，諒登記室。前爲敝友代定白紙《四部叢刊》，承菊生兄函許通融辦法，照現價六百元折以九折，連書根五百四十元，深感之至。今前途擬易毛邊紙，其價不審亦能以現價五百元（連書根）折九合算？如能照此辦理，當即囑前途滙款來滬，務乞便中一商示知是幸（張元濟墨批：可以照准，須與營業部接洽，再知定書櫃。張元濟）。此上，即請暑安。弟瞿啓甲頓首。夏曆六月廿七日。

[1] 孫毓修稿本《辛酉壬戌日記》一九二一年七月十四日記載瞿啓甲來滬，十六日孫氏午後去大馬路旅館時瞿已返。存此對照。

三十八

星如吾兄有道：

一昨具函上達，諒入典籤。茲有懇者，我邑《縣志》續脩將竣，所用縣境全圖擬用石印。裁成紙樣一張，附函上呈，務請飭公司中核算，照此紙樣大小，一石能容兩張否，抑祇可容一張尚有餘地？若干尺寸？印一千張用料半紙或西紙，工料共需若干？統希示知是盼。《元一統志》已寫竣交來，弟擬即爲校對，約旬日中即可寄奉，請轉告菊生兄爲禱。此上，即請暑安。小弟瞿啓甲頓首。兒輩隨叩。荷月晦日。

三十九

星如吾兄有道：

今晨郵呈蕪函，諒當日即可達覽。廿九日尊諭今晚展讀，并書影、識語樣張一紙，精善無比。惟十八、九兩行可以低下兩格，大約鈔稿本時爲寫生所誤，務希轉告貴公司中爲禱。承吾兄冒暑督促成書，感謝不盡。專此奉覆，即請撰安，惟照不宣。小弟瞿啓甲頓首。夏曆荷月晦日。

四十

星如老哥有道：

前承示悉，印敝縣境圖每千張拾柒元，其石墨、照相等費是否均在内，抑另加石墨、照相等費，還祈轉詢。原樣紙附上。瀆神不安。此上，即請撰安。小弟啓甲頓首。兒輩隨［叩］。夏曆七月十七日。

四十一

星如吾兄有道：

前日奉讀惠書，并識語稿樣各一卷，欣慰之至，即遵諭逐一校過，尚無大誤，中間稍有誤處已注明矣。字跡間有大小，應請轉告印工爲幸。《玉山草堂集》舊紙已覓得，當俟寄到後即交寫官動手。惟用舊紙鈔寫恐難影摹，祇好對鈔細校，校勘之役由弟任之可也。承詢及《知不足齋》，敝邑圖書館中已有舊石印本，《楝亭集》已定購矣。弟滬上之遊，恐一時不能如願，緣邑中大水爲災，低區哀鴻遍野，禾稻無存，廬舍漂没，人民流離失所者不可勝數，刻正與耿公、初我等籌款辦賑。惟敝邑連年歉收，備荒公款有限，募捐爲難，來日正長，深爲可慮，擬俟災啓捐摺刊就後即求助於鄰邦。尊處如能助我，實深感戴，并希指教一切爲禱。此上，即請台安。弟瞿啓甲頓首。兒輩隨叩。夏曆八月廿四日。

四十二

星如吾兄有道：

前日郵寄蕪函并識語稿印一卷，諒登記室。敝邑大水爲災，低區哀鴻遍野，弟等覩此慘狀，未敢緘默，敬附上捐摺，務祈吾兄轉告仁人義士，解囊指囷，以救窮黎，不勝馨香禱祝之至。專此奉懇，即請台安。弟瞿啓甲頓首。夏曆八月廿八日。

四十三

星如吾兄有道：

昨晚接讀廿六日尊函，知廿五日弟所寄上蕪函及識語稿樣各一卷尚未投前。大約邑中水災之後，輪船暫停，郵件較尋常稍遲所致。尊論金元識語仍以經、史、子、集分散入宋識語後，甚善甚佳。想識語如是，正文亦如是也，惟識語首行，須載明宋、金、元字樣。是否有當，仍乞裁定爲禱。專覆，即請撰安。弟瞿啓甲頓首。夏曆八月廿九日。

再者，廿七日又修奉蕪函，并灾賑捐摺一扣。弟本不敢作此不情之請，實見灾民之苦况所致，尚希諒之。又及。

正發函間，又接到廿七日尊函，讀悉函已達典籤，而書仍未送到，可怪之至。當即查本邑郵局中，如有確音，再當函覆。又及。

四十四

星如吾兄有道：

不晤以來，倏經百餘日矣。昨由南京歸，得讀華翰，藉悉種切。囑鈔《昌黎集》王序及第九卷首頁（序文兩頁隨函先寄），當即趕辦（正文一頁寫好再寄），約二三日中即可寄奉。金元書影識語，亦即囑手民録清（稍遲寄奉）補上。敝邑水灾，蒙募勸款項，以救灾民，實深感戴。謹代灾民九頓首，以謝厚澤。草此奉覆，即請台安。弟瞿啓甲頓首。九月廿一日。

四十五

星如仁兄有道：

夏曆二十一日曾覆蕪函，并《昌黎先生集》王序，交郵寄上，諒登記室。承募捐敝邑水灾賑款洋叁拾元并捐摺一扣，頃由君宏兄交來，心感之至①。一俟彙繳籌賑處，取得收據，再當函寄。《昌黎外集》第九卷首頁已好，茲隨寄上，即檢收爲禱。此上，即請台安。弟瞿啓甲頓首。夏曆九月廿三日。

金元書影識語，已交寫生重録，須稍遲時日寄奉。又及。

① 孫氏《辛酉日記》十月廿一日記：『常熟水灾，瞿良士寄來捐摺一扣，屬爲代募，僅得洋廿二元，予自捐八元，以湊三十元，托趙君宏帶去。』

四十六

星如吾兄有道：

昨讀二十、廿三日尊函，悉前代鈔《昌黎集》王序兩頁已呈典籤，惟正文第四頁誤爲第一頁，今已補鈔矣。王序下第六頁係諸家姓氏表，第七頁爲李漢序，諸家姓氏表亦補鈔，一併隨函附呈，統希檢納。識語草稿已蒙招到，可免重鈔，欣慰之至。此覆，即請撰安。弟瞿啓甲頓首。夏曆九月廿七日。

四十七

星如吾兄有道：

日前奉覆寸箋，并水灾捐款收據交郵遞呈，諒入典籤。承囑代鈔《草堂雅集》，紙頭尚未寄到，鈔手擱筆以待。如紙已覓得，可從速寄來，俾可即日動手。《書影》能印幾何，識語均能排就否？甚爲念念。此上，即請撰安，惟照不宣。弟瞿啓甲頓首。夏曆十月十九日。

四十八

星如吾兄有道：

一昨奉讀還雲，藉悉種切，欣感之至。承詢及《草堂雅集》頁數、格式，兹以另紙録呈，便中將紙寄來，當即囑寫官動手。前聞菊生兄偶患外症，不審能全愈否？久未通音，殊深念念。振捐票朱、錢二公誤寫，現已囑籌振處底册上更正矣。此覆，即請撰安，惟照不宣。弟啓甲頓首。十一月二日。

四十九

售書目[1]

《春秋經傳集解》宋刊元印，有王存谿跋。　廿八本，一千元。

《爾雅》郭注，明刊。　一本，八十元。

《揚子法言》元刊，有蔣楊孫、歸起諸朱記。　二本，四百元。（傅留）

《五代史》元刊，鈔配三本。　十二本，五百元。

《重刻楚辭》明刊。（孫毓修：有辯證、後集否？）　四本，八十元。（孫要，未留）

《古文苑》明精刊。（孫毓修：全書完善否？）　四本，八十元。（孫留，五十元。可否？）

《李太白集》元刊，分類補注。　十二本，五百元。

《經史證類本草（太）［大］觀》三朝本，鈔配四本。　卅六本，四百元。（傅留）

《資治通鑑》宋龍爪本。　二本，三百元。

《史記詳節》元刊[2]。　四本，一百廿元。

《駱賓王集》明刊。　四本，卅元。

《山居小玩》汲古閣刊本。　四本，六十元。

---

[1] 原信不存，僅有售書目。據《歷史文獻》十三期傅增湘致孫星如信可知瞿氏售書以賑災，先函孫星如，知間有一信談及。或原信呈張元濟先生。據《張元濟書札》有載涵芬樓不收，擬轉告傅氏商購一則，知其緣由。《歷史文獻》傅信所載十二種售書僅列五種，此函列表則全矣，可見本目。其中《揚子法言》《古文苑》《經史證類本草大觀》《史記詳節》首字加點加珠圈，《重刻楚辭》加點，當爲購者重點關注時圈點。此外孫毓修稿本《辛酉日記》十二月十二日亦有記載：『宗子岱來，攜示宋元明本十二種，言瞿良士托以求售，得錢賑常熟水灾。予示張菊生，菊生不願，惟傅沅叔留元本《揚子》、宋本《史記詳節》、金本《大觀本草》三種。』

[2] 《張元濟日記》、孫毓修《辛酉日記》、傅增湘信函均記爲宋刊。

孫毓修注：《山居小玩》《史記詳節》一百元，傳云有人要。傳要《法言》《本草》其價可讓去若干，托弟轉商。

（張元濟注：據云價亦可商。）

五十

星如老哥惠鑒：

昨展讀瑶章，欣悉《書影》經、史兩部，已蒙校訖上石，銘感五中。《宋史全文續資治通鑑》若有所疑，不妨删去，惟識語中不知能更動否？尊囑代鈔《草堂集》共需紙五百卅張，鄙意一時招尋舊楮，恐無如此之多，且書品甚大，不如即用新紙鈔寫爲便。弟處尚有太古箋，擬即用之付寫官動手，不識尊意然否？尚乞便中告我。耿公於日前來滬，所托帶呈《草堂雅集》格式單諒已達覽矣。專此奉覆，即請撰安。弟瞿啓甲頓首。兒輩隨叩。夏曆十一月十一日燈下。

尊館前云來續照書籍一事，是否於明春實行，應照之書已定否？又及。

五十一

星如吾兄有道：

昨奉讀惠書，悉所鈔《昌黎集》已登記室。前承代募水灾捐款，業經彙繳籌賑處，不獨灾民受惠無涯，即同人等亦深感佩。兹取到收據念張，隨函奉上。惟捐款上原書姓名偶有難認之處，收據照寫恐有誤也，務祈檢收一查。如有誤處，乞即示知，以便他日彙刻《徵信録》時更正，或即將所誤收據寄來，即爲更正亦可。弟初八日來滬至馮夢老處，爲灾民請賑①，次日即返珂里，匆匆未能趨聆塵教爲歉。耿公想時晤否？專此上達，即請台安，惟照不宣。弟瞿啓甲頓首。夏曆十一月十二日燈下。

①馮煦在十一月初五復瞿氏信中言『珂鄉灾情已於翊清歸得其詳矣，辦法如可容議定再報至邑中籌畫進行』。

五十二

星如老哥大人閣下：

日前兩奉諭言，藉悉種切。并承惠信箋、郵筒、日記册等，拜領之餘，益深感愧。《書影》辦法三項，已與耿、初二公討論至再，均以爲尊論盡善盡美，謹當遵辦。至《文苑英華纂要》重照一頁，俟有妥便，即當寄奉。敝藏《書目》，最初印者早已告罄，而第二批所印者尚有幾部，却較近年所印者稍精，然中間已有損板矣，兹另交郵奉贈一部，乞哂存之。《四部叢刊》第四期聞已出書，中間敝藏本有七種之多，頗思早覩爲快。貴館所贈弟處第四期未蒙頒到，祈轉告發書處爲幸。弟叨承雅愛，故敢直陳，勿罪是禱。敝藏原有宋本《鄧析子》，因散於紅羊[1]時，故未列入。專此奉覆并鳴謝，不盡，即請年安。小弟瞿啓甲頓首。兒輩隨叩。夏曆十一月廿五日燈下。

菊生兄處爲候候，不另。

五十三

星如老哥有道：

舊歲底接讀惠書，藉悉種切，適因年務冗集，且辦本鄉振務，未能脩箋奉覆爲歉。遥維獻歲以來，諸多增吉爲頌。《書影》中金本分列宋本之後，甚善甚佳。《松雪齋集》如有疑异不妨亦爲抽去，惟所抽各書識語中亦須删去也。承吾哥校勘精詳，俾成盡善盡美之書，實深感戴。應補照各書，擬近日到城交郵寄奉。歲底敝鄉老弱灾民絶食待斃者，竟達六百餘口之多，經弟四出勸募，集成五百餘千，棉衣四百件，偕兒輩分赴各村按户散給，幸免無事。年關安度，春日正長，雖籌辦工振，然爲數甚微，不知將來如何了局。知念，合此附達。謹覆，即請春安，并賀新禧。小弟瞿啓甲頓首。兒輩隨叩。舊曆元月立春日。

[1] 紅羊：即指洪秀全、楊秀清。意指太平天國革命運動。

五十四

星如老哥有道：

廿九、卅日疊接惠書，適鄉間農民聚衆日夜滋事，未能即答爲歉。承示補照各書，業經檢出，容有妥便即當寄奉。《大學衍義》紙色淡黄，細查全書似元明雜配，擬近日攜城與耿公研究。《本草》等書由閣下從中説合，感甚感甚。囑鈔《周易經義》已交寫官動手，大約舊曆年終可以告成，惟中間稍有不清明處，則得暫付缺如。《四部叢刊》第四期已蒙頒到，感謝不盡。吾哥等費數年之精力，搜羅中外舊藏彙成大部，俾弟安受其成，能不鐫銘肺腑？近日此間農民聚衆滋事，經縣中拘拿首要，從此安静。知系錦念，合此附達，即請撰安，并遥賀新禧。小弟瞿啓甲頓首。兒輩隨叩。元月四日。

鈔《周易經義》紙已收到，又及。

五十五

星如老哥有道：

昨午接展還雲，藉悉種切。《揚》《史》二書沅老既能增至四百三十元[1]，好在較九折之數相差無多，不妨依此相讓，請老哥妥爲辦理[2]。該款匯常或由中國銀行或交通銀行均可，悉聽尊便。費神之至，感何可言，後日再當面叩。此覆，即請撰安。小弟瞿啓甲頓首。兒輩隨叩。三月十七日。

[1] 孫毓修稿本《辛酉壬戌日記》一九二二年五月廿日記載『傅沅叔買瞿良士宋本《揚子》及《史記詳節》，計四百卅元，托其友張菊生代付，今日收到，交宗子岱帶還』。

[2]《張元濟日記》中記爲發信『沅叔《揚子法言》』，雜記『送蟫隱廬宋本《史記詳節》』。又寄沅叔信中附『蟫隱廬《史記詳節》收條』，知爲沅叔轉售也。查《歷史文獻》十三期柳和城先生整理傅增湘致孫星如信七封，皆涉及此十二種瞿氏賑灾售書事，極盡其中曲折，可與此函相印證。

徐恕（一八九〇—一九五九）

字行可，小字六一。湖北武昌人。清光緒末年留學日本，曾館於南潯著名藏書家劉承幹家兩年，篤意經史，并絶意於仕宦名利，專以購書、藏書爲樂。自名藏書樓爲『箕志堂』『藏棱齋』『知論物齋』『徐氏文房』等，儲書十餘萬卷，并多有點勘題記。精於金石、考證、經史、諸子、目録、志略等學。一九四九年後，將其所藏圖書及七千七百餘件珍貴文物全部捐獻國家。刊刻有《綴學堂叢稿》《爾雅正鳴評》等。

此兩通信函爲一九二一年七月徐恕致孫毓修信，皆記藏書、校書事，内容詳實。

一

星如先生撰席：

辱惠書，示及《鮚埼亭外集》校本、《蔡中郎集》宗文堂本[1]，藝風故物，尚存書肆，未審直各若干？幸示。前過寧僅留三日，一至圖書館勘得嘉業堂所鈔校本《蔡集》，即自館中所藏羅鏡泉[2]校本迻録。歸家未浹旬，即值省垣兵變[3]，敝宅處城西北隅，幸未罹劫。

[1] 孫氏稿本《留庵編年書目》『辛酉，民國十年』條下録『《鮚埼亭外集》五十卷十六册二函，原刊初印本，謝山弟子蔣學鏞朱筆校，繆筱珊手臨嚴悔庵批語。《蔡中郎集十卷外傳附》四册，明徐子器刻本，繆小山印記』。按：繆藏徐子器本爲萬曆二年刻，《士禮居藏書題跋續記》有『徐子器刻本，出葉氏舊藏，繆荃孫、羅以智、楊以增均有此本』。而宗文堂本爲嘉靖甲申鄭氏刻本，《藝文堂藏書記》也有載。

[2] 羅以智（一七八八—一八六〇），藏書家、文學家。字鏡泉，號學博，自號恬翁。浙江新登人。道光五年拔貢，天性淡泊，不慕仕宦。工於古詩文，晚年治經學尤勤。勤於校勘，儲書甚富，多收有鄉邦文獻。著有《趙清獻年譜》《金石取見録》《宋詩紀事補》《詩苑雅談》《怡養齋詩集》等。按：丁丙《善本書室藏書記》述及咸豐時羅氏《蔡中郎集》校本乃采當時各本校語，故爲最。是本今藏南京圖書館。

[3] 當指發生在一九二一年六月初因湖北督軍王占元克扣軍餉引發的宜昌、武昌軍隊相繼嘩變，并隨之七月發生的湘軍『倒王運動』。

鑒於時局亂方未艾，鄂處天下之中，爲南北所必争，當局不能保境衛民，於兹事變已可概見，遂不得不在漢口租界覓屋爲移家之計。月來收拾圖籍，屏當家俱，致無暇校録各書，兼疏椷候，甚罪。兹將校畢元槧《冷齋夜話》先寄呈，乞代還之菊老并乞申謝假書之惠。賸寄弘治沈頡刊本《賈子新書》缺三、四二卷奉貽，以《藝風藏書記》中有此本以歸鄴架，可就近景補，俾成完書也。前在京滬所得書以苗先麓[1]手稿本《説文聲讀考》爲最，書凡八册，如貴館能付景印，當勝墨版萬萬，惟原書行字甚密（行字同《聲類表》），未能縮景入《涵芬樓秘笈》，宜别印單行。如菊老有意付印，當以原書郵呈，匆復，即候著安，不宣。菊老前未有函叩，乞致拳拳。弟徐恕頓首。

六月十二日。

二

星如先生大鑒：

近兩奉來翰。審校本《謝山外集》已歸鄴架，它日少閑當移書相假。桐城《蕭敬孚文稿》有『嚴評全集跋』二篇，恕匧中適有《蕭集》福本，便以奉貽，乞哂存。前寄殘弘治本《新書》以《藝風藏書記》卷二載有此本，今必流入書肆，故以轉贈，可就近借鈔成完書也。《蔡集》徐刻第九卷第二頁左半板模糊，疑藝風所藏或是初印，故向陳氏索閲。尊友藏本是頁字亦不可辨，謹由郵局寄繳，乞詧入。承作介，并謝。敬候起居，不宣。六月二十七日。徐恕頓首上。

[1]苗夔（一七八三—一八五七），初名學植，字先路，號仙麓、先麓。河北肅寧人。晚清語言學家。道光辛卯優貢。治許氏《説文》，精研聲韵學。高郵王念孫父子睹其著述，折節下交。嘗入江蘇學政祁寯藻幕，與何紹基、張穆、陳慶鏞諸人遊。曾國藩亦爲推服，訂忘年交，并爲其撰《墓誌銘》。著刻有《説文聲訂》《説文聲讀表》《毛詩韵訂》《建首字讀》等。另有《説文聲讀考》《集韵經存韵補正》《經韵鉤沉》各若干卷，未刊。

後記

上世紀二十年代，商務印書館聯手各地藏書家，聚彙天下善本，刊印《四部叢刊》初、二、三編，寫下了民國時期出版史上濃重的一筆。其中孫毓修先生作爲張元濟先生的主要助手，爲《四部叢刊》初編的順利出版，傾注了自己的心血，在古籍版本的選用上與藏書家深入研討，可謂殫精竭慮，所起作用已爲後人認知，柳和城先生亦出版有《孫毓修評傳》專著。而孫氏與藏書家往來信翰的陸續發現面世，當爲研究《四部叢刊》出版史以及民初藏書家影印善本，嘉惠書林，提供了難得的第一手資料。

寒齋所藏孫毓修與藏書家往來手札，最早得於二〇〇六年，時孫氏『小綠天』所藏爲其後人散出，余勉力僅得數種，其中瞿啓甲、宗舜年、丁祖蔭先生等皆爲吾邑藏書大家，得先輩手翰自當珍若拱璧。其時藏書家葉德輝、繆荃孫等致孫氏手札大都散見於拍賣場中。余有感於收藏之不易，日後烟雲星散亦難以預料，遂利用業餘時間對所藏信札進行研究與釋讀。蒙版本目録學家沈燮元先生介紹，釋文先期在《歷史文獻》中分期刊出。今年經吾友蘇州博物館李軍博士提議，國家圖書館出版社鼎力支持，信札得以影印出版。藏書家、文史研究專家韋力先生親自爲之作序，并允以其所藏之孫氏藏書書目、日記手稿內容爲信札研究提供佐證，倍感激動，并致謝忱。

在資料收集和手札釋讀過程中，江澄波先生、梁穎先生、王學雷先生均給予較大幫助，或無私轉讓，或指正錯謬，南江濤先生也給予了悉心指點，沈津先生和學雷兄還分別題寫書簽，在此一併感謝。

涵虛齋主人馬驥識於二〇一八年歲末